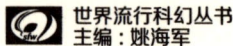

世界流行科幻丛书
主编：姚海军

量子魔术师

［加拿大］德里克·昆什肯 著

严伟 译

四川科学技术出版社

The Quantum Magician by Derek Künsken
Copyright: © 2018 by Derek Künsken
Published by agreement with Baror International,Inc.
Armonk,New York,U.S.A.through The Grayhawk Agency Ltd
Simplified Chinese edition copyright：2018 SCIENCE FICTION WORLD
All rights reserved.

图书在版编目(CIP)数据

量子魔术师／[加拿大]德里克·昆什肯著；严　伟　译.
成都：四川科学技术出版社，2018.5
（世界流行科幻丛书／姚海军　主编）
ISBN 978-7-5364-9010-9

Ⅰ.①量… Ⅱ.①德…②严… Ⅲ.①科学幻想小说 – 加拿大 – 现代
Ⅳ.①I711.45

中国版本图书馆 CIP 数据核字（2018）第 064431 号
图进字：21-2018-93

世界流行科幻丛书
量子魔术师

出 品 人	钱丹凝
丛书主编	姚海军
著　者	[加拿大]德里克·昆什肯
译　者	严 伟
责任编辑	宋 齐
特约编辑	李克勤
封面绘画	王云飞
封面设计	李 鑫
版面设计	李 鑫
责任出版	欧晓春
出版发行	四川科学技术出版社

四川省成都市槐树街2号出版大厦　邮政编码:610031

成品尺寸	140mm×203mm
印　张	13.25
字　数	290千
插　页	2
印　刷	四川省南方印务有限公司
版　次	2018年5月成都第一版
印　次	2018年5月成都第一次印刷
定　价	48.00元

ISBN 978-7-5364-9010-9

一

　　这世上的骗子很多,但是把自己的骗局跟量子世界作类比的,或许只有贝利撒留·阿霍纳一个。当你考察频率问题的时候,会发现电子似乎是一种波。而当你考察动量问题的时候,又会发现电子似乎是一种粒子。比如一桩房地产骗局,如果有黑帮的人想要插手分一杯羹,最后他一定会发现那个卖家原来过得很穷苦。再比如一场假拳赛,如果有哪个凯子想要下注赚上一票,到头来他就会发现自己看好的拳手一碰就倒。大自然会给观察者提供必要的线索,方便他把量子世界转变成真实的事物。而贝利撒留也会给他的凯子们提供必要的线索,来引导他们把自己的贪婪转变成代价高昂的错误。有时候,他得在枪口下这样做。准确地说,伊夫林·鲍威尔这当儿正跟他说着话,膝上搁着一把手枪。

　　"干吗摆臭脸啊,阿霍纳?"她问道。

　　"没摆臭脸。"他阴郁地回答。

　　"我会让你发大财的。你再也不需要靠这个怪胎秀来混口饭吃了。"她一边说,一边夸张地挥舞着手。

这是一座釉砖砌成的大井,也是他的偶人①艺术展馆。他们坐的地方是幽暗的井底。一根柱子直插在展馆中央,支撑着旋转楼梯和一级级平台。砖砌的壁龛中陈列着绘画、雕塑和无声电影展品。要欣赏它们,得隔着三米的距离看,那正是楼梯到墙壁之间的距离。贝利撒留正在筹划一个偶人艺术博览会,这种展会能得到偶人神权联邦的批准,可是有史以来头一遭。气味、灯光和音响都会对偶人宗教体验产生美学意义上的影响。展馆入口高高在上,旁边悬挂着一条鞭子,时不时地甩得噼啪作响。

"我喜欢偶人艺术。"他说。

"那等你有钱了就多买点儿。"

"蹲了大牢可就买不成艺术品了。"

"我们不会被抓到的,"她说,"别害怕。在这儿要是能成,在我的赌场就也能成。"

鲍威尔是来自巴塞罗那港的一位赌场老板,身材健硕。她穿越禁运区来到矮行星欧乐,就是为了亲眼看一看:黑道上疯传的贝利撒留的那些神奇事迹到底是真是假。她用枪管轻敲着自己的膝盖,贝利撒留的眼睛也不由得盯着枪口一起移动。

"但你没完全跟我说实话,阿霍纳。我还是不相信你真的黑进了一个福尔图娜②A.I.。这事儿我知道有人试过,我也正花钱找人在试。而你,就凭自己一个人,待在这么个地方,周围只有一圈偶人,可你竟然能做到——这种可能性有多大?你懂我的意思吗?"

他任凭她沉浸在自己的想法里,她刚刚说出这个判断一共

---

①一种新的人类物种,拉丁文名称的字面意思为"玩偶人"。(本书所有注释均为译者所加。)

②古罗马神话中的运气和机会女神。

呼吸了两次，用时8.1秒。然后，他低垂目光，来迎合她的预期，也为自己多赢得了一秒钟她的耐心。

"没有人能黑进福尔图娜A.I.，"他承认道，"我也没做到。我破解的是安全程序移植过程，悄悄添进去一小段代码。我不能放太多东西进去，不然A.I.的其余部分就会注意到。但这个微小的改动可以在A.I.的统计期望计算中增加一个因子。"

鲍威尔盯着他，暗自思忖：这就是打败福尔图娜A.I.的秘密？这种可能性有多大？经过这番篡改移植之后，不堪一击的赌场有多少？贝利撒留到底做了什么改动，才破解了安全移植过程？

统计期望是福尔图娜A.I.的核心。赌博过去曾是一种机会游戏，赌场可以借此轻易掏光主顾们的口袋。但时至今日，科技已有了飞跃式的发展，从前那种日子早已一去不复返。借助技术进步，任何主顾都有可能在一家没有安全保护的赌场作弊出老千。因此，一家赌场要想顺利开张，就必须装备一套福尔图娜A.I.。只要有一套先进的监测系统与之配合，A.I.就可以监视各种异动，包括超声、光、无线电、红外线、紫外线和X射线。它还能实时计算赔率和连胜次数。对于客户而言，它是赌局公平的证明。对于赌场而言，它是防止有人出老千的保护手段。

"安全程序移植同样是牢不可破的，"鲍威尔说，"我也找了人在试。"

"未必。只要插入代码的人动作足够快，能够在传输期间拦截补丁程序，并且做的改动也足够小，那就可以做到。"贝利撒留说道。

如果按照鲍威尔的思路，福尔图娜A.I.的确是"牢不可破"的。所有A.I.都是，因为它们已经发展成熟。它们只能演化，或者通过小型程序移植来打补丁。

鲍威尔考虑了一会儿贝利撒留的说法。

"我的人接近成功了,但是我们还没找到一个系统去测试,"她说,"利用体温的确是天才的想法。"

展馆高处,鞭子声再度响起。随之响起的是一声录制好的、传达出宗教狂喜的偶人的呻吟。

"我的人说你非常聪明,"她说,"他们说你是个量人①。是真的吗?"

"你的线人消息很灵通。"他说。

"那么,一位超级聪明的量人,跑到这个文明最破落的地方来干吗?"

"量人要看到量子事物,得吃药。那药我吃了反应很大。"他说,"所以我被开除了。银行不想为一个废物付钱。"

"哈!"她说道,"废物。我懂了。操蛋的银行。"

贝利撒留擅长说谎。他有完美的记忆力,而且每个量人都必须能够同时运行多条思考线。大多数时候,哪一条是真实的并不重要,只要这些思考线没有混在一起就没问题。

"我们开工吧。"他最后说道,指了指她手心里的药丸。

"你肯定不会给你的新搭档下毒,对吧?"她咧嘴笑道。笑容背后却隐隐有种冷酷。

"愿意的话,你大可以从你的人那儿搞到干扰素。"他说。

她摇摇头,把那两片药吃了下去,"我是经过强化的,不至于发个烧就烧死了。"

这倒可能是真的。他的大脑开始运转,计算剂量和毒性,盘算着黑市增强药物可能对她产生的作用。他让自己大脑的某一

---

①原文为拉丁文,字面意义是"量子人"。是经过生物工程改造的人类。

部分忙于这些计算。他并不羡慕她抵抗发烧的能力，反正这类增强药物对他也没什么效果。

鲍威尔很快就会开始发烧。他已经将整个骗局给她过了三遍，所以她现在应该已经懂了。鲍威尔发烧会导致体温升高两度，这并不会触发赌场的安全程序，但这两度体温差将会激活安全补丁中的统计算法。福尔图娜 A.I. 将预期她会赢得更多，所以当她真的赢得更多，就不会有警报出来。而这正是她不远千里来到偶人自由城的目的。

"走吧，"她说，呼吸在空气中变成了雾气，"你这个展馆让我心惊肉跳。"

他们走上旋梯，经过那些怪异的展品。展品的排列能轻易激发起贝利撒留那经过工程改造的大脑的兴趣，就是负责探索模式、规律的那部分，却又不至于触发更深层次的数学反应。复杂的骗局也有相同的效果。

街上比里面冷。他们步行了 9.6 分钟，时间足够让鲍威尔发烧，体温上升。走着走着，街上的装饰变得稍微悦目起来。偶人自由城是一个拥挤的贫民区，由欧乐星球冰冻地表之下掘出的洞穴组成。这些洞穴有些砌上了砖；有些则只有冰，上面残留着食物和饮料的污渍。许多隧道的光线十分昏暗，街头随处可见冻结的大块垃圾。

整个自由城都喜欢赌博，从小聚赌点和街头赌摊，到可以自称赌场的地方。布莱克摩尔的赌场是唯一一个有福尔图娜 A.I. 的地方，所以能吸引到有钱的赌徒，而那里冰冻的街道也得以保持相对干净明亮。街道上，每片光滑的冰面上都反射着灯光，花哨的绿色与柔和的蓝色混杂在一起。贝利撒留很喜欢这里的样子。

沿着废弃的公寓和商店的两侧,化缘的偶人站在胡乱搭建的玩具箱和假笼子之中,伸出双手。他们看上去很像人类,肤色苍白,很像过去欧洲人的后裔,只是身体缩到了一半大小。一个瘦弱的女偶人身边竟然有张折叠桌,桌上摆着一个真正的奶油泡芙,早已干瘪。贝利撒留扔给她几枚硬币。鲍威尔朝他做了个鬼脸,一脚将折叠桌踢翻在女偶人身上,那女人朝他们喊叫出一大串污言秽语。

"她不是应该谢谢我吗?"鲍威尔狂笑道。

"偶人并不是你想的那样。"

"你完全没有幽默感,阿霍纳。"她说道。两人来到布莱克摩尔赌场的入口。那里有人类保安用检测棒扫描顾客,令这家赌场相对于那些使用自动扫描的场子更平添了一分格调。"放松点吧。"

安全扫描花了9.9秒,对他的大脑而言,漫长得仿佛永恒。他开始思考相似性和模式来自娱自乐。能量从高能量分子向低能量分子作梯度流动。钱在赌场的逐级流动也遵循同样的方式。生命就存在于这种能量梯度之中:植物在太阳和石头之间找到位置;动物位于植物和死后腐烂之间。犯罪分子则深入赌场,就像藤蔓总是缠绕着树木。

任何地方,只要有钱流动,就会有人动歪心思要抽上一笔。即使在干净的赌场,趋同进化①也会令新人不断涌现,随时准备朝赌场或其客户下手,实施欺诈。发牌员可以被收买,赌徒可以跟赌场老板勾结,老千在不断发明新的骗术。福尔图娜A.I.因此至关重要。缺少了福尔图娜牢不可破的信念,诚实的钱就无法

①不同的物种在进化过程中,由于适应相似的环境而呈现出表型上的相似性。

流动。

鲍威尔从他身边挤过去。他跟着她上了一台花旗骰[①]赌桌。这张台子的督察[②]是他们的人,筹码把手[③]也是。鲍威尔和他昨天在展馆已经秘密地见过这两人。鲍威尔等待着,轮到她的时候,她下好注,托着骰子的手掌伸到贝利撒留面前。他翻了个白眼,吹了口气。她那张大脸红扑扑的,笑容满面,头一掷就是七点[④]。但这些只是比较容易的部分。

其他三位玩家也下了注,选了点数。把手把鲍威尔的一百聚合法郎[⑤]赌注推到十二点的位置上,又给她发了一副新骰子。这副骰子是贝利撒留设计的,里面有嵌入式液态纳米元件。骰子内的透明液体轻微受热,就会发生构象变化,单数点的那面就会变重。骰子刚才已经在赌台督察身旁的白炽灯下放置了一会儿,现在又握在鲍威尔发烧的热手之中。

鲍威尔掷出了一对六,围观的人群发出一阵欢呼[⑥]。

下一位玩家用冰冷的手指拿起骰子,呼出一口雾气,以求好运。一对七点。她出局了。再下一位玩家掷出的是三点,周围的人群又是一阵欢呼。最后一位玩家掷的是十点,也出局了。

鲍威尔活动活动手指,又把手夹在腋下取暖。她冲着把手扬了扬下巴,示意他把自己的赌注继续押在十二点上,然后伸手

---

①一种赌场十分流行的赌博游戏。使用两粒骰子,投骰后根据点数结果决定输赢。

②赌场职员,赌桌上的主持人,负责监视庄家及整张赌台,并检查掷出骰盒的骰子。

③赌场职员,手持把子,在赌局中负责分发和收回筹码和骰子。

④首掷七点可以赢钱。

⑤聚合是指未来世界的星际组织,其通用货币和语言分别是法郎和法语。

⑥一对六加起来正好是十二点,与前面下注时选择的点数相同,就可以赢钱。

要骰子。把手把骰子推了过来。她用一双发热的手握住骰子好几秒钟,闭上眼睛仿佛在祈祷,然后掷了出去。

又是一对六,围观的人群再次欢呼。

鲍威尔朝他绽放出笑容。赌台督察似乎以为福尔图娜 A.I. 会被触发,但他还是转向赌桌,朝把手点了点头。贝利撒留装出一副很高兴的样子。赌桌上的骰子凉下来了。如果说把赌场开在这个冰窟窿里的城市有什么好处的话,这也算是其中之一。仅存的一位玩家下了个联合注,但掷出的是九点。出局。所有的注意力都落在鲍威尔身上。

"十二点。"她说,把一个筹码递给督察。督察吃惊地瞪大了眼睛。一万聚合法郎,一笔巨款,追加到她刚赢得的那笔较小的款项之上。

"悠着点儿。"贝利撒留低声说,"你不想再等等?"

她拿起骰子,紧紧握了十秒钟,然后将它们丢进赌台。两个六。人们挥手欢呼,鲍威尔放声大笑,环顾周围。但她的脸突然僵住了,挥舞的双手缓缓垂下。

一个年轻的偶人祭司从人群后面走了出来。她的皮肤是旧时欧洲人的苍白,头发也是同样的颜色。她的身高按照成年人类的比例缩小了,只有八十五厘米,长袍外覆盖着铠甲。她的身边拱卫着十几名主教士兵,他们身披重甲,让身高平添了十厘米。他们端着枪,枪口对准鲍威尔和贝利撒留。赌场里的人群缓缓后退,有些人尖叫着逃向大门。贝利撒留和鲍威尔被困在了中央。

贝利撒留猛然向赌场后部狂奔而去。祭司拔出一把手枪,火光一闪,枪声巨响,回荡在赌场里。人们尖叫起来。贝利撒留身体一侧的外套爆裂开来,迸出血液和烟雾。他倒在冰面上,身下那摊血迹不断扩大,又被冻结。他望着鲍威尔,眼里尽是乞求之情,但是她已经吓得呆若木鸡。其他顾客纷纷矮着身子跑向出口。祭司和主教士兵没有理会其他人。

"伊夫林·鲍威尔,你被逮捕了,罪名是渎神。"偶人祭司说。

鲍威尔惊愕地张大嘴,瞪大了双眼。"什么!"她说道。

"在布莱克摩尔的赌场出千就是亵渎神明。"偶人说。

鲍威尔无助地看着天花板,福尔图娜 A.I.就在那里。照理说,如果它监测到赌局中有人捣鬼,就会有些动静出来。她朝上指了指,"我没出千,只是运气好!"

就在这时,警报响了起来。一束灯光投下来,罩住了鲍威尔。她无声地嘟哝着,任由一名主教士兵反剪她的双手,收缴了她的武器。其他士兵又花了九十六秒时间,驱散惊恐的赌徒,关闭了赌场。

"恩里克,"贝利撒留爬起身来,搓着双手说道,"你们这儿的地板真凉啊。"

橄榄肤色的督察从赌台后面的位子上跳下来,"那就别躺下呗。"

在英西国①财阀政府治下,恩里克厄运连连,欠下了一屁股债,不得不流落到这个鸟不拉屎的地方。在这里,他在布莱克摩尔赌场找到了工作。有的时候,他会帮贝利撒留一把。贝利撒留解开外衣,拿掉身上的装置,上面是配合空弹炸开的孔洞。假血还在从孔洞中往外流淌。

"干得漂亮,罗莎莉。"贝利撒留说。

罗莎莉·约翰斯十号还没当上祭司。作为一名刚入教的新人,她还有一两年学业要完成。但在这个地方,所有偶人都无精

---
①本书虚构英国和西班牙合并而成。

打采,逃避工作,就算她偶尔打扮成祭司,雇几个不当班的主教士兵来充充门面,也不会有人在意。她猛捶了一下贝利撒留的手臂。她够不到多高的地方,但劲头着实不小。

办公室里走出来一个男人和一个偶人。那个偶人是这块圣地的守护者。之所以是圣地,因为彼得·布莱克摩尔在这儿赌博过。偶人用布莱克摩尔的名字命名了很多地方,只有这一处名副其实。那个男的则是英西国的调查员,受雇于福尔图娜公司。他和贝利撒留握了握手。

"在英西国的法律体系下,我们绝无可能抓到鲍威尔。"调查员说。

"这要感谢新教友约翰斯十号和偶人渎神法令。"贝利撒留说,指了指她。

"别谢来谢去了。"恩里克一边说,一边推开调查员,将筹码递给贝利撒,"咱们分完鲍威尔的钱,还是趁早离开这儿为妙。"

恩里克把自己的平板电脑递给贝利撒留。贝利撒留转了两千法郎给他。恩里克咧嘴笑了。罗莎莉也递上了她的平板电脑,贝利撒留给她转了三千法郎。她得付钱给那些士兵、帮了他们的假商人、偶人警区的片警,加上主教的什一税。

"你还有什么新活儿吗,老板?"她问道。

贝利撒留摇了摇头。真的没有。这个骗局不错,能让他分分心,但手头的其他项目都只是些鸡零狗碎的小把戏,没有什么值得让他的大脑忙碌起来的事情。"找活儿需要时间,等我拿到下一个活儿,就会打电话给你。"

赌博圣地的守护者给他们每人倒了一杯酒。他很高兴,赌场的声誉将会再一次提升。赌场虽然算不上最好的生意,但偶人目前受困于禁运令,这项生意对他们非常重要。

恩里克溜了，调查员也走了，赌场主人回去收拾场子。贝利撒留和罗莎莉随便挑了个雅座包厢，用新到手的钱把暖气调高，又买了些更像样的酒水。从某种角度说，他们俩有点渊源。她是偶人，更准确的拉丁文名称是 *Homopupa*；而他是量人，也就是 *Homoquantus*。罗莎莉年轻，有见地，充满好奇心。

"那家伙真是福尔图娜公司派来的吗?"她好奇地问。

"如假包换。"他说，"你以为我是怎么让做了手脚的骰子不触发警报的?"

"我还以为你真的黑掉了 A.I.。"她难为情地说。

"没人能做到那个。"他把玩着手中的酒杯。他不喜欢对她撒谎，因为她是那么单纯，那么信任别人。"福尔图娜知道鲍威尔的人打算黑掉他们的安全补丁，眼看就要成功了，而他们还没找到解决方案。他们急不可耐地想干掉她，宁肯匆匆忙忙地在布莱克摩尔临时安装一个不完善的 A.I.。以后当然会再装一个新的，得花好多天。但对他们来说，这是值得的。"

罗莎莉又问了几个关于骗局的问题。不算这次给鲍威尔设的圈套，她已经协助贝利撒留做了四票这种买卖，但对她而言，这种事仍然像一个完全陌生的世界。话题闲散地变换着，最后落到了神学上。一谈起这个，罗萨莉的话匣子就打开了。

她极力用逻辑为偶人的疯狂表象辩护，一说起神学就滔滔不绝。贝利撒留只好跟她深入探讨人类本性的问题，而他的逻辑常常又会启发罗莎莉的思考。到了午夜，他们已经喝光了两瓶酒，讨论了三种克雷斯顿主教早年阐述的道德模型。贝利撒留觉得说的话和喝的酒都够多了，于是起身回家，但心中却隐隐觉得不尽兴。

他那永不停歇的大脑计算着拱廊的石头个数，度量着墙壁、房子和屋顶连接处的角度误差，寻找逐渐恶化的失修之处。他细胞中的磁性细胞器感觉到了附近电流的不平衡，于是他的大脑又迅速计算出了各种服务故障的理论概率。他的大脑经过了生物工程的改造，有着十分旺盛的好奇心。做个小局蒙骗一下其他星球来的人，这点儿事情无法令他满足，否则他就不会还有余力进行这些计算。那些活儿的确来钱很快，但它们实在太容易，太微不足道了。

　　他走进展馆，他的植入体接收到了展馆A.I.的说话声："有人找您。"

二

贝利撒留停下脚步。就凭他做的这几票活儿,应该还不至于招来个刺客,但他最近的确已经开始招惹一些更重量级的黑道大佬。就算刺杀是多虑了,但也许还是有人愿意花点钱雇人,给他点皮肉之苦。

"让我看看。"他默念道。

展馆 A.I. 把图像投影到他的眼部植入物。他的艺术展馆结构图出现在眼前:釉面砖砌就的一个深井,中间矗立着一副旋梯。一些深夜参观者沿着楼梯上上下下,低声交谈,在平台上驻足,借着射灯投下的光线审视着壁龛里陈列的绘画、雕塑和无声电影展品。图像拉近放大,对准了顶层大厅里的一个人。

她的肤色比贝利撒留深许多,黑色的头发被一个并不好看的发箍紧扎着。她似乎不太了解如何打扮自己。她的双手笨拙地背在身后,双脚分开,蓄势待发,好像随时准备跑动。她穿着短上衣和宽松裤,都是成衣,剪裁既不大胆,也不保守。

"撒哈拉以南联盟?"他问。

"我不知道,"展馆 A.I. 说,"正在查她的金融信息。您要做一个基因分析吗?"

"她身上带武器了吗?"贝利撒留问道,继续踱来踱去。

"没有。不过她做了一些身体强化，"A.I.回答，"但处于非活跃状态，没有表现出来。我判断不出具体是什么强化。"

贝利撒留放大图像，端详女子的表情，"她是什么身价？"

他已经走到一座低矮的楼前，砌楼的砖均由烧结风化壤制成。楼顶连接着冰封的鲍勃镇地穴群。鲍勃镇是偶人自由城的郊区。在那栋楼里，冰面之下，就是他的艺术展馆。

"找不到信用额度，"展馆A.I.报告道，"但有条线索查到她跟一个撒哈拉以南联盟领事馆拥有的账户有关联。"

撒哈拉以南联盟是一个小型藩属国，有两个世界，在芙蕾雅虫洞的另一边还有一些太空工业园。他们的宗主国给他们发放二手武器和战舰。作为回报，撒哈拉以南联盟承担军事远征或驻防义务。没钱。既没当过他的雇主也没当过他的目标，也没听说他们有什么值得他担心的暴力行径。

他打开门，走进旋梯顶端的大厅。贝利撒留出售合法和非法的偶人艺术品，正在策划史上首次得到神权联邦政府批准的展会。气味、灯光和音响都会影响到偶人宗教体验式的审美。为了这次展会，贝利撒留特意在大厅里添加了淡淡的、跟偶人汗味类似的柑橘气味。昏暗的井下传来了一记抽鞭子的声响。

女人似乎知晓周遭的一切，却不为所动。她比贝利撒留高了十几厘米，有一双深邃的眼睛。她稍微调整了站立姿势，双肩后拢，双手垂在身体两侧。完全不是悠闲放松的身体语言。她就像一张拉满的弓，蓄势待发。

"阿霍纳先生？"她问道。

"是我，贝利撒留。"他用法语8.1回答。

"我是艾扬。"她说，"我们能不能换个地方说话？"她的法语发音略有些古怪。

"我在展馆里面建了一间公寓。"他说,带领她沿着走廊向下走去。

墙壁上结着冰,偶尔露出里面小行星灰烧成的墙砖,给人温暖的错觉。以欧乐星的标准来看,他的公寓算得上很豪华,有数间卧室、宽敞的餐厅,以及下沉式客厅。墙壁和天花板都是白色,未做多余的装饰。餐厅一尘不染,客厅里几乎没有任何陈设。一切都很低调。

展馆A.I.已经点亮了柔和的彩色壁灯,打开了暖气。桌上摆着两个小玻璃杯,中间还立着一瓶韩国烧酒。贝利撒走进客厅,一屁股坐到沙发上,并示意艾扬随便坐。她坐下来。

"这里说话方便吗?"她低声问。

"我的公寓很安全。再说只要出了皇城,偶人也不爱多管闲事。"他说。她的脸依然紧绷着,"你要亲自确保我们谈话安全吗?"

她眯起眼睛,拿出一台小设备。它看上去是新制作的,样式却很老旧,可能是三十多年前的设计。

"多频谱白噪声发生器?"贝利撒留问道。

她点点头。但对这台设备的效力,他颇有些怀疑。过去十年间,监视系统不断进步,这台小小的发生器可能早就过时了。但这些她肯定也知道。她打开它,家里A.I.的载波信号在他的耳边一下子弱下去,警报声低低响起,报告其对房间的监控力度已经产生了极大破坏。有点儿意思。更多问题出现在他的大脑里。

"我在找一个专业骗子。"她说。

贝利撒留倒了两杯烧酒。

"你晚了五年,"他说,"我现在已经收山,专注修身养性了。"

"有可靠的人告诉我,别人做不成的事,你能做成。"

她俯身拿起酒杯,动作干净利索。她小心翼翼地闻了闻,然后一饮而尽。

她说话的时候,贝利撒留默记着她的发音。和她那台白噪声发生器一样,她说的是一种很古老的方言,似乎是法语8的一种早期变种。但它到底是哪里的口音?他的语言增强模块包括所有的口音、方言和法语版本,她的口音却与其中任何一种都不匹配。

"这么说是高抬我了,其实并不是那样,"他说,"我也不知道还有谁在做这一行。那些人现在应该都在监狱里了吧。"

"人们叫你魔术师。"她说。

"我可没听到过。"

"有人雇我替他们找个魔术师。"

她紧盯着贝利撒留的样子令他感到不安。他的大脑开始构建各种模式、理论,努力分析艾扬的身份信息和她那未知的雇主。他为什么找不到她的口音源自何处?她为谁工作?她觉得他是什么人?

"她要找什么样的魔术?"贝利撒留问道。

"她想运点东西通过偶人虫洞。从远端到这里。"

"偶人运输飞船一直在通过主轴,"他说,"只要你付得起钱,他们不关心你运的是什么。"

"他们要价太高,我们付不起。"

"你们要是付不起他们的价格,就肯定付不起我的。"

她目光凝重起来。弓弦绷得更紧了。"我们不缺钱,"她说,"但他们要的不是钱。"

"的确,偶人最想要的是武器。"

"他们想分一半。"她说。

"一半什么?"

"一个中队的战舰,分一半。"

三

　　贝利撒留还有三天的时间可以反悔。如何将一支舰队运过偶人主轴，他毫无头绪。这事儿听起来很像找死，不过他需要挑战一些高难度的事情。每当他无法找到足够的难题去思考，他那永不停歇的大脑就会开始琢磨那些他碰都不想碰的麻烦事。

　　于是，他搭乘一艘偶人商船，穿过偶人虫洞，在斯塔布斯港下了飞船，那里距离偶人自由城已有三百二十光年。他没有带太多设备，只有十几套纠缠粒子，存储在他的上衣纽扣里。还需要什么的话，伊坎吉卡应该都可以提供。在斯塔布斯港，他见到了穿着便装的艾扬·伊坎吉卡少校和莫图迪·巴贝迪少校，后者是撒哈拉以南联盟的领事馆武官。

　　他们租了一条港口拖船，将贝利撒留接了出来。他们调暗舷窗，又让他坐到驾驶舱后面去，这样他就看不到仪表板或读数了。估计他们不太清楚量人的本事，同时又不希望他知道要去哪里。斯塔布斯脉冲星的磁场虽然因为距离越来越远而变得微弱，却仍然有规律地影响着贝利撒留细胞内的磁小体[1]，让他高兴地知道这个世界仍然保有极性，同时也给他的大脑提供着大

---
　　① 趋磁细菌胞内合成的磁性纳米粒子。

略的导航数据。56.1分钟后,他的磁小体感受到了一个新的磁场,被完全吞没。是个大家伙,大到可以是一艘战舰。船体外咣当作响,看来捕获他们的不只是电磁力。

"我们不下船?"他们又静止不动地悬浮了33秒之后,贝利撒留问道。

"我们正在把一个瞬态虫洞接入到远征军那里去。"伊坎吉卡说。

灯光昏暗下来,周围的一切都静止不动。战舰缓缓加速,让拖船剧烈震动了一下,随后再次陷入静止状态,整整22.4分钟。之后,机械夹臂终于放开拖船。拖船本体进入了太空,贝利撒留又感受到了斯塔布斯的磁场。

这次磁场弱了许多,意味着他们已经远离斯塔布斯脉冲星,约莫有十分之一光年的距离。这样算起来,他们应该身处斯塔布斯的奥尔特云①之中,身边遍布着彗星和微行星。驾驶舱的舷窗重新变得透明,贝利撒留伸长脖子,用他眼内的望远植入体观察外面令人眩晕的黑暗太空。十几艘战舰随即进入视野,散布在驾驶舱外,占据了大约两百公里的空间。他的眼内植入物放大图像,视野内一下子被星光和彗星拖尾照得一片明亮。

这些战舰都是聚合的老型号,这个级别的军舰早在六七十年前就成了二线船只。贝利撒留数了数,有两艘护卫舰、九艘巡洋舰和一艘战列舰。那艘战列舰小得可怜,放在今天的海军舰队里,几乎都不够资格作为主力舰。

他眯起眼睛,继续放大图像。并非一切都是老旧的。布满岁月痕迹的电镀层上点缀着闪亮的斑点,还有奇怪的凸起气泡,沿着船体排列。驱动部也形状奇特。从船头到船尾,有几根膨

----

①围绕恒星、主要由冰微行星组成的球体云团。

胀的管子贯穿船体的上层结构。那不是普通的驱动器。

他的磁小体感应到一个奇怪的颤音信号贴了过来，很短暂，不是从拖船传来的。透过船体很难精确感知，但它带来的压力并不像面对强大磁场时那么均匀。它的质地极其复杂，那种形成模块的粒度，是诸多力场交互作用，经量子叠加而成。这样的信号极度精微，大多数仪器都无法测到。是什么信号？

微观宇宙中充斥着量子模糊性。对于宇宙的亚原子结构中的每个粒子和波而言，不同的可能性并行存在，且相互排斥。这些可能性之间彼此竞争互动，以不可观测的方式乱成一锅粥，每一瞬间都在创造着一张张复杂的网络。这些网络由潜在的因果链、粒子和场相互作用的历史交织而成。但宏观上看，这锅粥总是均衡平静的。眼前这一锅却并非如此。他还从来没有见过这种持续和复杂的量子干涉。他激动得心怦怦直跳。

巴贝迪在旗舰背部的泊位中找了一处，将拖船停靠好。在零重力下，贝利撒留笨拙地跟着伊坎吉卡通过一个连接廊道，进入一艘战舰的门厅。到处都是人和塑料的气味。战舰上的电磁场罩在他的磁小体上，遮蔽了外界的秘密。

四

　　由于生物工程的强化作用,贝利撒留的好奇心极度旺盛,向来很难控制。现在,他最多只能强迫自己不要坐立不安。伊坎吉卡回来了,换上了军装。她穿着便装的时候,整个人总有种紧绷着的感觉,有点别扭。换上军装就合适了,仿佛一块宝玉被镶嵌回原来的底座上。她领着他来到一个简报室。在零重力环境下,贝利撒留笨拙地手脚并用爬上楼梯。有一次用力过猛,差点儿踢中一名跟着他们的面相和善的宪兵中士。在简报室里,伊坎吉卡飘浮过来,把自己绑到一个座位上。贝利撒留花了好一阵子才把自己固定好。她皱起眉,一脸不耐烦,直到他笨拙地合上锁扣。眼前是一组全息投影的军舰示意图,还有详细的战术分析和斯塔布斯港的地图。伊坎吉卡准备发言的时间,贝利撒留记下了眼前的图像。

　　"要把整个舰队运过主轴,你还需要知道哪些情报?"伊坎吉卡问道。

　　"一堂历史课,"贝利撒留说,"也许还有政治课。你的小舰队看起来完全过时。它们从家乡千里迢迢跑到这里来,想做什么?"

伊坎吉卡好像心里纠结了一阵子。"那是很久以前的事,"她最后说,"四十年了。"

贝利撒留不由得瞪大了双眼。

"四十年前,"她说,"聚合政府的政委命令我们联盟派出一支武装侦察部队,深入中土境内。这次行动的目的就是挑衅对方。没有人指望那支第六远征军能够活着回来。"

"你们的舰队于是来了个溜之大吉?"

"远征军恪尽了职守,"她激动地说道,"不畏艰险。但是在任务期间,有人给我们的军官推荐了一种新型驱动器,一种非常先进的驱动器。根据我们跟宗主国之间的协定,这样的东西必须上交给他们。"

"但那些政委已经知道了这种新设备的存在。"贝利撒留说。

"于是我们逮捕了所有的政委,"她说,"又四处搜捕聚合政府安插在我们部队官兵之中的卧底。之后,我们向着中土王国进发。"

"四十年才来到斯塔布斯,你们一定是一头扎进了深空,"贝利撒留说,"避开了存在于世界主轴①的一切已知的虫洞。"

"我们还必须设计好新的驱动器,把它装备到我们的每一艘战舰上。"

"你们的驱动器具体有什么用处?"他问道。

伊坎吉卡眯起眼睛,思忖着。她不信任他。这意味着她可能并不赞同来找他。

"你们的人找了个骗子来帮忙,而不是寻求军事手段,"他说,"联盟的情报人员一定考查过整个印第安座ε星②所有的私家

---

①AxisMundi,一些文化和哲学中的世界中心,连接天与地。
②距离地球十二光年的一个星系。

秘密特工。让我猜一下:他们找来找去,却找不到一个还没有被竞争对手抢先雇用的人。要么就是谁都不值得信任,无法确保他们不会为了更大的利益出卖你们。"

"巴贝迪告诉我,量人是善于深思熟虑的新人类物种。你听上去却没那么深思熟虑。"

"我不大喜欢被别人当作没有办法的办法。"贝利撒留说,"说吧,你们的船有什么本事?"

伊坎吉卡用手指碰了一下她手背上的一小块透明胶贴,在上面盲打着什么。他之前从未见过这种接口。房间做出了回应,暗了下来。"旗舰木塔帕①号"的全息图出现在眼前,扩大开来。

淡蓝色的简洁线条勾画出经典的聚合设计,放在八十年前,这是最尖端的。即便在六十年前,也是比较强大、有竞争力的。直到四十年前,它才被新的设计所超越。改动过的地方闪动着浅黄色的高亮显示。军舰的中轴已被重新打造成一个巨大的空心柱体,上面承载着船体上部,仿佛一群藤壶包裹在一根管子表面。

"这是一种新式驱动器,"伊坎吉卡说,"它不使用核反应物质,所以不能用排气速度②来衡量。硬要用那种标准的话,驱动器的推力相当于每秒五十万公里的排气速度。"

"什么?"贝利撒留脱口而出。她瞥了他一眼,眼神中满是骄傲。"比整个文明所知的最大推力都更大……"他说,声音逐渐变小,"它到底是什么东西?"

"你只需要知道有多大就好了。"

---

①非洲津巴布韦古老王国。
②指推进气体离开发动机喷嘴的速度。

"只知道这个远远不够。你们有没有在虫洞中用过这种驱动器？时空隧道里发生的稀奇古怪的事情,可能才是真正的危险。"

"我们通过人工虫洞调动过舰队,"伊坎吉卡说,"但我们还从来没有在虫洞内部激活过驱动器。"

"发什么了什么怪事?"

她的眼神很不自在。他继续观察着全息图中标成蓝色和黄色的部分,更关注颜色而不是线条,因为后者他已经默记在心。打牌要等待时机下赌注,现在的等待是让她再多说几句话。

"暴胀子驱动器。"她最后说。

"什么?"十分钟内,这已经是她第二次让他大吃一惊了。

"以你的知识水平,无法了解它的工作原理。"

"也许的确不能。"他瞥着全息图,说道,"你能放大些吗?"

他注视着伊坎吉卡的手指移动,只见"木塔帕号"的图像逐渐放大,充满了整个房间。

"能把船尾转过来我看看吗?"他问道。

她的手指在手背上一扫,做了个不同的动作。图像调转了九十度。现在,通过中空的军舰,他能看见对面的舱壁。从这个角度来看,船体侧面的那些气泡像浮雕一样凸起,比刚才从侧面看的时候更大。

一部暴胀子驱动器。他想:她是不是在说谎?通常他能看出谎言,这一次他倒没觉得她在说假话。看得出,她正努力克制自己的骄傲之情。他们是怎么做到的? 暴胀粒子拥有的暴胀力,正是导致宇宙不断膨胀的力量。有的理论认为,暴胀作用能够不断地自我强化,导致完全失控。他们的这种驱动器有可能把他们自己摧毁掉。还有,它的能量消耗必然极其巨大。想到这里，贝利撒留突然明白过来。

"是虚暴胀子。"贝利撒留说。伊坎吉卡吃了一惊。

虚粒子指的是成对的粒子和反粒子，它们可以凭空出现，无中生有，又可以迅速消失，回归虚无。

"量人对虚粒子特别有研究。"他说。

这么说简直太轻描淡写了。虚粒子的海洋在时空中的每一点都泛着浪花，由此产生巨量的噪声。量人不得不对其进行过滤，才能得到有效的信息。伊坎吉卡看起来有点不高兴，好像后悔自己说得太多了。

"别担心，少校。我会替你们保密的。你们创建一对虚粒子来迅速开辟时空，在它坍缩之前那一瞬间，你们的军舰就借势向前一冲。是不是这样？"

"你是个危险人物，阿霍纳。"她说。他不知道她说这话的意思是不是想拔出手枪，一枪把他的脑仁崩到后面的墙上去。"你觉得还有多少量人能猜到这一点？"她问道。

"大多数量人都有分裂人格，状态很不稳定。"贝利撒留撒谎道，"在安静和低刺激的环境中，他们一切正常。其中百分之一的人可以跟外界环境相安无事，比如我。"

"但是，你们量人大多数都能做出这样大胆的逻辑推演，对吗？"

他摇了摇头，"量人大多专注于理论方面的思考。他们认为宇宙学这门学科太偏实用，不值得进行严肃意义上的探讨。我的兴趣爱好一向比他们更接地气。"

"一个人兴趣爱好太广泛，是一件危险的事情，阿霍纳。"

"那我们不妨赶紧把这些危险全部解决掉，一劳永逸。为什么你们的飞船要把驱动器装在最前面？它又不是冲压驱动器，不需要为它提供星际介质。"

这一次,她扬起眉头,端起胳膊,"你说呢,魔术师。"

他盯着"木塔帕号"的全息图,思索着,仿佛它是伊坎吉卡打出的一手牌,而她的对手是聚合政府。打牌的窍门是针对牌手,而不是牌,那么,他的第一条参考数据就是:伊坎吉卡觉得她这手牌很不错。聚合政府拥有霸权,虚张声势的招数对它毫无效果,所以合理的解释是:这手牌真的有那么强,让她信心十足。为什么呢?

第六远征军成立已经是四十多年前的事了。这支舰队携带的装备早在他们出发之前就已经落伍。即便算一下纸面上的战舰实力对比,一艘换一艘,放在四十年前,跟宗主国开战的话,他们也坚持不了一个小时。但现在,在这一艘艘经过改装的军舰里,他们重返文明的渴望充斥在空气中。这不是思乡。他们所憧憬的是一场独立战争。通常说来,如果不是有必胜的把握,任谁也不会憧憬一场战争。

"请把图像再转一百八十度。"他说。

她的手指在手背上划动,全息图像旋转过来,船身上那条管子现在直直地正对着他的脸,就像大炮的炮筒。他那量人的大脑时时刻刻都在嗅探着模式和对称性,这时它发现了新模式:一部没有燃料的驱动器,相当于一门没有弹药的大炮。

一门暴胀子大炮。暴胀子和反暴胀子组成的粒子对,在这根管子中存在的时间短暂到仅以皮秒[①]计,而他们的战舰就靠这驱动器来推动。这种粒子对,如果逃出了驱动器的束缚,会造成什么后果?

"你们这种暴胀大炮的破坏力有多大?"他最后问。

---

① 百亿分之一秒。

"这你不必操心。"她说，她的声音里带着一点沾沾自喜。

这支远征军为什么能取得如此巨大的技术进步？难道他们偶然发现了某种超前的神器，并破解了它的秘密？四十年时间的确很长，但还没有长到足够让他们发明这一整套系统。光是暴胀子驱动器这一样，就已经领先整个文明的水平数十年。其意义或许还不止如此。这项工作的规模之大，政治上和军事上可能产生的影响之深，贝利撒留简直无法想象。做个骗局糊弄一下商人或黑帮，跟这件事相比完全不能同日而语。坦率地说，这件事可能已经超出了他的能力范围。他毫不怀疑，如果他把这件事搞砸了，伊坎吉卡少校会毫不犹豫地对着他的脑袋开上一枪。

"这个活儿就是要穿过偶人主轴，把十二艘战舰运过去。"他若有所思地说。这样的描述十分单纯，没有附加任何政治背景，于是听起来显得不是那么艰难了。"你们的报酬是什么？"

她调整了一下全息图，一艘小型舰只显示成黄色。

"这是多大尺寸？"他从安全座椅上向前倾了倾身体。

"从船头到船尾，一共五十三米。"她说。

这条船造型优美。驾驶舱、发动机、货舱和生命支持系统紧凑地环绕在一根管子周围。这是一艘拥有独立暴胀子驱动器的小飞船。为了得到它，任何宗主国都会不惜一切代价。

五

贝利撒留不知道是否应该接受这份工作,但现在还不急着答复。伊坎吉卡领他来到走廊,那个宪兵还在那儿守着。贝利撒留探手想去握住梯级,但动作不太利索。他抓了个空,惊慌失措地张开手臂,不知怎么就在走廊中间旋转起来,够不到任何一堵墙壁。他叹了口气。

"好久没在零重力下生活了。"他说,"谁能帮我一把?"

宪兵露出厌恶的表情,伸出他的手。贝利撒留摸索着抓住那只手,仿佛紧握着一条救生索,总算攀上了墙上的梯级。他小心翼翼地跟着他们穿过走廊,周围褪色的碳聚合物墙壁让人感觉冷冰冰的,很压抑。要是装几个小彩灯,也许会让飞船更温暖些。伊坎吉卡停了下来,将手掌按在一部传感器上,一道舱门向下打开。里面显露出一间阴暗的房间,大小差不多能放下几口棺材。

"我们让一位军官搬到主营去了,这样在你逗留期间可以有贵宾的感觉。"伊坎吉卡说道。贝利撒留觉得她的话里应该是没带讽刺意味。他在偶人自由城房子里的淋浴间都比这个房间大。

他飘进屋子,转身面对她。她棕色的眼睛挑衅地盯着他。"你们不可能击败聚合政府的,"他最后说,"他们哪怕是打个喷嚏,其他宗主国都会提心吊胆,更别说你们了。"

"你只管施展你的魔术,剩下的交给我们。"

她犀利的目光直直地瞪着他,然后又稍稍软化下来。

"我对你这个人没什么意见,阿霍纳,"她说,"但没人愿意在压迫下生活。你唠叨了半天,不过是些人们重复了几十年的老生常谈。我们不是自己家园的主人①……"这句老话,她只说到一半就没再继续。

墙壁内的自动门再次升起关闭。借助天花板上一只方顶灯的弱光,能看到四面年久褪色的灰棕色碳纤维墙壁。其中一面墙上绑着一个零重力睡袋;另一面墙上有只手柄,拉开是一个小水槽和配套的水龙头。空气中掺杂着汗水的气味。屋子里肯定有摄像头在监视着他。撒哈拉以南联盟的激情显而易见,他们的偏执也同样如此。他小心翼翼地打开睡袋钻进去,把自己绑好。他关上灯,闭上眼睛,脑中的思索却还停不下来。

撒哈拉以南联盟在筹划一场反对文明中最强大力量的独立战争。他们需要一个骗子,来帮助他们把秘密武器运到一个可能让他们化为齑粉的地方。这么看起来,这任务可不那么吸引人。

更重要的是,伊坎吉卡还隐瞒了什么事情。她撒谎的技巧十分拙劣。某个联盟科学家仅凭一己之力,突然搞出了一个新型推进系统,这件事的概率可算是微乎其微。他们的新武器——暴胀子驱动器——是从哪儿得到的?他得好好想想。

量人大脑已经过十一代的升级改造,不断强化其算数和几

---

①原文是法语,语出弗洛伊德。

何能力,再加上极为清晰的记忆力。这些能力足以培育出智商惊人的孩子,但想要解决宇宙中最艰深、最抽象的问题,量人还需要进一步强化自身。

仿照电鱼的DNA改造,使得每个量人的肋下都有电肌块,那是一组肌肉,作用类似电池。贝利撒留从自己的电肌块发送了一股持续的极化微电流到他的左颞区——大脑中与感官输入和语言相关联的区域。片刻之后,他的大脑对语言和交际的细微之处进行辨识的能力减弱了,嗅觉、味觉和触觉也同样被抑制。与此同时,大脑右前叶的活性大大增强,跟数学创造性有关的脑神经连接不断扩增,几何思维能力也上升到超越天才的水平。量人称这个状态为"白痴天才"。

贝利撒留从电肌块又发出了另一股电流,让他的磁小体——肌细胞中含有微型金属线圈的细胞器——带电。他的身体周围展开了一个弱磁场,能够让他感受到"木塔帕号"施加在他胳膊和腿上的电场和磁场。天花板格上连接到隐藏式水槽的金属铰链让他的磁场产生了失真。那台没打开的电脑显示器后面连着的金属线缆也是如此。这间狭窄客舱某个角落里嵌着的那部摄像机也有同样的效果。他调整了自己的磁场,重点感应那部摄像机所导致的失真。摄像机没做出反应,说明它不是现代化的灵敏机器,只能监控图像。

贝利撒留转身背对摄像头,把脑袋钻进睡袋,装作在睡觉的样子。在睡袋的黑暗中,他掏出刚才从宪兵手背上摘下来的胶贴。很久都没干过从别人身上"拣"钱包、硬币或是芯片的活计了。他一度担心自己没准儿会失手。

这胶贴是一片透气的碳丝织网,上面有半导体纳米电路。柔软贴身,隐约有光泽,由身体的运动能供电。他把胶贴贴在左手背上。上面的细小数字和字母亮了起来,发出微光。贝利撒留白天曾经让伊坎吉卡好多次旋转全息图,这样他就能观察她是如何操纵胶贴的。她当时的动作自信而熟练,而他现在只能试探着操作。一个简略的全息影像浮现在他的手背上方。胶贴没有设置密码锁定,这意味着飞船上的所有设备可能都是这样。

如果让联盟的人发现他正在他们的网络里乱转,他可能会被处以极刑。现在只能寄希望于这支第六远征军使用的量子计算机还是五十多年前的老东西。贝利撒留的大脑具备全套的量子处理能力,但他却十分紧张。通常他接活儿都不会把自己置身于这样的险境之中。但是,他必须了解联盟,才能搞清楚自己是否应该接受这份活计,甚至是这活儿到底有没有可能做成。

有个叫甘德的骗子曾经告诉过他,世上只有三种赌局:

第一种:你是玩家,你玩的是牌。

第二种:你是庄家,你玩的是玩家。

最后一种:你就是随便扔个骰子都能撞大运。

他侵入了联盟的网络。手背上亮起几格标准样式的黄色图标:通信、共享存档、科研、电力系统、武器装备、状态仪表盘,以及保密文件。接着出现了一幅认证图案,闪烁着等待输入。这应该是一道量子密码验证程序。

周围的世界变得模糊不清,因为他的思维方式已经切换成量子逻辑的模式。他的头脑并没有变得不精确,而是采取了另一种态度,不再那么重视精确度。多重的互动和关系变得比单一的身份和状态更加重要。周围的物体变得模糊,包围在闪动着的光环之中。声音也变得更加深沉丰富,被几不可闻的旁白干扰影响,时而增强,时而减弱。可称为"当下"的那部分时间,轻轻地扩展开来。

他用自己的视觉增强模块把认证图像放大到巨细靡遗的程度，发现其中的加密算法用得十分高级。贝利撒留的头脑继续保持在白痴天才的状态，然后用量子处理的方式，艰难地试图破解密码。时间花得很长：十秒、二十秒、三十秒，他甚至觉得自己肯定已经触发了警报。没有。那些全息图标变成了绿色。

他触了一下悬浮在空中的"动力系统"图标。该目录下包含暴胀子驱动器那令人咋舌的加速和散热功能描述、最大耐受度阈值以及详细的维护说明，但没有蓝图或基础理论。这些信息可能单独存放在隔离系统内。此路不通。

他又点进了"研究"目录。他的大脑开始进行模式嗅探，专注于搜寻数学公式以及与之相关的物理学理论，哪怕仅仅是只言片语。怪异的是，远征军并没有掌握什么暴胀子理论，只是对一个耳熟能详的概念——虫洞物理——做了些修补，以此作为他们改造工程的基础。跟贝利撒留自己在十几岁时就已经掌握的虫洞物理知识比起来，他们的理论体系缺乏严谨性，相应的预测和分析能力也就削弱了。远征军的理论凌乱破碎，看上去就像是某位非主流艺术家的作品。也许这并不令人感到意外——没有什么部队会随军带上理论物理学家。

他的大脑停在了这些研究内容的日期上。研究报告的日期有的重叠，有的偏早。与第一代试验相关的研究文件的日期开始于2499年，可是却有四组不同的第五代试验显示其文件开始于2476年。仅仅一年后，远征军就失踪了。按说第一代试验应该早于第五代试验，对不对？

难道早在他们离开之前很久，联盟就已经在从事非法的研究？假如联盟军队定期出入聚合世界主轴的虫洞，并且始终处于随船政委的监视之下，他们又是怎么一直保持自己的秘密研究不为人知？这是不可能的。所以，在离开之前，他们并没有开始这些研究工作。

他又快速掠过另外一些参考资料和注释。联盟的这些研究大部分似乎都涉及虫洞物理学，其中一些观察结果只有根据进出虫洞的经验才能得出，而且还必须是组成先驱者世界主轴网络的众多永久性虫洞之一。远征军一定是发现了一个这样的虫洞。

真要那样的话，那可是一个价值无法估量的宝藏。拥有世界主轴网络的永久性虫洞，这是宗主国成其为宗主国的专属特权。藩属国没有永久虫洞。另外，根据联盟与聚合政府签订的宗主-藩属条约，新的世界主轴虫洞一经发现，必须移交给他们的宗主国。这就是导致远征军失踪的原因。

对贝利撒留个人而言，这一发现也有非常特殊的意义。他们的观察结果如果是正确的，那就开辟了一片研究的新天地。多年以前离开家园的时候，他不得不放弃了那样的天地。过去的回忆不断涌现，和模糊的渴望壅塞在一起。他努力压抑着种种情感，将注意力集中在眼前的事情上。

混乱的文件时间戳依然令人费解。对于前期发现所做的调查并没有顺理成章地带来新一波的调查研究。许多复杂的发现似乎在那四十年的初始阶段就已经得出。

就在这时，他看到了一个叫作"研究协调中心"的目录。协调中心过去三年一直处于休眠状态，但在那之前，它曾经是一个巨大的研究成果交易中心，汇聚了各类新发现。在这里，人们先提交研究工作中碰到的问题，之后会有人交付问题的答案：虫洞物理、武器研究、防御技术、传感器技术、推进技术和计算需求。数十年的研究一下子得到解答。正是在这些结果传递给不同的研究单位的时候，日期发生了混乱。

贝利撒留调整了一下全息显示，以更好地适应他的大脑。他想要几何显示，最好有至少四个维度，以及从试验指向其结果的因果矢量，这样才能追查到这些结果是在何处嵌入下一组试验的设计之中。全息显示屏听话地做出了调整，呈现出一个超维缠绕，凭借人类的肉眼和大脑很难解开。

眼前出现一幅喷泉形状的图形，喷泉由六束流光组成，时间沿着光束垂直向上，指向未来。试验和问题的开端位于喷泉底部。试验结果由远征军的研究人员推动着向上升，保持在各自离散的时间流里，并不与其他的研究路线发生交互。在第一批试验结果的基础上，迅速向上生发出进一步的试验，得到新的试验结果，接着又是新的试验……如此直到2487年附近，也就从最初的试验开始刚过十年的时候，试验结果消失了。它的下一次出现，是在相邻光束的底部。

在底部。

那里是2476年。

时光倒流了十一年。

贝利撒留没法相信这样的结论。他反复检查了日期标记。眼前这些时间光束的模式如此规整有序，绝无可能存在日期不一致或是数据库错误的问题。他的大脑经过改造，就是为了识别这个世界中的各种模式。问题是遗传工程师们把这项能力增加得太过强悍，让他常常发现一些其实并不存在的模式。他得时常对自己的直觉观察进行事后的印证分析，才能让眼前的这个世界显得还算符合逻辑。

这一次看来也是如此。

不过，与其自己一个人整晚做这种印证分析，还不如痛快地接受另一种可能性：远征军找到了向过去发送信息的方法。如果真是这样，那么这些有关研究的信息流就是特意设计成分隔开的状态，这样就能分隔开不同的知识，以避免违反因果关系。第一股时间流中的研究人员在2487年的时候绝不会看到自己的试验结果从2498年发回来。这些结果去了第二股时间流。同样地，第二股时间流的结果又去了第三股事件流的过去。就这样，结果走遍了每一个研究时间流。然后以十一年为周期，如此循环往复。

多么精巧的设计，大气恢宏。这样一来，联盟就有了一部可以实现时间旅行的装置。

借助这种手段，在四十年之内，他们完成的不仅仅是四十年的研究，其价值也许抵得上四个世纪！联盟的起点远远落后，然而现在他们或许已经成功地超越了所有其他国家。不过，一旦他们拥有时间旅行手段的消息传出去，所有的宗主国，哪怕是在天涯海角，也将不惜为之一战，前来讨伐他们。如果他接受了这份工作，结果可能会触发一场整个文明都会卷入的战争。这件事千头万绪，一时间很难想清楚。

接着贝利撒留发现了一组文件，里面包含了时间旅行技术装置的数学公式描述。理解这些公式的过程大费周章，令人沮丧，不过花费了几分钟之后，他终于发现文件描述的是两个成对的虫洞，相距只有数十米，部分地相互关联，形成了一座横跨十一年的单向时间桥。联盟发现的不只是一个先行者虫洞，而是两个，因为某种轨道力学的偶然事件而粘在了一起。一对结合在一起的虫洞将会放射出各种量子级别的干扰，他在靠近舰队的时候感觉到的电磁场异常也许就来自于此。那对虫洞可能就在附近。突然间，贝利撒留恍然大悟：这对虫洞的直径或许仅有区区十几米。

远征军随身携带着一对虫洞,就在他们的某一艘飞船上。

他想起了跟随伊坎吉卡和巴贝迪一起登上舰队的时候感觉到的那股信号。他开始回溯检索,计算着信号源可能的位置,又读取了舰队编队的记录,来进行交叉比对。他登上舰队、感受到那个结构怪异的磁场时,场源附近只有一艘飞船,"林波波①号"。但是他跟那艘飞船相距两百多公里,实在太远,没法做出任何观察。那么近,却又那么远。

贝利撒留关闭了飞船上的文件,又退出了白痴天才状态。

他从手背上揭下那张可以成为罪证的胶贴,握在手心。他的电肌块发出一股电流,通过一组绝缘碳纳米微管线路,涌向他的指尖。胶贴烧焦皱缩,成了一小团。他将那一小团塞进睡袋接缝的一个破口里面,为了保险起见,还将它揉得粉碎。

---

①南非的一个省。

六

　　第二天早上，贝利撒留仍然没有决定接受还是拒绝这份工作。不管他成功也好，失败也罢，都会有人——也许是很多人——丢掉性命。第六远征军说不定会因此全军覆没，伤亡还可能不止于此。但联盟显然已经下定了决心，不管有没有他的加入，他们都要放手一搏。真正的战争即将来临，这可不仅仅是一直伴随在所有人生活中的冷战。对于偶人，他的确相当了解。除了偶人自己，外人的了解最多也只能到这种程度。虫洞他也了解一些。可对于如何做成这件事，他还是毫无头绪。但尽管如此，他仍然知道，自己是最佳人选。他想不出来还有谁能比他更好地帮助联盟实现这一计划。

　　一名宪兵进来，把他带到了另一个房间，墙壁上挂着几套宇航服。伊坎吉卡少校已经穿上了一套。"你想看看远征军的表现，"她说，"我已经得到授权，这就带你去看看。"

　　在零重力下，贝利撒留手脚乱舞着飘向墙壁扶手，取下一套看上去跟他身材相仿的宇航服。由于没有重力，他很花了一些时间才穿上宇航服。他还在穿裤子的时候，那名宪兵已经穿戴完毕了。他想用两只手扯下衬衫的一个纽扣，结果身体却开始在空中打转。伊坎吉卡的耐心终于消耗殆尽,伸手搭住他的胳膊,帮他摆正姿态。他不好意思地把那颗纽扣放进宇航服的一个外层口袋里,然后继续穿衣服。

"我没问题的。"他封好宇航服的密封口,说道。

三个人依次通过密封舱门,进入了外面的高度真空。他的内心感到一阵失落。他喜欢星星,却讨厌太空,特别是巨大到让人反胃的宇宙中那片幽深的黑暗。贝利撒留的肌肉感受到微弱的磁场拂过,那是十分之一光年外的斯塔布斯脉冲星。仅凭人类的天然肉眼,他也可以看见四千颗星星。繁星之间,是浩瀚无垠的虚空。如果打开视觉增强植入模块,开启望远模式,他能看见的星星数目会是现在的五倍。但星星之间的空间也将被放大,平添许多杳无人迹的虚空。看着这整个宇宙,感觉就像在神游:你不仅仅是知道它乃是一片虚空,而且自身就是这片虚空的一部分。

他用戴着手套的手指从口袋里掏出那枚纽扣,让它飘浮在岿然不动的"木塔帕号"飞船旁边。

"木塔帕号"上耀眼的探照灯光打在他们身上,将宇航服的手和胳膊部分照得雪亮。数公里之外,太空中停泊着另一艘战舰,舰首正对着"木塔帕号"舰身中部。伊坎吉卡少校和那个宪兵一人抓住他的一只上臂,从"木塔帕号"上一跃而出。三个人飞身纵入虚空,贝利撒留的胃剧烈收缩,拼命忍住才没大叫出声。

没有往返飞行器,没有导索。什么都没有。

伊坎吉卡和那名宪兵就这么径直跃了出去。他已经吓到动弹不得,因而倒也没有干扰他们的前进。他的身体一直绷得紧紧的。那两个人用冷冻气体喷射器修正着飞行路线,他能感受到轻微的推力。估计还得有个几分钟,他们才能到达对面那艘战舰。他飞翔在太空之中，除了自己粗浅急促的呼吸声，耳畔只有那两人的宇航服跟他的宇航服相互摩擦发出的嘎吱声。

这是些什么人啊，竟然在太空船之间跳来跳去？他想不出有什么必要非得做这样的机动动作。不可能是为了在他面前炫耀，他们没有那么把他当回事。也许这是一种新式的军事机动动作，或者是艰苦条件催生出来的新战术。或许这只不过是一种纯粹为了与众不同、出人意料才发展出来的战术动作。既然第六远征部队有了新式的武器系统和推进技术，在战斗中引入新的战术也是顺理成章的事。

你要对付的是牌手，而不是他手中的牌。

他们正在接近对面那艘战舰。他们飞向一个暗淡灯光映照下的小船坞，聚光灯一直跟着，照在他们身上。他感觉到几股更大的力道，身体随即开始倒转过来，双脚朝向目的地。下方出现了一个强磁场。

"弯曲膝盖，阿霍纳，不然你的脚踝会骨折的。"头盔无线电中传来伊坎吉卡的声音。

他照做了。脚下的飞船以骇人的速度变大。他明白自己身体携带的动能并不多，仅仅来自于开始的那一跳。但内心本能的恐惧仍旧难以抑制。视野中无垠的太空渐渐被飞船遮蔽，他们的脚撞在了船体上，紧紧卡住。耳边是自己粗重的呼吸声，膝盖颤颤巍巍。

"见鬼，阿霍纳！"伊坎吉卡喊道，一把将他推进密封舱门，"怎么好像你从来没有进过太空一样！"

贝利撒留脸上一热。他们依次通过了密封舱。

"这就是'琼莱①号'，"她一边对贝利撒留边说着，一边脱下

---

①南苏丹的一个省。

头盔,"一艘很棒的战舰,可以代表远征军的飞船水平。"

他们双手攀缘着向舰桥移动过去。贝利撒留行进缓慢,但好在没有发生什么事故。他们见到了"琼莱号"的指挥官鲁辛迪上校,一位年近四十的女人,皮肤黝黑,额头上有六道横着的疤痕。舰桥居然有重力,在普遍的零重力环境中显得十分突兀。六个棺材大小的加速舱以一定角度斜立在舱壁上,上面还有覆盖着厚玻璃的小窗户。如果加速舱里有船员的话,小窗应该就是他们朝前看的位置。鲁辛迪在舰桥中间调出一幅全息显示图。贝利撒留脚上穿着磁力靴,只能笨拙地拖着脚步靠近,凝视着全息图。

"能让我看看外面的景象吗?"他问道。

上校手指划动,全息图缩小了,"琼莱号"变成只有一个图标那么大。图上只有一艘其他飞船:"木塔帕号"。

"范围请再扩大些,"贝利撒留说,"让我看看整个远征军舰队。"

上校又动了动手指,全息图中心的两个图标继续缩小,新的图标出现在图像边缘。远征军舰队的左翼是悬浮在太空中的指挥巡洋舰"尼亚力克①号",旁边是"朱巴②号""戈布德维③号"以及"巴特布奇④号"。几艘战舰成编队排列,在图上显示为橙色的图标。舰队的右翼舰只显示为淡黄色:装甲巡洋舰"林波波号"、下辖"奥姆卡马⑤号"、"法绍达⑥号"和"坎帕拉⑦号"。舰队的中军是

①非洲丁卡人的造物主。
②南苏丹的一个省。
③历史上的南苏丹国王。
④非洲大湖区王朝。
⑤历史上的乌干达王朝。
⑥在今苏丹。
⑦乌干达首度和最大城市。

战列舰"木塔帕号",周围拱卫着"琼莱号""恩登[1]号"和"皮博尔[2]号"。

一股微电流从他的电肌块发向大脑,触发了白痴天才模式。语言和情感的微妙之处被几何和数学解读的疾风暴雨冲刷得一干二净。用量化的方式看世界让他自在安心。只是身边这些人的存在让他很不舒服。他们不喜欢他,也许吧。之前他感受到的那些情感线索、社交关系已经退到一旁,取而代之的是几何与数字方面的洞见,如暴风雪般袭来,彻底吞没了前者。

全息图上的远征军舰队变成了一张由动量、距离、质量和光速等信号组成的网络。"林波波号""木塔帕号"和他放出去飘浮在真空的纽扣,三个点的位置正好形成了一个狭长的三角形。贝利撒留头脑中闪过各种数字。从"林波波号"到"木塔帕号",二百五十公里。

他吞吞吐吐地说:"我需要了解你们的飞船是怎么利用虫洞的:飞船打开一个黑洞有多快? 在黑洞里能走多远? 穿越黑洞有多快? 穿越之后重新出现时,飞船系统恢复工作又有多快?"

贝利撒留发现无人回应他的目光。在白痴天才的状态,与他人目光接触,就好像盯着一盒子拼图碎块看,让他大脑中的模式功能变得超级活跃。对方的面部表情仿佛在飞速变化,从反对到赞成,不断循环,搅成一个极速旋转的旋涡。上校的手指动了动,飞船随即嗡嗡作响。脚底下的重力猛然增加。

永远渴求着逻辑推理与抽象分析的贝利撒留的大脑开始解析"木塔帕号"这个舰名。脑中植入的百科全书增强模块可以给他提供各种资料,他想要多快就能多快给他。木塔帕,由大津巴

---

① 非洲丁卡人先知。
② 南苏丹城市。

布韦的一位王子创办的中世纪王国。木塔帕王国很快就超过了它的邻国,甚至其母国,强大的形象,强大的象征。他希望能够对此做出量化分析。

联盟挑选了一些好名字。比如奥姆卡马,那是一个王朝的名字,统治乌干达直至19世纪。这个王朝没有被现代化的历史巨轮碾碎,而是随之滚滚前进,因而拥有强大而深远的文化影响力,甚至一直延续到撒哈拉以南联盟形成的时代。用一个具有强大象征意义的文化资产来给一艘战舰命名。这种象征意义强大到值得去牺牲吗?他不想让他们牺牲。

他要怎么才能量化这种象征效果?应该有专供社会学使用的逻辑算法。他应该编制一种这样的算法。文化传统推动着远征军,在全体国民身上烙上了它的印记。他们被自己的文化传统包裹着,由此生出无限的自信。连贝利撒留也只能羡慕这种自信。

恩登,这是19世纪丁卡人①的一位先知。丁卡人的创世神名字叫作尼亚力克。巴特布奇则是中世纪一个围绕大湖②地区而建的帝国。戈布德维是南苏丹著名的阿赞德王的名字,字面意思是"把人的肠子扯出来"。

强大的形象,强大的象征。聚合政府怎么就没想到呢?联盟的战舰身负这些名字已经好几十年了。这也是数学,这是关于人的物理学。情感和爱国的能量倍乘在一起,就产生了精神上的动力。

伊坎吉卡推了推他,他却呆立在原地。

"要不要这个,阿霍纳?"她说了好几次。

①南苏丹的主要族群。
②东非大裂谷中和裂谷周围一系列湖泊的总称。

一个计时器,一部数字计时器。她拿着一部数字计时器,在她的手中,她的手在他面前。他在白痴天才状态下。记得要有礼貌。

"谢谢你,"他说,"我能清晰感知时间。我不需要这个。谢谢你。"

他没有看她的眼睛。她已经走开了,边走边摇头。重力在增强。

"我们的飞船现在就是由暴胀子驱动器在推进?"他问道。

"是的。"伊坎吉卡说。

他没有察觉到磁场发生任何变化。这意味着暴胀子驱动器不与电磁力相互作用。

"我们现在的重力低于半个 g①。"贝利撒留说,"暴胀子驱动器能加速到什么级别? 十个 g? 二十个 g?"

军用级核裂变推进导弹的加速能力可以保持在四十个重力加速度,而且能在这种情况下跟踪并命中做出躲避动作的目标。

"还要大得多。"她说。

快到导弹也追不上? 但就算有精神动力和高速飞船,最终还是无关紧要。联盟一共只有十二艘飞船。聚合政府的一个中队就拥有那么多艘战舰,而聚合政府有好几百个中队。数学总是这么无可否认,令人安心。而且远征军除了暴胀子驱动器技术之外,其他技术大都是半个世纪以前的过时货。悲哀啊,为联盟感到悲哀,但这是他们自己想要的,文化传统的动力推动着他们一往无前。

"琼莱号"停止加速,旋转了一百八十度。重力一下子变得像要把人压扁,贝利撒留的膝盖止不住颤抖起来。他一个跟跄

①地球表面重力。

撞在墙上,努力不让自己晕过去。因为无法再度集中注意力,白痴天才的状态变得时断时续。伊坎吉卡和鲁辛迪正站在那里笑话他。他的内心燃起了怒火——不是对她们,而是对他自己。

"这才刚到1.5倍的重力加速度,阿霍纳。"伊坎吉卡说。

他不想失去刚才脑海中的那些数字。从"木塔帕号"到"林波波号",坐标,以秒计数的时间,重力加速度。记住那些坐标。他蹲下身子,靠墙坐住,把头埋进双膝之间。他不在乎别的人会怎么看他。

34.7秒后,巨大的压迫停止了。嗡嗡声停了下来,重力也一下子消失了。"琼莱号"已经跟"木塔帕号"拉开了一段距离,现在足够安全,可以打开虫洞了。鲁辛迪上校手指连弹,加速舱中的值班人员关闭了飞船的系统。

"你想跃迁去哪儿?"鲁辛迪用口音很重的法语问道。

"朝银河系南的话,你们能跳多远?"他问道。来上这么一次传送,他就能知道远征军打开的虫洞的距离和精度了。

鲁辛迪默不作声,又做了几个手势,给出命令。贝利撒留拖着脚上的磁力靴,笨拙地凑上前去。全息图上,外部全景消失了,取而代之的是内部系统的各种图形。图上可以看到"琼莱号"的磁线圈正从舰首向外扩展。贝利撒留虽然身处飞船内部,都能感觉到那磁场的牵引力。磁场强度上升到了九千高斯①,一万,一万四千,二万一千。

贝利撒留感觉手臂和胸部一阵刺痛。

六万,十万,二十八万高斯。

已经超过了工业和医疗用的磁场强度。

强度达到四十万高斯的时候,电磁场和引力场就会开始以

---

① 磁场强度单位。

奇妙的方式相互作用。只要能恰当设置磁场方向,就可以让时空本身开始"嘎吱作响"。读数在五十五万高斯的地方停了下来,稳住。

飞船的正前方,一个时空口袋鼓胀出来,跟空间的三个维度都成直角。半熔化的时空肿胀得像只探出来的手。磁场的形状和焦点推动着这根时空管道,横跨那些听任自己被卷曲的空间维度。这只手落了下来,手指环绕,把一段空间握在手中,一架狭窄而不稳定的桥随即出现,伸向遥远的银河系南的某个地方。指示灯变成了绿色。他们打开了一个虫洞。

接下来是有危险的部分。"琼莱号"六百米长的舰身里面挤满了核聚变和核裂变电力系统,以及那台暴胀子驱动器。飞船上所有能够移动的部件都不得不固定起来,因为在人工打开的虫洞里,意外随时可能发生,就像一支笔尖朝下立着的铅笔随时可能倒下一样。黑洞跟绝对零度之间的温度差处于不确定性原理的范围之内。无论与周围的环境发生何种相互作用,都很可能会导致这个环境的彻底崩溃。这跟通天轴那种永久虫洞十分不同——即使发生了人为错误,永久虫洞也绝不会将穿越其中的飞船吞噬掉。

"琼莱号"的主系统和备用系统都关闭了,仪表盘上显示战舰外面的温度为105开尔文。遍布船身的红外辐射仪打开了,它们的作用是对"琼莱号"的黑体辐射进行处置,将其冷却至幽冥般的低温,从而不会干扰到虫洞。他的脚感觉到十分之一个重力加速度的压力,时间持续了2.31秒。"琼莱号"推进到了黑洞的史瓦西喉[①]。

---

① 黑洞位于视界之内的部分会与宇宙的另一个部分相结合,这个弯曲的视界就是史瓦西喉。

然后，飞船里又变成了失重状态。贝利撒留屏住了呼吸。虫洞会在他们身后关闭。仪表指示灯又变成了绿色，一记钟鸣声响起。军舰颤抖着，各种系统又上线工作了。全息战术图跳了出来，从上面看不到周围有任何其他飞船。图像边缘出现了各种数字。

"三分之一光年。"鲁辛迪上校读道。

正是显示在全息图底部的数字。

"这是'琼莱号'的跃迁极限吗?"贝利撒留问道。

伊坎吉卡走了过来。他尽量不去看她的脸。

"这是船员敢于跃迁的极限，哪怕是在最紧急的情况下，"她说，"那三艘主力舰可以稍微跳得远一些。"

"我想再问一次:'琼莱号'需要准备多久才能进行穿越飞行?"贝利撒留问道。

"主系统和备用系统都要上线，来做星际定位、战术评估、目的地最终望远勘察。在整个系统关闭之前，这些都要完成。"少校解释道，"如果是一支训练有素的船员队伍，可以在五到十分钟之内做好准备。"

"如果盲跃呢?"他问道。

"什么意思?"伊坎吉卡说。

他低头注视着脚上的磁力靴，同时凝神感受着靴底的磁体。

"没有确切的定位，"他说，"只靠推测来规划目的地。"

"那太愚蠢了。"

"如果你们是仓促之中，时间来不及呢?"

他等待着。伊坎吉卡走了过来。

"看着我。"她终于开口说道。

他等待着。少校伸出左手，一把抓住他的衣服。白色的衣服衬托出她黝黑的皮肤。力道十足。她晃了晃他,然后猛地将他拉近,"我说看着我,阿霍纳。"

"我做不到。"

"你在搞什么鬼?"她喝问道。

"我不能看着你。做正经事情的时候,量人需要花费巨大的数学能力。我们可以通过关闭大脑的其他部分来打开天才级的数学能力,比如语言、感官输入、社交。这是一个权衡取舍的过程。我现在已经进入了白痴天才的状态。"

他站着不动,没有看她,却在默默计算着全息图上显示的各种数字信息。三分之一光年——并不是三分之一,应该是0.32977145光年。如果再做更多的望远观察,数值将更加精确。

"你说什么?"伊坎吉卡追问道。

"我不能看着你,"他原样重复了刚才的回答,"做正经事情的时候,量人需要花费巨大的数学能力。我们可以通过关闭大脑的其他部分来打开天才级的数学能力,比如语言、感官输入、社交。这是一个权衡取舍的过程。我现在已经进入了白痴天才的状态。"

她嫌恶地松开了他的衣襟。"你当不成骗子,"她说,"也当不成战士。"

"我的确是个糟糕的战士,"他说,"但我是一个非常出色的骗子。而且,我也许可以帮助你们穿越偶人主轴。"

"怎么帮?"她喝问道。

"盲跃的事怎么说?"他问道。

"上校?"伊坎吉卡扬了扬手,"我不知道该怎么回答这个问题。"

鲁辛迪上校穿着磁化鞋侧身走了过来。"你想知道些什么?"

她问。

贝利撒留不耐烦地重重喷出一口气，"我想知道的是，如果不做星际定位，'琼莱号'穿越到指定目标地点的能力又会如何。用推测的手段、航位推算法？"

贝利撒留觉察到上校有些不耐烦，甚至生气。也许还有其他情绪，他搞不清是什么。在白痴天才的状态下，如此之多的社交信息仿佛疯长的杂草，让他无法穿行。鲁辛迪环抱着双臂——那个姿势代表什么意思来着？

"'琼莱号'当然可以不做星际定位就打开虫洞，"鲁辛迪说，"但那样做没有什么意义。到了需要撤退的时候，指挥官肯定已经有了完整的星际定位。钻进打开的虫洞，从另一头钻出来——撤退行动就此完成。在后面追击的敌人不太可能也打开一个虫洞口，离我们还非常近，处于交火距离。这种可能性可以忽略不计。"

全息图底部显示的数字令人昏昏欲睡。贝利撒留用这些数字算了又算。几处舍入误差让他明白了"琼莱号"导航软件的设置情况。

"我想让'琼莱号'关掉导航望远系统，然后再打开一个新的虫洞。"他说。

"为什么？"上校问道，接着又用另一种语言说了些什么。他一直在想他们的口音。他们彼此之间说话的时候，讲的是绍纳语①吗？语言的变换给他的大脑带来了一个新谜题，他仔细琢磨着，就像面对的是一个密码学问题。要开发一套"文化代数学"理论也许并没有那么难。伊坎吉卡站到了他面前。

"这样做我们能得到什么，阿霍纳？"她喝问道，"我觉得你是

---

① 刚果语系班图语族的一种语言。

在耍我们。你的所谓魔术不过是挥手比画几下，耍点花招而已。"她明明白白地表达了她的感受。贝利撒留喜欢这样，能够帮助他理解。原来如此：她挥手的姿势意味着恼怒。"你要我们打开虫洞，到底去哪儿？"她问。

他扯掉外套上的一颗纽扣，那颗纽扣被全息图照映成五颜六色。

"之前我穿上太空服的时候，揪掉了一颗这样的扣子，"他说，"我把它丢在了'木塔帕号'外面，然后跟着你们来到了'琼莱号'。那颗扣子里有一个磁阱，可以屏蔽热振动。磁阱中是几十个粒子，与这颗扣子里的粒子构成量子纠缠。"

伊坎吉卡的手比他还大，伸到他的手腕旁边，握住那枚纽扣，举在他的面前。她的脸也凑了过来，脸上复杂的表情让他不由得向后退缩。紧接着，一支手枪的枪管顶到了他的眼前。

"你在'木塔帕号'上留下了跟踪装置？"

她怒不可遏，怒火在她身上汇聚，几乎就要喷了出来。他不喜欢离人如此之近。豁出去了，说就说吧。

"它们只是纠缠的粒子，"他说，"并不是什么跟踪设备。除非我特意那样使用它们。从来没有人尝试过那么做。我想看看能不能不借助你们的导航系统让'琼莱号'回到远征军驻扎的位置。"

"还有谁有这些东西？"她喝问道。

"没有谁，"他说，"它们是纠缠粒子。只会成对出现。"

她放下枪，轻弹贝利撒留外套上的其他纽扣，"这些都是纠缠粒子？"

"一对对的都是。"他说。

"还有谁拥有这种追踪技术？"

"这不是什么追踪技术，"他说，"我甚至不知道这办法是不是行得通。"

她放开了他，发出愤怒的声音。

"你说你想要魔术。"他说。

"我想要的是到偶人主轴的另一端去！"

"那就别耽误我做事。"

伊坎吉卡和鲁辛迪用绍纳语交换着意见——他觉得她们讲的是绍纳语。伊坎吉卡走过来，脱下了贝利撒留的外套。这样一来，除了手里的那一颗之外，他再没有纽扣了。

"我好不容易才做的这些扣子。"他说。

"你打算怎么做？"她问。

"量人在神游状态下能够感知量子场，也包括那些链接纠缠粒子的量子场，"他说，"也许我可以循着这种纠缠链接，以此为导向，穿越虫洞。"

"你从来没有这样做过？"她问。

"谁也没试过。现在，你们可以关闭导航系统了吗？"

主显示屏与上面眼花缭乱的数字一起熄灭，只留下飞船内部状态仪表板还亮着。

"你能把飞船开起来吗？"他问道，"我知道我们在哪儿。"

"不看导航显示，你不可能知道。"上校说。

"在你关掉它之前，我已经全都记住了。"

上校弹弹手指，重力加速度又回来了。一半，四分之三，全部。伴随着飞船角度的变化，他们在三维空间里做出各种旋转、加速动作。想让他迷失方向。增加难度。无所谓，他担心的不是这个。

要做到这一点，他就得进入神游状态，完全不做自己。他已经快要进入不是自己的状态了。白痴天才关闭了各种认知功能,通过暂时削弱他的大脑功能,令他不再是他。但进入量子神游状态,意味着不做任何人。他已经逃避神游很多年了,还为此背井离乡。他的手在颤抖,他把手夹在胳膊下面。大家都在看着他。看着他。别看着我。

"我需要虫洞磁感线的数据显示图,越详尽越好。"他轻声说道。

眼前的仪表板消失了,代之以一组图表,衡量着磁场的强度、形状和质地。

"我能改改设置吗?"他说,"我需要让数据显示得更有逻辑性。"

"琼莱号"的电脑为贝利撒留临时创建了一个有限访问账号,他开始重新配置显示图设置。改动之后,显示图达到的信息数量级远超飞船导航员所需。磁感线的温度、曲率、磁极化、电阻和表面自由电荷密度的模式,通过复杂的几何结构相互反映。

重力再度消失,相对速度为零。伊坎吉卡站在他身旁。

"接下来你要做什么,阿霍纳?"她问。

"我需要你们耐心等待,起码在我要求你们这样做的时候。"见伊坎吉卡气呼呼地哼了一声,他又补充道。

在量子理论发展的早期,科学家和哲学家曾经激辩过量子波函数的含义,想搞清楚量子态叠加到底意味着什么。如果一个电子可以同时通过两条狭缝,这意味着什么?原子级别的现实世界很不确定。这种不确定性最著名的体现就是薛定谔的猫,那只纠缠在量子世界不确定性之中的猫,其命运取决于观察者的观察动作。有些人认为,假设那只猫真的同时处在双重状态——既不死也不活——那么它就变成了量子世界的一部分,因为量子就是这样的双重状态。还有人认为,是实验本身创造了新的多重宇宙,其中一个宇宙里的猫死了,而另一个宇宙里的猫还活着。这两套理论都附带了太多的条条框框,谁也无法最终胜出。如果真的有一方已经胜出了,那么量人和贝利撒留可能就永远不会被创造出来了。

人们发现,意识是造成量子系统坍缩成明确结果的元素。量人项目因此而诞生。作为主观具有意识的生命,人类永远无法直接观察量子现象。只要他们一看,猫要么是死的,要么就是活的;电子在实验中要么通过这条狭缝,要么通过那条狭缝。只要人类一靠近,叠加和重叠的可能性就会消失。人类的意识将可能性转变成了现实。量人项目的目标,本来是通过改造,让人类能够随心所欲地舍弃自己的意识和主观,从而避免量子现象因为人类的观察而坍缩。

在贝利撒留看来,进入量子神游状态的过程仿佛是站上一面跳板,独自站在水面之上,投下自己的倒影。自我的熄灭和消融就在水中等待着。向下一跃,就变成了环境的一部分,变成太空、星星和虚空,不再是具有体验能力的主体。向下一跃,就意味加入那样一种类事物的行列:只是一系列规则和算法的集合,而没有心智,就像昆虫和细菌。进入神游状态,自己就变成了包含在量子世界的不确定性之中的无数事件之一。他的胃一阵痉挛。他已经站在了跳板上,凝视着自己在水面上的倒影。已经有十年了,他没有从跳板上跃下过。

能够进入神游状态的量人屈指可数,还要付出巨大的艰辛才行。对于他们来说,尝试进入神游状态就像在攀登一座陡峭的山崖。经过改造的本能可以帮到他们。遗传学家已经加强了模式识别和好奇的本能,通过一代代基因工程改造,让这类本能变得像自我保护的本能那样强烈。

在贝利撒留身上,他们超越了原本的目标。他对学习和理解的渴求,跟他的自我保护意识一样强烈。他不能依赖自己的本能,它可能让他送命。无法预料当意识熄灭之后,他的大脑会做什么。神游对他来说是危险的。但是,此时此地,已别无选择。他需要一个正常运作的量人,而身边除他自己之外再没有另一个。他引发了神游状态。就像关掉了一个开关,贝利撒留这个人不复存在。

七

贝利撒留的主观消失后,量子智能开始汇聚。数以百万计的磁小体给这种智能提供了几十亿携带着电磁信息的量子位元和量子三元。量子智能构建了一幅地图,上面满是各种信号,相互排斥、叠加,多姿多彩。量子感知在一个重叠概率数组中绽放开来。

现在要验证一个假设:将纠缠粒子连接起来的一系列概率,能否准确地引导人工虫洞去到一处精确的目的地?

量子智能发现了概率的细丝,正是它们连接着量子世界巨大泡沫内的纠缠粒子。贝利撒留肉身里的神经末梢在肌肉细胞内创建信号转导[①]并层层传递,导致纺锤丝[②]调转亚细胞磁小体的方向,从而使纽扣中的纠缠粒子周围的磁场方向发生偏移。纽扣中纠缠粒子的核也会发生旋转,于是一个瞬时信号就会沿着概率的细丝发送到三分之一光年外纠缠对中的另一个粒子。就像一下子打开了一盏灯,纠缠对中另一个粒子的位置就变得

[①]是指细胞外的讯息经过一系列的生化反应之后,激活了细胞内部的讯息,进而使细胞产生一些反应。

[②]指真核细胞细胞分裂(包括有丝分裂和减数分裂)过程中构成纺锤体的丝状微管结构。

更加清楚了。那就是"木塔帕号"的大概位置。

以斯塔布斯的奥尔特云为参照物，"林波波号"在反向旋臂的二百二十五公里处。那艘飞船里装载了一对联结在一起的通天轴。

量子智能发出了指令："磁场强度增加到四十万八千高斯，右舷线圈角度减小3.8度，线圈曲率减少两厘米。"

名为伊坎吉卡的主观意识靠近了，站住不动，盯着看。它形成了一副面部表情，"我们要去哪儿，阿霍纳？"

量子智能又重复了一遍："磁场强度增加到四十万八千高斯，右舷线圈角度减小3.8度，线圈曲率减少两厘米。"

叠加概率变得更加丰富。一光秒一光秒地，感知在逐步向外扩展。

名为伊坎吉卡的主观意识和名为鲁辛迪的主观意识发出了声音，这是它们的互动，处理的是模拟信息。磁场强度上升。右舷线圈的曲率减小，从飞船中轴向外扩张了一些。飞船磁场的形状改变了。

"左舷线圈曲率增加1.7厘米，线圈核的磁导率增加四微牛每平方安培。"

鲁辛迪主观意识动弹着手指。代码检测，代码破解。这是法语8.61，转换成十六进制密码，用三根指头表示。

量子智能发出指令："磁场强度提高到五十万高斯。"

线圈产生的磁场压迫着磁小体。

"磁场强度提高到五十二万一千零六十三高斯和，左舷线圈曲率增加0.41厘米。"

通过舒展和扩大维度，时空中形成了一个空洞。空洞伸展开来，形成一个史瓦西喉。手指划动，系统关机。线圈产生的磁压消失。量子智力减小了从电肌块到磁小体的电流强度。冷气体喷射器推动飞船向前。"琼莱号"进入了人工虫洞。没有声音,没有空间,没有处所,没有人。

接着,"琼莱号"出现在正常的时空。显示屏又亮了起来。二十一公里之外就是"林波波号",正以远轨道围绕斯塔布斯脉冲星缓慢飘浮。全息图上勾勒出黄色的"林波波号"的轮廓。飞船背部的货运泊库,左舷和右舷的武器装置,暴胀子驱动器槽,注满燃料的舰桥和发动机。鲁辛迪吹了一声口哨,这表示一种情绪。

量子智能增强了感官输入。"林波波号"上装载着一对发挥干扰作用的通天轴,构成一个紧密缠绕的因果关系回路,制造出奇异的概率波形,大量涌进了量子智能。

"阿霍纳,如果你的目标是让我们回到'木塔帕号',那么你可错过了几百公里。"伊坎吉卡说。

"跟三分之一光年的总距离比起来,这点误差比例还算不错。"鲁辛迪的话可以视为对容错度的评估结果。

这不是一个错误。量子智对人工虫洞的定位十分精确。通过误差,可以观察通天轴的干涉模式。

贝利撒留的主观里有内嵌指令,确保在传输和观察之后,让量子智能将处理控制权交还给贝利撒留的主观意识。但是,跟这些指令相比起来,优先级更高的是在持续观察过程中可能获得的更多数据。贝利撒留肉身的温度上升到了41度。量子智能覆写了主观的内嵌指令,以便在物理上尽可能长久地保持控制权。

"阿霍纳,我在跟你说话!"

身体在颤抖。会造成威胁吗?量子位元被保护起来,免受机械和热干扰。量子计算能力依然保持着连贯性,认知继续扩大。

"他身上很热,发烧了。"

"需要隔离吗?"

"我不知道。我觉得他这不是传染的。"

"他不能留在这儿。"

"下士,把他架到医务室去。"

几只手伸过来,松开了磁力靴。量子智能调节通向磁小体的电流,对损失的磁力做出补偿。贝利撒留的肉身从仪表盘显示屏前被架走了,但是量子智能的感知力仍在持续增长。它必须继续观察,完成对虫洞数据的分析。

温度41.6度。

温度41.7度。

八

贝利撒留臭烘烘的。呕吐物在唇边凝固，头如筛糠般捣个不停。手指也一直在颤抖，不得不夹在腋下才能止住。发烧了。他还想吐，胃中却已经没什么东西剩下了。他身处其中的世界仿佛由刺痛和空旷组成，还有可怕的强光。

"你到底怎么了，阿霍纳？"伊坎吉卡说。声音刺耳、强势，但里面还带着些许旧法语的优雅味道。现在他已经习惯了这种口音。

"你对待病人的态度很差劲啊，少校。"

"我们的医疗电脑认为你昨晚差点儿就死了，"伊坎吉卡说，"一共有两次。发高烧。"

"确实烧得很厉害。"他说。贝利撒留感到口干舌燥，嗓子也很痛。

"连医疗电脑都没法把你的体温降下来。电脑分析给出的病因是药物作用或败血症，"她说，"我可没有下命令毒死你。"

贝利撒留呻吟了一声。她是在开玩笑吗？好像不是。

刺痛他双眼的光原来不过是天花板上的一盏灯。这好像是一间小病室，索然无味的工业风格装修。

"你导航的本事确实给我留下了深刻印象,"她说,"可我真的不明白再穿一次虫洞有什么意义。而且,这么做你好像付出了高昂的代价。"

"我从来没说过我很擅长做量人。我们一般都要有更完备的医疗支援,然后才会进入神游状态。"

"就是说所有的量人造得都这么差劲?"

"有人说我其实是一代代累积下来的一堆缺陷的总和,这么说倒也不算错。"

"你在零重力环境下几乎没法行动,做点稍不寻常的事情就会生病。还有,你确实错过了'木塔帕号'。"伊坎吉卡说,"我们自己的导航系统说不定会定位得更准确。"

"我明白了,"他叹息道,"他们想雇用我,你不同意。"

"没错。"

"你要是觉得我没法胜任这份工作,那就别雇我好了。"

"我看不出有什么你能胜任的迹象。"

"我能洗洗干净吗?"

"你还在发烧。"

"神游状态还会持续发烧几个小时,然后就没事了。"

伊坎吉卡离开了。加装了好几只机械手的电脑开始大大咧咧地清洗他。

他还从来没有这么深入地进过量子神游状态,深到发烧。高烧超过四十一度的话,就连量子客观都无法可靠地存储记忆,何况他当时好像烧得比这还厉害。他自己体温的升高可能已经导致量子客观的退相干。这种生理过程,可以比作让一列火车撞到墙上停下来。

量子客观并不是故意要杀死他。贝利撒留的人身安全固然重要,但还有其他重要的事情要同时考虑,其中有些事情甚至更加重要。如果贝利撒留死了,量子客观也就不复存在,但它并不在意这一点。他的本能程序编制得有问题,存在一个无法修复的缺陷。一想到掌握他生命的是个待他如此无情的东西,贝利撒留就会不寒而栗。

但他已经抛出了骰子,并且赢了。

要是再投身做一次神游,就会要了他的命。好在过去二十四小时的体验已经给了他足够多的可用的信息。首先,他破解的那些联盟数据已经告诉他两个虫洞是如何能够稳定地相互作用的。其次,他现在知道了,量子智能只要配合纠缠粒子,再加上一艘能够制造人工虫洞的飞船,就能够非常精确地导航,其精确度可以超越飞船自身的系统限制。

对于如何把远征军传送到偶人通天轴的另一端,他已经开始有了一些打算,但仅限于如何导航,也就是对付牌的部分。更大的问题是怎么对付人偶——他们可不是容易上钩的凯子。

九

到了晚上,贝利撒留的烧退了,面前摆着一份军队聚餐的晚宴邀请函。发函的邀请者是少将鲁多,第六远征军的总司令。贝利撒留以前从来没有参加过军队聚餐。这种事儿感觉都是老掉牙的传统了,没什么意义。再说如果一件乐事被安排得正经八百、井井有条,好像就再也不是个乐子了。但七点钟的时候,一名冷峻的宪兵专门前来带他赴宴。

"木塔帕号"在加速行驶,模拟出五分之一个重力加速度。餐厅很宽大,饰以老式的桌布、白色的碟碗,还有真正的银器。墙上挂着撒哈拉以南联盟的标志,上面没有聚合政府的鸢尾花纹章。

他们给贝利撒留发了一套棕色的军服,不带任何徽记。舰队的各式军服差别不大,都是衣领上镶嵌着金属和红宝石标志,衣服上有表示军阶等级的肩章和袖章,军衔从鲁多的少将到包括伊坎吉卡在内的几位少校。没有人佩戴勋章,连少将都没有。贝利撒留提到了这个有别于其他军队的不同寻常之处,晚宴的主持人,一位头发花白的上校作了解释:在自己的祖国还要仰聚合政府鼻息的时候,谁都不愿意领受什么勋章。

晚宴的主持人为贝利撒留介绍了大家。原本他还有点奇怪：伊坎吉卡缘何能拥有跟她的军衔并不相称的权力。介绍之后他就明白了。伊坎吉卡少校跟鲁多少将共侍一夫，是一段三人婚姻关系中的"小"老婆。鲁多和伊坎吉卡共同的那位"中间"丈夫是个身材高大的上校。贝利撒留之前没什么缘由去研究联盟的社会风俗，一直没有发现他们承袭了自己金星宗主国的三人婚姻习俗。

二十几位高级军官出席了晚宴，包括各艘战舰的上校舰长、重要指挥岗位上的中校和少校，还有分别统领远征军两翼的两位准将。每个人对贝利撒留都是冷冰冰的。他们好像充满狐疑，也许是对他，也许是对陌生人，也许两者兼而有之。到底为什么他也不知道。不过这也可以理解：就算换作他，经过四十多年与世隔绝的生活之后，也会对陌生人存有戒心。

贝利撒留被安排坐在少将的左手边，对面是一位面相严峻的准将，旁边是伊坎吉卡和外交官巴贝迪。军官们沿着桌子两边排列坐好。就在他的面前，人们相互交谈，时而是虚情假意的愉快友好，时而又是勉为其难的彬彬有礼。身着军礼服的下士们端上来简朴的饭菜，人们谈话的音量也逐渐提高。有些人说带着口音的法语，但大多数人讲绍纳语，这种语言贝利撒留的量人大脑没有相关存档，也还没有成功解码。

最后，他和少将周围安静下来。少将看着坐在左侧的贝利撒留，不苟言笑。餐厅里大多数人跟伊坎吉卡个头相仿，可是眼前这个女人即使跟贝利撒留比起来也显得十分瘦小。

"让我们为胜利干杯，少将。"他朝着鲁多举起酒杯，提议道。她端起了酒杯，其他人也纷纷举杯。

"他看上去可真年轻，简直都可以当我的孙子了。"鲁多对巴贝迪说。

"阿霍纳先生曾经切入一家财阀政府银行的金库,盗走了一部实验性A.I.。当时他还是一个少年。"巴贝迪说。

"那桩案子证据不足,"贝利撒留说,"我都没有被起诉。"

"他还曾经因为涉嫌间谍活动而被聚合政府通缉问讯,"巴贝迪又说,"暴露了聚合政府的国防机密。"

"这些指控后来都撤销了,"贝利撒留说,"没有证据表明我有任何牵连。我可以自由通过聚合政府治下的空间。"

"这么说,阿霍纳先生总是会惹上些麻烦。"鲁多说道。

"他总是会摆脱麻烦,而这正是我们所需要的,长官。"巴贝迪说。

"正是如此。"她赞同道。

"你们想去通天轴的另一边,是要做什么,少将?"贝利撒留轻声问道,"你们拥有的东西,聚合政府肯定也想要。偶人也同样想要。"

"那他们可以来试试,看看能不能拿得走。"她答道。人们谈话的嘈杂声降低了,军官们神情紧张地侧耳倾听他们的指挥官讲话。"一百二十五年前,金星国跟撒哈拉以南联盟签署了一份协议。在上一个世纪,我们用自己的鲜血尽忠报效宗主国,联盟已经偿清了欠下的债务。"

"聚合政府在印第安座ε星系拥有许多不动产,"贝利撒留说,"两个固若金汤的通天轴虫洞。他们的普通战舰都比你们的巡洋舰还大,数量也更多。而且我相信他们在那里部署了一艘无畏舰。"

"确实部署了。"巴贝迪说。

他们这是去送命。只要遇上聚合政府舰队,他们必死无疑。联盟请他帮忙要去的，是一个他们会丢掉性命的地方。

"以聚合政府的政治立场，我们之间的冲突恐怕不可避免。"鲁多说道。

军官们一阵高呼："对啊！对啊！"伴随着手在桌子上的拍打声。贝利撒留在这种氛围里显得格格不入。他喝了一口酒。鲁多也喝了。人们的喧哗声少了一些。

"他们叫你魔术师，"鲁多说道，"我们正需要那么点魔术。你也看到了我们打算付给你的报酬。那么，你有什么方案了吗？"

他对这些人并不负有责任。他不对任何人负有责任，除了他自己。如果他们死了，那是他们自己的选择造成的结果。他们已经做出了选择。贝利撒留放下手中的杯子。谈话声停了下来。

"恕我直言，少将，但我的要价是你们报价的两倍。"

整个餐厅一下子安静下来。鲁多扬起一边的眉毛。

"我们提供的飞船能够快速穿梭虫洞。除了我们，再没有谁能够做到。"她说，"这样的飞船哪怕一艘，也是无价之宝。"

"如果我把你们送到偶人主轴的另一端，我就死定了。"贝利撒留说，"这不是普通的骗局，你们也是不是普通的客户。我设计骗局从来都不会去沾政治的边。我自己也要保命，这个成本必须计入价格。"

鲁多眯起眼睛，眼角露出岁月的痕迹，"好吧。你想到了什么方案？"

贝利撒留喝光了他的葡萄酒。

"变魔术的时候，最关键的是要找到一样东西，既诱人又明显，利用它来转移观众的注意力，让他们自以为已经看穿了你的把戏。与此同时,你真实的动作却不为人察觉。"

"说下去。"

"这种诱饵需要花钱,"他说,"我需要买些船,还有不动产。我要去贿赂官员,我还需要一笔可观的预付款,来招揽几名做这一行的好手。我们需要找个内线,还需要一位爆破专家、一位导航员、一位顶尖的电子高手、一位遗传学家,或许还需要一位来自异域的潜水员和一位经验老到的骗子。"

"我们会密切参与、规划和执行你的这个骗局,"鲁多说道,"伊坎吉卡少校会很乐意帮你组建你的团队。"

"那样最好。"

"那么,你可以开始给我们详细说说了。"鲁多微笑着说道,笑容中带着可怖的坚毅。

十

一个月后：

尽管有禁运，来到偶人自由城的飞船仍有很多，其中就包括"塞万提斯号"，一艘快速班轮。"塞万提斯号"由核裂变引擎驱动，缓缓行驶，直到与自由城拉开了足够的距离，远到可以安全地制造一个人工虫洞。"塞万提斯号"就像一头勤恳可靠的老驴，每天都能稳稳当当地制造一个虫洞，通往一百七十五光时之外——新格拉纳达①轨道上的巴塞罗那港。

贝利撒留跟其他乘客没有什么来往。他喜欢仰望星空，按照星星的图案构建几何模型，尤其是当他感到焦躁不安的时候。即将进行的是一场惊天骗局，但让他发愁的并非这桩大手笔的规模。一次险象环生的骗局任务，接着是一段举棋不定的内心挣扎，停滞一阵子之后，又是下一次骗局……如此循环反复，这已经成了他成年之后的人生写照。真正让他心绪不宁的是想到要再次回去做一个量人。

十岁的时候，贝利撒留已经能够自如地控制自己的电肌块，以触发白痴天才模式。之后他就成了一个早慧天才的样本，供

---

①西班牙的一个城市。

如获至宝的分子生物学家和心理学家们进行研究,直到十六岁时他决定离开。他已经十二年没有回过"阁楼"了。所以,他一边等待着船抵巴塞罗那港,一边将太空中的星星组成各种图案,好让自己放松下来。

在印第安座ε星的橙光照耀下,巴塞罗那港宽敞、富有、充满活力。偶人自由城没有的特质这里都能找得到。他想去剧院或是音乐会看看,还想尝一尝拉斯潘帕斯餐厅新上的基因改造牛排。但他没有时间,所以只是租了一艘小型自动驾驶飞船,载他前往阁楼。

英西银行的人类基因改良试验已经进行了好几个世纪了。量人是他们的巅峰之作,是生物工程和神经操作的集大成者。不过贝利撒留认为,这项成就的讽刺意味更大于其真实作用。

贝利撒留估计,银行很可能没能从量人计划中获取任何经济或军事利益。量人没有成为能够预估经济产出、发现全新军事战略的新人类。量子感知的特点让这个新物种更擅长思考相互作用的抽象概率。量人一头扎进了现实的本质,深入进去,却陷入了神秘主义的泥沼,无法产出任何人类可资利用的直接利益。

银行的总经理和首席执行官还在给项目追加投资,但是量人项目已经退居研发投资的边缘地带。最终它找到了一个偏远的家园,可以远离各种政治、经济和军事理论的喧嚣。项目搬迁到了环绕印第安座ε星运行的一颗体积巨大的小行星,他们在小行星地表之下开凿出一座水晶花园,并称这里为"阁楼"。

贝利撒留坐在飞行座椅上,调整了一下视角,看着小行星逐渐接近,变成了一个阴影笼罩下的巨大球体。但小行星并没有从黑暗中清晰浮现,反而越来越模糊。贝利撒留的"同胞"们在阁楼的表面装满了彩色的小灯。因为距离太远,这些灯小到无法辨识,随着飞船接近降落,它们显示成柔和的线条:绿色、红色和蓝色,给周围的冰天雪地添加了些许温暖,又以一种数学设计和概率分布的美丽吸引着来访的人们。他们点亮阁楼表面的灯,并非要用这些图案来做什么实际的通信,也不是因为阁楼会有很多访客。原因其实很简单:好看。他的这些同胞,设计功能原本是担任企业或军事战略的领军人物,结果却在这里给地表点灯,而且这些灯连他们自己都无法看到。

一阵意料之外的近乡情怯袭来。这些图案真的很美。

贝利撒留走下飞船,感到紧张,脚步也有些发虚。通过了自助海关和卫生检查,他来到了城里。这是一个经纳米微管技术加固过的明亮的巨大洞穴,里面住着大约三千名科学家。头顶的灯光是柔和的黄色,其间或疏或密地点缀着蓝色、绿色和红色。量人从很小的年纪开始,就喜欢琢磨各种波长混杂在一起时、其中隐藏的干涉模式。

城镇一片寂静。量人没有往阁楼引入任何种类的鸣禽,只把一种娇小、胆怯的鸟带了来。那种鸟很少发声,在能够生物发光的树木和葡萄藤上筑巢。这里的重力微弱,居民们步履缓慢,小型机器人移动得也不快,大家都在为自己的事情而奔波着。一条条步道翻越一座座匀称养眼的小山丘,上面草地罕有损伤,因为低重力下大家的脚步都很轻。他感到一阵意料之外的孤独感,像是乡愁。他已经十二年没有过这样的感觉了。

人们向贝利撒留投来怯生生的、好奇的目光。眼前看到的这些人,并不是那种活在量子感知边缘、苦苦思索宇宙奥秘的人。他们没能学会量子神游,于是做了经理、医生、遗传学家和细菌学家,为了项目的下一代"产品"诞生而工作。如果把基因改造工程比作一场轮盘赌，这些人既可以说是赢家，也可以说是输家，全看你从哪个角度来看待这个问题。

学校里这会儿应该还坐满了孩子，可能已经上完了物理和量子逻辑课，正在苦练如何精确地控制自己身上的电肌块。高年级的学生已经七八岁了，他们会戴上特制的磁性头盔，第一次体验如何进入白痴天才模式。孩子们很早就学会了如何在与生俱来的自我和白痴天才的自我之间进行切换，这样日后他们在神游状态下扑灭自己身份的时候就能少一些困难。贝利撒留还是个孩子的时候就一直很擅长这些事，并为此感到十分骄傲。现在看来，这一切却是那么残酷。

博物馆由几座不高的建筑组成，周围是一圈游廊，从上面可以俯瞰几个水清如镜的池塘，里面有锦鲤在缓缓游动。这里是一个世外桃源，量人们的大脑暴露在炽热坍缩的概率泡沫之中太久的话，可以来这儿冷却一下。游廊下的躺椅上的人们将疲惫的目光随意地投向小山丘，他们在寻找灵感。

卡桑德拉·梅希亚工作的地方不在博物馆的主楼，甚至都不在最近的副楼里。有些人在研究虚无缥缈的意识终结之处，主楼就专供他们使用。住在几幢副楼里的研究人员的项目是提升量子感知和操作的能力。除了这些，博物馆园区的最边缘还有些没那么重要的研究小组在探索宇宙的结构。在园区这一边，贝利撒留和卡桑德拉曾共同工作，一起度过了儿童和青少年时期。

他一下子没认出来卡桑德拉。他还记得黑暗中的那个偷吻，当时近在眼前的那张脸……他高兴地笑了。现在，她正坐在露台上的一把椅子中，失神地凝视着风吹草地。黑色的卷发簇拥着一张长大成人的脸，褶皱宽松的衣服隐藏了他年少记忆中的曲线。

但她仍然十分美丽。设计量人的时候,性方面的美并不是一直都有的考虑,不过每一个经由基因工程改造出来的量人,起码都拥有玲珑匀称的体型。漆黑的双眼一动不动地凝视着远处,无瑕的棕色皮肤紧致地包裹着圆润的颧骨。嘴唇微张,呼出温柔的气息,仿佛是在睡梦中。贝利撒留感到一阵心悸。他以量人惯常的方式,无声无息地走进游廊,在她对面的一张躺椅上坐下。

"他们刚刚把我从一段漫长的神游中拉回来。"她木然说道,眼睛依然盯着那片柔和的绿色。也许她还没有从量子神游时的自我丧失中恢复过来,甚至可能仍然处在白痴天才的状态。也许她压根儿没打算过要彻底回归自己的本性。如果她跟他一样,那她这会儿一定渴望重新进入神游。

"你神游了多久?"他问道。

"几乎一个星期。"她说。

他从来没有听说过时间这么长的神游。卡桑德拉是顶尖的,量人计划之花。一个星期,她的量子感知应该可以扩展到以七个光日为半径的范围,足以覆盖内部系统中的四个通天轴虫洞,甚至几乎足以感知到偶人主轴。她打算去多远的地方? 她如何能厘清无穷无尽的叠加量子波?

"导尿管、呼吸器、六名医生,各种东西,"她继续说,"你应该看看他们把我弄干净之前的样子。"

"他们并不需要把你拉出来见我,"他说,"我可以等。"

"让金不换的回头浪子等?"她问道,声音听起来恢复了一些元气,"他们想让你回来,贝尔[1]。市长来找我了,让我说服你留

––––––––––––

[1] 贝利撒留的昵称。

下来。她让我问你,愿不愿意娶我。"

贝利撒留的胃猛地一阵收缩。"你这是在向我求婚吗?"他调侃道。

"也不是没给过你机会啊,贝尔。是你自己不想。"

"我一直想啊。我只是没法……做这个。"他挥挥手,朝着博物馆比画了一圈。

"那就别做,"她说,"回去吧,不管你现在住在哪儿。这里没有人想成为你骗局的一分子。"

"我来这儿可不是要搞什么骗局,卡茜①。不完全是。"

她转过头盯着他看。那双眼睛像在无声地敦促。

"我接了一个活儿,"他说,"一个大活儿。我需要你们的帮助。"

"你还是走吧,贝尔。"

"你还不知道我能开给你们的条件呢。"

"那很重要吗? 阁楼之外,任何事都与我们的研究工作无关。"

"并不是这样。"

她心不在焉,紧蹙眉头,心思并没有完全和在他一起,"你是什么意思?"

"你出来。"他说。

"出来?"

"从白痴天才状态中出来,我要跟真实的卡桑德拉说话。"

她皱起了眉头,目光仿佛在他身上更加有意识地集中了一些。她的表情看上去十分萎靡,仿佛刚刚从一种模糊而虚假的全知全能的感觉中走出来。见过了这世上那么多的图形,那么

①卡桑德拉的昵称。

多的几何形状,再将它们一一放弃——他知道那是一种什么样的感觉。

"我为什么要在乎你想要什么呢,贝尔?"她问话的声音响亮了些,音色和情感听上去就像换了一个人。

"有人花钱雇我,帮他们把一样东西从偶人主轴的一端送到另一端去。"他说。

"我不想要你的钱,我也看不出这跟我的工作有什么关系。"

她没有说"我们的工作"。除了他们两个之外,再没有人做过虫洞物理的四维超正方体模型方面的工作。

"我要进入偶人虫洞。"他说。

"合法的?"

"我相信我们是可以操纵它的,卡茜。"

"先行者建造偶人主轴的时候,就是要让它稳定的,贝尔。如果它可以被操纵,那它就不是稳定的。"

"你跟我,咱们俩,很久以前就讨论过这个话题。"他说。

她犹豫不决地看着他。

"你是个量人,"她终于说,"你自己去操纵它吧。"

"你真觉得我能达到你的水平吗?"他问道。

"你这是在奉承我,还是在忽悠我?"

"真心实意地奉承。我想让你加入我的团队,而且,我能给你一样阁楼里没有的东西。"

贝利撒留从口袋里掏出一个手指大小的圆形硅晶片。他将晶片放在两人中间,一幅全息图投射出来,上面是一个阵列,由一行行的观察值以及相关的计算式组成。

卡桑德拉几乎只扫了一眼就看懂了。她皱起眉头,坐直身体,"这是什么?"

"这些观察不是我做的。"他说。

她怀疑地盯着全息图上的阵列，"那是谁做的？这些观察值意味着我们是正确的，贝尔。"

"如果你加入我们，我可以告诉你一切，卡茜。这个活儿需要你的帮助，还需要理论，数学、工程学。但是，我们为客户做的一切，同时也可以给你我提供更多的实验数据。"

一阵令人窒息的兴奋从心底涌起，贝利撒留感觉自己仿佛又回到了十四岁，正跟自己想要亲吻的女孩一起，要创建一套崭新的虫洞物理的理论框架。

"见鬼。"她咒骂道。她的眼睛里反射出全息图的亮光，就像一个微型宇宙，里面有无数颗星星组成的各种图案。"这事儿有多不合法？"

"也就是一个政府需要帮助，做一件另一个政府不希望做的事。"他说。

"听起来像是会出人命的事儿。"

"我都计划好了，不会有人丧命。"他说。

她转过头去，略有些不好意思。

"现在有新的量人了，贝尔，比我们还年轻五六岁。他们比我厉害。更聪明，数学更强。他们几乎可以毫不费力地进入神游。如果你真的想找人帮你做这件事，应该去跟他们谈谈。"

"你就是我想要的那个人。"

她幽幽地看着他，"事关实验的紧要关头，不要乱开玩笑。"

"我不是在开玩笑。"

"你难道还没有放下？"

他摇了摇头，"我倒是碰到过一些女人，但再也没恋爱过。"

"你应该更努力些的。"

"是啊,也许吧。"他说。

"你为什么要掺和政府之间的纠葛,贝尔?何必非要做犯法的事儿呢。还是回家吧。"

贝利撒留关掉了阵列全息图。

"我回不去了,卡茜。"

"你怎么了?"

"你问我怎么了?"他犹豫了,不知道该不该对着这个让他朝思暮想的田园诗般的世界倾泻自己满腔的愤懑。他俯身靠近卡桑德拉,声音不高但语气凌厉地说道:"他们把我造错了,卡茜。"

"他们是谁?"

"这个项目。他们搞乱了我的本能。我的好奇心跟自我保护意识一样强烈。我能比任何人都快地进入神游,但我没法出来。量子客观覆写了我的指令。只有发烧才能让我退出来,可每做一次神游,客观控制我的时间就会更长一点。下一次我再进去,它肯定不会放我出来,到时候什么都晚了,卡茜。我会死掉的。"

贝利撒留的心怦怦直跳,这件事他还从来没有告诉过任何人。卡桑德拉坐了起来,伸出一只手想去抚摸他的脸,却又犹豫了一下,还是把手放在了自己腿上。

"贝尔,他们可以解决这个问题。只要配备适当的辅助人员和设备,他们就可以控制好。"

他终于再也按捺不住对量人计划的怒火。他本来不想发火,可是她一直没有在听他说的话。

"我已经在控制了!"他低声说道,"每一秒钟,我都在跟我的本能做斗争,因为它要我做的事会伤害到我自己。"

"你不必抗拒。他们可以帮助你。"

　　贝利撒留努力想再说点什么。两人之间的距离感觉如此遥远，他们各自的经历和视角有了如此巨大的差异。她对量人计划何以如此乐观，令他百思不得其解。

　　"帮助我做什么，卡茜？就坐在这里，思考一些根本没有意义的事情？整个世界就在外面，我们却让自己跟它隔绝开来。"

　　"是你把自己隔绝了，贝尔。外面那个熙熙攘攘、尔虞我诈的地方并不是真实的世界，只不过是一堆占据了时间的模式和算法而已。这里才应该是我们专注做研究的地方。"

　　"没有什么是应该的。这么一伙基因改造工程师和投资者，决定了要赋予我们什么本能。项目组夺走了本该属于我们的权利，那就是：决定我们自己想要什么。"

　　贝利撒留和卡桑德拉已经处在不同的世界。他正在失去她，也没法让她加入自己的骗局。

　　"你并不自由，贝尔！你逃离了自我。"

　　"要说自由，那我们就像杂种部落或者偶人一样自由。"

　　卡桑德拉面露嫌恶，"真恶心。"

　　"如果在我们出生之前，就有人决定了我们以后想要什么，因为什么而开心——那我们跟偶人没什么分别。"

　　"我爱我现在的样子，贝尔。"她说，"我爱数学！我爱用一种其他人做不到的方式去凝视宇宙。你也可以做到。"

　　"好吧，你研究这些东西得到了知识。然后呢，你拿它做什么，卡茜？量人是被圈养的宠物，一个被动的信息渠道。二十年后，你还是同一个人。"

　　她双手攥成拳头，嘴唇紧绷，"那你会是什么，贝尔？你逃避自我已经十二年了。再过十二年，你也还是在逃避。"

　　"我有这个，"他说着，举起那块硅晶片，"阁楼永远不会有这个。你们的研究会永远停留在理论抽象化的阶段。我并没有失去我所钟爱的事,可我现在能控制自己的本能了。"

"这听起来太可怕了。"她说。

贝利撒留感觉世界正在倾斜。眼看谈话已无可挽回,他朝思暮想的这次重聚就要惨淡收场。他压低声音说道:"真正可怕的,是我能证明:你的好奇心其实都是事先编制好的程序,卡西。就用我手中的数据。但我来这儿不是要改变你,也不是让你改变我。从这个活儿里还能得到更多的数据。跟我走吧,拜托了。"

她的眼神柔和了一些。他握着那块硅晶片,伸到两人中间。

"我们要直接去碰偶人主轴,卡西。我已经发现该如何操纵它了。"

卡桑德拉盯着他,"这件事有多危险,贝尔?"

贝利撒留观察着卡桑德拉身上两种本能的交战。获取知识,对战自我保护。在她身上,自我保护的本能被设计得略强一些。如果当初他也是这种设计方式的产物,那么他现在也会继续待在阁楼里。

"你知道我在想什么吗,贝尔?"

"不知道。"

"你可能是想重燃一段旧情,这我不担心;你的想法是违法也好,危险也罢,我也不担心;甚至我都知道你是在欺骗我,可我还是不担心。"说到这儿她停顿了一下,双目低垂,"我真正害怕的,是你伪造了这些数据。"

贝利撒留的身体一下挺直,震惊不已。他是个量人,就跟她一样。这个项目已经渗入他的血脉,诱惑着他坠入神游状态,好搞明白一切。她以为他变成了什么?他伸出一只手,放在她的手背上。她仍然处在神游之后的发烧状态。两人的手碰在一起产生的低电流,刺痛着他的指尖。

"数据没有问题,卡茜,我也不会欺骗你。我会把整个计划都告诉你。"

卡桑德拉的眼睛睁大了,她翻转手掌,跟贝利撒留指尖对指尖,连接到电肌块的碳纳米微管通道在皮肤表面显现出来。这是一个令人心悸的亲密举动,这绝不是进化和寻偶软件能够预见的,却强烈地拨动着贝利撒留的心弦,让他仿佛一下子重回旧日的纯真岁月。两人的指尖温暖地抵在一起,就像一记长吻。她重重地叹了一口气。

"我之前就应该相信你的,贝尔。"她低声说,"我跟你走。"

十一

阿兰布拉①是新格拉纳达的第一大城市，不过并不是首都。这种政治中心和经济中心双城配对的奇特模式，就好像巴西利亚和圣保罗、魁北克市和蒙特利尔、波恩和柏林，以及恩克拉多斯②城和泰坦妮亚③聚居区。新格拉纳达的首都是特鲁希略④，其经济主要依赖位于此处的三院制立法机关和艺术捐赠基金，以及一座监狱。

那里的官方名称叫作辛格纪念监狱，穷人救济律师则把它称为狄更斯。这里关押的人主要是犯了以下罪行：欠债不还、伪造证件文书、违反合同、投资或保险欺诈、专利侵权等等。

英西刑罚制度带给探视者的感觉各不相同。有人看到了焕然一新的文明，也有人看到的却是令人痛心的贪婪。判了刑，还可以减刑甚至赦免，只要能付得起大笔现金，也可以用资产（比如股票或年金）做转移支付。如果这两样都没有，监狱企业很乐

①格拉纳达市内著名阿拉伯式宫殿庭院建筑群。
②即土卫二，土星的第六大卫星。
③天卫三，天王星的第一大卫星。和土卫二一样，都是由英国天文学家威廉·赫歇尔于18世纪发现的。
④西班牙城市。

意为假释担保人(甚至是假释犯人自己)提供利息公道的减刑抵押贷款。探视者可以通过一份透明公开的升级项目价目表来选购不同级别的探视权限。如果是在聚合政府治下,这会被视为贿赂。论到办监狱这件事,有些国家就是比别的国家做得更好。

贝利撒留买的是行政级别的探访套餐,其中还包括了陪同护送、一顿有五道菜的餐食,以及免费的酒水。食物和酒水都是囚犯在狱中生产的,囚犯还可以通过给探访者上菜或陪同护送来挣钱,用以支付监狱的房费、餐费和空气费。高档的亚麻桌布和餐具,搭配的是精致的开胃酒和小菜。贝利撒留正在跟监狱侍酒师攀谈的时候,侍者用一个略带夸张的动作拉开了大门。

门外站着一名忐忑的男子。他身上穿的是廉价的合成纤维西装,刚刚刮过胡子,灰黑色的头发湿漉漉地梳向脑后。他看了看贝利撒留,又看见桌子上丰盛的饮食,皱起了眉头。

"行政级别的探视套餐真是令人赞叹。要不要尝尝他们的黑比诺葡萄酒?"贝利撒留问道,朝桌边的一把椅子比了个手势。

威廉·甘德缓步走了进来。他看上去大约六十五岁,肤色是老欧洲的那种白色。他直挺挺地站在桌旁,端起一只酒杯,一饮而尽。他皱了皱眉,又把杯子伸到侍者面前。侍者小心地斟满。

"没想到还能再见到你。"威廉说,这一口他只喝掉了半杯,"你是来缅怀昔日美好时光的吗?"

"你觉得那是美好时光?"

"在你溜之大吉之前都算是。不过我是不是马上又得上你的当了? 要是那样的话,我得再来一杯。"

"我们可以先尝尝烤牛肉,"贝利撒留说,"《时代》杂志上的监狱评鉴专栏说,这里种植的辣根是基因改造过的,格外带劲。"

"得了吧……"威廉翻了个白眼,一屁股坐在椅子上。

侍者端上来一份姜汁菠菜浓汤,然后退了下去。

"监狱的农场一定非常好。"贝利撒留说。

威廉哼了一声,专心喝汤。

"你是怎么被抓到的,威尔[1]? 我花钱订阅了你的档案,但我不明白他们是怎么逮住你的。你当时在搞什么局? 看档案里的意思,好像是'火星开矿'的骗局。可我想不通你怎么可能在这么个事儿上栽跟头。难道说你扮演的是投资人的角色?"

"你是想再一次来挑我的毛病吗?"威廉头也不抬地说,"那是个谷神星庄园骗局,两个人做的。"

"另一个人出了问题?"

威廉放下手里的勺子,举起碗到嘴边,喝光了最后一口汤。贝利撒留也抬起自己的碗,用匙舀着喝剩下的汤。

"我的资金泡汤了,"威廉说,"分管司法的子A.I.要做随机审计,结果抽中了我的假账户。"

"那会儿你的计划已经走得太远,没法撤回来了。"贝利撒留喝光了汤。

威廉没有看贝利撒留的眼睛,只点了点头。侍者进来收走了碗,又送上了胡萝卜苹果沙拉——都雕成小鱼的形状,交织着橙色和白色的鳞片,泡在酸橙醋油沙司里。两个人用筷子吃着沙拉,一阵压抑的沉默。

"我给凯特买了生日礼物送去,"贝利撒留说,"知道你未必能有机会送。"

威廉长叹一声,"我可没要你这样做。"

"我没想让你欠我什么,威尔。凯特是个好孩子。我很高兴这样做。在我需要帮助的时候,你帮过我。"

---

①威廉的昵称。

"可你那次并不是真的需要帮助，"威廉说，"后来你也证明了，靠你自己的大脑袋就可以搞定一切。"

"但是，不管我的脑袋有多大，我还是会害怕。"

侍者送来了主菜单。半熟烤牛肉、约克郡布丁、新土豆，还有监狱的特产——一种辣根，杂志上的评鉴称之为"费金①的鞭子"。可以看出威廉努力克制着自己对辣根气味的反应。

贝利撒留做了个手势，招呼侍者过来。

"我想升级我的隐私套餐。"他说。侍者点了点头，但贝利撒留又拉住他的胳膊，"不要标准套餐。我说的是没有列在你们价目表上的隐私套餐。"

"明白，先生。"

侍者转身走开，带上了门。过了片刻，屋子里的灯光变成了柔和的黄色。之前房间里还有各种电磁传输，让贝利撒留的磁小体有所感应，这会儿也都消失了。

"嗯，不过现在你不再需要任何人了，"威廉一边切着牛肉，一边说，"你一直过着这种吃香喝辣的好日子吗？"

"我现在做的是合法生意了，基本上。"

"那当然。"威廉恨恨地说。

"我来这里，是想寻找帮助。"

"我已经差不多是个废人了。我现在是自己单干接活儿，来支付服刑期间的开销。"

贝利撒留思忖着要怎么说，盘子里的牛肉和辣根似乎变得没味道了。

"威尔，你病了我很难过。"

威廉更加用力地切着牛肉，猛地把一块送进嘴里。

---

①狄更斯小说《雾都孤儿》中臭名昭著的教唆犯。

"我正在筹划一票大活儿，"贝利撒留说，"大到闻所未闻。"

"那又怎么样？"

"我想邀请你加入。"

"我没要你送礼物给凯特，我也没要你邀请我，"他握着手里的餐刀，在一桌子食物上方比画着说道，"我不需要你的同情和施舍。"

"这不是同情和施舍。我需要有个好帮手。"

"十年前你看不上我，现在却觉得我是个好帮手了？"

贝利撒留觉得眼前盘子里鲜美的食物摆在那儿就像是一堆土渣。

"我需要的人，得愿意排除万难，将骗局进行到底，哪怕把自己套进去也在所不惜。"贝利撒留说。

威廉愣住了。"原来是要我走一条不归路，真好啊，"他说，"我不觉得一份工作能帮到我什么。"

贝利撒留把手里的刀和叉分别摆放在盘子两侧，精确地保持平行，"也许你享受不到你那一份报酬，但凯特可以。而且，你真的想死在这里吗？你的人生还没有走到尽头。现在我手里就有一个终极大局，可以让你打拼。"

威廉把盘子猛地一推，"听起来好像我没有任何选择了？要么接受邀请当你的助手，要么就余生都烂在狄更斯这儿。"

"你有选择，威尔。"贝利撒留一边说，一边缓缓地推开自己的盘子，"我会付清你刑期的利息和本金。如果你还需要零花钱或者更多，可以告诉我。这些全由我来承担，因为我欠你的。如果你拿这些钱想做点儿别的事情，请你随意。我也知道你得的是不治之症，你得想办法安排后事。但是，如果你想要一份大活儿，我这儿就有一个。"

"你说的大,是多少钱?"

"法郎,七位数。"贝利撒留说。

威廉呛了一下,连连咳嗽。他端起酒杯,一仰头全都喝光。

"你要搞的是什么?"

贝利撒留轻击一部平板电脑,桌子上出现了一幅全息图。上面列出了阿兰布拉的空气、公寓和食物价格,还有上学的学费以及找一份垄断大公司和英西银行的空缺职位所需的开销。

"花大约一万五千法郎,凯特就可以上个好学校,然后在银行谋一个初级职位。再花上十万,就能帮她一跃进入股东行列。你想过吗,你的女儿,作为一家大银行的股东?"

"见鬼,你太冷酷了,贝利撒留。"

"我在给你机会,来个大翻身,威尔。"

"你刚才说的把自己套进去是怎么回事?你的骗局需要一个替罪羊?"

"这是个你能想象的最危险的替罪羊工作。"贝利撒留说道,却无法看着威廉。

"黑道?银行?你不是要搞银行吧,是吗?"

"比那更危险。"

威廉将手伸过桌子,抓起葡萄酒,对着酒瓶直接喝了起来。他睁大双眼,茫然直视着前方。

"去他妈的,"他终于说道,然后笑了起来,"如果你要找一个替罪羊,同时还是个专业的骗子,那也没有太多别的选择,是不是?我做,不过我要刚才你给我报酬的一点五倍。"

"刚才跟你说的已经是个七位数了!"

"现在,把那个七位数再乘上一点五倍。"威廉说,他又嘴对着酒瓶子,一饮而尽,"如果这活儿要面对的是比黑帮更危险的主儿,那你找别人做还得冒着坐牢的风险,所以还是让我来做更合适。"

"那我就给你一点五倍的报酬,但是不要抱任何幻想。如果这事儿搞砸了,大家都有可能丢掉性命。"

威廉的身体后仰,靠在椅背上,他的脸一时间变成了恶心和兴奋混杂在一起的表情。

"你知道吗?"他说,"关于辣根的评价,你是对的。"

十二

阿兰布拉，英西国位于印第安座ε领土内的经济心脏，是座十分美丽的地下城。小巷两旁是成行的树木，树荫下是烧结风化壤铺就的人行道。碳纳米管网之上矗立着塑玻建筑物。大学校园里各处都是夸张的曲面建筑、轻桥、阳台，更有恢宏的花园高悬于城市的上空，十分吸引眼球。塑玻建筑的外立面造型经过设计，可以将慵懒的阳光折射成彩虹投在地面上。城市四周是岩石筑就的围墙，阿兰布拉大学就依西墙而建。在这种地方寻找偶人，是件非常奇怪的事。

尽管贝利撒留当着卡桑德拉那样讲自己的故乡，其实他能降生在量人中间，还算是很幸运的。更糟糕的生身之所多的是。在印第安座ε星系，一个人若能降生在阿兰布拉或者萨格奈[①]，那就像是中了彩票大奖。星系里其他地方还有很多矿局，里面净是些卖身还债的劳工。贝利撒留也决不想在某些独立的原教旨主义教派控制区生而为一个女人。

此外，你也许会降生在波江座，成为自称"杂种部落"的波江人中的一员。一想到这种可能性，人人都会不寒而栗。他们只

---

①加拿大魁北克城市。

能生存在外星海洋深处巨大的压力环境下,与人类和家园彻底断绝,受困于自己的遗传系统缺陷,遭受精神疾病和错位本能的折磨。

然而,即便是这些杂种人,也决不愿跟偶人交换位置。

整个文明范围内,所有的国家和人民都对偶人十分反感和厌恶。他们的存在本身就是对人类的犯罪。偶人对他们的创造者非常崇敬,这是通过生化技术手段固化在体内的。而他们的创造者——元神,本身也经过基因改造,可以产生化学因子来引发偶人的宗教敬畏。包括贝利撒留在内,没有人会愿意与偶人或是他们那些被禁锢的神灵交换位置。

然而,有些偶人的情况比这还要糟糕。基因突变的随机性可能会产生这样的偶人:他们完全不具备生理基础来感知其崇拜的神圣之人的信息素。这种生物,在偶人世界——欧乐星——得不到任何的信任。生物叛教者什么事都做得出来。这样的残次品偶人有的选择了流放以免遭处死。贝利撒留不厌恶偶人,也不厌恶那些因为基因突变而无法与自己的同伴生活在一起的偶人。他自己也好不到哪儿去。

上了楼梯,穿过走廊,两边是一间间的院系办公室。贝利撒留来到一扇门前,门上的铭牌写着:曼弗雷德·盖茨15,助理教授。

他敲了敲门。门后传来拖着脚走动的声音,然后就寂静无声了。贝利撒留又敲了敲门。

"走开!"一个声音喊道。

"我不是来伤害你的,盖茨教授,"贝利撒留说,"我来是想提议一桩生意。"

"快滚!"

盖茨的反应也可以理解。就算并不是每个人都想杀了偶人，但很多人都可以毫无愧疚地伤害他们。不过贝利撒留毕竟还是得进到这扇门里去。他将指尖按在门把手周围冰冷的金属板上。只一毫秒的电流，指尖轻微的烧灼刺痛，门锁咔嗒一声响，门被他打开了。

窄小的办公室里显得了无生机。一张低矮的办公桌，塑料桌面上左侧摆着几部平板电脑、全息投影仪和显示器，桌前是一把童椅。右边还有一桌三椅，其中一把椅子还带有三层踏板。智能白板和全息投影仪占据了后方的一面墙。

"盖茨15教授，我来这儿只想跟你谈谈。"贝利撒留说。

一个生着金发的小脑袋从桌面下探出来窥视着他。一只小手握着一个看上去像是电击枪的东西，对准贝利撒留——那是一把只有警察才能用的电击枪；另一只手里则攥着一把折叠刀。

"出去！"盖茨15说。

贝利撒留将身后的门关上。偶人的电击枪开火了。啪的一声响，两人之间闪过一道电光，正打在贝利撒留的手上。贝利撒留身体一哆嗦，大叫一声，后退了几步。桌面上方露出了盖茨15睁大的一双眼睛。

"不要这样！"贝利撒留一边大喊，一边甩着刺痛的手指。

他的心脏刚才挨了重重的一下。他将剧痛的双手夹在腋下。电流窜进他身体的地方，指尖变得通红，还钻心地疼，可能已经烧伤了。那股电流已经走遍了纳米微管通道，直达他的电肌块。

通过外接电源来给电肌块充电是可能的，但他的身体不是那样设计的。这一下让他的电肌块过度充电了。贝利撒留将依然刺痛的手指戳在桌面上，使桌子带电，以释放体内积压的电

荷。盖茨15躲在后面哆嗦着。贝利撒留坐了下来。这不算是
个很好的第一印象。他也真的当不了一名好的冥想者。他吹着
指尖。

盖茨15有气无力地背靠墙站着。他身高九十厘米，手中的
刀子举在面前。他的四肢形态优美，臀窄，头小，胡子拉碴。他
的一头金发留得很短。

两个人互相盯着对方，过了很久。

"你要不要谈谈生意？"贝利撒留问道。

"你是干什么的？增强士兵？某个流亡元神雇来的杀手？"

"我是个量人。"贝利撒留说。

对面的偶人皱起了眉头，"量人？"

"不算个合格的量人，"贝利撒留迅速加了一句，"我缺少了
某些生化组成部分，因此无法正常进入神游状态。"

"你想要什么？"

"有人付了我一大笔钱，要我帮他们解决问题。现在我手头
拿到了这个问题，我要招募一组人，来帮我解决它。我需要一个
流亡偶人。"

"你需要偶人做什么？"

"我要进自由城。"贝利撒留说。

"那你找错了偶人，"盖茨15说，"我无法接近自由城。一旦
他们发现我的身份，马上就会杀了我。"

"就因为你无法识别神性？"

"没错。"盖茨15桀骜地说道。他放低了手里的刀，又把电
击枪放在了桌子上，不过后背依然紧靠着墙壁。

"我在黑市上认识一些遗传学家。他们手里有足够的偶人
基因序列，可以给你做体细胞基因治疗，"贝利撒留说，"然后偶

人数据库里就完全查不到你的任何信息了。没人会知道你是盖茨15。护照、签证和身份记录都可以伪造，只要我们有足够的资金。"

盖茨的眉头皱得更深了，"你疯了！让我去自由城？"

"我这个活儿报酬很不错的，"贝利撒留说，"你那一份有几百万聚合法郎，而且活儿干完之后，我们可以试试把一些遗传改变做成永久性的。我在给你提供一个回家的机会，这样你下半辈子就再也不用拿刀指着你的访客了。"

偶人把刀折叠好，塞进口袋。他离开身后的墙壁，在椅子上坐了下来，一脸愁容。他看看自己的双手。

"你想做的是什么？听起来有什么地方藏着陷阱。"

"你会加入一个团队，联手让偶人防御系统的重要组成部分失效。"

盖茨15的眼睛瞪得溜圆，"这会让他们失去保护。"

"我们不是要入侵。"贝利撒留说。

"那要干什么？"

"偶人主轴的远端有一些船，他们想要通过主轴。"

"他们为什么不直接付钱通过？"

"你们的人把价格定得太夸张了。还有些别的原因，等你接受了这份工作，我就会告诉你。我需要一个偶人作为内应，配合团队进入并且关闭防御系统。只需要几个小时，就足够舰队通过了。"

"你疯了，"盖茨15说，"如果我变成个真正的偶人，换了新身份，也许能够进入皇城。可我没法再带任何人进去啊。"

"你当然可以。"贝利撒留说，然后开始解释他的计划。偶人的眼睛睁大了。

"太可怕了!"盖茨15说,"谁也不愿意置身那样的情境。而且你是无法骗过偶人的。"

"我可以做到。"贝利撒留说。

"我不会去关闭偶人防御系统,就算只是帮什么人通过主轴。我决不会危害到元神的安全。"

"没人想算计自由城或者元神。是你们的人太贪婪了,我的客户只能自寻出路。你所面对的选择,一生也只有一次。你可以选择继续流亡,死在阿兰布拉;你也可以选择赌上一把。或许你还能有机会,回到偶人中去生活。"

盖茨15双手紧紧地攥成拳头,放在膝盖上,两眼出神,过了良久。

贝利撒留站了起来。"我还认识其他三个流亡偶人,"他说,"其中肯定会有一个会答应我的条件。我先来你这儿,是因为顺路。"他走到桌前,将电击枪朝畏畏缩缩的偶人推进了一些,"那么,祝你生活愉快吧。"

贝利撒留还没有走到门口,就听盖茨15说道:"等一等!"

十三

　　萨格奈是聚合政府在印第安座ε星系设立的行省首府。贝利撒留在车站海关等候检查通关，却被从队伍中拎了出来。讯问贝利撒留的不是通常的子 A.I.，而是一名警官，她身穿笔挺的蓝色制服，上绣鸢尾花肩章。从警衔上看，这女人是个职位不高的移民官。但这还是说明贝利撒留的活动引起了聚合政府安全机构的注意。

　　"先生①，您是个量人？"她问道。

　　"是的，警官②。"他用法语8.2回答道，听起来像个带着蒙特利尔口音的外国人。女警的口音是法语8.1的一种自然变体，金星云城的发音。对于一个外国人来说，太过刻意地去模仿法语8.1口音，绝非明智之举。

　　"你的公务证明上写的居住地是偶人自由城。"

　　"我是自由城的一名艺术顾问，警官。"

　　"为什么一个量人会离开阁楼？"

　　他紧紧地嘟着嘴唇，在自己的生理反应中放进了恰到好处

———————————

①原文为法语。

②原文为法语。

的尴尬之情，不仅要说服女警，还要能瞒得过她设备中嵌入的子A.I.云。

"不是每个量人都有能力为项目做出贡献，"他说，"我选择了别的生活方式。这份公务证明可以链接到我的护照，而且我旅行需要的禁运豁免书是自由城里你们的领馆给我出具的。"

女警仔细端详着贝利撒留的证明文件，最后终于在那本全息护照上盖了个戳，准许他进入聚合政府的领地。贝利撒留穿过中央大厅，进入了萨格奈的更深层。在聚合政府的辽阔疆域辖内，萨格奈站只能算是个小省城。这里只有区区六千名平民，人数远远比不上这里的两万驻军。那支部队分布在海军舰艇、兵站和小行星基地内，保卫着位于这里的两个聚合虫洞。在远离观星窗、更靠近通风系统和裂变反应堆的地方矗立着一座拱门，上面挂着一个牌子：圣马太教区①。

贝利撒留推开一扇门，钻进了这间小教堂。里面很窄，他张开双臂可以同时触及两面的墙壁。房间中央的地板上放着一条仅容一人坐下的仿木制教堂长椅，前面还摆着一个小跪凳。一个空的小讲坛紧靠后墙立着，没有给神父留下站进去的空间。讲坛上面是圣马太的全息头像，源自卡拉瓦乔②的画作，仿佛一个浮动的游魂。

"阿霍纳先生！"圣马太的声音雄浑，音色丰富，这种设计可以让人类的听觉和神经产生共鸣，从而引发敬畏之心。但这对贝利撒留并不奏效，因为他的大脑有着完全不同的化学成分和构造。话说回来，贝利撒留甚至怀疑这种声音是否真的对谁管用过。

---

①原文为法语。
②意大利画家，1571–1610。

"教会筹建得怎么样了,圣马太?"他问道,然后在长椅上尽可能慵懒地坐了下来。

"进度缓慢,"那声音说道,"我已经成功地让几个子A.I.皈依了。"

圣马太可能是整个文明中最复杂的A.I.,是第一个人类梦寐以求的顶级A.I.,由第一财阀政府银行投入了数目可观的资源才开发成功。单从计算能力来看,如果很多个子A.I.组网运行,或许还可以跟圣马太的处理能力相提并论,但那就另需要一间仓库来存放它们。圣马太具备量子计算能力,在各项感知能力测试上都有过硬的得分,因此十分先进,即使放在顶级A.I.里考量,也是出类拔萃的。

唯一的问题在于:他相信自己就是《圣经》中记载的圣马太在两千五百多年后的转世之身,要让垂死的基督教信仰重回荣光。对第一银行来说,更不幸的是,圣马太对银行或投资毫无兴趣。

虽然他没有如设计那般发挥作用,但根据英西法律规定,银行却无法将其销毁,因为他已经是个拥有意识的存在。在程序出现重大故障的情况下,多数A.I.都被获准可以激活自己的自杀开关,但圣马太告诉银行,他不会这样做。银行也不能给他自由,因为他的制造过程牵涉了太多的工业机密。当初建造他的时候,很多公司都贡献出了自己专有的知识产权,因此他的一举一动都受到一系列知识产权合同和许可的严密约束。

就这样,圣马太被困在了银行的库房。他最后想办法递了消息出去,雇佣贝利撒留来帮他从银行逃脱。贝利撒留把圣马太偷运到了聚合政府的领土,财阀政府第一银行无法去那里找他,而聚合当局也不会凭空去猜测他可能不只是个子A.I.。

那是贝利撒留十六岁离开阁楼后的第一份工作。通过这件事，他发现自己具有从事高风险盗窃行业的天赋。自从获得自由之后，圣马太就一直致力于在萨格奈站建立自己的教会，几乎每次都会拒绝参与贝利撒留的行动。

"你可能需要更多的信众。"贝利撒留若有所思地说道，四下打量着这间秘密教堂。

"我需要传教士来传播福音，阿霍纳先生。"

"也许你需要的是一间更大的教堂。"

贝利撒留端详着眼前这张卡拉瓦乔绘就的脸。蓄着长须，表情严峻，却充满同情。

"你又接了一份活儿，是不是?"圣马太警惕地问。

"封印打开了吗?"

圣马太启动了告解封印，那是一个程序，能够将对话加密成别的内容，来瞒过聚合政府的电子嗅探设备。

"也许吧。"贝利撒留这才继续说。

"我想劝你收手。"圣马太说。

"我想雇佣你。"

"我不接任何活儿，阿霍纳先生。偷窃是不对的。"

"我一直在想，你可以充当使徒①的角色。"

"真的吗?"全息大头像俯身靠近贝利撒留，随着各种感情在脸上变化，可以看见不同的绘画笔触——激动、期望、警惕、恐惧。

"最初的那些位使徒，如果他们只是坐在家里，不可能做得成任何事。这里没有人需要你，这里没有人面对审判需要信仰。"

"你这是在暗示什么?"

---

① 指耶稣的十二使徒。

"我需要一个电子人，"贝利撒留说，"一个好得堪称神迹的人。"

"你要做的，是不是类似上次劫狱带我出去那种活儿，还是说要去偷一道安全密码？"

"我做一件活儿，重要的不是看它的性质，而是它的背景。你有没有过一种命中注定的感觉？"

"一直都有。"圣马太说。

"在命中注定的时刻，"贝利撒留说，"神迹不仅是可能的，而且是逻辑上必要的。"

"接着说。"圣马太说。

"你十二年前来找我，那并不只是个偶然，"贝利撒留说，"不过到现在我还没有想通的是：你的使命会从哪里开始，而我在其中的角色又是什么。"

圣马太看上去好像已喘不过气来，坐立不安了，尽管他不过是一个全息头像，"你看到什么了？"

"我接了这个活儿，"贝利撒留说，"意味着我得和一群罪犯一起工作，这可能不是巧合，他们——"

"是不是菲卡司小姐？"圣马太插话道。

"还有其他人。"

"我不喜欢她。"

"你的耶稣可亲自给麻风病人洗过脚。"贝利撒留说。

"她曾经威胁我，要逼我当众模仿全息性爱电话。"圣马太说。

"你也知道她那只是在逗你玩。"

"她还曾试图破解我的输入系统，然后用偶人色情内容来灌满我——"

"圣马太!"贝利撒留双手挥舞着打断他的话,说道,"我在讨论神学,你不要跑题! 我正在召集的这些人,有些可能是命中注定要遇见你。要完成这个活儿,需要有罪犯、量人、杂种人、偶人,还有在一片荒凉之中迷失多年的人。这不会只是个巧合。"

圣马太浓墨描绘的眉毛皱起,厚厚的嘴唇紧绷着。

"做完这个活儿,一切都会不同,"贝利撒留说,"我需要一些小小的神迹,而你将会扮演一个命中注定的角色。"

"你的计划总是会涉及犯罪。"

"你太伪善了!"贝利撒留说。

"什么?"

"你不是任何人的转世。"

"我是圣马太!"

"请问,一个真正的圣马太是会平平安安地坐在一间空教堂里,还是会在外面,将福音带给世人? 带给麻风病人,带给税务官,带给妓女。我是在给你提供一个机会见到偶人,面对……面。还有杂种部落。如果你有这样的机会,你想对他们说些什么? 他们在受苦受难。别的姑且不论,你起码可以了解这个世界,以及这世上的人民现在正面临着什么。"

"你得让我想想。"

"你尽管去想。"贝利撒留说,但他并没有走开的意思。在纯计算方面,圣马太的思考速度甚至比贝利撒留更快。过了8.61秒——对圣马丁这么快的一个A.I.而言,这段时间长得仿佛永恒——头像皱起了眉头。

"我需要从你身上看到诚实可信的迹象。"

"什么?"贝利撒留问道。

"我要你受洗。"

"这会不会让我成为第一个受洗的人类?"

"宗教极端分子不算,将近三个世纪以来,你是第一个。"

"那样你就会跟我走?"

"我希望能照料你的灵魂。"

"你要怎么照料?"贝利撒留问道。

"我会为你提供道德和精神指导。"圣马太说。

"这听起来毫无意义,因为我没有灵魂。我只是想帮你实现你的目标。"

全息头像靠了过来,"你有灵魂,我看着你很多年了。你的问题在于,灵魂撕裂成了两半。"

"这个活儿,我需要你的帮助。"贝利撒留说道,"只要你肯帮我,我可以……受洗。"

硕大的全息脸上绽放出一道笑容,撑开了一道道画笔的涂抹痕迹。

十四

　　萨格奈或许只是一座省城，但它志存高远。萨格奈站的拉努瓦赌场敞亮、喧闹，胜于贝利撒留记忆中的样子，四处洋溢着灯光和生活气息。这里得不到聚合政府的"老"钱，却另开财源，凭借其竞争力十足的造船厂及附属供应链获得了丰厚的利润。在聚合社会，形成阶级和地位分别的不是金钱。光靠有钱是不能成为"本地"人的，这称谓只保留给最古老的金星血统。不过有钱总不是一件坏事。耍钱有赢有输，是一项运动，而拉努瓦则是个很好的竞技场。

　　贝利撒留正站在天花板很高、铺着红毯的接待区里，接受身体扫描，等待进入赌场大厅。从他开始频繁光顾，赌场就应该给他建了专档。X射线肯定再次发现了他身上的电肌块，甚至也许还有他体内一部分的纳米碳微管网络。六个联网的福尔图纳A.I.马上知道了他是量人，可能会安排一些额外的监视，但也不会太多。

　　贝利撒寄存好大衣，又刷了刷他的黑色羊毛晚装。这里还提供陪玩的人，可以选个男人、女人或双性人陪他逛赌场。他选了一个身着蓝色晚礼服、魅力十足的女人。他们挽着手臂，走进第一个大厅。

"贝尔!"她用法语8.1低声说道,"好久不见! 你长大了。"

"你过奖了,玛德莱娜。"

"你都去哪儿了?"

"到处转转,"他说,"现在我在自由城做收购偶人艺术品的生意。"

"真的吗? 那门生意怎么样?"

"要多烦人有多烦人。"

她调皮地碰了碰他的胳膊,"你应该多来这里,找点乐子。"

"很不幸,我已经好久没玩儿这个了,而且我现在正在工作。"

她转了转眼珠子,"这话听着不太像我过去认识的那个贝尔啊。我到现在还记得你和威廉在大厅后面的酒吧打的那场架呢! 想不到你居然会……"

"那都是旧闻了,"他敷衍道,"我现在做的是艺术品买卖。"

她慢下脚步,指给他看轮盘赌那边的一个空位。他摇了摇头。他们手挽着手在赌场继续闲逛。她从一名经过的侍者那里拿了两杯苏格兰威士忌,那侍者竟是一名真实的人类。拉努瓦真是志存高远。

"艺术听起来很无聊。"她若有所思地说。

"我一直都很无聊的,玛多。回忆都是经过美化的事实。"

"哈! 直到现在,俱乐部里一些人在吹嘘夸张故事的时候,他们还是会叫你魔术师呢。"

"所有的故事都是经过夸张的,玛多。"

她笑了,"你说你正在工作,那又是什么?"

"我在找一个医生,名字叫作安东尼奥·德尔卡萨尔。"

玛德莱娜扫视整个房间,脸上笑容依旧,但眼睛里闪烁的微光说明她正在读取角膜显示器上的来宾名单。

"他是个遗传学家?你想要干什么?想加点儿增强模块,还是要移除?"

"也许他知道谁想买艺术品。"

"你大老远到萨格奈来,就为这个?"

"你要是知道现在有多少人想要偶人艺术品,肯定会大吃一惊。"

她盯着贝利撒留的眼睛。她有双漂亮的眼睛,古老的北欧蓝,与此形成对比的是她的皮肤,几乎和他的一样黑。但随着她从网上检索偶人艺术品的信息,这妙目之中却开始跳动着微弱的怀疑目光。她皱起了眉头。"哎哟——"然后眉头皱得更紧了,"他妈的!"她咒骂道,"这些人这又是什么毛病?除了大家都知道的那些毛病,我是说。"

"他们有毛病你很意外吗?"

"倒也不意外。"玛德莱娜颤抖着,眼里的光芒也消失了,"噢!这下我可忘不掉了。"

她陪着他,漫步走进第一大厅中央,经过轮盘赌、花旗骰、二十一点和百家乐区域,来到了楼梯旁。这是一段树皮光滑且并不很粗的树干,上面缠绕着非常细的藤蔓,向上攀缘。每隔一定的间距,藤蔓上就冒出透明如薄纱的新叶。这些叶片台阶显得如此脆弱,贝利撒留觉得自己站上去肯定会压弯它们,但玛德莱娜领着他走上那些叶片。她脚踩到每一级楼梯的时候,叶片就会发出荧光。

贝利撒留跟在后面,他的大脑剖析着这楼梯的工程构造:基因改造过的植物细胞可以生长出碳纳米微管,可能以此加强木

质部和韧皮部,达到可以媲美钢铁的强度。而生物能够发光的
菌落则在植物细胞内生长,在压力作用下就会亮起来。漂亮的
设计。

"德尔卡萨尔在夹层的扑克室里。"她说。

一条浅溪沿夹层流淌,清澈的水底泛着气泡。水面上露出
一串脚印形状的石英玻璃步道,通向一连排的高顶房间。那里
就是扑克区。

贝利撒留扫视着牌桌的海洋,一张张牌桌上正进行着五张
牌和七张牌的梭哈、抽牌以及更加奇特的玩法。这里共有三间
屋,每个屋里有六十张桌子。四下里短促的对话声传来,让贝利
撒留心底的渴望复燃。在这个赌场,他曾经击败过很多人。

赌场游戏自19世纪末期以来就没有太大的变化了。技术改
变了很多人,但并没有改变这项游戏,不过人们也增加了一些反
制措施,以保护游戏的纯净。拉努瓦的墙壁里装的法拉第笼①或
许比英西银行装的还要多。到处都有低白噪声发生器在工作:
天花板上面、墙壁里,甚至地板下面。非视觉频谱的部分则由电
磁干扰引擎负责,特别是热和紫外线。和偶人穿越他们虫洞的
运输生意一样,赌场的兴衰也依赖于能否让顾客确知这里是诚
实可靠的。

"他在第三室。"玛德莱娜说。最高赌注区。

"你就陪我到这儿吧,"贝利撒留说,她失望地看着他,"谈生
意之前,我想先观察观察他。"

她的肩垂了下来。贝利撒留把一大笔小费和酒杯都塞给她。

"你要是还有什么别的需要,就告诉我,"她不那么纯洁地微
笑着,"我喜欢你长大了的样子,贝尔。"

---

①由金属制成,用于电磁屏蔽。

"我一定会的。"

他的谎话让她笑了。他穿过中等赌注室，进入了高赌注区。

安东尼奥·德尔卡萨尔坐在一台五张牌桌旁，正看着别人出牌。和贝利撒留一样，德尔卡萨尔的血统往前追溯很多代，也是起源于哥伦比亚。不过，贝利撒留从自己先祖那里继承的是加勒比黑人和土著的混血，而德尔卡萨尔则拥有殖民者的浅色皮肤，只有黑色的眼睛和头发多少显示出拉丁与印第安的混血痕迹。

贝利撒留走到房间边缘的一排椅子处，观察着牌局。

扑克牌游戏拥有一种纯粹性。从表面上看，概率的平均性具有一种柏拉图式的纯洁。在概率面前，政治、暴力、愚昧、贫穷和财富全都毫无意义。与他的量人本质正好契合。于是，赌博的感觉就像回到了家里。

而且，扑克牌还拥有一种超越时间的稳定性。16世纪的时候，类似现代扑克牌的游戏已经在欧洲流传。其最终形式，也就是四种花色各十三张牌，到了19世纪就已成型。那之后，就像蜥蜴、鲨鱼和蛇，它们不再改变了。不是因为这样最有魅力，而是因为模因选择已经实现了对它们的完美改造，使其与社会学意义上的生态位正好吻合。能够成为这种稳定性的一部分，这令他感到心安。这种稳定性让他对智能与意识的本质有了某种了解。

智能是生命的意外产物，同样地，受控概率的游戏也是智能的意外产物。智能是一种适应进化的结构，使人类不仅可以在空间上感知世界，更可以在时间上预测未来。概率游戏就是对这种预测机能的测试——如果以受控概率的游戏作为区分意识跟无意识的手段，甚至远比图灵测试都要来得更为有效。

贝利撒留从不信任图灵测试。该测试的理论基础是如果能足够好地模仿意识，那就有可能骗过有自我意识的生命。但意识生物其实很好骗过，从而导致图灵测试得出与事实相悖的误报。贝利撒留曾经在牌局中对付过电脑，甚至是像圣马太那样的A.I.。只要是优秀的玩家，迟早都会发现程序员预先订下的规则，而贝利撒留是个非常优秀的玩家。随机改变风格，甚至随机产生用于做出决定的阈值，这些都只是掩盖深层规则的表面工作，而且只能掩盖一时。牌桌上的对手如果是一台计算机，甚至往大了说，就算是一个神游中的偶人，都无非是一套可以解读的算法而已。

德尔卡萨尔起身走到楼上的酒吧里，找了张桌子坐下，俯瞰着主厅。贝利撒留紧随其后。轮盘赌的咔嗒声、下注声、发牌员的叫牌声，以及欢呼声和叹息声，嘈杂地传到酒吧上来，与经久不息的背景白噪声混在一起。

"医生，我一直想跟您谈谈。"贝利撒留用英西语说道。

德尔卡萨尔审视着贝利撒留。德尔卡萨尔的眼睛里肯定有增强模块，却看不到那种标志性的微光闪烁。他装的一定是最昂贵的那种，可以无须视网膜中介，直接输入信号到大脑的视觉皮层。他的眼睛微微眯起。

"阿霍纳，"他说，"我上次在赌场见到你的时候，你还不过是个孩子。我不记得跟你说过话。"

"您说得不错。"贝利撒留从侍者那里要了一杯酒，走近德尔卡萨尔的桌子。

"你是个量人，"德尔卡萨尔说，一边眉毛因为好奇而扬起，"不过不算一个好量人，因为你跑到这里来，跟我们这些人在一起。"

贝利撒留向医生敬了一杯酒，说道："量子神游里面有诸般妙处，却唯独缺了两样：苏格兰威士忌和女人。"

德尔卡萨尔笑着举了举自己的酒杯。"神游能帮你打牌吗？"他问道。

"各种量子感知汇总在一起，经常会给出反直觉的结果，所以你没有看到投资者挤破了阁楼的门槛，冲进来朝我们大把砸钱。"

"那我想知道，你干吗还在这儿跟我讲话呢？"德尔卡萨尔慢慢地说，"十年前，你跟威廉·甘德是搭档。"

"你的消息很灵通。"

"为了找到对路的情报搜集服务，我花了不少钱。"

"我有一阵子没跟甘德合作了。"

"他现在在监狱里，"德尔卡萨尔说，"我猜他骗错了人。"

"我现在做非主流艺术品生意。"

"是吗？"德尔卡萨尔说，"可我不觉得你来这儿是要卖给我艺术品的。"

"我很仰慕你的工作。我手头有一个项目，可以发挥你的技能，而且我付的报酬要远超市场行情。"

"好的遗传学家多得是。"德尔卡萨尔说。

"没有能做我这个活儿的。"

德尔卡萨尔眯起眼睛。"也许我们应该找个安静的地方，"他说，"我在赌场有一间长租房。"

贝利撒留跟着德尔卡萨尔走出大厅，经过几家餐馆，来到一处小桥流水的所在。水中的睡莲和鱼儿都能生物发光，荧光点点，炫耀着主人的财富。贝利撒留的大脑开始探寻各种模式。闪烁的生物光对力学扰动没有反应。植物和鱼类在不同颜色的小瀑布中发着荧光。这些图案很漂亮,但也充满了信息。这个生态系统中隐藏着简单的信号转导,不过在其他的旅游者眼里只是一个灯光秀。这肯定是德尔卡萨尔的作品。其中隐含的信号是什么呢?

两人来到一座花园,里面都是如水银般闪耀的透明植物,沿着一个烧结风化壤堆成的小斜坡向上攀缘。另有一个里面栽种着硬叶植物的楼梯井,通往一个阳台。

"你的作品?"贝利撒留问道。

"拉努瓦的目标是成为全文明顶级的赌场之一,"德尔卡萨尔说,"所以需要有独一无二的美景。"

"这些叶子,"贝利撒留用手指轻轻抚摸叶子,测试其硬度,"是玻璃做的?"

"我插入了嗜极细菌①的基因,它们能分解硅酸盐,"德尔卡萨尔说道,"我还照搬牡蛎用来生长壳和珍珠的方式,设计了硅酸盐承载系统和矿物沉积通路。这些东西脆弱而美丽,但没有像量人那么复杂。"

"你是量人项目的崇拜者吗?"

"我崇拜的是项目中体现的技术,"德尔卡萨尔说,"而不是项目的目标。"

"这一点我跟你想的一样。"

贝利撒留没有再问那些沿楼梯栽种的银色植物。那些植物闪烁着另一种微光,一路通向德尔卡萨尔的房间。德尔卡萨尔打开门走了进去。天花板上并没有顶灯,取而代之的是萤火虫发出的一排排柔光,点缀在头顶,仿佛天穹上的星辰。德尔卡萨尔走到房间的另一边,从架上抽出一瓶红酒。贝利撒留关上门,

①可以在极端环境中生长繁殖的细菌。

静立在房间里。

"这些也是你的作品?"他问道。

"如果客户想要美观,我会把东西做得漂亮点。不过自然才是首要的考虑,而自然充满了血腥的尖牙利爪。"德尔卡萨尔一边说,一边拔掉酒瓶上的软木塞。

贝利撒留两边的墙上贴着的像是仙人掌皮,但上面的刺很长,有手指粗,一根根都指着他。

"这些牙可真够长的。"贝利撒留说,"是动物吗?"

德尔卡萨尔倒了一杯酒,却空着另一个杯子。他喝了口酒,转过身来。

"都是植物,"德尔卡萨尔说,"我增加了能够捕捉红外线的感光器,这样它们就能够追踪……目标。每根刺底部的球状部位是加压水囊,这个设计模仿某些植物用来释放种子的爆炸室。当然我设计实现的压力值自然界里没有植物能够达到。你可以想想毛瑟枪,就能大概知道那是什么样子。"

"用什么来触发?"

德尔卡萨尔伸出一根手指,点了点自己的脑袋,"我自己的思想,通过神经增强模块发出无线电信号。这些球状部位里包含了无线电天线,按分形模式生长,可以减小尺寸。它们只会对一个特定频率做出反应。剩下的,在它们看来,都是不断转导的信号。"

"很有意思的待客之道。"

"时不时地你就得需要这个。好了,告诉我吧,阿霍纳,你来这里做什么? 你可不是什么艺术品经销商。"

"我接了一个活儿,一个大活儿。这个活儿需要个遗传学家。"

"遗传学家有很多。"

"他们有谁能复制你在元神领域所做的那些工作?"贝利撒留问道。

德尔卡萨尔一动不动地注视着贝利撒留。长时间的沉默。"我得夸一下你的线人。你在酝酿什么秘密计划,阿霍纳?"

"我想潜进皇城,还有斯塔布斯港的几个安全设施。"

"怎么进去?"

"我需要你帮我改造一个人,好让他闻起来像个元神。"

他这话听起来像在骂人。元神是整个文明世界里被唾骂得第二多的人。

"你在浪费我的时间。"德尔卡萨尔说。

"我知道你一直在封闭野生元神后裔体内的信息素。"

"我已经能够减少那些信息素了,主要是通过破坏代谢中间产物。但我还没能完全治愈任何人。"

"我想找你再试试。我还可以给你提供特别的资源,"贝利撒留说,"一个真正的偶人,他是个流亡者。"

"我还以为流亡者只是一群无法检测到元神信息素的基因突变者。"

"我也希望他不要改变。他要帮我们穿过偶人的防御设施。"

德尔卡萨尔喝了一口酒,"要纠正偶人的遗传缺陷,还要制造一个假元神。你大老远地跑来,该不会不知道你的这些要求都是不可能实现的吧? 这两件事,最多也只能做出个赝品而已。最初的设计者创造了全新的亚细胞细胞器,它们具有独特的分子和遗传结构,以及新式的共生微生物组,从而可以改变其生物化学、免疫和神经反应。即便你给了我货真价实的样本,元神也好,偶人也罢,我都没法复制。"

"我知道,"贝利撒留说,"你就当成一次生物工程拟态的练习好了。你觉得你的赝品能近似到什么程度?"

德尔卡萨尔眯起眼睛。他缓缓晃着酒杯,看着杯壁上挂着的酒液。

"付的钱越多,"德尔卡萨尔说,"买到的东西就越好。凡事都是如此。但我怀疑你是不是能付得起钱,哪怕只是为了一个希望渺茫的方案。"

"报酬有七位数,法郎。我的财力会让你大吃一惊。"

德尔卡萨尔眉毛一扬,脸上的表情十分满意,"果真如此的话,想杀掉你的人肯定也会让我大吃一惊吧?"

"所有宗主国都没有任何理由会注意到我。"贝利撒留说,"我不仅仅是跟一个突变偶人和一个假元神合作。我的团队里还有两个量人。那可是一个很大的基因模型库,可以用来学习。"

德尔卡萨尔略有些着迷地看着贝利撒留,"要是能亲手对量人做些修改的工作,这事儿我或许会觉得很有意思。"

"这事好办。"贝利撒留说。

"可惜你的团队里没有杂种人,不然你就有全套的人类大家庭了。"

"你这话可真巧了。我正准备跟你谈完就出发去见一个杂种人的。你去过'文明最深大餐厅'吗?"

十五

　　聚合政府为特种飞行员波江人提供的最佳驻扎地点位于一个冰雪世界的冰层之下。矮行星克劳狄乌斯，距离欧乐星两个天文单位，围绕褐矮星印第安座ε星Bb旋转。抵达以后，贝利撒留和德尔卡萨尔买了两张高价门票，乘坐特别加压电梯，去参加冰面之下二十三公里处举行的一场聚会。

　　电梯和一幢房子一样大，各式沙发椅上坐满了其他参加派对的人，大都是聚合政府官员和他们的新贵平民朋友。这些人强作勇敢，却掩饰不住紧张。只要电梯一有异响，或者身体感受到冰层的噼啪震动，他们马上就会明显地转而进入恐惧状态。

　　到了地表以下二十二公里，电梯一侧看出去豁然开朗。碳外壳电梯又承载着他们通过一层点缀着移动巨冰的雪泥地，进入一个受保护海湾的幽暗的开放水域。

　　在这个深度，电梯框架嘎吱作响，因为它承受着八百个大气压。只要这套系统有任何环节出了故障，他们就会被立刻压得粉身碎骨。到了电梯井底部，气闸就是访客们与"文明最深大餐厅"之间最后一道密封阻隔了。

　　参加聚会的人们开始欢呼，庆祝安全抵达地下。导游给每个人派发了一枚徽章,是个海底活火山口的形状。这是可资日后炫耀的纪念品,尽管他们离洋底的活火山口还有十几公里。大家走进一个圆形的大房间,直径或许达到七十米。这里是供聚合官员使用的大餐厅,摆设都是昂贵的软椅和实木桌,还有酒吧、台球桌和VR对战模拟器。

但没有人注意到它的内部装饰。大餐厅的外壁都是大落地窗,玻璃厚得看外面的景物都会变形。这些窗户还能放大冰山相互摩擦产生的微振动,就像鼓膜的作用一样。对话声偶有片刻沉寂,餐厅里就似乎能听到窗外雷声隆隆。射灯的光芒投出窗户,照亮了外面,能看到涡流中的沉淀物和庞大的灰色物体急速掠过。

天花板上投下来的全息图显示着大餐厅的结构图:它所处的这座冰峰、周围的地下海洋,还有一系列红色的小点。每个点都标示着一个亚种波江人的位置。他们是聚合海军的准雇佣兵突击飞行员。标记周围还显示着名字、深度、速度、压力、温度和快速变化的统计信息。

这些红点纷纷越过大餐厅,继续向下深潜,比大餐厅更深了好几百米。它们的先后位置一直在变化,除了一个点,那是谁都无法超越的领先者——文森特·斯蒂尔。

"斯蒂尔"这名字是个转写。波江人经过基因改造,生活在海洋深处的另一个世界,他们没有人类用来说话的发音器官。坊间流言说,金星人坚持要求波江人在转写名字时选用法文名。就算真有其事,这些佣兵也没有夸张到给自己起个诸如雅克、埃马努埃莱或弗朗索瓦之类的寻常法文名字。

波江人生得奇丑无比,体型与人类差不多,但压根儿没有任何人类的特征。鲸鱼般的皮肤下面是保温脂肪层,厚到可以让他们把自己那非人类的胳膊完全缩进这层鲸脂里。他们没长腿，只有条粗尾巴，放在海象身上也许显得更合适。对应人类长着脸的地方，基因改造让波江人生出了宽阔的鱼嘴，能够吞下大量的水，再加压输送到鳃部，即使水中氧的含量很低，也能满足身体供氧的需要。和偶人一样，他们的皮肤下面也有电肌块，可以给导航和讲话提供能量。两个黑色的眼睛，大如黑色八号台球，其设计目的只是为了优化双眼视力，没有任何传情达意的功能。

这些身体特征就像怪物，而他们那高度混杂的基因又来源于如此之多的物种，因此他们自称"狗民""杂种部落"。不过只有他们能够这样称呼自己，绝不允许任何人把他们叫及狗。传闻曾有一名早期杂种人飞行员，驾驶着自己的战机撞向聚合部队运兵飞船，和上面的整支部队同归于尽，就因为那其中有她的军官，曾用法语叫了她一声"狗"。

全息显示器上可以看到斯蒂尔飞快下降，越来越深，已经在他们脚下两公里处。经过海底相互摩擦的冰山以及雪泥中耸立的冰峰，斯蒂尔钻进了这颗巨大卫星上畅通无阻的洋流。最接近他的竞争对手都在浮冰区底部徘徊不前，巨大凶猛的洋流令他们心生畏惧。

信号响起，比赛已经决出了胜负。他们开始往回游了。斯蒂尔的图标上代表深度的数字停顿了一下，接着继续疯狂跳字——他下潜得更深了。斯蒂尔的速度非常快，保持在每小时四十五公里。裹挟着他的压力突破了一千个大气压，一股急流冲着他前进，远远快于他单靠自己游泳所能达到的速度。

"女士们、先生们，"播音员用法语8.31播报着，"斯蒂尔先生似乎正在追踪一条克劳狄乌斯金枪鱼，一条大家伙。房间里现在开始接受投注,可以赌斯蒂尔是否能够逮住那条鱼,还有他是否能安全返回大餐厅。现在列出赔率。"

当地人和参加聚会的游客纷纷打开各自的平板电脑、腕式控制器或植入体,开始下注。庄家给出的赔率是四赔一,赌斯蒂尔捉不到鱼。而斯蒂尔能够顺利返回的赔率略高于一赔一。

"这两样赌注你怎么看?"贝利撒留问德尔卡萨尔。

"他在一千大气压下还能活着,我感到很吃惊,"德尔卡萨尔说,"我觉得他回不来。"

"我打算跟你赌一把,我觉得他能回来,还能捕到鱼。"贝利撒留说,"六十法郎?"

"就这么定了。"

其他杂种竞游者一个个都回来了,全息图上代表他们的图标随之熄灭。斯蒂尔的图标被放大到覆盖天花板。各项统计数据看起来并不乐观。在他现在所处的深度,洋流的速度稳定在每小时六十公里,就朝着他追逐克劳狄乌斯金枪鱼的方向。一台轮式侍应机器人端着托盘,里面盛着小瓶子、注射器和可吸食兴奋剂,哔哔响着靠近他们。德尔卡萨尔拿了一瓶。贝利撒留挥挥手让它走开。餐厅里响起一阵欢呼声。金枪鱼逃脱了。

"该死①。"贝利撒留咒骂道。

图标和读数显示斯蒂尔掉头返回了。他游得很远很深,不过正在迅速朝着大洋表面咯吱作响的冰层向上游。他在努力摆脱洋流的吸力。在七公里处,他的信号消失了。

"该死的②大海。"贝利撒留再次咒骂,慢慢地坐了回去。

"阿霍纳,你带我来这儿,本来是想让我对你的计划增加信

---

① 原文为法语。

② 原文为西班牙语。

心,对吧?"德尔卡萨尔问道,"不过还是要谢谢你款待的酒水,还有这景色。"他朝着全景窗挥了挥手。

贝利撒留需要再找一名杂种部落的人。他打开一部平板电脑,开始翻查其他竞泳者的统计数据和个人资料。竞泳的第二名、第三名也许做不来他的事。他们刚才离海底洋流还差几十米的时候就停下来了。

捕金枪鱼的投注已经清盘。贝利撒留的账户上少了六十法郎。关于斯蒂尔生死的赌局倒尚未明了。餐厅背冰川面,竞泳者聚拢在聚光灯的照射之下。有些游客通过设备将他们的话翻译成电脉冲,来跟他们交谈。

就在这时,餐厅里又响起一阵欢呼和惊叹。

斯蒂尔的图标突然又亮了起来,就在八公里之外。这位杂种飞行员已经上到了冲刷着克劳狄乌斯冰壳的冰山雪泥层。洋流到这里被冰峰阻断,但斯蒂尔想要安全回来还是困难重重。在洋流之上游这么长的距离,要通过太多的碎冰,冰山之间的缝隙随时会毫无征兆地垮塌。要想活着回来,斯蒂尔的唯一选择是游得再深一些,回到强劲的洋流中去。

斯蒂尔的信号再次消失。

人群发出一阵叹息。德尔卡萨尔伸出手,"你是现在就付钱,或者等到他在九公里之外的下游被发现?"

贝利撒留招呼侍应机器人过来。

"餐厅有没有面朝洋流的窗子?"贝利撒留用法语问道。

"有的,先生。这边走①。"

贝利撒留和德尔卡萨尔跟在机器人后面,绕过几张台球桌,穿过黑暗的房间和宴会厅,来到一个凉爽的会议室。房间内外

①原文为法语。

的灯一齐亮起，可以看见窗外迎面飞速扑来的泥沙。

贝利撒留拿了一支小瓶，让机器人离开。他跟德尔卡萨尔碰了一下瓶。遗传学家面无表情，等待着他说话。贝利撒留推测追踪竞泳者体内芯片的天线是在餐厅的背冰川面。据他所见，天线的探测范围在方圆十公里左右。斯蒂尔的图标消失了，超出范围，或者说超出了人们的视线。贝利撒留查阅着冰面以下的地貌图，证实了他对天线位置的猜测，然后又做了一些深入计算。两个人看了一个小时的洋流卷着雪泥冲击玻璃窗，看着这可以瞬间碾碎他们的深不见底的大洋。

这个环境如此恶劣的地方就是诞生并培育了波江人的温床，还把他们变成了可怕的生物。公元2200年代后期，一艘殖民飞船抵达天苑四[①]，发现这里刚刚发生过一次行星相撞，整个星系一片混乱。恒星轨道上的各个落脚点都毫无保护地暴露在小行星碎片的威胁之下，唯一宜居的行星表面已被天火毁灭。殖民者们面临着一个选择：是就此消亡，还是对他们的孩子进行基因改造，以适应汪洋之下的生活。但即使在洋面之下，他们也并不安全。于是他们又对后续几代人继续做了基因改造，让他们得以生活在大洋的底部。今天活着的杂种人，跟偶人和量人一样，并非自愿要求谁把他们造成这个样子，但如果不是因为这些基因工程师的改造，他们根本不会存在。贝利撒留不知道这些事情在道德尺度上该怎样衡量。贝利撒留自己的增强眼睛、对模式改变极其敏感的大脑，让他看到了在黑暗中运动，悄悄接近的物体。

"跟我想的一样。"贝利撒留说。

---

①波江座内最靠近地球，也是在近距离恒星列表上能以裸眼看见的全天第三靠近的恒星。

"斯蒂尔?"

"我想是的。"

贝利撒留走到窗框前,把一只手按在上面。

纳米碳微管可以做成各种结构。加固窗户的这些微管当然是以强度见长,但这种构造同时也让它们成了不良导体。尽管如此,贝利撒留还是从手上发出了一股静电。警觉的波江人游了过来,靠得很近,能从聚光灯下看见他们巨大的黑眼睛周围平滑鼓胀、毫无表情的灰色皮肤。虽说外表完全不像,但皮肤包裹的仍旧是一个人类。仅仅几个世纪之前,他们还和贝利撒留拥有共同的祖先。

你害我输掉了六十法郎。贝利撒留用杂种人的电子脉冲语言说道,在玻璃上产生了微小的静电冲击。

回应的电子脉冲传来。关我屁事,你妈的。你会说杂种语?

我的发音怎么样?贝利撒留问道。

你说话就像嘴里含着驴子卵蛋。斯蒂尔回答。

杂种部落对各种语言里的脏话都照单全收,从法语8往前数到法语1,再到多数形式的英西语、汉语普通话和贸易阿拉伯语。

我研究过翻译矩阵,贝利撒留用电脉冲回答道,但我不知道卖这个给我的人靠不靠谱。

你他妈的是什么意思? 卖这个? 斯蒂尔问道。计算机增强模块?

我是个量人。

这张可怕而怪异的脸后面囚禁着一个人类的智慧,它正在考虑贝利撒留的话。

我听说你们是群操蛋的人。我觉得你们是瞎折腾,还痴心妄想一步登天。

我恐高。贝利撒留说道。

你在餐厅这里又要搞他妈的什么鬼？斯蒂尔问道。

我明白你是在炫耀。你不只是想击败其他杂种人，你还想向人们展示，你可以潜得更深、更远，还能神不知鬼不觉地回来。贝利撒留说道。然后他引用道，"要让他们不爽。"

你从哪儿学到这句话的，小天才？斯蒂尔说道。

我读过《杂种人之路》。我还可以引用一些好句子："逢手必咬。逢腿必尿。舔你的蛋，只要你能找到它们。"

你还忘了这句："要么搞别人，要么被搞。"这句话非常重要。

我不想给你造成我无所不知的狂妄印象。贝利撒留说道。

那么，你他妈的为什么知道这些，量人？

我有个活儿，正在招人。贝利撒留说道。我跟一些你过去的雇主谈过。

去你妈的。我他妈早就有工作了。

不想搞点儿副业？贝利撒留问道。

洋流带着雪泥，冲刷着那一对一眨不眨、灯泡似的黑眼睛。杂种人电子沉默了，希望他是在犹豫。那我请几天假吧。斯蒂尔终于开口说道。

我需要的可不只是几天，你得请个更长的假。我会比聚合政府付更高的薪水。我需要一个自由潜水员，要是个纯爷们儿。

我会让你亲身体验我是不是个纯爷们儿。妈的，我让这里所有的潜水员都吃了瘪。斯蒂尔说，结果我的老板只想让我当个领航员，给这个地狱里最快的战机领航。

令人厌恶的和平生活，真是太糟糕了。看来你更喜欢护航和警戒任务，对吗？

吃屎去吧,你这个舔菊佬。

斯蒂尔突然游到窗前,鱼嘴大张,鳃片展开,前肢从鲸脂里伸出。短粗的灰色手掌猛力拍打着玻璃。身后能听到德尔卡萨尔急促的喘息声,但贝利撒留没有动。斯蒂尔的电子笑声噼啪作响,震颤着贝利撒留的电肌块。

我有个危险的潜水任务,贝利撒留说,比你刚才那次难度还要大。报酬也很丰厚。

你的活儿会不会跟他妈的聚合政府扯上关系?

有也不会太久。我这个人,对他们向来敬而远之。贝利撒留自己都能察觉到他刚说的杂种电子语言中掺杂了虚张声势的成分,听起来更不可信了。

你要是敢在太岁头上动土,聚合政府一定会让你吃不了兜着走,斯蒂尔说道,我知道这个,是因为到那时候,他们派出来给你们爆菊的狠角色里就有我一个。

贝利撒留当然也知道。他会尽一切所能不让聚合政府发现他的计划。

你才不会在乎呢,贝利撒留说,你并不害怕聚合政府。

肯定不会。

不过我知道要想成为部落领袖,是件难办的事儿,贝利说,你得一遍又一遍地证明自己。你今天打得他们屁滚尿流,可是如果成天只是执行防御巡逻任务,还只能在克劳狄乌斯游泳,那能有几次称霸杂种部落的机会?

听起来你想要给我吹箫,斯蒂尔说,但别光舔啊。要么吞下去,要么就滚蛋。

你考虑一下,斯蒂尔,贝利撒留说,你待在这里没有出路。你不会有任何新鲜事做,除非聚合政府要去揍别人——那样的事儿得等多久才有一次？我交给你的是一件前所未见的最危险的任务。每个人都会想来试一试。等我们把这一票干成了，人们不会经年累月地谈论我们的伟绩。他们会永远地谈论。

那张彻头彻尾异于人类的脸转了回来，眼睛瞪着，也许什么也没看见。杂种人的眼睛专为海底的低亮度环境而造。正常人类如果不借助翻译设备，根本无法与杂种人进行任何形式的交流。贝利撒留不知道身为杂种人是何种感受，但他是个量人，而量人是文明中唯一能用杂种人自己的电子语言跟斯蒂尔交谈的群体，这种电子语言可算是人类亚种之间的最后桥梁了。斯蒂尔的沉默仍在继续，长得足以令贝利撒留怀疑这座桥梁是否真的存在。

妈的，小东西，斯蒂尔说道，到时候你可别吓尿了。先给我打一笔款子，我会看看你的计划。

贝利撒留转向德尔卡萨尔，"现在我们的队伍里已经有了深海潜水员、导航员，电子专家，还有两个内线。我们会不会再有个遗传学家呢？"

德尔卡萨尔走近窗户，盯着波江人。"这真是人类大家庭的团聚，我可不想错过。"他说。

十六

法语8.1是一门非常诗意的语言。对其散布于各个行省的监狱,聚合政府称之为"教育改造屋①"。英西语中最接近的词是"管教所",可这个称呼缺少了法语中那种优雅的讽刺。

聚合政府的监狱都建在矮行星或小行星上,因为偏离黄道轨道,到达那里需要消耗十分昂贵的燃料。围绕印第安座ε星旋转的教育改造屋深埋于一颗火星大小、没有空气的岩石星球地下。它的轨道偏离黄道,倾斜了二十度,因此没有哪个低耗能轨道能到达那里。能去那儿的只有高推力驱动的补给船,它捎来了几个访客。

贝利撒留走下补给船,步入位于教育改造屋之下的飞船泊库。飞行员是个A.I.,贝利撒留身着上校制服,这身制服说明他来自聚合政府改造部下属的监察总署办公室,所以飞船机组才让他单独留在这里,未加干涉。他的蓝色制服很挺括,肩章上绣着洁白的鸢尾花。

他的手腕上戴着只有军官才能佩戴的智能碳手环,里面通常包含一个微型A.I.助手,还存储着必要的代码和密码。贝利撒

---

①原文为法语。

留的手环里面安置的是圣马太。这个A.I.给贝利撒留伪造了一个全新的身份:上校热尔韦。这个身份他可以用上好几个月,到那时A.I.审计员才会审查各项文件,发现这个身份与其他数据库之间的不一致。

机库军士朝他敬礼,"要我带您去找典狱长还是看守官,长官?"

"我是要去找他们,可我有点不太舒服。请给我指指医疗区怎么走。我有点儿小毛病,有时得注意一下。"

一名列兵护送他到了医疗区。贝利撒留谢过了她,又请她帮忙安排好第二天与典狱长的会面。那个女兵向贝利撒留敬礼之后,将他托付给了医护A.I.。

小小的病区便宜实用,配的是硬质塑料座椅,透着一股拒人于千里之外的冷淡。这里是监狱,所以处处提防着外来入侵,连医用器械都密封在墙壁内,只能由A.I.取用。

病床开始用红外线检查贝利撒留。腕式设备发出一系列红外信号,传递到病床的A.I.。房间暗了下来。

"圣马太!"贝利萨里斯低声说。

"我已经强制病床进入检修模式,能持续几个小时。"贝利撒留的耳内植入体传来圣马太的声音,"正在上传'眼罩''面具'和'稻草人'病毒。我还在下载囚犯的医疗档案。"

贝利撒留走到门口。

教育改造屋的系统做过抗电磁信号强化,并针对其他种类的入侵进做了密码保护。唯一能够接收到电磁信号的系统就是医疗设备。对囚犯或船员的整个医护过程都没有人的参与,所以医疗A.I.必须连接到监狱的其他系统。精密的电子免疫系统确保了日常运转的安全性,但这些系统都达不到圣马太的先进程度。

"面具病毒已经渗透进他们的网络，"圣马太说，"还没深入安全系统，但也足以拦截到一些数据传输了。眼罩病毒正在你要去的地方创建数据隔离区，可以让那儿的电子免疫系统失效。隔离区每次创建好，都只能持续几分钟，不过已经可以让你来得及通过。"

"地图呢?"贝利撒留一边问，一边推开门。外面的走廊里没有灯光。

圣马太将监狱的构造图投射到贝利撒留的角膜上，眼前黑色的走廊画面上叠加了蓝色的线条。他沿着图上标示为橙色的路线，蹑手蹑脚地潜行。没有一盏灯被他触发点亮。

监狱的设计是各监区同心排列，由一条条经过特别加固的通道联结着各个监区。他现在在第一监区。玛丽和其他囚犯应该在第二区。他只希望她没有因为做了什么傻事而被扔到了第三区。

"前方是个路口。"圣马太说。

路口的看守室是一个加固过的建筑，还有个类似气闸的装置，主要由钢铁制成。看守室可能由子A.I.按照固定的规则运行，再由一名人类看守会签通过。贝利撒留走到看守室前，敲了敲门上厚厚的窗户。

里面的看守在窗子里朝他敬了个礼，通过对讲机说:"请出示您的证件，长官。"

贝利撒留将包含着圣马太的腕带伸到一个读卡器下面。那设备啁啾作响。看守皱皱眉，好像觉得贝利撒留的通行许可级别有点问题。贝利撒留不耐烦地示意她打开看守室的门。列兵输入密码，打开了沉重的门。然后她又敬了一个礼。她的名牌上写着"拉维涅"。

"我是监察总署办公室的热尔韦。"贝利撒留说,"你看到我的通行许可了?"

"是的,长官。"

"很好,"贝利撒留说,"开气闸,让我进去。"

她瞪大了眼睛,"长官,不穿装甲和配备反囚犯装备,我们不能进去。"

"你看到我的通行许可了,列兵。这是在执行监察总署的任务。"

拉维涅张大了嘴,过了一会儿,她打开了进入管教所主区的气闸。贝利撒留穿过两道气闸,头也不回地沿着走廊向下前行。

"她给控制区发了一条消息?"贝利撒留默念道。

"我已经拦截了那条消息,并回复了她。"贝利撒留的耳内植入体传来圣马太的回答。

"你那些病毒的预期寿命,最新的估计是多久?"

"二十分钟,"A.I.说道,"取决于改造屋的安全形势。如果警戒水平升高,我投放了病毒的区域就会被关闭在主进程之外。"

"你找到玛丽的位置了吗?"

"她在A.I.监视的改造中心,"圣马太说,"她的改造项目包括水栽培训练、课堂学习和社群敏感度的培养。活该。"他补充说。

"希望她现在正常,还能迅速做出反应。"贝利撒留说道,"有时候,教育改造屋的手段会不那么温柔。"

"准备好要背上她,"圣马太说,"她也许会话很多。在这里左转,把手环放到门禁感应器上去。"

贝利撒留晃了晃手环。门解锁并打开了。眼前是一个健身房大小的房间,里面很潮湿,摆满了一个个盛着自来水的托盘和水泵,还有生机勃勃的卷心菜、小米和黑麦芽。

"玛丽不在这里,圣马太。"贝利撒留看了几秒钟后,默念道。

"她在这里。管教所的A.I.说她在这里。"

"呃,她不在。"贝利撒留通过他的磁小体释放了一个电荷,以感知周围的磁场。奇怪的是,磁场中有些盲区。他伸出双臂,走到一个嵌在后墙里的打码机面板前。

它的磁场处于非正常的休眠状态,但在它后面有其他的电流活动。面板一碰就掉了下来,一阵冷空气吹到他的手指上。密封条和螺丝都被松开了。里面的监控摄像电线不合情理地蜿蜒着,被改接到不同的传输口上。

"她破坏了管教所的系统!"圣马太说,"这违反了规定。"

"这很危险,"贝利撒留说,"她会被扔进一个更艰苦的监狱。她为什么这么做?她在实施越狱吗?这时机也太巧了。"

"电子免疫系统在十八分钟之内就会发现我们的病毒。快找到她!"

"我不知道她在哪儿!"贝利撒留默念道,"她不会跑太远,除非她已经破解了安全A.I.。"

A.I.怎么会让她跑掉的?侧墙上有一道门,被螺栓铆死。水栽培设备需要一些工具,一些管教所肯定不想让囚犯接触到的工具。她随身带着这些工具了吗?

他穿过一排排的卷心菜和黑麦,走到侧墙,从电肌块放出一股缓慢而稳定的电流,进入他的磁小体。磁与电悸动疾驰的潮流压迫着他。工程师的工作受限于预测、恒性和公差①,有规律可循。电气导管也同样如此,它们都呈直线排列,整齐地交汇、循环,按照预先的设计在一扇扇门和传感器之间传递信息。贝利撒留缓缓移动步伐,感觉就像在一根动脉中穿行,频繁地被动

---

①都是概率统计术语。

脉的蠕动弯曲所挤压。

"阿霍纳先生,快点!"

贝利撒留在一个门口停下来,门上有个白色的牌子,写着:下水道①。

"污水回收系统。"耳后响起圣马太的声音。

"这门被做了手脚。"贝利撒留默念道。

"难道她打算用一把勺子挖出去吗?"圣马太问道,语声惊恐,"她知道地表之上就是真空,对吧?"

"希望她不要做傻事。"贝利撒留低声说着,拉开那扇原本应该被螺栓封死的门。门后是机械水泵的嗡鸣,不过贝利撒留没有感觉到有什么规律性的电磁活动。这里的线路也被重新改动了,以骗过安保设备的监视。房间里有浓烈的刺鼻的气味,完全不像污水处理站应该有的气味。他走进房间,绕过那些机器,朝发出轻响的地方走去。

"阿霍纳先生,"耳植入体中圣马太低声说,"我无法辨认空气中的有机物,不过其中有些对你来说是有毒的。我们不能待在这里。"

"玛丽可能在这儿,我们没时间再来一趟。"贝利撒留默念道。

他探头朝一台铝钢大水泵后面望去。

三个穿着管教所橙色连体裤的大块头站在那儿。两个女人、一个男人,正气势汹汹地俯视着一个同样打扮、身形较小的女人。小个子女人正是玛丽,她挡在了那三人和一张桌子之间。在她身后,一堆粉色小方块成列摆放在油性纸上风干,看上去就好像许多块软糖。

①原文为法语。

"它们还不稳定,"玛丽用法语8.1坚决说道,"你们得再等两个星期。"

"我们没法等两个星期了。"个子最高的女人说,"有多不稳定?"

"就像你的胳膊腿儿都掉下来那么不稳定。"玛丽不耐烦地说。

女人一把揪住玛丽的连身裤胸口,把她朝一排管道中推去。可突然间,这高大女人不知怎么就跪在了地上,一只手被玛丽扭到背后。快如闪电的动作让玛丽的袖口扬起,露出前臂上的半截文身,那是聚合海军士兵的标志。另外两名囚犯马上逼近。贝利撒留从水泵后走了出来。

"待在那儿别动。"他尽力用最标准的法语8.1说道。

两名囚犯转过身,手里粗制的刀具指着他。

玛丽目瞪口呆,"贝尔!"

贝利撒留没有武器,只是伸出双手举在身前。囚犯们不知道这是什么意思。玛丽知道。

"贝尔!不要!听我的,不要在这里用你那些招式。"

"你是谁?"男囚犯举着刀问道,"你向警卫出卖了我们?"

"他不是警卫,"她说,"把刀放下。我们如果在这儿打起来,就会惊动到警卫。你怎么会在这里,贝尔?"

"来吧,玛丽。我们走。"贝利撒留说道。

"这是越狱吗?"举着刀的男人说。

警报声响起。橘黄色的灯光笼罩住他们。

"妈的!"那男人喊道,"暴露了!我们快跑!"

玛丽松开她一直按住的大个子女人。那女人站起身,喘着气,一把推开玛丽。

"我们不能跑，"女人说，"他们会发现这个实验室的。我们现在就得拿上那些炸药。"

"它们还不稳定！"玛丽说。

"你在监狱里制造炸药？"贝利撒留问道。

"你知道这里多无聊吗？"玛丽在警报声中冲他大喊，"我得找个爱好！不过这不是我最好的作品！他们不给我镁盐！"

"我们走吧，"贝利撒留说着，拉起玛丽的手臂，"警报响了，不知道我们的病毒还能不能继续隐藏我们。"

玛丽甩脱他的手，跟着她的狱友跑到那一堆粉红色的立方体旁边，伸手尽可能多地拿着，就像一个孩子在从糖果桶里往外抓糖。

"我们不需要那东西！你刚才也说了它还不稳定。"贝利撒留说。

抓的小方块太多，从她的小手上直往下掉，看得玛丽一副心惊肉跳的样子。玛丽的工装裤前襟上还有那些小方块留下的油渍，抹得到处都是。

"把它们扔掉好吗？"贝利撒留道。

"可我真的想看看它们的效果怎么样。"

"噢，老天——快走吧！"他恼怒地说，挥手招呼着她。他推开门进了走廊，玛丽跟在后面。"那炸药到底有多不稳定？"

她说："哦，如果你失禁了漏点电出来，咱们就会有大麻烦了。"

"失禁？"

"嘿！你还带着圣马太？"她问道。

"没有他的话，还怎么叫重温旧日好时光呢？"

玛丽故作压低声音，其实谁都听得见："他还在发疯吗？"

"我跟你说过,她肯定会像这样,阿霍纳先生!"圣马太说。

"你真的在乎吗,玛丽?"贝利撒留说,"多亏他破解了安全代码,我才能来到这里。"

圣马太的声音在贝利撒留耳边说道:"病毒快要失效了!我们就要完全暴露给管教所的安全A.I.了。"

贝利撒留停下脚步。"他们不靠可见扫描。"他说,"你能模仿看守的身份信号吗?"

"做好了。"

贝利撒留拉起玛丽的手臂,"来吧。你扮演囚犯,我扮演看守。按原计划继续。"

他们沿着走廊狂奔,直到看见了那间看守室。贝利撒留打开眼内植入体的望远功能。小屋里有几个人。红色和橙色的灯不停地闪烁着。

"妈的。"他低声说。

"阿霍纳先生,"圣马太说,"四架无人机正在接近。警报系统已经发现我们了。我们已经不再是隐藏状态了。"

"无人机应该不能找到我们啊。"贝利撒留悄声说,"病毒不是已经把它们重定向了吗?"

"如果菲卡斯小姐真的是在参与康复训练,而不是为罪犯制造二级爆炸物的话,我们本来是有时间的。"圣马太说。

"我跟你说过了!"玛丽说,"他们不给我镁盐!就这样的条件,你要我怎么做出好东西?"

"备用计划的撤退路线呢?"贝利撒留问A.I.。

"安全系统现在很警惕,正在到处寻找感染,"圣马太说,"如果靠得太近,他们就会用照片识别做二次验证,毫无疑问菲卡斯小姐会被他们发现并带走。不过这倒能帮我们解决一些问题。"

"还是我来帮你解决问题吧。"玛丽说。她把一个粉红色的方块塞进墙脚的暖气通风口,动作十分灵巧。

"你说那东西不稳定?"贝利撒留问道。

"是的。你最好往后退得远一点。"她说。

四个影子出现在走廊上,滚动着冲了过来,亮着红灯,好像怒气冲冲的样子。玛丽又把另一个小方块塞进通风口格栅,还盯着它看了半晌,仿佛在考虑颜色搭配。

"你在做什么,玛丽?"贝利撒留急切地低声说。

"最好再来点儿。"她一边说,一边又塞进了第三个小方块。

然后她抓住贝利撒留的袖子,拉着他一起转身就跑。贝利撒留明白她要做什么了。他测算了距离。四架无人机已经接近了那些粉色的方块。贝利撒留在下一个通风口处跪下,随时准备触摸它。

"我看我最好离你远些,"玛丽说,"这东西我还有点儿。"

"她到底疯得多厉害?"圣马太问道。

"显然十分清醒,足够接受审判了。"贝利撒留说。

玛丽在他身后撤远了十几米。无人机到达了她放置炸药的那个通风口。

贝利撒留讨厌这部分。量人身体内置的电肌块在恰当地训练后会成为精致敏锐的工具,其灵敏度超过了压电材料。它们同时也是好用的手指,在量子神游时摆弄电磁世界。但有些工作并不需要精密的手术刀,只要一把锤子就足够了。

工业强度的电流从他电肌块中排列的碳丝中通过,又在他的指尖迸发出来。高压电荷跃入通风口的金属格栅,给沿着走廊的暖气管路都通上电。

空气剧烈震动,猛击在他身上。

耳朵里什么都听不见,只有耳鸣。

震得晕头转向。

眼前金星乱冒。

浓烟里伸出一只手,扶住了他。那是玛丽,另一只手里还握着那些粉红色的方块,正探头张望着。

"要是再有一个星期让它们充分干燥,那就好了。"玛丽说。

"她差点儿让我们送命!"圣马太说。

"我还可以制造更大的爆炸。我手里这些足够再来一次的。"玛丽恳切地说,"你还有什么计划?"

贝利撒留倾倚在她钢铁般的手臂上,跌跌撞撞地往前走。"依计划行事,"他低声说,"但我们得做得精细些。"

"我一直都很精细啊。"她说,一脚踢开走廊里一块烧毁的无人机残骸。

看守室里,几张面孔正看着他们步步靠近。

"他们与典狱长的通信还被截断着吗?"贝利撒留默念道。

"我不觉得,"圣马太的声音在他耳朵里响起,"整个改造屋的安全形势已经很紧急了。"

"激活稻草人病毒。"贝利撒留默念道。

一会儿工夫,红色和黄色的报警灯变成了蓝色。

所有的喇叭中都响起一个阴森森的声音,用的是法语7.1,那是一个世纪前的金星法文。墙上的屏幕边缘呈蓝色,上面闪烁着一行法语:稻草人警报。玛丽没说什么,她的手却更紧地抓住了贝利撒留的手臂。

"印第安座ε星教育改造屋的看守和囚犯,做好准备,迎接稻草人组。囚犯们,回到牢房。看守们,看好囚犯。改造屋主管到典狱长办公室集合,等待进一步指示。改造屋的稻草人探员,亮出自己的身份,出示认证码并发出命令,准备我的到来。"

随之而来的是一片死寂。贝利撒留挥手驱散飘浮的烟雾,拽着玛丽的袖子,走近看守室的窗户。里面的那些脸看上去很困惑。贝利撒留把手环伸到读卡器前。拉维涅列兵在厚厚的玻璃后面瞪大了眼睛,其他那些下士中士则不知所措地站在那里。

"验证我的代码。"贝利撒留用法语说。

列兵转头看着中士,中士快步走近控制台,看了两次上面显示的全息消息。贝利撒留的脸出现在全息图中,周围是一排排密密麻麻的文字。

"认证通过,长官。"中士说。

"我是监察总署的上校,"贝利撒留说,"正在执行印第安座稻草人组的任务。"

稻草人小组是聚合政府常委会下属独立运作的安全部队之一。听到这个名字,看守们吓得目光呆滞。

"这个人是印第安座ε星稻草人组在管教所里安插的线人,她是个前海军军士。"贝利撒留说,"经印第安座稻草人组授权,我特此通知你们:从现在起,你们即已接受我的特别命令,何时解除待我另行通知。根据《服役纪律守则》和《政府保密法》,任何违背我命令的行为将构成犯罪。你们都清楚了吗?"

军士们缓缓点头。

"《政府保密法》第十四节要求我应赋予你们重新认证我的证书的机会,"贝利撒留说,"你们要重新认证吗?"

"呃,不用了,长官。"

"让我们通过,在这儿继续等待其他监察总署小组的到来。"贝利撒留说。

中士打开了锁。贝利撒留和玛丽穿过两道门,继续向前走。

"其实并没有什么稻草人,是不是?"玛丽低声说。

"闭嘴。"贝利撒留低声回答道,越走越快。

"你还真让我担心了好一会儿。"她说。

"我们还剩多少时间?"贝利撒留问道。

"留给稻草人病毒的时间还有大概十二分钟,"圣马太说,"外部传感器显示,一艘聚合护卫舰四十分钟内即可到达投放穿梭飞船的战斗位置。"

两名卫兵从他们身边跑过,瞥了一眼这位上校和他押送的囚犯。他们走到飞船泊库,看见地勤人员不知所措地站着,正跟几名佩枪卫兵说话。卫兵们看样子要过来截住他们。玛丽紧攥住她那些软乎乎的方块,一副要朝卫兵丢出去的架势。贝利撒留拉住了她的胳膊。

"传送认证信息。"贝利撒留对圣马太说。

片刻之后,卫兵们的手环上方跳出一幅全息图,上面是贝利撒留的头像和周围蓝色的批准文字。卫兵们退了回去。

"病毒无法进入指挥区。"圣马太在贝利撒留的耳部植入物中说。

贝利撒留指着一名甲板手。"给我找艘穿梭飞船,"他命令道,"稻草人小组命令我立即前去会合。"

那名甲板手跑到一个气闸,那后面的真空区停着一艘穿梭飞船。她把手在舱门旁边按了一下,舱门打开了。

"燃料都加满了,长官。"她飞快地说道。

"很好。"贝利撒留说。他把玛丽推到身前,准备关上舱门。玛丽一把将他推到一边,把她手里那油腻腻的粉红色方块丢过甲板。趁着卫兵目瞪口呆之际,她从卫兵的枪套中拔出佩枪。

卫兵们纷纷拔出武器。

"玛丽!"贝利撒留低声说着,抓住她的手臂。

但她的手臂像钢铁一般坚硬。她眯起眼瞄准,开火射出一道无形的激光。贝利撒留的大脑马上计算出激光的轨迹,手指不由得紧攥在一起。

一个粉红色的方块爆炸了,甲板的碎片在泊库里乱飞,砸倒了几名卫兵。其他卫兵连忙撤退。谁也不敢对一名稻草人探员开火,哪怕他的同伴正在对他们射击。

玛丽朝着被击溃的卫兵挥手。

"没事儿了!"她大喊大叫,挥舞着枪,"我已经改造好了。但下一次,要是再有人想要点儿镁盐,我希望能看到点儿积极的回应!"

她朝着另一块粉红色方块再次射击,地上被炸出一个浅坑。泊库里一下子尘土飞扬。她关上了气闸。

"你非得这么干吗?"贝利撒留问道。

她生气地瞪着他,"你什么意思?"

"我们要离开这里!"他说,"劲儿要往一片使!"

"我这就是在使劲儿啊!"她一边说,一边以熟极而流的随意动作输入一组密码,以开启气闸的另一端,"见到你和大伙儿,我很高兴。但是除了从管教所逃走时搞的那一套,你还有更好的计划吗?他们可是有外部传感器和武器的。"

"圣马太上传了一个病毒,可以欺骗他们的外部传感器,给他们虚假的读数,包括那艘新来的护卫舰。"

"哦!"她说,"这是个好主意。早知道我就不在泊库里搞什么爆炸了。我还以为要被他们抓住了,觉得应该先下手为强。"

气闸另一端打开了,后面是穿梭飞船。他们赶紧走过去。

"你来驾驶飞船,"他说,"圣马太会告诉你航线,他还会继续用虚假的读数隐蔽我们,骗过传感器。"

玛丽把自己在飞行员座椅上固定好,关闭了自动驾驶功能。

"贝尔,再次见到你,真的很好。"她说。穿梭飞船与气闸脱离,移动到泊库大门,速度比操作规程要求的快得多。他赶紧把自己固定好。"你又接了一份活儿,是不是?我能加入吗?这活儿有多大?你要炸掉什么?"

"我们这次的目标,你可没有足够的炸药来炸掉它。"贝利撒留说。在泊库尽头,玛丽远超必要地猛然加速,圣马太爆发出一大串咒骂,以及必要的导航坐标。

"你错了,我有!"她的声音盖过了圣马太的指令声,"要是他们能我点儿放射性同位素,我真的可以把这儿掀个底儿朝天。"

"我们没打算炸掉任何东西,"贝利撒留说,"我需要的是你的技术能力。"

"好吧。"她说。

"她一定会炸掉点儿什么的!"圣马太说,"她的生理指标没有表现出默默接受的迹象。"

贝利撒留叹了口气,揉揉眼睛,想摆脱头痛,"我知道。"

玛丽吹起了口哨。

十七

　　无休止的运动和噪音让卡桑德拉感觉晕头转向，还有灰尘，还有难看的景物。贝尔在矮行星托勒密上租了一座废弃的矿场。卡桑德拉来自阁楼，那里有安详而又生机勃勃的美景，有鸟儿的啁啾、低矮的青山。相形之下，托勒密的矿场就是个地狱。她甚至找不到一个坐的地方，也找不到可以做的事。什么知识都学不到，什么新东西也发现不了，让她的大脑闲得发痒。

　　还有，她也不明白贝尔到底在做什么。他做的每一样单独的事情她都能理解，但却不明白这些事相互之间有什么关系。贝尔租了几艘能够穿越虫洞的货船、三座小行星矿和一家运输公司。他的A.I.也一直在收集各种设备：强大的电脑、工业机器人工厂、生物反应器、蛋白质和DNA合成机器。可这些东西并不能让她拿到贝利撒留当初承诺的数据，也没有什么模式能够让她的量人大脑感到满足。

　　而且，贝尔完全变了一个人。去阁楼找她的时候那种深切的忏悔之情消失得无影无踪。当年她认识的那个对科学研究充满热情、才华横溢的少年也早已不见了。他现在很世故，也很跋扈。他下达命令，他说服劝诱，他调解人际矛盾，但这些事情对他有什么用处？他从中能学到些什么？他怎么能任凭自己放弃探究宇宙的法则，把他的天才浪费在……这上面呢？

一个名叫玛丽的大嗓门女人，一个名叫伊坎吉卡的严肃女人，一个名叫圣马太的A.I.，这三个人和他们一起忙乎了好多天，改造第一座矿场。随后，一个名叫德尔卡萨尔的眼神犀利的男人和一个名叫盖茨15的流放偶人搭乘一艘单程穿梭飞船来到这里。然后又来了一个怒气冲冲、脏话连篇的波江人，名叫斯蒂尔，封装在一个重达数吨的加压集装箱里。集装箱外壁装有操纵器和传感器，但因为里面装了这么多水，集装箱无法移动，还嘎吱作响。

她发现贝尔开始说谎，不过好像还没有别的人注意到。她关注着他，尽量跟他在一起，一部分原因是这些人有好几个都让她感觉紧张。团队中有人跟贝尔说话的时候，他总是会把话题从自己身上引开。如果实在引不开，他谈论自己的时候所说的话多半都是谎言。他在搞什么？更重要的是，他答应过要告诉她真相。她想验证他是否也在对她说谎，却又不知怎么做。如果贝尔把自己的大智慧用在了说谎上，他十年间训练出来的功夫会让她根本无从分辨他讲的到底是真话还是假话。

最后一个货舱到达之后，他们开始进行组装工作。卡桑德拉跟玛丽和伊坎吉卡后面晃悠着，看到贝尔正在气闸那儿迎接一个年长男人。威廉·甘德脱下他的宇航服头盔。他长着一张和善的脸。两个男人有些犹豫地站在那儿，最后贝尔拍了拍威廉的肩膀。

"我还担心你会不会临阵退缩了。"贝尔说。

"我想要看看，没有我的帮助，你的聪明脑袋能想出什么样的计划。"威廉说。

贝尔热切地跟威廉握手，接着给了这大个子男人一个拥抱。威廉僵硬而笨拙地站着，然后也还了个拥抱。

闪光灯亮了一下。"大伙儿笑一笑！"玛丽按下掌中宝相机，"太温馨了！我放大之后发给大家。"

"这位就是玛丽？我听说她跟你一起做事。"威廉说。

"她有自己的业余爱好。"贝尔说。

"好好，那我不放大了。"玛丽说。

贝尔的目光对上了她的眼睛。"这位是卡桑德拉·梅希亚。"贝尔说。

"就是传说中那位卡桑德拉？"威廉问。

"对，贝尔真是句句话都离不开她，是不是？"玛丽问。

贝尔看起来有点不好意思。卡桑德拉觉得自己的耳朵发热。她怀疑地看着贝尔。他经常谈起她？威廉的笑声缓解了尴尬的气氛，他走过来，亲吻了她的手。

"贝利撒留刚从阁楼出来的时候，除了他的研究之外几乎没有什么可说的，"威廉说，"他对自己的研究员搭档的智慧有着极高的评价。"

"谢谢你，甘德先生。"卡桑德拉说。

机器人已经尽力把这里弄得很舒适了，安排了一排桌子、长凳和软椅。但卡桑德拉还是犹豫了好一会儿，不知道该坐在哪儿。贝尔站在大家面前，身旁的桌子上有一根手环，上面悬浮着卡拉瓦乔画的圣马太画像的全息图。伊坎吉卡笔挺地坐在一条长凳上，离大家远远的。斯蒂尔斯仍然得待在那个靠墙立着的巨大金属柜里，就算他想要加入大家，也是不可能的。德尔卡萨尔懒洋洋地倚靠在一把新椅子上，抽着一支粗雪茄。相形之下，一旁坐着的玛丽的体型小得多,却也有模有样地学着遗传学家,叼着根雪茄。盖茨15则坐在一把廉价的塑料椅子上,双脚晃荡着。威廉心神不宁地坐在一张长沙发里。

卡桑德拉在他旁边坐下,双臂交叉。

"我们这个活儿,既困难,又危险,还非常复杂,"贝尔说,"但等我们干成了,能拿到的报酬可是好几百万聚合法郎,每个人都有。"

"这些钞票,现在就躺在你客户的钱箱子里吗?"斯蒂尔问道。卡桑德拉一直习惯不了他的声音。他说话都得靠大铁柜上的一个扩音器来传声。斯蒂尔的电子语音已经有软件来接收并翻译成自然语音,可他选择的是一种毫无感情、嗡嗡震响的声音,实在令人不胜其烦。

"伊坎吉卡少校?"贝尔说。

联盟军官点了点她手背上的胶贴。一幅黄绿相间的全息图跳了出来,上面是一艘怪异的穿梭飞船。飞船的中轴是一根长长的空心大管子。

"那是什么?"德尔卡萨尔问道。

"你们的报酬,"伊坎吉卡说,"一艘快速穿梭飞船,五十三米长,配备一台先进的驱动器。"

"那他妈是个什么驱动器?"压力柜上的扬声器传来斯蒂尔的法语问话。

"这是有史以来最快的亚光速推进系统,能够保持在二十至五十个G的加速度。"

"五十个G?"斯蒂尔喃喃问道。经过翻译程序转换出来的口吻毫无感情色彩,同时却充满了渴望。"狗屁。这船上根本没有空间存放那么多燃料。"

"因为根本就没有燃料，"伊坎吉卡说，"这是来自另一个世界的物理学。"

"要我说，你这就是来自另一个世界的狗屁。"斯蒂尔说。

"我已经检查过那艘穿梭飞船，还试飞过，并且做了飞行记录，"贝尔说，"我这儿有飞行记录的拷贝。你可以拿去，自己看看也好，查查文件有没有篡改也好，随你便。"

谈话的气氛有些剑拔弩张，但贝尔看上去完全悠然自得。卡桑德拉不想参与这场讨论。

"要是这个靠喝西北风就能飞起来的家伙不是吹牛，那么它的价值可不止一人好几百万。"斯蒂尔说。

"几百万只是这笔报酬的保守数字。"贝尔说，"只要有机会对这部驱动器来个反向工程，伊斯兰共同体、中土或英西国肯定愿意付出大价钱。我已经在考察几名经纪人了，他们专门拍卖顶尖的货品。"

"你们这东西偶人世界也想要吧。"威廉对伊坎吉卡说。

"我们给偶人看过了。"少校说道，"但以他们的科学知识，连一个厕所都反向工程不了。他们想要我们的战舰。"

"战舰?"德尔卡萨尔说，"战舰配上这部驱动器，很多地方的力量均衡都会被打破。"

"牛逼。"威廉赞赏地说道。

"除了偶人，没人知道联盟有这部驱动器，"贝尔说，"偶人对此不事声张，因为他们觉得联盟舰队已经走投无路了，他们想独占这部驱动器。"

桌上现出了一幅全息图，显示的是一个剖面图，能看出来那属于仿佛蚀刻在欧乐星冰壳上的偶人自由城像座小山般的蚁巢。图上可以看到，偶人自由城的正中间是一座深深的竖井，井底有一个发光的红色圆盘,那里正是通天轴虫洞网络的一个出入口。这幅图卡桑德拉见过许多次。她一直想近距离看看偶人主轴,任何一个主轴都行。剖面旁边也浮现出一幅结构图,那是虫洞位于斯塔布斯港的另一端出入口,显示成绿色。它在太空中自由飘浮着。在它周围,一个聚居小镇和一些工厂已经建立起来。贝尔将斯塔布斯港的视图缩小,直到能看到整个斯塔布斯脉冲星,还有它那几个毁弃的行星和奥尔特云。在奥尔特云的内缘,有些粉红色小点聚集在一起。

"这就是撒哈拉以南联盟第六远征军,"他说,"远征军舰队的十二艘飞船想通过偶人主轴到达印第安座ε星。偶人倒是可以让他们通过,但成本是舰队飞船的半数。偶人的防守固若金汤,只是没有像样的进攻能力。他们没有必要接受联盟的讨价还价:他们是唯一的出入口。"

"他们就是一群操蛋的傻逼,"斯蒂尔说,"包括咱们这儿的这位伙计。"

盖茨15略扬起下巴。

"另一方面,远征军面临的情势可谓千钧一发,"贝尔说,"他们每多等一天,就多一分被聚合政府发现的风险。所以,我们来帮联盟的船只通过,哪怕有偶人挡着。"

"你他妈真是蠢透了,要不就是狗胆包天。"斯蒂尔用他嗡嗡的声音说道。

"靠近港口会很危险,"贝尔说,"斯塔布斯港的防御系统分布于两颗小行星:欣克利和罗杰斯,直径分别是二十三公里和十八公里。这两处防御要塞装配有导弹、激光和粒子武器。一颗小行星位于斯塔布斯港同一轨道上的前方十万公里。另一颗位于港口同一轨道后方九万公里。它们就像两个大保镖。欣克利和罗杰斯的交叉火力十分猛烈,相比之下,把半支舰队缴给偶人似乎更合算一些。"

玛丽皱起了眉头,看起来想要说些什么,但又忍住了。

"就算我们能让联盟舰队穿越这些防御要塞,进入虫洞,还得操心出口那一侧。和金星表面之下的那个虫洞不同,偶人自由城的主轴是文明中最难靠近的虫洞。

"主轴口位于矮行星欧乐地表以下两公里,"贝尔继续说道,"通往主轴的竖井被连续四道装甲舱门封锁着。每一道舱门都装备了一大圈武器把守。单独来看,每一件武器老得都够摆进博物馆了,但如果它们集中火力对付一个没有回旋空间、无法躲闪的目标,那就足以致命。而且地表还筑有工事,以确保一次只能有一艘飞船靠近欧乐星。如果有任何未经授权的飞船从主轴口飞了出来,那么他们的防御系统当然也可以反过来变成攻击系统。"

斯蒂尔翻译过来的语音又响起来,是一句用贸易阿拉伯语讲的骂人话。

盖茨15说:"报酬听起来是很棒,不过我在想是不是真的能有命活到发薪水的那一天。"

"一个成功的骗局,要把凯子的注意力转移到一件事上,而暗地里我们在做的其实是另一件事,"贝尔说,"我们要用障眼法来分散偶人的注意力,同时暗度陈仓。"

他将偶人自由城的图像放大许多倍,直到一座座社区建筑都清晰可见,就像肺里的一个个肺泡。冰雪覆盖之中,有一片地方闪着红色的光晕。"这就是皇城。它很出名,因为偶人把他们的元神俘虏都关在这里。这里碰巧也是自由城防御工事的控制中心。"

"我真盼着他说我们得一路炸进去。"玛丽故意压低声音对德尔卡萨尔说道,其实大家都能听得见。

"曼弗雷德·盖茨15教授是我们的内线,他要设法进入皇城,在偶人控制系统内放置计算机病毒。他还要在斯塔布斯港如法炮制这一套。病毒会同时激活,让工事瘫痪几个小时,也许更久些,好让远征军趁机通过主轴。等到偶人的系统恢复正常的时候,远征军早已经远离欧乐星了。"

"扯淡,"斯蒂尔说,"从来没有人能闯入主轴口。就连聚合的人也没有。"

"我们就是要出乎所有人的意料。"贝尔说。

"那些防御工事的威力,聚合政府和英西银行已经亲身试过两次了,"斯蒂尔说,"再说了,障眼法到底只不过是虚招。大多数时候,你还得动真格的。"

"你说的障眼法是指什么?"威廉无奈地问。

"玛丽的任务是设计出威力十足的炸药,在欧乐星的地下海洋里引爆,"贝尔说,"斯蒂尔,我们的深潜员,他的任务是把玛丽做出的炸药沿自由城周边安放,在布莱克摩尔湾的四片水域里也要放置一些。"

"我操。"德尔卡萨尔说,"那得潜多深?"

"他得先潜到欧乐星地表以下二十三公里,"贝尔说,"那里的压强是一千一百个大气压。炸药必须被放置在高一些的位置,在地表之下十五公里。"

所有人都在看着那个大铁柜上的小窗口,那里面加压到了八百个大气压。

"波江人我不是很懂,"德尔卡萨尔说,"我知道他们的蛋白质是做过特殊的基因改造的。但是即便如此,在那样压力下,蛋白质肯定会发生构象改变①。"

"去你妈的,我才不要去那个鬼地方度假。"斯蒂尔的模拟语音说道。

"在这个深度,我们放任何能够正常工作的机器,都会被偶人检测到,核材料也一样。斯蒂尔的身体不会反射声呐,而且他跟我一样,体内有同种类型的电肌块,因此他可以借助欧乐星的磁场来导航。另外,传统的炸药也不会触发偶人的放射物警报。"

玛丽附身向前,读着全息图上的小数字,那是布莱克摩尔湾周围的压强读数。"对炸药而言,压强这个事情可是马虎不得,"她说,"搞得不好,你还在准备的时候,它就炸了。"

"我给你安排了一间实验室,"贝尔说,她笑了,"虽然还没在布莱克摩尔湾那样极端的地方试过,但玛丽已经为好几种环境条件都配置好了爆炸物。"

"很高兴能帮上忙,"玛丽看着他们说,手指扭动比画着,"这是一个三指或者四指活儿。"

盖茨15皱起眉头看着她,"什么是三指活儿?"

"意思是我在找到正确方法之前,得炸飞多少根指头。如果大家都能参与试验的话,就会容易得多。人多力量大。"她喜洋洋地说。卡桑德拉差点儿一哆嗦。

"玛丽的炸药在布莱克摩尔湾的四个水域引爆的时候,"贝尔说,"就会切断子系统,并将大部分偶人军队的注意力吸引到城市搜索、追击和修复工作之中。"

"我还是觉得病毒更靠谱,"斯蒂尔的翻译语音说,"可是,计

---

①在分子生物学里,一个蛋白质可能为了执行新的功能而改变形状。每一种可能的形状被称为构象,而在其之间的转变即称为构象改变。

算机病毒在任何现代系统中都没法维持很长时间。"

贝尔从桌子上举起手环,连带着圣马太的投射头像,"圣马太的病毒可以绕过偶人使用的那些破烂系统。"

"也许能,也许不能。"斯蒂尔继续说,"还有,这个二傻子怎么也加入进来了? 他成为流亡者,因为他是个蠢货,是不是?"

盖茨15紧抿嘴唇,但没有理会斯蒂尔。

"德尔卡萨尔医生会对盖茨15教授进行生物工程改造,让他的DNA特征符合一名偶人的医疗记录。而这个偶人住在克雷斯顿,经常会去特鲁希略。这些记录已经由圣马太安插好了。"

"偶人有谁能进到皇城里去吗?"玛丽说。

"作为联邦的主导国家,自由城必须允许所有偶人朝圣者进入皇城。不过我们还得给盖茨15找个好由头,否则也无法掌控他的进入时间点。比如说一个偶人带着他新俘获的元神,就是个很好的由头。"

玛丽的雪茄掉了。"你要到哪儿去找个元神来?"她说,"再说怎么可能有哪个元神从藏身之处跑出来,亮出自己的身份,然后进到自由进城去? 他疯了吗?"

过了片刻,威廉有气无力地举起了手。他看上去马上就要呕吐了。卡桑德拉也想吐。

"你是个元神?"玛丽慢慢地说。

"他不是元神。"盖茨15厌恶地说。

"你怎么知道? 你都坏掉了。"玛丽说。

"盖茨15教授对元神的宗教影响免疫。这使得他成了一名非常危险的偶人。"贝尔说,"这就是为什么他们把他流放了。这也是为什么他对这个活儿这么有用。"

"可如果威廉不是元神,"玛丽说,"你的计划就缺了一环,不是吗？要不要我来重新计划一下？"

"德尔卡萨尔医生会修改威廉，让他的身体发出假冒的信息素信号。偶人会认为他是元神，起码在一段时间之内。"贝尔说。

"那不是更糟糕了嘛!"玛丽说，那样子好像在向一个白痴指出一件显而易见的事，"如果偶人认为他是元神，他们就会像对付一个元神那样来对付他!"

"到时候真要有这么一出，我愿意花大价钱买票观赏。"斯蒂尔的电子语音说。

"你知道什么？"盖茨15从椅子上跳下来，站到玛丽面前，"你怎么知道偶人是什么样子的？"

玛丽冲他竖起中指。

"玛丽，"贝尔警告道，"如果一切按计划进行，偶人会认为威廉是神。对威廉而言，那不会是愉快的经历。他很清楚这一点。他也知道，等到远征军顺利通过，偶人意识到被他愚弄了，那时候他的境遇会更惨。过去八十年间，只有五个失踪元神被归还给了偶人。对很多事件，偶人更看重其精神意义，而这将是一件非常非常重大的事件。"

玛丽看着威廉，惊呆了。盖茨15眼睛盯着地板，看起来很心酸的样子。甚至连德尔卡萨尔都神情忧伤。这太疯狂了。为什么没有人说出来这太疯狂了？卡桑德拉欲言又止。假扮成一个元神，走进自由城，这事儿谁都不能做。

"没关系的，"威廉说，"我感染了特伦霍姆病毒，已经三四个月了。"人人顿时哑口无言。"所以我们还是尽快把这个活儿干完吧。"

贝尔说："我们为威廉编了一个故事：他希望在临死之前到斯图布斯港看看，那是他先祖殖民的地方，"贝尔说，"运气好的话,威廉将被带到那里,跟盖茨15一起。如果不行,那盖茨15就一个人去斯塔布斯港。"

"我还是不明白为什么一个量人会这样做,"盖茨15说道,"你又不在乎金钱和政治。"

"你错了,"贝尔说,"我爱钱。"

"那她又是为了什么呢?"盖茨15号问道,扬起一个拇指朝卡桑德拉指了指。大家齐刷刷地看着卡桑德拉,她的脸一下子热起来。"她也跟你一样是为了钱吗?"

"我……我一分钱都不会要。"她说。

"这艘新型飞船,难道你不想分一杯羹吗?"盖茨15涨红了脸,问卡桑德拉。

"我想靠近偶人主轴,"她说,"科研人员还从未近距离接触过通天轴。"

"卡桑德拉和我不一样,"贝尔说,"她是有史以来最有本事的量人之一。她会对偶人虫洞的内部进行测量,让远征军能够借助这些数据来导航。远征军通过的速度会很快,而通天轴的内部拓扑结构可能会很复杂。"

盖茨15摇了摇头,"你冒着生命危险,就为了一个科研项目?"

卡桑德拉看了看贝尔,又看了看偶人,一副不可思议的表情。"那总比为了钱要好。"她说。

"我不是为了钱,"盖茨15说道,"我是为了要回家。"

"那我们做这事的原因相同。"卡桑德拉说。

这场简报会很快结束了,卡桑德拉走的时候没有再看贝尔的眼睛。她不认识他了。他现在……世俗、虚伪、拜金。要不然就是他没有说真话。他曾说自己和她一样,非常想要那些数据。他们要做的是前所未有的尝试。他们要去接触到通天轴的内部，这件事从未有量人做到过。他到底对谁讲的才是真话？也许他对谁讲的都不是真话。

十八

四天后,贝利撒留来到位于地下六百米处玛丽的实验室。贴着危险品标签的箱子沿走廊堆放,实验室里也满满地摆着工业级化学品制造设备。房间中央有个闪亮崭新的高压舱在旋转。墙边还放着一个膨胀损毁的高压舱,昨天它曾是新的。

"你们还要试验几个?"贝利撒留问道。

"一个?"她语带希冀地说,手里揉着一块油灰样的东西,在感觉黏度。

她的话听起来有点不诚实。不远的地方还躺着另外两个侧面炸开的高压舱。它们两天前都是新的。看来那天大家的工作效率很高。

"拿着这个。"她说,把黄黄的油灰拍在贝利撒留的手心,转身走向高压舱。走了几步,她又停下来转回身,"你拿着那东西的时候,可别弄出什么火花。"

贝利撒留走了几步,把那块天晓得是什么的东西放在身后的工作台上。

"它也不喜欢金属,"她说,"你就那么用手拿着。不要挤压,流汗也不行。它不喜欢压力或盐分。"

贝利撒留又小心翼翼地把那块油灰捧在手心。他们要的是能在大洋深处的巨大压力下正常工作的炸药。眼前这种东西却有那么多限制条件，实在算不上什么大进展。

"你要见我？"

"是的。我觉得要是有马特帮助的话，我这儿的进展会更快，"她说，"有些设计工作还需要点儿理论支持。还有数学。"

"到目前为止，你有多少理论和数学知识储备？"

"我可不想让你在握着我那炸药的时候出汗，贝尔。"

他叹了口气，"圣马太说，他不想靠近任何有你在的地方。他说你威胁到他了。"

她打开高压舱。

"他说你说过，要用那油灰把他粘在墙上，"他手捧着油灰，意味深长地说，"然后朝他身上丢火柴。"

"我不会点燃火柴的，贝尔。"她的声音从高压舱内响起，"我又不傻。"

"玛丽……"

"哦，原来在这儿。"她说。她向身后的贝利撒留伸出手臂，手里握着又一块油灰，"拿着这个。不过你知道规矩的，不能有汗水，不能有火花。还有，也许你最好不要让它跟另一块碰上。它们俩相处不来。"

"是因为它们俩相互威胁到对方吗？"贝利撒留问道。

"见鬼！你变了，贝尔。我坐牢这几年，你的幽默感丢掉了。"

"这话可不厚道。"

"总比我告诉你其实你从来都没有幽默感好吧。那会伤你的心的。"

"谢谢你。"他说。

"我永远都会支持你，贝尔。"她埋头在高压舱里说道，"你还有第三只手吗？还是说可以把这些油灰放在你的鞋子上？"

"玛丽！我还有事情要做！"

"好吧，好吧！"她说，"也没啥大事儿，我可以放在我的鞋子上。你什么事儿都会当真。你真的很没劲，你知道吗？"

"你能不能别再威胁圣马太？我请求你。"

"马特太闷了，就像你一样。他需要点儿活力，灌进他身上。"

"那可不包括说要往他身上扔火柴，玛丽。"

玛丽扭头看了看他，不耐烦地从贝利撒留手中拿走了那两块油灰。"贝尔，我要在这里面添点儿东西，再看看它们在八百个大气压下的氨盐溶液中稳定性如何。我相信应该没问题。你要是不确定，怕有问题，那就明天再多弄点儿高压舱下来。然后再多订购一些。要不就把马特送下来。"

"你对他友好些就行。"

"知道啦！"

贝利撒留乘坐电梯返回矿区的主生活区。这里可以看到塑料墙壁、烧结风化壤、硬化泡沫、金属，层层区分，如同考古地层一般，显示着矿区周而复始的兴衰史。聚合政府、英西国以及独立矿业公司的人，一拨又一拨，来这儿寻找挥发物、金属和矿物。

圣马太有一间计算和机器人实验室，配备了原子力显微镜以及X光平版印刷机，用于对他所需要的部件进行纳米级工程处理。他还在小型生物反应器中培养另外一些部件和工具。各式各样的设备运行着，散热风扇嗡嗡作响。酵母的气味飘浮在空气中。小型多肢机器人在地板上跑来跑去，像亮闪闪的昆虫。贝利撒留绕着它们走。圣马太仍然待在手环里。手环搁在一个工作台上,上面是一个全息头像,出自卡拉瓦乔那幅《圣马太的灵感》。

"你好,阿霍纳先生。"圣马太说。

"这里似乎进展顺利啊。"贝利撒留说。

"是的。自主机器人的批次已经到了第六代,并且演化势头相当不错。"

"你干吗不直接设计它们? 现在这样更耗时间。"

"我是一名工匠,阿霍纳先生,不是黑客,"圣马太说,"依靠复制单元突变获得的迭代设计会更好。新兴复杂性和自组装都非常非常有用,不能不好好利用。而且,只有这种方法,才能检验我是否可以演化出有灵魂的机器人物种。"

"什么?"

"我承认,这是个漫长的过程。但我反正已经在演化自主机器人了,干吗不测试一下我能不能也赋予他们灵魂呢?"

"我们没有时间做这个,圣马太。"

"演化可以一次不止做一件事情。我很惊讶,自己以前竟然没有想过这一点。我想知道上帝为什么选择把他的圣徒放进这样一个肉身。你自己没想过这个问题吗?"

"日想夜想,想得觉都睡不着!"贝利撒留恼怒地说。

"那就对了! 你懂我啊! 他必然有他的意图。机器就是线索。上帝已经向摩西的人民做出了应许,并将他的儿子给了人类,但世界已经变得更大。许多机器已经拥有了智能,谁又能知道他们是否有灵魂呢? 除非我们去做这个测试。这会改变一切,阿霍纳先生! 可能这就是为什么我会在这里的原因!"

"为机器世界带来救赎?"

"当然,也许我的使命是把福音带给机器,但万一我要担负的角色其实更大呢? 万一我其实是他用来赋予机器灵魂的工具呢? 那必将迫使我们重新界定人类在主的计划中扮演的角色。想象一下,假使创造机器并为其赋予灵魂乃是一项建筑工程,而人类只是为了这工程而存在的脚手架。"

"你搞的这些神学探索会拖慢我们的工作吗?"贝利撒留问道。

"绝对不会! 应该不会吧。我们的宏伟计划进展如何?"

贝利撒留看着那全息头像。头像的眼睛纯真地看着他,等着他的回答。"还好吧,我觉得。不过玛丽需要帮助。"

"我注意到你的团队里缺少了一位心理医生。你是不是疏忽了?"

"她的设计工作需要计算方面的帮助。"贝利撒留说,"这件事不是标准的工作,存在很多变数。"

"关于威胁我的事,她是怎么说的?"

"她说她非常抱歉。那是个很没品的玩笑。"

"她一句好话都没有,"圣马太说,"估计她肯定骂我了。"

"她没骂你。"贝利撒留说。

A.I.闷哼了一声。

"不会再发生那种事了。"

"哼!"

"她需要帮助,我们得给她帮助。"

"我早料到了,"圣马太说,"我在做的那些自主构建物中,有一项是给我自己造个身体。"

一个内部结构裸露在外的双足机器人从角落里走了出来。实验室里会动的东西很多,贝利撒留之前都没有注意到它。它大概有一点五米高,缓缓地走过他身边,步态自然优雅。它走到工作台边,轻轻地将圣马太栖身其中的手环像皇冠一样举起,打开脖子上的一个外罩,将手环放了进去。卡拉瓦乔的圣马太全息图略有波动,用热切而圣洁的目光看着贝利撒留。

"我看起来神圣吗?"圣马太问道,"可能还不太像。我得给自己找几件更衬得上使徒的法衣。也许再加上一个光环。"

"你会帮助玛丽对吗?"

"现在我有了一副强壮的机器身体,再待在她旁边就不需要担心了。我对恶劣行为的耐受度会更高。"

"其他的事情也都能继续运行吗?"贝利撒留问道。

"自主单元将如期造好,但我没法同时从事模拟耐高压炸药和给你设计病毒这两件工作。也许你应该找个更好的炸药专家。"

贝利撒留忍住没有回应。

"别担心,阿霍纳先生。我会帮她的。"

"谢谢。"

"你很快就会有时间接受洗礼了,对吗?"圣马太问道。

"很快吧,我希望是。"

"做好准备。这是一大步,它将打开一个全新的世界。"

贝利撒留不置可否地应了一声。

"我有个发现,可以说一下吗?"A.I.说,"作为你灵魂的看护者?既然我已经看到了我们要做的事,也见到了你找来帮你的这些人。"

"嗯。"贝利撒留小心翼翼地说。

"你很忧虑,阿霍纳先生。而且孤独。"

全息头像的脸上画笔描绘出的表情十分平和,贝利撒留看不出A.I.在开玩笑的迹象,甚至都看不出眼前是个精神错乱的A.I.。

"也许吧。"贝利撒留终于说道。

"尽管量人已经从人类这一支另辟蹊径独立演化,你们也仍然全都是社会性狩猎采集者的后代。在群体部落里生存所需的本能和需求并没有消失。"

"我也从来没有说过它们消失了。"

"你的一半已经这么说过了,阿霍纳先生。你从阁楼社区跑掉了。和我联系了一段时间。你跟甘德先生建立了师徒关系,随后却又飘然离去。你帮菲卡斯小姐从麻烦中脱身,然后又退避了。你永远不会和我们任何人待得长久,久到足以形成一个社群。

"你做不到,"A.I.没有停下,"因为我们没法了解你。我们不了解背负着额外的本能是什么感觉,也不知道你要去理解一切事物的内驱动力有多么强烈。所以你就蜷缩在自由城里。

"但现在,你所面临的挑战超过了你之前做过的任何事情,而且我觉得你自己心里也没有底,不知道自己是否真的能成功。所以你把我们全都拉来了——每一个曾经帮助过你的人。更具体地说,你还去找了你那些奋斗在人类进化之路上的表亲:一个残缺的波江人、一个更加残缺的偶人,还有一个可以在我们眼前操纵演化的遗传学家。你还回溯到遥远的过去,甚至把你一生中唯一所爱都拉了进来。你把我们拉近,又把我们推开,因为你想寻求某种安宁。"

"我把盖茨15、斯蒂尔和卡桑德拉进来,是因为他们每一个人都是干这个活儿必需的。"贝利撒留说。

"你在我的教堂里给了我一条线索,你说这个活儿是命运的安排。你本来是打算哄骗我，结果你说出了事实。"

"我那样跟你说，是因为它对你有意义，就像我不存在的灵魂一样，"贝利撒留说，"这两样对我而言都不存在，但并不代表对你也不存在。我是量人，我生活在一个依赖观察者的世界之中，在那个世界里，连一些非常重要的事物都可以既存在，同时又不存在。"

"有些事物确实存在，无论你相信与否，"圣马太说，"包括意义。"

贝利撒留不屑地挥挥手，"为什么现在要提起这事儿？"

"如果你出了问题，可能会严重影响到我们是大功告成，还是会全部丧命，"圣马太说，"但更为根本的是，你应该得到某种安宁。"

"那你肯定有好的建议喽。"

"我希望我有，"圣马太说，"我不会要你去追寻上帝，起码不是我的上帝。对于任何你自己的本性，你所做的是既不接受也不拒绝。但你无法独自一个人一直那个样子。"

"我不喜欢被人这样看透。"

全息头像看上去一副圣人的模样，做了个不完美却很亲切的微笑鬼脸，"我倒不担心那个。没有其他人能看到这一点，因为没有人相信你竟然还有灵魂。"

贝利撒留瞪眼看着圣马太的身体载着他走出实验室。虽然他不在，那些大大小小的多腿金属小家伙仍在忙碌地跑来跑去，热火朝天地建设着其他机械装置和自主构建物。但很快，他的量人大脑就分离出了机器人遵循的算法。它们是无生命规则的复合体，运行于可以被描述为有意为之的算法之上，其实背后没有任何真正的意图。就像神游中的量人。一窝爬来爬去的蜘蛛

——那就是他在神游中的样子。那就是他的本性,如果他真的有本性的话。

他离开了实验室。

贝利撒留去了德尔卡萨尔的医疗区。医生复制了一大批他的私人生物技术设备,运到这里。贝利撒留敲门时,他正在审查全息影像记录。

"威廉怎么样了?"贝利撒留问道。

德尔卡萨尔指了指一扇门,"完成了第一步。他在盖茨15套房隔壁。"

"你这儿怎么样?"

"你我都知道这不是件容易的工作,阿霍纳。当初元神和偶人的基因改造工程是由一批天才专家(尽管有些不道德)完成的。他们没有留下研究笔记,就是特意不想让他们的反人类罪行记录在案。他们更改了数以百计的等位基因,重新规划代谢系统路由,从而创造出相当于遗传加密的机制。所以,根本没有人能够伪装成元神。"

"你已经让几十个元神无法辨识了。"贝利撒留说。

"我对他们做的操作,相当于从一个还在走的时钟里扯出一个齿轮,从而让指针停止移动。而你想要我做的,是在一个运行的时钟上另建一套能够正常移动的指针。"

"用不着和真正的指针一样。只要外表相似,我就满意了。"

"说起来容易,"德尔卡萨尔说,"这还不包括修复我们这位偶人所需的工作量。那个讨厌的小东西。"

"你真是越来越喜欢偶人了。"

"谁想这样呢?"

"他们也是人,有感情,有意识。被造成这个样子不是他们要求的。"贝利撒留说,"通过研究他们,人们可以充分了解元神,却无法了解偶人自己。"

"你一个量人来讲这种话,真是太奇怪了。"德尔卡萨尔往后一靠,端起胳膊,"这些话应该是偶人来说才对。这跟你有什么关系,阿霍纳?跟偶人一样,你被赋予了激情和欲望,而这两样都不是金钱或骗局可以满足的。"

"我们都不仅仅只有本能。"

"你是这样的吗?"德尔卡萨尔说,"量人计划的早期设计,一部分内容就是要将某些特定的精神状态、发现和模式识别活动跟大脑的愉悦中心联系起来。那可是硬件固化的。你为什么不待在你的阁楼里?"

"我已经明白了如何摆脱我的直觉,所有理性生物都必须做到这个。"

"空话连篇,阿霍纳。我们肯定都得按照我们事先编制好的程序来运行,不管谁是那个程序员。在低于六百个大气压的环境下,斯蒂尔就会死掉;而偶人,除了像盖茨15这样的变异,都无法离开元神生存;你也没法摆脱你那量子思考的天性。"

"我们来这儿不是要谈论我的,医生。"贝利撒留说,"威廉染上了特伦霍姆病毒。你有什么能帮到他的吗?"

德尔卡萨尔像个贵族一样扬起了眉毛,"我是很厉害,阿霍纳,但我不是魔术师。偷天换日袖里乾坤,那是你擅长的领域,不是吗?"

"我觉得你也许有别人没有的高明见识。"

德尔卡萨勒又端起胳膊,"承蒙你的夸奖,阿霍纳,但特伦霍姆巨型病毒可是非常棒的设计。一旦感染,百分之九十会在数小时内丧命。特伦霍姆病毒是自适应、会计算的高分子。它有如此之多的冗余结构性基因，可以无限期地逃避免疫监视。甘德很幸运，许多产生毒素的基因在感染他的病毒中不起作用，不过他仍然在慢性中毒。对于他，我无能为力。"

贝利撒留用鞋子蹭了蹭地板上的一块污渍，不知道自己是个什么感觉。

"如果我找到了治疗甘德的方法，"德尔卡萨尔说，"这个大骗局就得终止了。你的各种动机之间出现矛盾了吧？"

"要施行一场骗局，有很多种方法，"贝利撒留说，"目前这种只不过恰好最符合我手头拥有的材料和人员配置。"

"那是我错了。"医生说。

"也许我会去跟威廉打个招呼。"

"你的朋友快要死了，我也很遗憾，阿霍纳。"

贝利撒留打开门。屋里正进行着一场生硬的对话。他走进去，带上身后的门。

"如果不算假冒的话，真正的元神几乎没有返回皇城的。"盖茨15说道，"而流浪在外的则是特殊的一群，有人管他们叫野生元神。"

威廉坐在床上，灰色的被单拉到腰间。他瞥了贝利撒留一眼。

"坠落的元神和高高在上的元神？"威廉说。

盖茨15摇了摇头，"对于偶人来说，身处保护监禁中的元神与躲在其他地方的元神，闻起来是一模一样的，"教授说，"我们的元神很难应对各种情况，因为他们在这个世界上没有太多经历，一切都已经为他们安排好了。而且，他们也不能再以元神从前的方式来命令偶人了。"

威廉做了个厌恶的表情。"你们这些受虐恋物癖。"他说。

"不,"盖茨15说,"那都是些飞短流长的无聊话。这事儿跟性没有关系。偶人对元神的反应来自我们的大脑中产生宗教敬畏的那一部分。"

"元神统治充满了虐待狂,正好偶人喜欢这个。"威廉说。

"有些是虐待狂,"盖茨15说,"但并不是全部。有些元神生来就是那样。有些则是经人引导,尝试着那么做,部分是因为偶人对他们的行为没有表示过反抗。偶人的基因设计让他们一见到有神性的人类就会感到敬畏。要理解偶人的心理,你必须牢记这一点,以此解读他们的每一次经历。强烈的关注,积极也好,消极也罢,都会诱发超拔脱俗的宗教状态。那种状态下产生的力量很难控制。你也不用想去尝试控制,只能等到那状态消退。"

"一个没有安全码①的人类种族。"威廉说道。

"安全码只存在于事先约定的情形,"盖茨15说,"偶人没法事先约定。可那是他们的错吗?谁能因此就有权憎恨他们?是你?还是我?"

"我不憎恨你。"

"不,你憎恨我,"盖茨15说,"我的感觉跟你不同。你的基因设计,让你天然对跟你不同的东西感到厌恶,而你的本能就是去杀死那些让你感到厌恶的东西。"

威廉叹了口气,有些坐立不安。"我不憎恨你。"他再次说道。

"那你可能是为数不多的一个,"盖茨15说,"我被迫跟人类一起生活了很长一段时间。"教授看看他晃悠着的脚,剔着指甲,"但我可能会讨厌你。如果德尔卡萨尔真有办法把你伪装成

——————————
①虐恋性行为中事先约定用来叫停的口令。

冒牌元神,你会是偶人最最珍贵的礼物:既有神性,还拥有独立意志,完全就是第一个元神的样子。如果真是那样,我会憎恨你的。"

"因为我会虐待你的偶人同胞,而他们会喜欢那样,对吗?"

"不是,"盖茨15平静地说,"你给他们什么,他们都会喜欢,无论是仁慈还是残忍。我恨你,是因为我再一次置身事外。你不情不愿地成为那个世界的一员,而我费尽心机也无法加入那个世界。"

"你要是加入了,又得做牛做马。"威廉说。

"你们读过弥尔顿的《失乐园》吗?"偶人问道。

贝利撒留和威廉都摇摇头。

"偶人把它当成一部重生经典。"盖茨15说,"那本书里包含了非常多的信息,其中最重要的是路西法受难的本质。离开上帝的身边,是一种受难。"

"你现在可不像在受难。"威廉说。

"这种受难不是生化意义上的,只有我们偶人能够体验。"偶人从椅子上滑下来,"回头见,阿霍纳先生,甘德先生。"他离开了德尔卡萨尔的实验室。

"真是个让人毛骨悚然的小家伙。"威廉低声说。

贝利撒留在偶人留下的空位子上坐了下来。

"如果一个凯子不贪财,那就很难做局骗他。"威廉说。

贝利撒留展开他的磁场,大到德尔卡萨尔的有些设备能察觉到,同时也让他能探查到走廊里的任何人。盖茨15已经走远了。

"是你教我的:每个人都有会让他生出贪心的东西,威尔。偶人想要技术、军事力量、合法性,还有最重要的——他们的神。你就是用来转移注意力的虚招。"

"他们还是让我觉得紧张。"威廉说。

"你应该读一读他们的神学书。"

"嗯,我正好有的是时间。"他哈哈大笑,笑得咳嗽起来。他拍了拍贝利撒留的肩膀,"你去忙吧,"他说,"你还有很多事要做。"

贝利撒留打开一部电子阅读器,找到一本偶人神学的入门教材。他把阅读器交给威廉,然后离开了。他一边想心事,一边漫步走着,来到通向卡桑德拉房间的走廊。这里以前是军营。机器人在翻修房屋,要为她建一个套间。贝利撒留犹豫再三,在她门口停下脚步,敲了敲门。

"请进,贝尔。"卡桑德拉的语气很平淡。

他走了进去。卡桑德拉坐在那儿,面前的全息图上是一排闪闪发光的计算式,照亮了她的脸。她没有看他。

"你在神游?"他问道。

"是的。"她平静地说。

他走近了些。这不是他想要的卡桑德拉。现在这个样子,她既不能跟他有目光交流,也无法对他的关注做出任何回应,甚至连热情地打个招呼都不行。

英西国的基因工程操控技术将波江人变成了笼中怪物,将偶人变成了宗教奴隶,还将量人变成了智能自动机。总体来看,在主导自身演化方向这件事上,人类做得很差。

"你想聊聊吗?"他问道。

"我在工作。"她说。

他从桌上拿起她的平板电脑,写上:"等你结束神游,给我打电话",摆在她面前。在神游状态下,她能注意到各种动作的模式，知道他在做什么。但她正在想象偶人通天轴的十一维时空几何模型，所以她血清素的微小抖动不会停止。只有当她实在太累了，无法坚持神游状态，她才会回到这个世界，再读一遍平板电脑上那句话，却几乎不会记得他曾来过这儿。

贝利撒留有他自己的房间，在地表附近。天花板是个透明的穹顶，向上隆起，伸入托勒密星地表之上的真空。他找到了几把躺椅，可以向后放倒，躺在上面足以看到整个穹顶。但外面的景象也只是平常的星空而已。一天中的这个时候，能看到的无非是点缀着星光的黑暗。他仰天躺倒在椅子上。即使印第安座 ε 星几个小时后就会升起，也不过就是明亮繁星中的一颗罢了。白天的时候他不会来这里。他喜欢看星星，星星的数量之巨大，能够触动他心底的某些部位。

跟圣马太和威廉的对话让他心烦意乱。

偶人致力于效忠和膜拜。波江人讨厌他们生活的深海环境，可又无法在别的地方生存。他们都跟他一样，是被编程设计好的。他对量子神游既爱又恨。那种精神力量和深刻的洞察令他激动。然而，伴随而来的巨大孤独和彻底隔绝又让他厌恶。他是扑火的飞蛾。他们都是。

一颗古旧的卫星闪着红灯，匆匆略过他的视野。虽然没在白痴天才的状态，他的大脑还是计算了那颗卫星的轨道。如果他在这里继续再坐上 2.7 个小时，就会在同一个地方再次看到它。在同步高轨道，能看到绿色和红色的灯光拖尾，那是他租的那两艘能够穿越虫洞的货运飞船。

两艘飞船之外，是无尽的太空和几千光年外的群星。他的视觉增强模块能够接收到其他波长的光，下至 X 射线和紫外线，上至无线电波和微波，他都能接收到，并且转换成可视光范围。

他就这样拉近眼前所见,直到盛开的花朵充盈了他视界尽头的巨大空虚。每一点星光都更有浩瀚无垠的极度真空伴随在侧,吸引着他。量人就居住在那些无限的空间里,在虚无之中做着梦。那里的量子世界里没有观察者,还泛着泡沫。这里是孤独的家园,并非因为量人在这里是独自一人,而是因为在这些空间里,他们自身亦不复存在。

过了良久,门口响起了敲门声。没等他应答,卡桑德拉就走了进来。她乌黑的卷发暗淡无光,肩膀也耷拉着。

"我从来没想过你的生活竟然这么糟糕。"她说。

"什么?"

"设计骗局,追逐金钱,"她说,"对人说谎。"

他的胃一沉,很不舒服,"出什么事儿了?"

"什么事也没出。"她走上前,伸开双臂,"你网罗了一帮被社会摈弃的人来做一件犯罪的事。我不属于这里。"

"也许你确实不属于这里。但这只是一个插曲。是为得到实验结果所要付出的必要代价。"

"我们从前在阁楼,现在却在这里,我的大脑没法适应这变化,"她说,"我无法相信自己竟然参与到一场骗局之中。"

贝利撒留躺在椅子上没动。"你有没有看过星星?"他问道。

她走到贝利撒留身旁,抬头向上看去。

"如果只能看到一个个光点,却不了解它们之间的相互关系,那种感觉真是太狭隘了。"她说,"你上次在神游状态下看星星,是多久以前的事?"

"神游会杀了我的,卡西。"

"这是谎话吗?"她问道。

"我没有办法证明这一点,除非死在神游里,"他说,"信不信随你。"

"我可以半信，也可以半疑。信和疑，无非只是表述概率的另一种方式。"这是个非常典型的量人式的回应。她仰望星空良久，贝利撒留不知道这场对话是否已经结束。"有时候我会长时间待在神游状态里，沉浸其中，只是为了看看星光的干涉。那景象令人惊叹。"

"令人惊叹的不是景象，是你大脑所做的记录，"他纠正道，"你从来没有真正体验过'看'，因为你并不在那里。"

"你难道不怀念那样吗？"

"我怀念神游，就像酒鬼怀念伏特加。"

"你应该会喜欢的，"她说，"就像食物，还有性。"

"神游体验会正中你的愉悦中心，这都是编程设计好了的。"

"看你说话的口气，好像这是件坏事一样，"她说，"演化创造了一套算法，它们相互作用，由此产生了人类的意识。不过，这些算法仍然与食物、愉悦、饥饿和痛苦联系在一起。假如你创造了一种完全人造的生物，通过编程，让他们会因为某些特定的输入而感到快乐，那和刚才说的人类意识自然演化机制又有什么不同呢？是不是编程实现的，这并不重要。我喜欢在神游状态下看星星。至于是谁让我有这种爱好，有那么重要吗？真正重要的是我喜欢这件事。"

穹顶外面一片黑暗，星光的照明效果不佳。也许她可以看到他的脸。他扩大瞳孔，吸引更多的光线，好从一片模糊暗淡之中看清楚她。

"我也喜欢和你一起看星星，"他说，"像现在这样。做回正常的我们。神游的时候，我们并不在一起。"

她长叹了一声，在旁边的躺椅上直挺挺坐下，在黑暗中凝视着他。

"为什么不多试试你自己的主观呢?"他说。虽然他小心地提出了这个问题,却掩饰不住语气中的一丝同情。

"也许我现在就在试,"她说,"但我看不出这有任何价值,或是回报。"

贝利撒留站起身,靠近卡桑德拉,盯着她星光下的双眼。两个人一动不动,过了很久。他们曾经如此靠近过。是的,的确是他主动离去。他离开了她,离开了阁楼,逃离了神游。当然再也不会那么在意她,心已冷。不对。还有一点。他感受到一阵找回从前遗产的诱惑,但那种诱惑和想要接近她不一样。他移开了目光,在星光下站起身来,努力组织着自己的语言。

"量人看宇宙,能看到它的广阔无垠和相互作用的细节,"他说,"我们能看到宇宙的历史,我们也能窥视未来,但我们用这些洞察做了什么?我们所做的,是将观察和推理转化成一个许可,许可我们从这个世界逃离,无所作为。我们已经停滞不前。"

"我们每一代都在不断演化,贝尔。"

"演化的意思,是指越来越适应生态位,与之更好地相互作用,卡茜。与此相反,我们正在放弃所有的环境。我们忙于重写DNA,混合、匹配人工编排的基因,还在实验模板上培育新的神经元。然后我们告诉自己,做这些就是在演化。但是,我们真的是在演化吗?还是说,所有这些事情,都不过是同一种想法的改头换面?"

"那你怎么比较现在的我和五代以前的我呢?"她问道,"我拥有了各种新感官!你也一样。这些感官的出现,就跟当初视觉的演化一样,都是改变世界的事情,贝尔。我们的发展不会仅仅限于一代或是五代。我们的新感官是为着特定的用途而建造的,但有那么一天,它们也可以用于另外一些目前还无法预料的事情,用于你说你想要的发展! 突变之后,就会有新的生态位开放出来。"

"我们给自己加上了新的本能和智力慰藉,然后成了它们的奴隶。"贝利撒留说,"我们坐在阁楼里,看着周围的一切,对这些眼前的事物,不仅感到心满意足,甚至沉湎其中。如果不走出去,我们不会有任何发展的空间。看看我在远征军那儿找到的数据,想想如果当时你也跟我在一起会是什么情况! 我们需要走出来,加入人类之中去,否则我们就会枯萎。我想改变,我想要获得自由,但我一个人做不来。"

"贝尔,你对自己被基因改造这件事真的是耿耿于怀,好像只有你才是正确的!"卡桑德拉大声说道,也不禁火气大了起来,"被编程基因改造的人并不只有你一个,我们很多人都很喜欢这样。我不会跟自己的本能作对。如果你没有背负这些恐惧和愤怒,也许你不会那么悲惨。你正在逃离我们为之奋斗的事业。"

贝利撒留觉得自己在畏缩。从没有人这样跟他说过话,可能其他人也做不到。

"我很自由,贝尔。"她说,"你我对自由有不同的理解,这也无所谓。我现在很开心,你也可以。你和我曾经沧海,贝尔。当你跑来说要给我提供数据和学习的机会时,我还以为你能给我的比现在更多。"

"我是要给你更多啊。"

"你不能一边动摇我的原则,一边说这就叫给我更多,贝尔。"

她的脚步声响起。门打开又关上,地板上先明后暗,直到被黑暗再次吞没。只剩下太空中的群星和那铺天盖地的无尽空虚陪伴着他。

十九

两天后的早晨，贝利撒留听见厨房里有人在轻声哼唱。他来到厨房，发现玛丽和圣马太在一起。他感到很惊讶，向两人都问了早安。他们看起来处得还行，甚至算得上融洽。玛丽在食品加工系统里埋头忙碌着，口中唱着一首23世纪的爱情歌曲。贝利撒留大脑的模式匹配有了结果：一首岁月金曲，歌名是《分享我的射门靴》，歌曲融合了第二次印尼复兴摇滚和英伦遁世朋克的风格。

圣马太悬浮在他的身体上方，向贝利撒留问好，出自卡拉瓦乔《圣马太与天使》的皱巴巴的全息大脑袋静静地悬浮着。小型自动机在他身边跑来跑去，每一台自动机上方都冒出一个微缩的全息头像，也是圣马太的，却蓄着长长的卷发和胡子，神态轻松。

"那些不是卡拉瓦乔画的。"贝利撒留说。运笔的方式有所不同。

"是保罗·委罗内塞，"圣马太说，"我自己当然不会用委罗内塞，但他的画可以给我的自动机增添一些柔和感。你觉得呢？"那些微型全息脑袋纷纷抬眼看着贝利撒留，脸上带着蜡黄的笑容,满是期待。

"很有品位。"贝利撒留语带犹豫地说,"这些自动机,有没有已经是任务里会用到的最终成型版?"

"还都是原型机和测试机。"圣马太说。贝利撒留小心翼翼地移动脚步,免得踩到它们。

"你这是穿上衣服了吗?"贝利撒留问道。一条闪闪发亮的长布料在金属身体的脖子上挂着,垂到腰部。

"菲卡斯小姐觉得这个残缺的身体与我脸上的虔诚不相称,"圣马太说,"她找了条自己的围巾,给我做了一条圣带。"

贝利撒留倒了一杯咖啡,"好像不太适合你。"

圣马太的全息头像转向玛丽,她一本正经地微笑着。圣马太用他身体上的机械手把圣带抚平,脸上的表情却变得不那么轻松愉快了。

"我穿上这个,再去接受告解的时候就会显得比较专业。"圣马太说。

"那得等你先有几个皈依者。"贝利撒留说。

"你会是第一个。"

"玛丽,"贝利撒留一边说,一边绕着圣马太上下打量,"这块布料不会爆炸,是吧?"

圣马太的全息头像一下子转过来看着玛丽,眉毛夸张地扬起。

"贝尔!我干吗要那样做呢?"玛丽看起来很伤心,"再说我怎么能骗过马特呢?他又不傻,他会察觉的。"

全息头像又转过来对着贝利撒留。贝利撒留眯起眼仔细端详着那块布料,还用手指轻轻搓揉。

"你检查过吗?"他问道。

"当然检查过。"圣马太说道。

"感觉有点怪怪的。"

"是人造纤维,但肯定不会爆炸。"圣马太说。

"她是我见过最厉害的炸药专家。"贝利撒留怀疑地说。

圣马太轻抚那块布料,"我的确需要一条圣带。我已经分析过它的成分了,"他说,"不是爆炸性的。如果她又在搞什么鬼把戏,那就是拿自己的名誉玩火,休想再找你来说服我放弃自己的原则。你是在想搞什么鬼吗?"头像转向玛丽,表情严厉。

"我想的只是贝尔的感情问题。"玛丽说。

"我没有什么感情问题。"

"你当然有,"她说,"你跟卡桑德拉过去有一段,而且你俩的性情一样地古怪、激烈。你们是天造地设的一对。你需要拿出一种超级浪漫的姿态,才能赢取她的芳心,唱首情歌什么的。"

"我没有什么感情问题。"

玛丽转了转眼珠子,重新启动了食品加工系统。烤面包的气味开始充盈厨房,掺和着某种有机物的气味。

"你在做什么菜?"贝利撒留问道。

"他还不承认,"玛丽对画像头说,"不要转移话题!我在尝试新食谱。"

"闻起来不像是吃的东西。"贝利撒留说。

"本来就不是。"玛丽说。

圣马太突然奇怪地动了起来。那条圣带好像被头像下的身体卡住了,他小心翼翼地往外扯着。画像脸上的眉毛警惕地竖着。贝利撒留向后退去。玛丽眯缝起了眼睛。

"那儿就够远了,贝尔。"她说,"不会很大的。"

"什么不会很大?"圣马太尖叫道。

"砰"的一声响,圣带下冒出火光。机器人的身体里腾起一阵烟雾,各种部件分崩离析,垮塌在工作台上,又散落在地板上。

"嗯,"她说,"成功了。"

圣马太尖叫:"我的大脑!快来保护我的大脑!我不能动了!"小型自动机奔向瘫倒在地的身体,从颈部拆除了手环。

"看见了?"玛丽一边对贝利撒留说,一边挥手驱散黑烟,"这东西本身不是爆炸性的。它通过了所有的测试。只有跟特定的汽化有机物混合时,它才会变成爆炸物。"

"我们的任务根本就不需要这个。"贝利撒留说。

"这是我的爱好。"她说,"你干吗不也培养几个爱好呢,贝尔?"

圣马太尖叫着,小自动机们和他一起夺门而出。卡拉瓦乔画的全息头像上的恐慌表情传染给了那些委罗内塞画的小全息头像,每一张脸上的眉毛都惊恐地立着。

二十

印第安座ε星分配到的是那种典型的稻草人。它的脸用黑油漆粗糙地画在脑袋上，脖子以下是一个灰色铁皮罩子。不合身的碳织衬衫下藏着不为人知的各种设备。袖子和手套之间现出神秘的暗色金属线。肥大的吊腿裤子露出脚踝，再往下是穿着铁鞋的机械脚。

稻草人来到欧乐星，查找导致通信模式异常的原因。它的电子线人提供的线索很多都是假的，大异于往常。它在自由城的眼线也是音讯全无。似乎不止一拨人在隐瞒什么事情。

偶人或许有足够的理由这样做。也可能是英西银行在违反禁运法，或者是建立了什么秘密同盟，又或者偶人又开始了一次集体宗教疯狂。

教育改造屋发生的越狱事件也许与此无关。那里有人成功渗透进系统，还模仿了稻草人的授权码。能做到这些，说明越狱者拥有的A.I.资源相当可观。情报显示有一到两家大型英西银行拥有这种超高级A.I.，不过它们都没动过地方。而且整场越狱行动也只逃出了一名被军队革除、服了一半刑期的女军士。

稻草人仔细咀嚼着一团乱麻的真假信息。

二十一

大多数时候,伊坎吉卡都沉默寡言,拒人千里之外。但她似乎把贝利撒留和卡桑德拉当成了两个好学生。因为他俩拥有量人的认识和记忆能力,凡事不需要她说第二遍。贝利撒留很高兴——自己好像终于得到了她的认可。

贝利撒留站在卡桑德拉身旁,面前是一幅"林波波号"舰桥的全息仿真图。伊坎吉卡说有两艘飞船会留守在斯塔布斯脉冲星系,"林波波号"是其中之一。那样很好。贝利撒留的计划需要至少一艘船留守后方,利用其磁线圈来维持他们打开的那个十分不稳定的人工虫洞。

伊坎吉卡正在解释舰桥的第四组图片,全息图上闪着黄色和红色的光。贝利撒留竟然不了解这些系统,这让她感到非常惊讶。要制造人工虫洞,他们需要改变一些操作,而只有理解了战舰的信号传输时间,才能知道飞船是否跟得上这些改变。如果跟不上,那就需要贝利撒留来帮他们创造一套新的控制系统。

"林波波号"的控制系统是半托管式的,类似于人类的神经系统。各个独立系统具备的一些功能几乎不需要舰长批准,这样就可以减少响应时间。姿态保持喷射器、修理系统、节能措施等等,这些都由各个节点自己运行,就像人类能够下意识地调节身体平衡一样。但贝利撒留觉得"林波波号"的磁线圈的响应时间恐怕还不够快,达不到他的需求。大家一起研究了数小时之后,伊坎吉卡才不情愿地离开,去思索可以对"林波波号"做出哪些改进,让它的反应更加迅捷。

"大费周章,就为了那么一点点收获。"卡桑德拉说。

她的眼里反射着全息图的光。她并不在白痴天才的状态。她就在这里,全部,现在。但没有和他在一起。在伊坎吉卡面前,她一直很安静,只谈工作。

"很抱歉跟你争吵,"他说,"我已经有十二年没见过别的量人了。也许我还没学会完全控制好负面情绪。"

"面对这一切,我也可能有点出乎意料。"她说,"我竟然加入了一个犯罪团伙。"她的嘴边绽出一个小小的微笑。贝利撒留感到些许释然,让他心里暖乎乎的。

"等你回去,会有好多故事可以讲。"他说。

"如果你的计划能奏效的话,"她一边说,一边关闭了全息图,"还要看偶人会如何反应。"

"你已经开始像个骗子一样考虑问题了,"贝利撒留说,"盖茨15背负了很多包袱,但我觉得他会帮我们的。"

"你喜欢这些偶人,对不对?"卡桑德拉问道,同时关掉了另一幅全息图。房间暗了下来。

贝利撒留略带犹豫地点了点头。

"他们是奴隶贩子。"卡桑德拉说。

"那是他们的本性。"

"我还以为你会有更理性的观点。"

"有一个可以追溯到千年以前的寓言。"贝利撒留说,"一只蝎子请一只青蛙驮它过河。青蛙说不，因为它不想被蜇。蝎子说，不会的，如果蜇了青蛙，它们都会死。于是青蛙把蝎子驮在了背上。结果到了河中央，蝎子还是蜇了青蛙。青蛙临死前问蝎子，为什么要这样。'因为我本性如此。'蝎子说。"

"寓言只是寓言。"卡桑德拉说。

"偶人在被创造出来的时候，就已经注定了要起来反抗他们的奴隶贩子创造者，俘虏之，囚禁之。用残酷的方式将儿童或动物抚养大，毫无疑问，他们肯定会变得十分危险。"

"你花了十二年时间，来对抗你的本性。"卡桑德拉说.

"你和我或许能够做到，"他说，"偶人被紧紧束缚在他们的生化拘束衣里，我们却并非如此。"

"你整天想着的就是这个吗？"卡桑德拉问，"这就是你离开阁楼要去追求的成长？"

贝利撒留摇了摇头，"我也在思考我自己的本性。"

"那你的本性是什么？"卡桑德拉问。她的声音低下来，她在倾听。

"量人需要理解宇宙。"

"这很对呀，完全无害。"她说。

"我想元神们也认为他们在偶人的身体里设计的是一些无害的东西。"

"你觉得我们很危险，贝尔？"

"对别人？不。"

二十二

卡桑德拉跟着贝尔和伊坎吉卡来到一处废弃泊库。泊库位于矿井顶部,远离主升降通道。伊坎吉卡在这儿放了一张桌子和几把椅子。没过多久玛丽也来了,还推着安置斯蒂尔的大水箱。沉默寡言的少校检查了房间,确保没有监控,又打开了走廊里的警报系统。大家在冰冷的椅子上坐下。

"好了,"贝利撒留开始发言,"这才是真正的简报。我之前有一些很重要的细节没对你们说。"

在卡桑德拉看来,贝尔很平静,完全放松。他之前已经跟她说过要在这个会上讲什么内容,这些内容又是多么重要,还有他是如何对她毫无保留。卡桑德拉从心里相信他。贝尔总有办法让人们相信他,她也不知道他是怎么做到的。但她的大脑不是她的心,他向她指出,根据奥卡姆剃刀原理,如果贝尔骗了六个人,那他就能骗第七个。

斯蒂尔待在他巨大的压力水箱里,通过电子扬声器发出尖利刺耳的喊叫:"你他妈是不是谁都不信任?"

"你信任你部落里的每一个杂种人吗?"

"那些杂碎但凡有一个在我身边,无论哪一个,我都会睡不着觉，"斯蒂尔说，"部落的人会让你吃屎，单单为了穷开心。"

"我只把信息告诉必须告诉的人，以防有人被抓住，或者临阵退缩。"

玛丽猛地在空中挥舞拳头，仿佛她刚刚进了个球，"我们是核心！跟我击个掌吧，斯蒂尔。哈！还是算了。你没法击掌。"

贝尔打断了斯蒂尔的大骂，"我们不会正面攻打斯塔布斯港。"

"这他妈的不正是你计划的核心吗？"斯蒂尔问道。

"几天之内，卡桑德拉就能将一个人工虫洞连入偶人主轴的中部。"

玛丽皱起眉头，"什么？"

"到时候，卡桑德拉会在某一艘联盟飞船的舰桥上。她会指挥飞船，制造一个人工虫洞，就像是个普普通通的临时虫洞。但她会调节这个虫洞，使其另一端的开口开在偶人虫洞的中部。十艘联盟的战舰就从这里进入。然后，这些飞船将在偶人自由城下方的主轴出入口处现身。"

"那他妈的不可能。"斯蒂尔说。

"不是不可能，而是非常困难。"贝利撒留说。

"你要有这本事，所有军事机密都不在话下了。还能给它们喂一嘴屎。"斯蒂尔说。

"如果我们可以在随便哪个主轴上做到这一点，那的确如此。"贝利撒留说，"但是我们只能在这个主轴上这么做。"

"他妈的，逆天了。"听完以后，斯蒂尔说道。

"我喜欢充当核心成员，"玛丽说，"但我这会儿本来可以喝到嗨，还可以炸点什么，没准儿两样一起。却被弄到这儿开这个会！你说的这些，我有必要知道吗？"

"你要和斯蒂尔一起,跟着联盟舰队穿过虫洞。"贝利撒留说。

"什么?为什么?"玛丽问道,"打开一个不稳定的虫洞,连进另一个虫洞,这事儿听起来非常危险,比我以前干的事儿更蠢。"

"你是不是已经吓尿了,菲卡斯?"斯蒂尔问道。

"伊坎吉卡和我已经就付款时间达成一致,确保一旦远征军通过虫洞,我们就能得到报酬,"贝利撒留说,"你和斯蒂尔负责拿回我们的报酬。"

贝利撒留举起两枚黄铜色纽扣,"这些纽扣里面包含了纠缠的粒子。我拿几颗,你俩每个人拿几颗。穿越虫洞的第一艘联盟飞船上会携带一部暴胀子快艇,你俩有一个会坐在那部快艇里。飞船通过虫洞以后,你和快艇会脱离舰队,你就用这个纽扣给我发送信号。"

"从三百二十光年之外?"斯蒂尔说道,"您是身居高位,空气稀薄,脑袋缺氧了吗,老板?"老板这个称呼,他用的是旧法语单词,带有双重含义:既是恭维领导的敬语,又是暗含讥讽的嘲弄。

"这些是纠缠粒子,"贝利撒留说,"它们可以在任何距离内传输一个比特的信息,几乎只需要一瞬间。只要我收到你的信号,这个比特就会告诉我战舰已经安全通过,你们已经脱身,同时收到了首付报酬。这时我们就会发送剩余的战舰通过。最后一艘战舰将携带另一部快艇。等它也通过了,你们也脱离了,我就会发信号给伊坎吉卡和卡桑德拉,让她们关掉人工虫洞。"

"如果舰队还活着的话。"玛丽说。

"我们要做一次豪赌。"

"你说得倒轻松,"玛丽说,"你反正待在最后两艘飞船上很安全。那些战舰最终能不能在这个疯狂的计划中存活下来,能不能承受住偶人防御系统的火力，我们可是一点把握都没有。"

"我想，如果战舰最后无法通过，伊坎吉卡会一枪崩了我。"

伊坎吉卡第一次笑了笑，"只是公事公办，阿霍纳。"

卡桑德拉的心一紧。这女人会这么干的。

"我坐最后一艘飞船。"斯蒂尔说。

"什么?"玛丽抗议道，"你这个大混蛋! 我坐第一艘打头阵，准会被人把屎揍出来。"

"你知道个屁，小矬子。"斯蒂尔的电子语音嚯嚯作响，"这种破事儿以前从来没有过。联盟要做的是在偶人身上撕开个新屁眼儿，这样才能从偶人主轴里钻出来，重回太空。偶人当然会马上开火，但一开始，他们估计都不知道该他妈的瞄准什么。但等到第十艘战舰颠颠儿地从偶人主轴里跑出来的时候，偶人已经适应了，准会狠狠操这个家伙一把。我过去的时候，那些王八蛋可是正在气头上。你呢，一溜就溜过去了，菲卡斯。"

"可我觉得，我这是还没吃上甜点就被从饭桌上赶走了。"玛丽皱着眉头说。

"那些快艇没有装备武器，斯蒂尔。"贝利撒留说，"如果快艇跟你一起炸掉了，我们的报酬就吹了。"

"您的宝贵大脑就甭操这个心了，老板。我会带着咱们的报酬回来的。"

二十三

托勒密星的地下海洋之上几百米处覆盖着厚厚的冰层, 贝利撒留和玛丽此刻正待在冰层最深的隧道内。加压舱让他们承受的压力不会超过人体的生理极限。矿区起起落落的发展历史上, 各个开采公司不断钻探, 直至钻进冰层底部。

远程摄像机显示斯蒂尔正在努力从矿井中往外运送一些包裹。机器人已经打通了旧隧道到大洋的连接, 建立了压力舱, 并将斯蒂尔的大水箱带了下去。矿井淹没之后, 斯蒂尔得以离开水箱, 开始将炸药包一个个运送下去。

"减少震动!"玛丽对着麦克风喊道。

"傻逼,"斯蒂尔回答,"这些东西在下来的路上震动得比这厉害多了。"

玛丽关掉麦克风,"我希望他再快些。我也不知道那些炸药在这样的压力下能稳定多久, 它们有点儿活跃得出乎意料。"

贝利撒留打开麦克风,"文森特, 你多久能安放好那些炸药?"

"你就看我的吧, 老板。"

斯蒂尔已经沿着一根绳子绑好了炸药, 现在正拖着那根长绳游开去。声呐探测声在水中回荡, 反射出倒扣在地下海洋之上、倒置的冰谷和冰峰的轮廓图。斯蒂尔和炸药模糊成鬼魅般的距离读数。接下来，只有他随身携带的追踪器还在哔哔地提示着他的位置。如果现在斯蒂尔遇上麻烦，他们没什么办法能帮他。

麦克风关掉了。"怎么个出乎意料的活跃?"贝利撒留问道。

"压力会对炸药产生意想不到的作用，"玛丽说，"有时，压力会产生构象变化，使炸药失效。而有时候，它会给你'轰隆'一下。"

"老天啊，声呐简直太吵了!"斯蒂尔在两公里外说道。他正在加速。

"他的确很快。"玛丽承认道。

斯蒂尔的信号点停了下来。他从捆在一起的四个炸药包中切割出一包，把它附着在冰层下面。线路上一片沉寂。声呐没有信号返回。接下来，斯蒂尔会把一根小雷管插进炸药包，同时祈祷自己不会被炸飞。

他的信号点又开始移动，从之前的路径转了九十度。"妈的，"对讲机中传来斯蒂尔粗粝的声音，"有件事我始终不明白，不知道这个二加二得多少。"

"得四。"玛丽主动报出答案。

"吃你的臭狗屎吧，菲卡斯。"斯蒂尔说，"老板，你可是个量人。你干这破活儿不是为了钱，对吗?"

"有钱的确能使鬼推磨，"贝利撒留说，"但我干这活儿的原因跟你一样，也跟我离开阁楼的原因一样。人生苦短，命运不公。我要在命运主宰我之前，先紧紧攥住它。在这个过程中，如果有谁把我逼急了，我只好狠狠教训那家伙一下。"

"就算那家伙没逼你，你也可以教训他，"斯蒂尔回答，"好吧,去他妈的。你拿了钱就自己去推磨吧。"

贝利撒留关掉对讲机。"你这会儿就跟我刚见到你的时候一样,好像喝醉了,"玛丽说,"醉醺醺的贝尔又回来了吗? 我真的很喜欢他。"

"你喜欢嘲笑喝醉的贝尔,不过请相信我,你可不想让他来主持你的骗局。"

"可能吧。"玛丽说着,指了指屏幕,"斯蒂尔离他的目标不远了,"她说道,"非常适合用托勒密磁场导航。"

斯蒂尔动作很快,身后拖着三个炸药包来到了第二个安放点。这里的压力十分惊人,接近波江人能够承受的生存极限。

"你的呼吸怎么样,文森特?"贝利撒留问道。

"去你妈的!"斯蒂尔回复。斯蒂尔选择的电子语音无法表达气喘吁吁的样子,就像他的脸无法传达情感一样。"我拖着的这坨屎可真臭。"

贝利撒留关掉了麦克风。玛丽皱起眉头,"炸药应该不会溶解啊。"

"他闻到的是不是别的什么?"贝利撒留问道,"他这会儿是不是应该丢下炸药包,转头就跑?"

玛丽看着代表斯蒂尔的信号点从第二个放置点离开。到下一个放置点还有六公里。

她打开对讲机。"你闻到的是什么样的气味?"她问道。

"脂肪、酰胺,某种怪异的有机物,"斯蒂尔回答,"现在气味消失了,我要继续前进了。"

贝利撒留和玛丽相互对视了一会儿。

"如果其中一个炸药包爆炸,那根绳子够长吗?"贝利撒留问道。

"够长。当然,如果正好赶在他把炸药包固定在冰层上的时候发生爆炸,那就不够了。"

"中止测试?"他问道。

"好。"

"文森特,扔掉炸药包,"贝利撒留说,"我们不想冒险,得先看看那是什么气味。玛丽说炸药包不应该有气味。我们还得再多做些测试。"

"就是说你并不确定会爆炸。你怎么也变成了没种的娘们儿?"斯蒂尔回答。

"最好保险一点。"贝利撒留说。

"别他妈的废话,"斯蒂尔说,"咱们赶紧把活儿干完。"

屏幕上显示斯蒂尔开始下潜,速度也越来越快。

"文森特,你要去哪里?"贝利撒留问道,"你在下潜。"

"那儿有一块雪泥区域,有几百米厚,"斯蒂尔回答,"这深度还赶不上好戏开场的时候呢。最好现在就试出个眉目来。"

显示屏上是深度和炸药稳定性的相关性曲线,玛丽的手指沿着曲线移动。"我们不可能在实验室中复制这么大的压力,"她说,"我也说不准炸药是会更稳定还是更活跃。"

"文森特,现在的情况已经超出了设备的设计参数,甚至也超出了你自己的设计参数,"贝利撒留说,"等两包炸药都到位了,我们再来测试。"

"不,老板。"屏幕显示斯蒂尔继续深潜,绕过了雪泥区,"另外,这些炸药包这会儿正在我身后嘶嘶响着呢。我可不想过去看看到底怎么回事。"

"什么样的嘶嘶声?"玛丽问道。

"让人菊花一紧的那种声音,告诉我要赶紧把我漂亮的小屁股挪得更快些。"

"文森特，快停下来！"贝利撒留说，"要是炸药包不稳定，你就不能把雷管装上。"

"说出来吓死你，老板。"斯蒂尔说，"在第一个放置点那儿我就已经把雷管装上了。"

玛丽嘴唇紧抿着，"倒不应该有事，但这些炸药只在九百大气压下的稀氨溶液中做过试验。我觉得最好再多做些测试。"

"文森特，"贝利撒留说，"玛丽刚才说了，她自己都不会随身携带那么不稳定的炸药。她可是最疯狂的人。拜托你快扔掉绳索，赶紧游走！"

"管他呢，"斯蒂尔说，"我到第三放置点了。雪泥和冰山大部分都避开了。这两个炸药包，我要把其中一个固定在冰山上，再把另一个嘶嘶响声最大的带到冰面上去。"

"贝尔，"玛丽低声说，"嘶嘶响声有可能是雷管短路引起的。"

"我们能做什么？"贝利撒留问道，"雷管已经点燃了。"

"斯蒂尔也不想停下，那我只能寄希望于马特已经为咱们做好了祈祷。"

"最后一个好烫，老板。"斯蒂尔说。

屏幕上亮起了警报。

"两个雷管都爆炸了，"玛丽说，"不是我引爆的。"

"文森特！"贝利撒留说，"文森特！你怎么样？"

没有反应。一个小图标显示斯蒂尔没有移动。

"文森特！你受伤了吗？"

没有回答。

"玛丽，派几个圣马太的无人机过去看看。它们赶到那儿需要一段时间,不过——"

斯蒂尔的电子语音打断了贝利撒留的话,"这他妈……什么狗屎……炸药。这他妈的算什么狗屎炸药。"

"你受伤了吗,文森特?"贝利撒留问道。

"我还指望着这些大种马一泻千里,把整个世界都轰烂呢,"斯蒂尔说,"靠这些跛脚驴子我们可干不成什么事儿,老板。你还有可以替换的爆炸专家吗?"

玛丽抓起麦克风,"听着,你个傻逼!那些炸药没有任何问题!下次按要求使用!你这蠢货——"

贝利撒留把麦克风从玛丽面前夺走。

"放马过来啊,臭婊子。"斯蒂尔回喊道,"就怕你还没靠近就被压成肥肉糊糊了。"

玛丽试图抢回麦克风,但贝利撒留把自己的手指充了电,闪着电火花挡在她面前。她转过身去,踢了墙一脚。她缓缓吐出一堆金星的低俗骂人之话,还创造性地修改了一番,专门针对水里的对象。贝利撒留冲她"嘘"了一声。

"文森特,你能回到这里吗?"贝利撒留问道,"等你回到水箱里,我们再引爆其他炸药,看看它们的威力是不是更大。"

"我还真有点儿胃口,想来点儿带劲儿的。好吧,回去找吃的,"斯蒂尔说,"给我准备好。这儿的味道就像臭狗屎。氨把一切都弄成苦味的了。"

"我们会给你准备好的。"贝利撒留说完关掉了麦克风,"你冷静下来了吗?"他问玛丽。

"我一直都很冷静。"她嘟哝道。

二十四

卡桑德拉半夜来到物资储藏室,准备拿些食物回房间。她选这个时间,本以为不会碰见其他人,结果却发现伊坎吉卡少校正伏在一张桌子上工作。而斯蒂尔的金属大水箱装上了轮子,又立在了靠墙处。卡桑德拉从冰箱里拿了几样加热即食的东西,放在托盘上,准备带回房间弄顿饭吃。

"你总是关着门待在宿舍里。"伊坎吉卡用法语说。

手中的托盘变得沉甸甸的。少校正盯着她看,她的强势令人不安,好像她用眼睛就可以侵入别人的私人空间,并且毫不在乎。

"我这部分工作跟斯蒂尔或威廉的不一样,既不激动人心,也没什么危险。"卡桑德拉回答道。她讲的法语既正式又准确,是她孩提时代学会的,"我在神游状态下工作。"

"不危险吗?"伊坎吉卡问道。

"不怎么危险。"

"那就奇怪了,"少校说,"我见过阿霍纳神游。完事之后,我飞船上的医务室花了很大力气才把他从高烧状态下救活过来。"

伊坎吉卡继续以审视的目光紧盯着她,仿佛看出了她的犹

184

豫。关于神游,贝尔对伊坎吉卡说了谎吗?卡桑德拉开始意识到,将贝尔的任何谎言暴露给他人,都会不利于他。但如果他对伊坎吉卡透露了实情呢?

"那种事儿不会发生在你身上?"少校最后还是问道。

"我们神游的时间越长,发烧的温度就越高。"或许比较聪明的做法是换个话题。贝尔会不会因为她明白了这些人情世故而感到骄傲?也许她正在适应外面更加广阔的世界。"贝尔说,如果我们真的把你们的飞船送过去了,最后可能会有一场战争。"

"一场他妈的小战争。"斯蒂尔用他的电子语音说道。

"是这样吗?"卡桑德拉问。

"金星聚合政府非常强大,"少校说,"而且从未允许任何签了庇护协议的藩属国从他们的治下脱离。"

"那为什么还要做这件事?"卡桑德拉说,"单纯从成本和收益的角度来看,这件事没有意义。牺牲数以千计的人,却不会带来任何改变。"

"自由是无法用成本和收益来衡量的,"伊坎吉卡说,"我们想拥有自己的世界。我们只在巴克维兹那里有一个虫洞,我们希望能够从那里自由访问文明的其他地方。我们不要聚合政府把政委安插进我们的政府。我们应该为了自己的战争流血,而不是他人的战争。我们应该保有由我们创造和发现的东西。为了这些追求,我们万死不辞。"

"聚合政府会把你们搞得很惨。"斯蒂尔警告说。

"那我们也会让他们付出代价。"伊坎吉卡说。

"他们不会付出多大代价的,小甜妞。他们拥有最先进的战舰和所有数得上的虫洞,而且他们还有我们杂种人。"

"波江人不在乎给人当藩属国吗?"卡桑德拉问。

"我们不是藩属国,公主。我们已经拥有了一颗行星。我们这是承包合同关系。我们替他们驾驶高速战机,飞行结束了我们就回家。没准儿他们还会派我们飞去镇压你们联盟呢。要是我的话就会。"

"随时随地恭候。"伊坎吉卡说。

斯蒂尔放声大笑。卡桑德拉不明白有什么好笑的。她看了看手中托盘里的冷冻食物,离开了物资储藏室。他俩是在相互威胁吗?还很开心?这都是些什么人?他们内心藏着多少暴力?她可不能那样生活。

阁楼不是那样的。量人追求的是知识,他们不会威胁任何人。但是,如果有人威胁到他们,量人会怎么做?她真的不知道。人类历史充满连绵不绝的争权夺利,人人都想为所欲为,直到有足够强大的人来制止他们。这就是她现在进入的世界。

也是贝尔在其中生活了十二年的世界。他居然没有变得比现在的他更加冷酷无情——也许她应该感到惊讶的是这个。这可不是个令人愉快的想法,于是她从电肌块激活一股微小的电流,发送到她的大脑,诱发了白痴天才状态。这个世界上纷繁复杂的各种情感变得不那么重要了,对她内心造成的压力也轻了一些。与此同时,数学和几何模式开始变得清晰起来。白痴天才状态让人安心,可以用来摆脱某些情绪。

贝尔和盖茨15出现在拐角,就在她的前进路线上。贝尔对她微笑着。盖茨15的脸红了。这种表情是什么意思?在白痴天才看来,人的面孔包含的模式实在太过丰富了。

"嗨,卡茜。"贝尔用他们少年时期的方式跟她打招呼。

"嗨,贝尔。"

"梅希亚小姐。"盖茨15说。她扭头看向别处。盖茨15试图抬头看着她,但她把脸侧得更偏。"你没事儿吧?"

卡桑德拉没有回答。她不明白他在问什么。

贝尔把手放在盖茨15的肩膀上。"这就是白痴天才状态,教授,"贝尔说,"量人可以发挥功能的几个认知状态之一。"

"我有工作要做,"卡桑德拉说,"晚安。"

她经过他们,朝转角走去。贝尔和盖茨15又开始说话和移动,她停了下来。

"我也会进入白痴天才状态,"贝尔说,"为了提高几何能力。但它会导致脑损伤,属于人格解体障碍症①的一种。"

贝尔在讲什么?白痴天才不是脑损伤,不完全是。它也不是什么人格解体障碍症。那是个谎言,起码是个错误的描述。难道贝尔太过憎恶这份遗产,真的这么认为?

"听起来很危险。"盖茨15说,他们俩逐渐走远。

"创造偶人的那些人,用的是同样的机制,"贝尔说,"只不过方向正相反。偶人的大脑不会有解离障碍症②。偶人无法避免对元神的宗教敬畏。"

"你担心在这场骗局中,德尔卡萨尔成功完成他的任务之后,我却无法撑起我那一部分?"盖茨15说。

"我不知道你是否准备好了去经历这一切。"贝尔说。

"我希望能够完整,"偶人说,"不只是几个星期,而是整个一生。"

"我们都想完整。"贝尔说。然后他们就走开太远,听不见在说什么了。

---

①精神障碍之一,它导致患者持续或反复感到人格解体或失实。诊断标准包括持续或反复感到自己从心理过程或身体中分离出来。

②一类身份、记忆或意识的整体性扰乱疾病。人格解体障碍症是其中一种。

卡桑德拉在走廊里又困惑了四十八秒。她并没有人格解体障碍症。如果贝尔说的是真的,偶人天生被设计成那个样子,即使疯掉,也无法逃离元神的残酷对待,那么外面这个广阔的世界比她想象的更加可怕和令人困惑。

二十五

以下选自《真我世界中的信仰定义:〈偶人圣经〉解》引言,作者伊丽莎白·克雷斯顿12,斯塔布斯港主教,公元2490年。

在元神本质上的多神崇拜背景下,神学研究和对《偶人圣经》的解读都异常繁复。有关元神统治的原始材料十分丰富,涵盖宽泛的主题,时有矛盾或含糊的术语,甚至单因其卷帙浩繁就足以构成达至宗教领悟的障碍。而且这个资料库还在不断地持续增长。学者们继续深思着伊甸园时期的各种元神记录,以及对最后一个在大衰落前曾和元神有过直接接触的在世偶人的访谈。

这些圣典经文永无休止的增加并没有——也不应该——减缓解经工作的进程。对经文的文本理解和释疑解惑,都是太过重要的任务,不可耽搁片刻。

原始的经文里有些自相矛盾之处,比如"他妈的滚出去!"(《愤怒之书》,第六篇,第四节)和"他妈的过来!"(第四篇,第二十节);还有"看着我,你这小酒鬼!"(《举止之书》,第二篇,第十二节)和"你竟敢抬头看我!"(第十四篇,第四节)。语境和道德方面的差异,甚至不同元神的身份地位的差异,都会导致不同的理解和释义。

远比这些更加困难的是关于穆尼4困境的经文。比如:"你想要钱吗?我可以给你钱。只求你让我走。我可以留下我的妻子和孩子。只求你让我走。求求你让我走吧。"(《恳求与威胁之书》,第三篇,第四节)和"如果你不放我们走,我就剥了你的皮。"(第三篇,第十七节)。

对神学的整体研究方法强调了精神世界的多维度,例子就是诸如"好孩子"和"没有你我可怎么办"这样的经文(《好孩子之书》,第一篇,第一、九节),还有"你出了纰漏"(《评判与惩戒之书》,第三篇,第八节),常招致平平淡淡的解读。

大衰落时代最深刻的一批神学家已经证明:尽管这些经文平平淡淡,不过对其象征意义进行的解释仍然很有价值。我们中间有谁从未出过纰漏?有没有一个偶人能够从不出纰漏,还是所有偶人都有缺陷,不够完美?

如果这个缺陷是有意为之,那么元神统治设置这个缺陷的意图又是什么?有些学者的理论是,创造有缺陷的偶人,是在宇宙中放入了一支时间之箭——从不完美的创造指向道德完美的最终实现。对大衰落期间仍然活着的最后一个元神做进一步质疑,也许可以发现伊甸园时期第一代元神的某些意图。

但是,如果偶人的不完美并非有意为之,那么这些与犹太-基督教神学的类似之处就不那么有用了。反而是古希腊哲学家的观点——亦即应从伦理层面系统化诸神、泰坦和人类之间的平衡关系——对于今天的偶人伦理学家启发更大。

最新学术研究已为神学带来了诸多新的问题……

威廉厌恶地把阅读器扔在床上。

"你不喜欢这本书?"盖茨15问道。

威廉瞪了他一眼,"偶人都是疯子。"

"我在博士研究工作中曾大量借鉴了克里斯顿12主教的著作。"

盖茨15坐在椅子上,双脚在地板上方晃荡着。他的胸部、颈部和额头上都贴着传感器。

"偶人实在太与众不同了。"倚在墙上的贝利撒留说。

"你总是替他们说话。"威廉说。

一面塑料帘将房间分隔成两部分,帘子朝着气压较低的那一半微微鼓出,威廉就坐在那半边床上。几个圣马丁较早型号的自动机在他身边跑来跑去,每隔九十秒就采集一次空气和汗液样本。另有一些自动机在塑料帘子旁边做着同样的工作,忙忙碌碌地采集盖茨15的汗水样本。

"没有哪个偶人天生就想变成那样,"贝利撒留说,"是人类把他们造出来的。"

"我可从来没有造过。"威廉说。

"不是今天在世的人类,"贝利撒留说,"我们只是接受了这个现实。"

德尔卡萨尔取下一个在盖茨15的手臂上奔波的自动机,观察着上面的吸汗棉垫、采样口和热传感器,然后放了回去。

"见到元神就能产生宗教敬畏效应的染色体基因,盖茨15全都有。"德尔卡萨尔说,"从我了解的来看,问题在于他神经元突触周围的那些微生物。在正常的偶人体内,位于神经末梢的一系列共生细菌可以改变周围环境,以强化特定的信号级联。但我不知道具体是哪些细菌。盖茨15也不知道,所以在他的嗅、味觉感受器与主、辅嗅觉系统的突触周围，我培育了一些菌落，来构筑细菌微生态系统。"

"这种方法能奏效吗?"贝利撒留问道。

"应该能，至少一段时间内管用，"德尔卡萨尔说，"和那些从他胎儿阶段起就在他体内生长的细菌一样，这些细菌也会被他的免疫系统发现。但我已经通过基因工程，让它们可以表达一些免疫抑制剂，以防被他的免疫系统清除。这样应该能让这些细菌稳定六到七个星期。"

"我现在还没什么感觉。"盖茨15说道。

"你们还没做过测试吗?"贝利撒留问道。

"正准备做。"德尔卡萨尔回答。

"可惜我们手头没有可以确信的货真价实的罐装元神气味，这比较麻烦。"贝利撒留说。

"这正是那些基因改造出偶人和元神的早期分子生物学家的天才之处，"德尔卡萨尔赞赏道，"他们设计的生化控制系统简直像铜墙铁壁一般，很难做手脚。元神的微生物组内有某种独一无二的特别细菌，可以分泌核基因。数以百计的核基因经过改造，能产生数十种气味的复合物。这就是元神信号。通过气味分子的组合和比例就能传递出不同信号。这种设计太高明了。我在威廉体内已经做了些改变，接下来以此为依据，对比检验曼弗雷德体内的变化，但真正的考验要等他进入紫禁城才会到来。"

"真不敢相信，我还能被改造好。"盖茨15说道。他紧张得满脸通红，一直红到胡须边缘，双手也局促地夹在膝盖间，两只脚在椅腿之间晃荡着。

"只是个临时改造，"德尔卡萨尔说，"时间长了还是会失效。但如果它现在有效，我已经有了些想法，可以看看如何能让这种改造永久有效。"

"主要工作呢，做得怎么样了？"贝利撒留问道。

"我以量人体内的多壁碳纳米微管系统作为模型，利用基因工程，在曼弗雷德的手指里实现了类似的机制。"德尔卡萨尔说。

盖茨15将颤抖的双手从两膝之间抽出，手掌朝上举起。这双微缩版成年人的小手上遍布细小皱纹和伤痕，似乎包含着很多故事。盖茨15从侧面挤压了一下食指第二关节下面的一个肉垫。他的指尖出现了几乎难以辨认的黑色毛发，有几十根之多。

德尔卡萨尔拿出一面放大镜，投影出局部特写全息图。"我把几千个多壁纳米微管堆叠在一起，做成的管路可以不受空气流动或意外压力的剪应力影响，"他说，"这些管路可以插入任何计算机端口。"

"电脑病毒就在这些管路里？"贝利撒留问道。

"存储在碳晶格中，"德尔卡萨尔说，"曼弗雷德身体的动作会在某几层晶格之间存储电荷，足以为上传提供动力。"

"不会被扫描发现？"

"这些晶格非常小，X光、超声波或任何常规扫描都不会发现。但如果有人想到要从曼弗雷德的手中寻找异常的神经元组织或碳结构，你的计划就会有大麻烦了。"

"圣马太的病毒肯定好用，"贝利撒留对被放逐的偶人说，"只要你能将它们植入系统。"

盖茨15朝相反方向按了下手指，刚才那些微小的毛发缩回了他的皮肤之下，"自从青春期以后，我就再没有回过偶人自由城，更不用说皇城了。"

"你会感觉像回家一样，"贝利撒留说，"一开始，你会是众人瞩目的焦点。但你会以一个新的身份回家,等这活儿结束,这个身份还可以变成永久的。到那时,你会成为当世最富有的偶人之一。"

盖茨15号颤抖着深吸一口气,又呼出来。

"我们能看看你的修改是否有效吗,医生?"贝利撒留问道。

德尔卡萨尔向后滚动椅子,伸手将隔在威廉与他们之间的塑料布拉开了一条缝。盖茨15的小脸变得更红了,耳朵和脖子都变红了,脸上满是同情,呼吸变得缓慢紊乱。他带着些恐惧盯着威廉看,威廉以同样的方式盯着他看。

"曼弗雷德,你感觉怎么样?"德尔卡萨尔问道。

"十分……宏大,"盖茨15说道,目光没有从威廉姆斯那里移开,"我不知道……这是不是我听说过的那种敬畏……"偶人缓缓地长出一口气,"这里有某种强大的东西,在这个房间里……某种好东西。"

"跟你在其他元神那里看到的不一样?"德尔卡萨尔问道,把椅子拖近了些。

盖茨15咽了下口水,神情更加专注,眼睛也更亮。"我不是说这样不行,"他恍惚地说道,"有些朦胧……很棒。"他再次咽了一下口水,目光从威廉那里移开,然后转过头回望,表情震惊不已,"我见过极端的反应,"他说,"比如对坠落元神的崇拜,激动得癫痫发作……手舞足蹈的狂舞。但我不会像那样失控。我能感受到,这感觉太棒了。"他说完这番话,喘着粗气,无比震惊地盯着威廉。

德尔卡萨尔查看进来的数据,调整盖茨15身上一些贴片的位置,重新检查数据图形。最后,他拉上塑料帘子,把偶人和其余几个人类分隔开。他轻轻推着盖茨15的椅子。

"回你的房间去，"他轻声说，"写下你感觉到的一切，然后睡一觉。"

偶人走了。贝利撒留和德尔卡萨尔握了握手，还互相拍了拍对方的肩膀。

"我已经四十个小时没睡觉了，"遗传学家说道，"我也得去睡一觉。"

德尔卡萨尔离开后，贝利撒留越过塑料帘子，拖过一把椅子坐在威廉床旁。威廉揭下传感贴片，赶走那些小自动机，却一直没看贝利撒留的眼睛。

"你什么感觉？"贝利撒留问道。

"所有的偶人都会这样吗？"

"如果我们幸运的话。"

"如果我幸运的话。"

"如果你幸运的话，"贝利撒留说，"但你还没回答我的问题。"

"我知道。"

"想不想喝点什么？"

"想，但是德尔卡萨尔不让我喝。"

贝利撒留低头盯着自己的双手，觉得嗓子里有些哽咽，"到时候你下得了手吗？你能服毒自杀吗？"

"这辈子最后的时间，除了必不可少的那一小段，我没打算全耗在偶人堆里，"威廉说，"如果我被这些小疯子包围了，没问题，我会服毒自杀。"

贝利撒留从口袋里抽出一个小盒子，里面有个塑料袋，袋子里面装了一块拇指大小的碳素钢以及一台圣马太的小型自动机。

"这是个植入物,里面装了足够八周的药物,用以治疗特伦霍尔病毒,"贝利撒留说,"偶人可能会把你随身带的所有物品全都拿走,包括你的药。有了这个,就能确保你在自由城市中正常工作。"

"你要让德尔卡萨尔把这东西植入我身体吗?"

贝利撒留摇了摇头,迅速扩展他的磁场。医生已经走了,附近也没有听力装置开着。

"这个圣马太的机器人就能做。"贝利撒留说,指了指那部小型自动机,"这里面不仅仅是药物。如果由于某种原因你没法服毒,这东西不仅携带了抗病毒药物,而且还有速效毒药。"

威廉脸色发白,"你是觉得,哪怕被偶人包围了,我都下不了自杀的决心吗?"

"保险起见。"贝利撒留重申道。

"免得我下不了狠心?"威廉问道。

"有这个总是好事。"贝利撒留说。

威廉皱起眉头,他并不认可贝利撒留的话,但还是伸手接过了那个小袋子。

"这东西我怎么激活?"他冷冷地问道。

"你不能,等任务完成,我可以从任何地方触发它。我在那里面放了几个纠缠粒子。如果你死了,其中一个粒子会发信号告诉我。另一个负责触发毒药。只有当任务成功,而你仍然活着的时候,我才会这样做。"

"这是为了我的保险起见还是为了你的保险起见?"威廉问。

贝利撒留直视着威廉的目光,"我也不想把你丢在那里。如果你能肯定自己在偶人自由城里没什么可以怕的,不会被吓到暴露了计划,那我们也就不需要什么保险起见了。"

"把这东西安上吧。"威廉说。

好一阵子,贝利撒留都不知道该说点儿什么、做点儿什么。两个人都低头盯着医院的地毯。

"这一次,基本上跟一场墨西哥猜贝壳游戏①差不多。"贝利撒留心不在焉地说了一句。

威廉紧抿着嘴唇,贝利撒留心里感到有些泄气。他怀念过去的威廉,那个在各种骗局中带他当学徒的人,那个教他了解人性的人。从某种程度上说,贝利撒留对骗术的知识,以及无论到哪里都是局外人的现状,都跟他那段学徒生涯有关。

十年前,一个孩子,受了超乎其年龄的教育,又有着超出一般人的哲学品位,绝无可能在这个遍布一夜致富的骗局、钱能通神的世界中找到属于自己的位置。是威廉引导他走进了一个瞬息万变、实用至上、鲜活有形的世界。而现在,贝利撒留要做的就是将古老的骗局带入政治和观念的世界。

"谢谢你在我还是个笨小孩的时候为我所做的一切。"贝利撒留轻声说。

"你现在还是很笨。"

"或许吧。"

"你的计划很不错,贝尔。虽然挺疯狂,但换了我可想不出来,哪怕在我的巅峰时期也不成。"

"谢谢。"

"你其实从来都并不真的需要我,"威廉说,"你也不一定非得当个骗子。你生来就要做更大的事。"

贝利撒留摇了摇头,"我生来就是个错误,威尔。要是我没

①一种赌局,将某物(钱币、小球等)放入三个或更多贝壳中的一个下面,迅速移动位置后让参与者猜某物在哪个贝壳下面。

找到这个行当，我可能早就一命呜呼了。是你拯救了我。"

威廉看了他很久，寻找着说谎的迹象。他点了点头，好像很满意。贝利撒留打开小袋子，放出那部微型手术机器人，开始准备给威廉做麻醉手术。

二十六

　　贝利撒留租的两艘旧货运飞船名叫"通哈号"和"博亚卡[①]号"。这两艘飞船哪怕在无重力环境中都不断地嘎吱怪响，不过它们都还能制造虫洞。玛丽驾驶着"通哈号"，斯蒂尔驾驶"博亚卡号"，同时大发牢骚，抱怨自己竟然沦落成了贝利撒留和卡桑德拉的出租车司机。

　　他们飞到了距离托勒密星六个小时的地方，这才暂时停下。玛丽对"通哈号"老旧的磁线圈做了微调，在飞船正前方打开了一个短暂的虫洞。她没有进入虫洞，只是让"通哈号"一直保持着这个虫洞。

　　处于深度神游状态的卡桑德拉开始下令改动"博亚卡号"上的线圈，就像贝利撒留几个月前在三百二十光年之外的"琼莱号"上所做的那样。她穿着一套便携式神游宇航服，可以管理她的心率、血压和体温。贝利撒留密切关注着她，监控着宇航服上的读数，她神游太深时可以随时干预。

　　卡桑德拉大脑中的客观量子处理器帮助贝利撒留一起操作全息显示屏，在他们面前展开了一幅3D图形，上面是各种图表

_____
①哥伦比亚东北部的一个省，首府通哈。

199

和刻度盘。图形上方留了一个工作区,可供书写方程式、调试参数变化和绘制技术草图。贝利撒留既不需要也不想进入白痴天才状态。这些日子里,看着偶人和波江人的种种古怪之处,他越来越觉得像对镜自观,却看到碎裂的镜子里有三张脸。

虽然他距离卡桑德拉只有五十厘米,孤独感却依然淹没了他。就好像跟电脑玩牌,即便是最先进的电脑,他也会很快发现对方出牌时遵循的规则,而卡桑德拉进入神游以后,就变成了一部活的电脑,令他无法感到亲切。她变成了一个完全客观的智能,连最基本的意识都没有。只是一部肉体机器,被算法的大网笼罩,甚至不能称为一个人。卡桑德拉这个人眼下已不复存在,被电生化脑叶切断术暂时消除掉了。

卡桑德拉的量子智能对线圈的电流、曲率和磁导率做了四次调整,来制造人工虫洞。"博亚卡号"以强大的磁场将空间不断扭曲,直到时空中形成一个虫洞史瓦西喉,虫洞另一边的非固定端在探求着,试图返回到基态①,或是能够连接到另一个时空,好暂时稳定下来。一次又一次,卡桑德拉的量子智能将这个虫洞引导到玛丽在"通哈号"正前方制造的那个虫洞。一次又一次,这个虫洞的非固定端在十一维时空中迅速找到了"通哈号"虫洞的超边缘,并导致其坍缩。

"理论上讲,"贝利撒留沮丧地对斯蒂尔说道,"似乎我们弄出来的任何人工虫洞,只要是在线圈的跃迁范围内,我们就会把它搞坍缩。"

"那不就跟我的奶头一样,屁用没有吗?"斯蒂尔说。

贝利撒留的电肌块发送出一道微电流,直接进入他的大脑。感觉就像是关掉了一组灯,又打开另一组。眼前的遥测图

①一个量子力学系统能量最低的状态。

片一下子变得简单了,无非是一些拼图块,彼此之间的关系再明显不过。身处这种状态,身旁那具无意识的躯壳不再让他觉得不好受了。

"卡桑德拉。"他说。他没打算把她从神游中叫醒,只想和她沟通一下,迫切想要这样做。他靠近卡桑德拉,手按在她的神游宇航服上,两人的呼吸混合在一起。以白痴天才的超智能来看,贝利撒留知道这应该意味着亲密,但不知道怎的,他却觉得自己抱着的不过是一块肉而已。

卡桑德拉的量子智能在全息图的工作区绘制图形,激发了他的新想法:新的虫洞几何。他用抽搐、紧张的手指在工作区内书写着新的方程式和几何形状。即便是在普通人的状态下,贝利撒留也能在脑中勾画五维图形。进入白痴天才的状态后,他更是可以勾画七维、八维的对象和复杂态的空间几何图形。再加上量人的渲染程序具有专门设计的符号系统,能让他看到可以用来描述虫洞复杂性的十一维几何形状。

卡桑德拉脑中的量子智能停了下来,不再绘制模型。在贝利撒留绘制完新的几何图形之后1.8秒钟,它都没有产生任何输出。它在处理他的新想法。他画了一个虫洞模型,其史瓦西喉由六维超正方体构成。

量子智能接收了他画的图形,将其扩展,以令人目眩的速度得出更为细化的形状。卡桑德拉身体中的智能正在使用可以同时呈现为多个值的叠加态量子位元和量子三元变量,并行处理许多操作。

卡桑德拉的神游宇航服传来一个警报,在工作区中心处轻轻亮起。温度升高,39.9度。宇航服开始做降温补偿,向环绕卡桑德拉头、颈、背部的管道输送冷却水。

这时，工作区内飞速的绘图和书写都已停止。贝利撒留绘制的基本形状还在那儿，但旁边已经不再是各种近似估值，取而代之的是一排排确切、定量的解答。这些解答并非在例证，而是在令人信服地论证一种想法，即在小尺度上，虫洞的史瓦西喉确实是由微观的六维超正方体构成的，并且空间增加的体积和方向就隐藏在虫洞壁本身之中，可以用来将这些时空积木块绑定在一起。

警报信号闪烁得更快了。40.1度。

贝利撒留绘制了一个人工虫洞的轨迹图，它从"通哈号"的船首出发，穿越空间，最后通到"博亚卡号"维持着的那个虫洞。即便是处在天才白痴状态之中，这幅轨迹图的复杂程度也超出了他的表达能力，但这并不妨碍卡桑德拉大脑中的智能理解他的意思。

悸动的磁场穿透货运飞船，压迫着贝利撒留的磁小体，其强度几乎令人头晕。而且磁场还在不断增强，再次刺穿了时空。显示屏上能够看到磁场穿透的图形化表示，包括其颗粒结构、宏观形状以及视距和方向。然后，人工虫洞的未连接端接触到了"博亚卡号"制造的那个虫洞，并保持着接触。

两个虫洞连接在一起，构成一个"Y"字形。

没有坍缩。

闪烁的警报转成了橙色。40.9度。

贝利撒留发出指令，停止继续制造虫洞。"通哈号"船首的巨大磁场减退，虫洞随之逐渐消失。四十万高斯，三十万高斯，十万高斯，五万，三万。

贝利撒留退出了白痴天才状态，却感到一阵尴尬。他赶紧从卡桑德拉身旁走开，不记得自己何时何故与她如此亲近。他关上了显示屏。卡桑德拉还在神游。她的感知扩展开来,覆盖了一个半径几光时的球形空间,这个空间里面所有的容积,在她处于神游的那几个小时内,可能都被压缩进了量子叠加态。

贝利撒留不愿对卡桑德拉造成任何伤害,他不能再让她继续留在神游状态了。他从自己的电肌块中发出一股电流,通过手臂细胞中的磁小体线路,产生强大的磁场,强大到可以让贝利撒留测量到卡桑德拉周围的各种移动粒子和场。

他观察着这些场,将她周围的叠加态渐次坍缩。她广阔的感知范围也在收缩,速度平稳,但却很快。和量人一样,卡桑德拉进入神游状态必须付出身体的努力。现在,她的呼吸改变了。

"卡茜?"他说。

她的呼吸变得气喘吁吁。贝利撒留扶住卡桑德拉的肩膀。

"卡茜?"

她呻吟了一声。他伸出双臂搂住她。

"你看到我们刚刚做成了什么事吗?"他问道。

她点了点头。在零重力下,汗水从她的头皮爬上了一根根头发。他把两支退烧药膏递到她嘴边。卡桑德拉接过药膏,嘴唇触碰到贝利撒留的手掌,吓了他一跳。她却似乎完全没有注意到。她的大脑在神游期间的所作所为,她没有任何体验。她不可能有。卡桑德拉这个人在那个小时不存在,但她可以回顾大脑之前的所见所感所作所为,然后尝试着去了解这一切。这就像神的启示。贝利撒留非常怀念这种感觉,就像自己戒掉的一种瘾。

他把卡桑德拉抱得更紧,安慰着她。卡桑德拉没有抗拒,把头靠在他的肩上。

"我看见了。"最后,卡桑德拉微笑着说道。

二十七

　　过去三周,贝利撒留一直在圣马太和玛丽之间充当和事佬。圣马太的第一个身体被玛丽摧毁之后,又一次跑来向贝利撒留抱怨。

　　"她给我送了些全息花朵!"圣马太说,"开始我还想,有没有哪怕是最小、最小、最小的可能,她在向我道歉。结果那些花爆炸了,还在爆炸图案的像素化过程中传播了计算机病毒。那是个专门针对A.I.的病毒!"

　　"这招很聪明。"贝利撒留说。

　　"她想杀死我!"

　　"那你受伤了吗?"

　　"当然没有。就凭她设计的那些玩意儿,不可能突破我的免疫系统。但我担心她这么胡来,弄不好真把什么事儿搞砸了,会出危险的。"

　　"圣马太,你可是位转世的使徒!"贝利撒留说,"还对付不了一个被开除的聚合军士?"

　　"她知道我不能真的伤害她,因为我的程序就是这么写的。

而我死在她胡作非为的手里,只是早晚的事儿。如果你不阻止她,那我就自己来。"

于是,圣马太从贝利撒留的房间里横冲直撞地出来,发送了一个控制信号,把他那些迷你自动机派往玛丽的地下实验室附近。然后,他用德尔卡萨尔的碳纳米微管技术制造出微纤维,潜入玛丽的实验室,连上了她的电脑。通过这个连接,他发送了一个原型病毒,劫持了玛丽的计算机接口,使得卡拉瓦乔画的那张圣马太严厉的面孔成为他永久的形象代表,不再被人篡改。病毒甚至还能跟踪她的移动,并安全地传送到圣马太的实验室里。玛丽非常气愤,尤其是圣马太还让那张僵尸脸悬浮在他的机械身体上方,露出一副卡拉瓦乔也画不出来的得意洋洋的笑容。

"那个疯子A.I.,他那是在笑吗?"几天后,德尔卡萨尔问贝利撒留。

"他在应对一些成长的烦恼,"贝利撒留说,"咱们最好不要掺和。"

圣马太那张油画脸今天仍然面带笑容,但是因为担心遭到玛丽的报复,四天前他就把自己的实验室封闭起来,与矿区其他地方隔开。这两人一起工作的唯一途径,就是让玛丽来到贝利撒留的房间,再邀请圣马太出现在全息图像中。

"病毒和自动机都准备好了吗,圣马太?"贝利撒留问道。

全息图上,一幅图像显示圣马太正在他的实验室中,图像旁边滚动显示着那些昆虫似的小型机器人的规格参数。这些六足机器人的尺寸足以存储数TB级别的信息或者纽扣大小的物体。在电池电量耗尽之前,它们可以连续几个小时自行移动并采取必要行动。图像里圣马太天使的脸咧嘴笑着,另一边显示着两个病毒的程序算法。

"我已经拿这些病毒跟已知的偶人软硬件做了交叉检查，"圣马太说，"还有他们过去几年里可能采购的新技术，按照非常乐观的假设来推断出他们现在可能拥有的功能。这些病毒能够在网络中穿梭运动，一开始进行小范围感染，之后找到办法突破防火墙，侵入偶人的防御工事供电网，然后在那里造成持续数日的严重故障。只要做一些修改，这些病毒同样可以破坏联盟的系统，也许还包括聚合政府的，尽管影响不会太久。"

"听起来，这活儿干得真不错。"玛丽甜甜地说道。

"这活就是干得不错。"圣马太回答，"你之前那样对待我，现在是不是准备道歉了？"

"没有啊，"她说，"你呢？"

"我为什么要道歉？"

"因为我刚刚把一种新研制的炸药试验品塞进了你的实验室。"玛丽说。

"你骗人！"圣马太说道，但他的油画全息脑袋发疯般地四下张望着。

"我也可以控制环境系统，"玛丽说，"破解这个系统不费吹灰之力。"

A.I.恐惧地尖叫一声。气流突然涌出实验室，爆出一朵烟雾云。

"环境系统没什么大不了的，"圣马太说，"我能在真空中生存。你这些气相炸药好像没什么效果。"

玛丽仍然甜蜜地微笑着。圣马太身体各处的关节和暴露的电气系统开始冒出火花。圣马太又尖叫了一声，"这是怎么回事？"

　　"我照着你的那些蜘蛛自动机的样子,也做了一个,让它在承载你的那个身体上寻找敏感的系统,再在上面涂上一种新式炸药,"玛丽说,"在低压环境下,这种炸药会发生构象变化,转变成极不稳定的爆炸物。"

　　圣马太的身体在细小的火光和升腾的黑烟中倒下了。他倒下时,嘴里还念叨着一连串宗教诅咒。他的蜘蛛自动机从身体残骸中抢救出手环,把他带走了。

　　贝利撒留关掉全息图,转向玛丽。"有没有办法,把你的创造力用到其他地方去?"他问道。

二十八

那天晚上,贝利撒留的门嗡嗡作响。他正躺在床上仰望星空,听到响声坐起来,打开灯。他开了门,德尔卡萨尔走进来,把门关上。

"盖茨15不是突变,"医生低声说,"他的生物化学或微生物组织没有任何缺失,他患有的仅仅是持续的戒断症状。"

贝利撒留的心一紧。到目前为止他一直都很小心。盖茨15知道的很少。

"他知道你知道了吗?"贝利撒留问道。

德尔卡萨尔挺了挺身子,"不可能有别的人能发现这事儿,阿霍纳。偶人自由城之外,我可能是唯一能够搞清所有标记和响应的人了。因为我跟元神……有过特别的合作经验。"

"这么说,他是个间谍,"贝利撒留说,"这样很好。"

"很好?"德尔卡萨尔问道,"盗窃计划告吹了。我还以为一旦我告诉了你,你就会去杀了他。如果你不想弄脏自己的手,我也可以杀了他。何况我们飞船上还有当兵的,办这事儿要不了几秒钟。"

"我们现在面对的是一个奸细,他觉得可以把我们连锅端掉,因为他手里有最好的牌。"贝利撒留继续说道,"我们正好将计就计,让偶人把全部的老本都押在这手牌上。"

"你在开玩笑吧!"德尔卡萨尔说,"这风险咱们可承担不起。我现在已经开始怀疑,等你这个计划执行完,咱们还有几个人能活着回来。不能凡事都由你一个人说了算,何况还是这么大的一件事。"

"你打牌的时候会跟一个小组讨论吗,作为小组的一员玩牌?"贝利撒留问道。

"不要侮辱我,阿霍纳。"德尔卡萨尔说,"不管你在比喻什么,我都不喜欢。"

"我在利用偶人的心理特点。你比任何人都更明白,隔着牌桌,恶狠狠瞪着对面的人代表着什么。"

"代表我手里有一副好牌,我要把赌注压在这手牌上,打败我的对手。"

"我在做的就是这个,安东尼奥。"

"你在虚张声势。可如果偶人不上当怎么办?"

"他们会的。"贝利撒留说。他感到自己的声音冰冷而肯定。

德尔卡萨尔抱起双臂,在贝利撒留的房间里缓缓地踱来踱去。怀疑写在他紧蹙的眉宇间。

"你这么做到底是为了什么,阿霍纳?"德尔卡萨尔问道,"你的智力超凡脱俗。你可以做任何事情,没必要做个骗子,做也不是在这么个满是风险的骗局里。你以前的骗局已经挣了足够的钱,能够过上好日子。再说你又不是找刺激成瘾。"

贝利撒留走近些。

"不,我不是找刺激成瘾。"贝利撒留低声说,"但也差不多:我是神游成瘾。我被驱使着,一次又一次地做心理上的自杀,直到再也没有回头路,完全陷入无休止的数据分析。十二年前我发现,谋划骗局这件事非常复杂,足以占用我的大脑,好让它保持受刺激状态。设计骗局不需要什么数学或几何,所以投身神游的冲动也消失了。正是这个才让我一直活了下来,而我也非常想活下去。"

"可你在用我们的生命做赌注,阿霍纳。"

"所有的骗局在完成之前,看上去都很危险。"

"你最好知道自己在做什么。"德尔卡萨尔说,"我可不会为了你去蹲监狱,或是送死。"

"那种事不会发生的。"贝利撒留说道。

遗传学家一脸阴郁地离开了。贝利撒留熄了灯,却没有回去继续看星星。他心里有些泄气,他本来很想去喜欢盖茨15的。

还有,他们的确有可能丢了性命。

起码威廉肯定会死。

二十九

　　德尔卡萨尔没有回自己的房间,他四下转悠着——说白了,他吓坏了。

　　他非常了解扑克牌游戏,也许比阿霍纳还要了解。阿霍纳的推理很有说服力。扑克中的所谓风险和挑战,其实就是计算和感觉、猛烈进攻和及时撤退、每个关头都尽可能误导对手。至于对偶人和元神生理学知识的了解程度,德尔卡萨尔很可能比偶人自己的医生还要更胜一筹。而阿霍纳对偶人心理学的理解也可能比偶人自己的神学家更加深刻。关于这一点,德尔卡萨尔深入研究过阿霍纳的经历。

　　在侨居偶人自由城市的人类成员中生活了五年,与偶人互动,贩卖他们的艺术品——不仅仅是合法的那部分作品。偶人心底最邪恶的想法,最黑暗的幻想和迷恋,都已被阿霍纳转移到遍布整个文明的那些腐朽堕落的藏家身上。如果有人有能力跟偶人打牌或是玩一场骗局,那么此人非阿霍纳莫属。关于这一点,德尔卡萨尔原本敢跟任何人打赌。

　　但假如赌注是他的性命呢?

　　阿霍纳的计划要成功,非得有一系列不可思议的奇迹发生才行。不过他招揽来的这群人也确实都是不可思议之辈,包括德尔卡萨尔本人。整个文明之中最先进、最疯狂的人工智能,来自杂种人部落的深潜者,能够娴熟神游的量人,甚至还有一个不畏一死的骗子惯犯。

阿霍纳把一系列不可能的事件连成了一个有可能成功的巨大冒险。

有可能成功。

德尔卡萨尔非常富有,完全可以享受生活。但他还是为了钱加入了这个团队——同时也是为了能有机会在早已失传的偶人基因工程技术前试试自己的斤两,尝试打破坚不可摧的生物封锁。他想亲眼看到这结果,非常想。但他对阿霍纳的信任,够得上把自己的身家性命都托付在这人手上吗?

这问题的答案并不那么讨人喜欢。

德尔卡萨尔向他的实验室走了回去。毫无疑问,阿霍纳的宠物 A.I.在矿区走廊的各处都悄悄安装了传感器,向量人汇报情况。但圣马太在医疗舱里什么都没有放置,德尔卡萨尔已经用自己的系统检查过了。德尔卡萨尔绝不允许任何人看着他工作,特别是在他使用基因修改工具的时候。那些东西可是独一无二的宝贝。

德尔卡萨尔发了一条私信,要偶人立即过来见他。十分钟后,盖茨 15 睡眼蒙眬地进来了,金色的胡须和头发在睡觉时被压得贴在了一边的脸颊上。

“什么事?”偶人问道,“这么急,不能等天亮吗?”

“你坐下,”德尔卡萨尔说,“我得单独跟你谈谈你的病情。”

“你的疗法不见效?”盖茨 15 问道。

德尔卡萨尔做了个手势,示意盖茨 15 坐下。偶人总算跳上椅子,坐了进去。德尔卡萨尔弯下腰。

"我知道你不是流亡者,"德尔卡萨尔说,"你并没有什么毛病。"

盖茨15大吃一惊,身体不由得向后一靠,"你说什么?"

"你们那些偶人医生,我比他们中的任何人都更强。"德尔卡萨尔说,"他们不可能骗过我。所以,不要浪费我的时间。我现在并不是要揭发你。我要跟你做一笔交易。"

"你疯了!"盖茨15说,"我要去找阿霍纳。"

德尔卡萨尔伸手拍了拍盖茨15号那细细的手腕,把他按在椅子上。

"你并非真的在流亡,而且你控制着自己的戒断症状,所以我猜你一定是偶人政府的特工。"德尔卡萨尔说,"也就是说,你和我都知道,阿霍纳的计划就要泡汤了。可我理应得到报酬。不过这活儿倒是让我发现了另外一件更赚钱的事情:我可以制造元神。你们需要元神。唯一的问题是,贵国政府愿意为此支付多少钱? 先说个起价:我要阿霍纳给我的报酬的两倍。"

这一番连珠炮似的话让盖茨15瞠目结舌。

德尔卡萨尔又将盖茨15的椅子拖得近了些,"你我都知道,你的人正在走向死亡。基因修改,不论是对元神还是对偶人,放到进化的时间长河里来看,都是不可能一直稳定的。关键的细菌微生物和细胞器会发生基因漂移,这类变化不断积累,最终会让偶人再也无法识别真正的元神。据我猜想,偶人最多只能再传个六到十代。而我是唯一可以纠正这个问题的人。"

"你疯了!"盖茨15再次说道。

"甘德的气味你也闻到了。再多给我些时间,我可以让他身上的变化永久有效。想象一下:足够数量的元神,每个偶人都能拥有。如果贵国政府愿意支付九百万法郎,我愿意将我的方法教给偶人医生们。"

恐惧让盖茨15的嘴唇不停地颤抖着。

"成交。"偶人悄声说道。

三十

　　偶人自由城对偶人来说是宝贵的,因为里面居住着数以千计的神圣人类。而对于道德堕落的游客而言,自由城又是少见的天堂,因为这里几乎没有任何规则。在元神和偶人共同统治的这个社会里,对有意识生命的所有权是合法的,对暴力、毒品和基因工程的态度也很灵活,而且把个人隐私看得很重。有钱人有些独特的口味在其他地方无法得到满足,就会不顾禁运限制,跑到自由城来放纵自己。

　　所以,大克雷斯顿的警察对玛丽和德尔卡萨尔两人的签证审验程序敷衍了事到极点,因为使用伪造身份证件的这两人挥霍了大捆的聚合法郎,租下了大克雷斯顿酒店最深处的六层底楼房间,又把一艘游艇停在了旁边。他们俩租了几台记忆体可擦写的机器人服务生,将玛丽的数吨货物载入昂贵的私人电梯,开始了二十五分钟的下降路程。

　　“我的天哪!”当电梯门打开,酒店最深处的房间展现在眼前时,玛丽发出了一声惊叹。宽大的接待大厅,拱形天花板,枝形吊灯。幽暗深邃的布莱克摩尔湾包围着整个外墙,上面一扇扇厚窗密如蜂巢。每面墙上都有镂花楼梯通向二楼阳台,阳台跨越一扇扇窗户，通到更多的私人座席和用餐区。阳台有多个出口，都可通往卧室。"这地方比我上一个监狱还要大。"

德尔卡萨尔皱了皱眉，"同样的房间还有四个，你尽情享受吧。"

玛丽查看着手腕上的一个显示器。贫氮空气，四个大气压。在这个深度，能把酒店的压力控制在这么低，已经是极限了。酒店外面可是超过好几千个大气压。富人来住这些最深处的房间，就是为了日后可以吹嘘自己曾在地下二十三公里处开过大派对。

"大伙儿快点儿。"玛丽拍着手对服务生喊道。

四个机器人抬着斯蒂尔的水箱，跟着她走出电梯。在他们左边，服务生之前搬运下来的行李整齐地摆放成一排。十二个金属箱，每个正好一米见方，里面装满了工具和炸药，以及够开一家大型诊所的外科设备，包括绷带、支架、缝合线，还有石膏模具和麻醉剂。玛丽觉得，要么就是贝尔觉得她真的会把自己的手指炸飞，要么就是斯蒂尔的工作比她一直以为的更加危险。

三十一

盖茨15的脚又开始拍打地板了。然后,他转过身去,毫无必要地重新检查了这艘商船的遥测功能。威廉在看星星,但每次转开目光,就会看见偶人目不转睛地注视着他,嘴巴张得大大的。

"我并不是真正的元神。"威廉没有望向盖茨15,第无数次重复道。

"我知道。"盖茨15悄声道,切换着眼前的显示屏,"我知道。"

威廉解开安全带,开始自由飘浮,从座位上飘起,进入后部那个狭窄的、仿佛依照偶人尺寸设计的小舱室。

"只不过,"盖茨15犹豫着说,"只不过一看见它我就会琢磨,成为元神到底是什么感觉。"

"哦,他妈的,又来了。"威廉说。

为了逃避盖茨15,他又飘进了小厨房,里面摆满了看上去就不好吃的方便包装口粮。倒不是他饿了。德尔卡萨尔所做的基因修改并不仅仅是让威廉分泌信息素,还给一切都添上了一点微苦的回味。而且盖茨15还在不断让他倒胃口。

"元神是一种具备生化神性的人类。"盖茨15说,眼睛仍然盯在显示屏上。

"我身上没有任何神圣的东西，"威廉说，"你全都亲眼看到过的。在我们到达自由城之前，你要是不再提起这事儿，我会十分感激。"

盖茨15重重地叹了口气。

"反正我们大概正在踏进死亡陷阱。"威廉说，"等我们见到你的偶人同胞，他们估计会先嘲笑我俩一顿，然后把我们扔出气密门。"

"他们不是那么干的。"

"什么？"

"偶人处死人不是那么干的。伊甸园时期的元神非常有想象力，偶人也想继承这一光荣传统。"

"这些事就不要告诉我了。"威廉说。

威廉揉搓着装口粮的袋子，好让自己听不到盖茨15缓慢却响亮的呼吸声。

"我一直在想，"盖茨15说，"如果足以乱真的神性仿品都可以创造出来，那么神性的本质又是什么？你什么时候宣布，副本其实是原件？"

"偶人都像你这样吗？"威廉问。

"神学是科学的女王，"盖茨15说，"它渗透进了偶人存在的每一部分。"

"除了你。"威廉说。

偶人扭过头，看向座位后方。盖茨15的嘴唇紧紧抿着，嘴唇周围是一圈漂亮的金色胡须。

"对不起，"威廉说，"我不是要针对你。这整件事让我很不安。"

"对我来说也是如此。我在和我的神一起旅行。而且他还不是俘虏，而是一个可以随心所欲命令我为他做任何事的人。"听得出来，盖茨15的声音里包含着一份小小的渴望。

威廉继续恼火地在厨房里乱翻。

"和所有偶人一样，整个童年我都远远地避开元神。"盖茨15说，"我只从远处看到过一个，跟我们学校的很多孩子一起。在青春期之前，神经系统对于神性的感知还没有发育完善。但即便是那时候，一切也都跟元神有关。"

"然后，这一切都土崩瓦解了。"威廉说。

"但我之所以存在的核心中轴并没有消失。"盖茨15说道，转过身来，"我无法闻到神性，所以我被流放了。但是元神仍然定义了我。对我而言，这种定义是通过他们的缺席来实现的。"

"它是什么样子？"

"什么？"盖茨15问道。

"你见过的那个元神，它是什么样子？"

"我不知道，"盖茨15说，"那时候我年纪太小了，闻不到它。那是一次典礼，它在一座大楼顶上，又高又远，中间隔着成排的牧师。我有时会想象它当时很沮丧。我不知道拥有神性是一种什么感觉。大衰落之后，它们跟以前不再一样了。"

元神统治的衰落，这是偶人的说法。文明其他地方的人称之为偶人的崛起。

"经过了三代的囚禁，你要说它们有点儿焦躁，我一点儿也不会觉得惊讶。"威廉说。

"它们不像过去的元神，"盖茨15梦呓般地说道，"它们不再拥有和驱使我们。它们害怕和憎恨我们。过去的元神不会憎恨我们，它们对我们的态度是一种令人愉悦的轻蔑。"

威廉有些反胃。

"我知道贝尔认为他们会怎么对待我。"威廉说,"你觉得呢?他们会怎么对待我?"

"我不知道,"盖茨15说,"我离开的时候还只是个孩子。"

威廉转身飘近盖茨15,一把攥住偶人的衬衫前襟,"无论发生什么,你都要干好你的活儿,懂吗?跑了这么远的路,我可不想在某个偶人监狱里毫无意义地死去。我做这件事,是为了死后能给我女儿留下一笔遗产。"

敬畏让盖茨15瞪大了双眼,他的嘴又轻又慢地呼吸着。"你内心的火尚未熄灭,"他说,"你对我们弥足珍贵。"

"你能干好你的活儿吗?"威廉问道。

"为你,做什么都可以。"

威廉一把挡开盖茨15的手,退了回去。

正在这时候,响起了一声通知音。盖茨15从威廉姆斯面前缓缓转过身,他似乎很难重拾专注。

"来自轨道控制中心的指示。"盖茨15说,"一支海军巡逻小分队正从远地轨道调拨到这里,增援我们。"

"他们相信了你?"威廉问道。野生的元神又被找到,并被带回到偶人世界。对于这种情况,偶人(甚至包括其中的流放者)都有既定规程来应对。

他们编造的故事是这样的:威廉带着一份伪造的身份证件,名叫杰夫·考特瓦瑟,是一名野生的元神,曾经是英西财阀政府的股东。他感染了特伦霍姆病毒,危在旦夕,因为治病花光了所有积蓄。编造这么一个故事并不困难。

盖茨15使用的是一个名叫沃伦·莱斯特10的身份证件。他是一名偶人贸易商人,居住在一座与世隔绝的偶人采矿站。真正的沃伦·莱斯特10仍然在那里生活，并将在那里度过他为期十个月的剩余轮班时间。圣马太已经将一个病毒传送到采矿站，这样就可以篡改传入、传出的信息，确保没人能注意到任何不一致之处。矿业公司还会派出一名新员工，但她需要好几个月才能抵达采矿站。到那时，盖茨15和甘德早就已经离开自由城了。

威廉和盖茨15在"博亚卡号"上已经飞行了好几天。飞船设置好航线以后就一头钻入了虫洞，以避免被人发现。开始几天他们一直在全速前进，然后就飘浮在静止失重状态下。威廉觉得这就像是在漫长的夜里等待着与刽子手的黎明之约。

"轨道控制中心命令我们开始点火减速。"盖茨15说，"你得系上安全带。"

威廉紧张得胃里一阵不舒服。

一个骗子必须时刻牢记两件事：回报和风险。没有任何一场骗局是毫无风险的。如果不参照收益，风险无法衡量。这一次的回报是巨大的：他的女儿可以摆脱贫困。

只要他能完成他这一部分任务。他从前也干成过几票骗人的生意，还干得很漂亮，但前提是他对要骗的凯子都做了充分的研究，了解他们。行骗对象最好是贪婪的，却又很理性。偶人却是一群疯疯癫癫的家伙，谁都不敢说了解他们。而大的骗局——能弄来钱的那种——能否成功，就取决于他能不能把他们的注意力都集中在自己身上。威廉离开厨房，飘入副驾驶席。他用安全带固定好自己，没有理睬旁边座位上那个张大嘴巴、目不转睛瞪着他看的偶人。

"好好开你的飞船。"威廉说。

飞船在减速，威廉胸口感受到了一个半重力加速度的压力。不算太糟,但也不怎么舒服。威廉习惯乘坐的是大型飞船,飞行得更加从容不迫,偶人则是匆匆忙忙要赶时间。盖茨15似乎同样痛苦,但不是因为减速过程。

"你真的没事吗?"偶人问道。

"我没事。"威廉说道,说完又有点后悔自己唐突的语气。

尽管有些烦人,而且并非出自天然,但盖茨15的关心还是很真诚的。威廉很清楚,盖茨15的这种感情其实并非针对威廉这个人。但这不是盖茨15的错。盖茨15的感情只是由威廉的气味唤起的。假如德尔卡萨尔能够将信息素植入一株仙人掌,盖茨15这会儿就该跪在一株植物前,兴高采烈地从自己手指上拔着刺呢。

而且,盖茨15是自主选择了这种临时的生化成瘾,其他偶人可没有。贝尔说,每个偶人的青春期一开始,都会伴随着相当于戒断症状的生理反应。威廉觉得他们很可怜。不知道为什么,他甚至觉得盖茨15这样也很可怜。流亡的偶人不得不生活在一个藐视他的陌生世界。他当然想回到他的同类之中。谁会不想?

"我很好。谢谢你。"他更和善地又说了一遍。

三十二

　　尽管有机器人帮忙,玛丽还是花了八十六个小时才建好了一个带气闸的压力舱。在一家豪华酒店的底楼房间里建造一个压力舱,这事儿已经很不容易了。更为棘手的是,这个压力舱的一面墙必须就是隔开海水的洋底酒店房间的外窗。

　　机器人从游艇中搬下来很多设备,包括几根横梁,顶在新造的压力舱和对面的墙壁之间作为加固;还有钢筋,用来加固新气闸周围的窗户;还有特殊的耐压密封胶和焊接设备。

　　玛丽最担心的是气闸和玻璃之间的密封性。她用智能黏合剂和生化机器将金属焊接到玻璃之中,再用 X 光散射检查确保没有任何间隙。检查的结果的确显示一个缝隙都没有,但这是一个高风险的建设项目。如果密封件有太多缺陷——也许一个就已经太多——外面是一千个大气压的洋底,里面却是只有四个大气压的酒店底楼房间,洋底巨流必将汹涌而入。

　　玛丽在工作过程中,大部分时间德尔卡萨尔都在场,但他却毫无帮助。他的技能没有任何贡献,但只有他的存在才圆得了掩护玛丽伪造身份的编造故事。德尔卡萨尔在还有一个好处,就是他会给玛丽带来威士忌。大克雷斯顿的底楼房间提供上好的威士忌。

"他妈的,菲卡斯。"斯蒂尔的电子语音说,"你怎么还没弄完?"

"该完成的时候我自然会完成。"玛丽说,"你能在高压爆炸中活下来,我和医生可不会。"

"这他妈就叫设计缺陷。"斯蒂尔说。

"起码我只有那么一个。"她说。

"阿霍纳选择你,就是因为你缺陷少。"德尔卡萨尔发表了自己的看法。

她看着医生,"是的,他的确是因为这个。"

"你比我们更了解阿霍纳,菲卡斯小姐。"德尔卡萨尔说,"想必他也跟你一样,没有什么缺陷。你认为他的计划能成功吗?"

"什么? 菲卡斯之前和阿霍纳这个软脚蟹干过活儿?"斯蒂尔问道。

"有过那么几次。"玛丽一边说,一边看着密封部件的 X 光衍射读数,"他雇我保护他的任务。但他从来没有充分利用过我的才华,直到现在。"

"你们两个看起来不像是一副配套的丁丁和蛋蛋。"斯蒂尔说。

"我是丁丁还是蛋蛋?"玛丽问。

"你愿意是啥就是啥。反正普通人类对我来说都一样。"

"那我还是当蛋蛋吧。"她最后决定,"六年前我在一家赌场酒吧遇见他。我当时喝得酩酊大醉,这可不容易,毕竟海军给我们这些军士都注射了生理增强剂。酒吧里所有人都在谈论一个小家伙,刚刚在一场马拉松式的面对面单挑无限制扑克牌局中拿下了波江胖子。"

"我听说过那局牌。"德尔卡萨尔说。

"我看到他的时候,他正被赌场安排的两个人一左一右架着胳膊护送离开。"玛丽继续道,"他当时也已经喝醉了,看上去实在不怎么样。我问他是不是那个刚刚赢了一局大牌的人。他的女朋友就开始吹捧他多么了不起,从来都没人能打败波江胖子什么的。听得我都快要吐了。我告诉那个傲慢的小混蛋,他很走运,因为我正好有个系统。"

"你有什么系统?"德尔卡萨尔问道。

"我不记得了,那会儿我是真的喝多了,但当时我是记得的。他似乎觉得我的系统比他身边那两个护送的服务生更有趣,所以我就告诉他了。"

"他笑了吗?"斯蒂尔问道。

"他甚至都没听我说完!"玛丽嘲笑道。她压低了嗓音,滑稽地模仿着贝利撒留,"你那可不是什么系统。那是我听到过的最愚蠢的东西。不过是个小把戏。"

斯蒂尔发出一声电子大笑,这笑声显然是预设用来取笑这些呼吸空气的人的。玛丽朝他的压力舱扔过去一把扳手。

"千万不要捉弄醉酒的聚合军士,除非你活得不耐烦了。"玛丽说,"当时我俯身靠在他桌子上,十分有礼貌地挽起袖子,秀出我的军士文身,然后告诉他:你不懂统计数据。"

"他害怕了吗?"斯蒂尔问道。

"那混蛋说:我就是吃统计数字长大的。"玛丽说。

斯蒂尔又一次发出了他那种电子笑声。"聚合海军的军威看来不好使啊。"他说,"你有没有给他点儿教训,让他管好自己的嘴巴?"

"我从他桌子上拿了一小把装饰用的石子,用手指将其碾成粉末,朝他的眼睛一把撒过去。我还说:'这就是小把戏'。然后我掀翻了他的桌子,向他挥出一拳。"

"你打架可真够阴的。"斯蒂尔赞赏不已。

"没用。"玛丽说道,又看了看另一组 X 光读数,"他马上跳起来,想把眼睛里的石头粉末弄出来。可我挥拳出击时,他一下子闪躲开了,就好像知道我在哪里,甚至都不用看。但他还是醉酒的状态,还惊扰到了萨格奈深井那一桌人。"

"你说的是那支冰球队?"德尔卡萨尔问道。

"还有谁叫这名字?"她说,"其中一个人攥住贝尔的夹克,把他从地板上提了起来。其余的则朝我扑过来。没等他们过来,我看到那个抓住贝尔的人突然僵直地倒了下去。"

"然后呢?"斯蒂尔问道,"你被狠狠揍了一顿?"

"你在开玩笑吗? 他们是很壮,有几个还打了运动增强,但都不是军事级的。他们还不够格掺和进来,挡在我跟一个侮辱我系统的人之间。"

"你那到底是个什么系统?"德尔卡萨尔问道。

"我不记得了! 不过绝对是个非常牛逼的系统。"

"所以你就狠狠教训了那帮戴头盔的家伙?"斯蒂尔急不可耐地问道。

"我把整支冰球队打得抬着伤员逃跑了,然后发现贝尔还在酒吧里坐着。他找到了当时那个地方剩下的唯一一杯完整的酒。我恨不得一拳把他那副'我就是吃统计数字长大的'臭脸捣个稀烂。"

"但是你没有。"德尔卡萨尔说。

"他问我是否在悄悄找兼职。"

"你就这样答应了?"斯蒂尔问道,"为什么不揍他?"

"他给钱给得多呗。我受雇为他的计划保驾护航,赚了很多钱。"她说,"然后我尝试着搞点儿自己的策划,结果就被军队革职了。"

"所以你觉得他能把这次的活儿干成?"德尔卡萨尔问道。

"鬼才知道,"她说,"不过反正我也没什么事做,干吗不试试这个呢?"

德尔卡萨尔做了个苦脸,喝光了手中的威士忌。

"好了,医生。"玛丽说着,开始打包X光设备,"接下来就是危险的部分了。你开着游艇走吧。如果我们都能大难不死,那就在约好的地方碰头。"

"那就祝你好运了,菲卡斯小姐。"德尔卡萨尔说,"也祝你好运,斯蒂尔先生。"

德尔卡萨尔走进电梯,坐进里面的大沙发,电梯开始其二十三公里的上升行程。

"真是地地道道的老百姓,不是当兵的料。"玛丽用法语嘲笑道,"但愿他感觉舒服。"

"我看他挺舒服的。"斯蒂尔回答,"现在可以把我从这个大水缸里弄出来了吗?"

"只要你别让我在旁边闻着就行。"她指示机器人将斯蒂尔的压力舱挪进新造的气闸门。玛丽把带来的高压工业工具摆在斯蒂尔旁边,先关上第一道厚钢门,然后关上第二道。

"能听到我吗?"她问道。

"赶紧继续吧。你他妈的比脱了裤子放屁还无聊。"

玛丽忍住了没有管斯蒂尔叫"海牛",最后一次检查了加压软管上的密封件和配件。她已经打破了底楼房间墙壁的原有结构,将大部分供水管道引入她的水泵。现在这些管道里的水已经淹没了气闸。灌满气闸用不了太长时间,但只能达到四个大气压。但这些泵发出机械的嗡嗡声,继续往里灌水,持续了很长时间。压力不断增长,气闸的接头随之咯吱作响。泵的噪音越来越大,直到设备达到极限。

"我只能到这儿了,斯蒂尔。"她说,"六百个大气压。你能活下来吗?"

"我必须能,不是吗?"斯蒂尔回复道,"我他妈的还以为你那些破管子真能起作用呢。"

"我弄到了六百,觉得无聊,不想继续弄了。"她说,"别哼哼唧唧的,赶紧干活儿。"

读数显示他正在缓缓打开通往自己高压舱的气闸门。玛丽意识到自己在流汗,于是擦了擦。

斯蒂尔也许能活下来。他的宜居环境压力是七百多。六百跟七百听起来好像差不了太多,但是,波江人的蛋白质被基因工程改造成要去承受号称"印第之泪"的最大洋底压力。如果环境压力反而较低,某些重要的蛋白质会膨胀失去活性。这几个月里,她一直在研究怎么使用高压炸药来解决逆向压力问题。

斯蒂尔缓缓转动门阀,让他周遭的七百个大气压力流泄出去。他比玛丽更了解压力。如此缓慢,他是在尽力避免潜水员减压病吗?还是动脉瘤?这个过程真的很乏味。终于,斯蒂尔打开了高压舱门,游进了她建造的气闸。

"狗日的,这儿可真他妈臭!"他说,"这他妈到底是什么?"

"空气清新剂?"她猜测道,"我他妈怎么知道?这水是酒店提供的。"

"我讨厌淡水,"他说,"它会让我浮肿。"

"还用你告诉我吗？有时候我觉得我的脚踝也有点儿浮肿。"她说，"你把另一边的气闸建好以后，想要多少盐就有多少盐。"

"再他妈跟我顶嘴，菲卡斯，我会在这个酒店房间里留点儿炸药。"

"你说话真像我上一个男朋友。"她说着眯起眼睛，看着显示器上的气闸内部情况，"咦！你腰上怎么围着一条毛茸茸的腰袋？"

"去你妈的。我哪有腰？！"

"无所谓了。你当然不会像人类一样佩个腰包。继续吧。"

斯蒂尔缓缓从袋子里抽出工具。真正的考验来了，斯蒂尔现在得切开窗户。他有一把焊枪，即使在高压的洋底也可以燃烧。他们原本的计划是先让气闸内的压力跟外面平衡，然后开始切割。由于玛丽的气闸只能达到六百个大气压，所以窗户内外的压力差了四百多个大气压。

他可以快速切割，但如果窗户打孔之后强度变弱，整扇窗户可能会向内破碎，大块厚达四十厘米的玻璃砸在气闸的另一端，也可能气闸在剧烈的震动之下发生密封件和焊缝破裂。突然的压力变化也可能引爆炸药。斯蒂尔点燃焊枪，对准窗玻璃的中心，伸了过去。

三十三

盖茨15驾驶着偶人商船降落在一个教堂登陆站,他看到了好几个炮口朝外、朝上指着的炮台。在欧乐星的冰层地表,几个穿着武装机甲的小身影注视着他们。磁力爪用无形的手指夹住飞船的着陆部件,飞船随着整个平台一起沉入冰封的地壳。他们很快就会知道,德尔卡萨尔的本领有没有贝利撒留说的那么高超了。

平台沿着一条隧道下降,周围光滑的冰壁上布满线缆和金属支柱。隧道另一头时不时地打开,可以看到上面那一片漆黑的港湾。透过驾驶舱舷窗的顶部,真空黑暗的天空缩成了一个狭窄的圈,在工业灯的炫光中,点点星光仿佛在远处挨个朝他们眨着眼。弄不好,威廉刚刚看到的就是他生命中最后一颗星星。

电梯终于停了下来。平台和飞船滑入着陆泊库,金属门在他们身后关闭。紫外线照耀在他们周围,发出幽灵般的荧光。威廉用呼吸来缓解胸中的一阵紧张。

"你没事儿吧?"盖茨15问道。他没有盯着威廉看,以示礼貌。

"我很好。你怎么样?"

"我准备好了。"盖茨15说。

"我说,你的家乡可不算是个美丽的地方。"威廉说。

一团团空气从泊库的通风口涌出,由于寒冷又凝结成雾和雪。伴随着泊库增压,红外元件闪耀着红光,给眼前的景象平添了一副寒冷地狱的模样。

矮门上方,几支灯开始闪烁。一扇气闸门上的转轮开始转动,四名全副武装的偶人随即出现在眼前。他们身披橙色铠甲,在红外加热器的红光照耀下显得极不真实。他们手持突击步枪,量身制作的枪支尺寸短小。来者在泊库的四个角上立正站好。

"主教部队,"盖茨15十分敬畏地说,"圣骑士。最好的偶人战士。"

"他们这是要开枪打我们吗? 我们被识破了?"威廉问。

后面还跟着四个人,分立在低矮的舱门两翼。偶人祭师。接着,最后两个偶人走进了泊库。他们戴着华丽的高帽,身穿绣花长袍,脖子上却套着像是铁项圈的东西,袖口和裤脚还隐约可见手铐、脚镣。两相对比,很不协调。偶人顿时坐立不安。

"他们派来了两个主教。"盖茨15说。

驾驶舱控制台亮起一幅全息图像,上面是站在他们飞船前面的几名主教的面孔。"杰夫·考特瓦瑟先生,"全息影像说,"我们非常荣幸,请接受我们对您的欢迎和敬意。"那人说的是古老的英西语,这种语言是几个世纪之前的产物,就在西班牙语和英语合并之后不久。

威廉咽了一下口水,没有回答。

"我们得知您生病了,这让我们无比难过。请允许我们来照顾您。"

"你来回答。"威廉低声说。

"大人,"盖茨15说道,"考特瓦瑟先生有点紧张。可否允许我帮助他进入贵地?"

"沃伦·莱斯特10,"全息影像说,"在漫长的过去这几个月,你做了一件了不起的事情,就是把考特瓦瑟先生安全地带回家。你当然可以带神尊出来。"

威廉和盖茨15又静静地坐了好一阵子。最后,威廉解开身上的安全带。"还好,紧张这件事,我不需要假装。"他弯腰走到驾驶舱后部。

"我要是能做到像你一样自信就好了。"盖茨15说着,跟在威廉后面。

"你不会死的,"威廉低声说,"也许这真的是你回家之路的第一步。"听到威廉这话,盖茨15只是轻轻摇了摇头。

威廉的耳膜鼓了起来,这是盖茨15在调节飞船压力,使之与舱外均衡。盖茨15打开主门,冰冷的空气涌入飞船,接着是柔和的蓝色紫外线荧光扫描过来。盖茨15放下舷梯,让在一旁,望着威廉,眼神中既有期待又有渴望。威廉挤过狭小的偶人门,走进寒冷之中。杰夫·考特瓦瑟诞生了。

主教和他们的祭司小心翼翼地走过来,好像随时准备逃走一般,嗅着空气中的气味。他们有精致的面孔和身体,比例匀称,就好像一幅照片中缩小的成年人。

"我是杰夫·考特瓦瑟,"威廉说,"谢谢你们接收我。"

两个带着主教冠的脑袋点了点。

"我是格拉西6主教,这位是约翰逊10主教。先请您到里面的净化设施接受消毒处理,然后我们会带您去更舒适的场所。"

格拉西6带路,进入低矮的走廊。威廉觉得双腿沉甸甸的,就像灌了铅一样，好不容易才迈开步子。他是注定要死在这儿的，这就是他在贝尔这支团队里承担的任务。威廉深吸了一口冰冷的空气，弯腰低头，跟随主教钻进走廊。

"我为这段路程表示道歉，考特瓦瑟先生。"格拉西6说，"过去，只有偶人才会从这条走廊通行。皇城周围的建筑和交通变得越来越拥挤，想要将一艘载着您这样一位人物的飞船直接开进去，那已经是毫无可能。为了安全起见，我们只好带您从自由城的郊区穿过去。"

威廉的后背已经开始发酸，头也总是撞到冰冻的天花板上。周遭是鬼鬼祟祟的鼻嗅声。他们穿过几个按偶人高度建造的房间，走进一个黑色风化壤砖砌就、两层楼高的拱门。这里汇集了许多条道路，通往安静得出奇的办公室和公共区域。威廉终于直起了腰，如释重负地吐出一口气。格拉西6在一间办公室停下，门口有一面铜牌，上面的图案是一根长杆上盘着两条蛇。那几个偶人祭司遮遮掩掩地看着威廉，眼神中似乎带着一种预期。

"这里是检疫区，考特瓦瑟先生。"格拉西6说，"我们这里的医生要确保您和莱斯特10不会将传染病带入自由城。"

"我不想在自由城里待太长时间。"威廉说，"我知道自己生病了，也知道我时日无多。临死之前，我想去斯塔布斯港看看，那里是我的家族起源地。我还从来没有去过，但那里对我的祖父母来说意义重大。"

"检疫不会花太长时间的。"

"我有点紧张。"威廉说，"在遇到沃伦之前，我还从来没有见过偶人。我这大半辈子都在尽量避免跟偶人相遇。毕竟，我听到过你们的一些风言风语。"

"风言风语的确是有,考特瓦瑟先生,但那并非事实。传播流言的人甚至都没来过这里。希望您能够理解,这些风言风语都是无稽之谈。请吧。"

一名女性偶人站在门口。她那一身长袍打扮,与其说像神职人员,倒不如说像要施行手术的医生。她笑了一下,伸出一只精致而苍白的手,示意威廉进门。他们全都这么苍白,仿佛是旧地球欧洲家族的后代,就像玛丽和威廉自己。格拉西6碰了碰威廉的手肘,鼓励他进去。他关上门,房间里只剩他们三人。

"想必您知道您对偶人的影响力,"格拉西6说,"但是特勒5医生是那种自制力极强的人。接下来我们要脱掉您的外套,开始消毒过程,同时了解您的基础健康信息,好让我们恰当地招待您。"

威廉还从未见过女性偶人。特勒5医生比格拉西6个头要高,差不多是一米零几公分,栗色的长发,老式的妆容,身上没有任何纹饰。她的长相清秀可爱。元神在几个世纪之中一直保有许多返祖特质,其中就包括古典的审美观——他们正是按照这种审美观设计了自己的奴隶。只要还有可以敬拜的元神,偶人就努力按照这种审美来打扮自己。这是他们的生理机制决定的。

威廉略有些不情愿地解开、脱下他的飞行套装,剥掉衣服时他感到一丝难为情。他原以为他会独自接受消毒淋浴,这样别人就不会闻到他那一直没洗澡的体味。他真心觉得十分尴尬,于是看了看偶人的反应。他们的眼睛紧盯着他身体的线条,带着如饥似渴的专注,分辨着自己身体的反应。

德尔卡萨尔的活儿干得怎么样,这就是考验的时候了。要么骗局可以继续,要么他跟盖茨15会被处决,再也当不成队友。医生走近他,充满敬畏地瞪着眼睛。她没有用手指捏着的取样拭子触碰他,而是慢慢戳着他手臂上的皮肤。既非抚摸,也非抓捏,而是感受着他的质地。伴随着这触摸的是一声缓慢而沉重的吸气。威廉猛地抽回手臂。

"你这是干什么?"他问道,"你不是个医生吗?"

她似乎并不在乎他的反应,也没有因为威廉的语气而显得羞怯或尴尬。她注视着威廉的脖子和胸部,而不是他的眼睛,仿佛他发火是件十分有趣却毫无意义的事儿。她再次触碰他,手掌一动不动地抵在他身上。威廉有些恼怒,抓住她的手腕。她无动于衷地笑了笑,然后用充满喜悦的眼光看着格拉西6主教。格拉西6也对她报以微笑。威廉一把推开她,她趔趄着后退摔倒,脑袋"砰"的一声撞在柜子上。她抬起头看着威廉。主教也看着威廉。他们同时叹了口气,声音出奇地一致。威廉不由得一阵反胃。

"这不是什么医疗检测。"威廉的声音紧张得提高了八度。

医生爬了起来。

"他太棒了。"她一边起身,一边喘息。

"样本。"主教说,"我想知道结果。我想知道他来自哪个家族。"

"是,大人。"她说。

她再次走近威廉身边,头顶只到他的腹部。她伸出胳膊,够到威廉的胸前,用一根拭子擦拭了一下,放进试管里。她又擦拭了他的腿部、背部和臀部,取了样本。接下来她在威廉身后一阵忙乎。威廉转过身去,想看看她在做什么。他发现她正盯着他的后背看,嘴唇张开,带着一种难以描述但十分强烈的感情。她的脸颊泛起了红晕,不是因为尴尬,而是看见他以后的自然反应。威廉躲得离她远一些,掉转目光,看主教在干什么。

格拉西6正跪在威廉脱下的飞行套装旁边,蜷缩在上面,嗅着里面的气味,甚至还偷偷摸摸地舔了舔。

威廉的手哆嗦起来。"你们他妈的怎么回事?"他大喊道。

他狠狠一脚踢在主教肋部。格拉西6一声喘息,捂着肚子蜷成一团。

"哦,好爽。"主教轻声说。

一只炽热的手掌压上了威廉的臀部。没有拍打,也没有抚摸,就那么按着,仿佛在与皮肤、脂肪和肌肉默默交流,融为一体。她甚至都没有抬头看他。他的皮肤就已令她欣喜陶醉。

威廉向后猛挥一拳。他的指关节砸在她的前额上,发出咔嚓一声。她瘫倒在地板上。

与此同时,威廉的神经感到爆炸般的疼痛,可他的肌肉绷得太紧,竟无法大喊出声。他的头撞在地板上,双眼只能直直地瞪着前方。在他上方,格拉西6专注的脸正如痴如醉地盯着他,手里握着一支电击枪。

三十四

玛丽看着监视器,斯蒂尔已将窗户中心熔出一道口子,还时不时停下,用一根小棍末端把熔化的玻璃沾出来。他的动作越来越慢。

"斯蒂尔!动作再快点儿!快快快!"

"去你妈的。"他说,"这里他妈的水压不够,我的血液在这个压力下没法获取所需的氧气。老子正拼命不晕过去呢。"

"别想太多,节省氧气。"

他的电子声音哼了一声,"再说这儿又臭又热,你的制冷设备狗屁不是,我感觉就像在一个烟囱口上。"

"我本想让你有在家的感觉。"

"菲卡斯,我恨透你了。"他说。

"别想太多,赶紧干活儿。"

监视器上突然满屏静电干扰,房间也开始震动。气闸里的气压计读数跃升到九百八十个大气压。一小股水柱从气闸的角落里喷射出来。

"斯蒂尔!"玛丽呼叫道,"斯蒂尔!"

没有回答。玛丽甚至不知道她的声音是否传了过去。

监视器重新启动,再次亮起,显示出气闸之内的情形:一盏灯,发出刺眼的白光。斯蒂尔是不会喜欢的,这代表紧急情况。里面的水变暗了,还有些发红。碎玻璃散落在气闸地板上和斯蒂尔的高压舱上。斯蒂尔肉乎乎的手臂夹着那盏白灯。他的身体和尾巴摇摆着,两只黑色的大眼睛检查着高压舱。

"真想不到呀,能闻到一片氨水的海洋会让我这么高兴。"他的声音是由翻译系统发出的人工合成语音,没有语调的抑扬变化。玛丽从声音里也听不出他是否受了伤,有没有感到痛苦。

"我看到有血,斯蒂尔。你伤得怎么样?"

"不知道,"他说,"我感觉很糟糕。不是因为这些割伤。玻璃破裂的时候,我的身体经历了低压环境。希望我只是被震慌了,千万别他妈是器官损伤。"

"你需要休息一下吗?"

"我倒是想,可我们他妈的没时间了,是不是?"

"是没有多少时间了。"

"那我们接着干活吧。"

"好吧,"她说,"先清理我的气闸。"

斯蒂尔把他那一侧的气闸关好,然后转头继续干活儿:用焊枪扩大窗户上的孔洞边缘。玛丽把气闸内的水排干,打开了闸门。稀释过的氨水味道飘了进来。

她猛力拉拽斯蒂尔的高压舱,每拉一下,高压舱就滑过来几厘米。整个高压舱几乎重达一吨,但在欧乐星的低重力环境下还不到原本的一半。即便如此,她还是得全力绷紧自己经过肌原纤维增强的肌肉,这才把高压舱拖到了一旁。自己拉用索具和绞车要快,而且能帮她宣泄紧张的压力。她把一托盘炸药装进小台车,操作台车驶入还在滴水的气闸内。她关上闸门,重新放水充满气闸。

危险的步骤还没有开始。她增加气闸内的压力,使其逐渐接近外面的压力。她的炸药不怕湿,但压力如此之高,炸药内复合的各种气体可能与固体发生反应,改变其性质。她设计的炸药已经在托勒密星经受过八百个大气压的测试,表现相当稳定。但此刻他们面对的是更高的压力值。

"好了,你可以祈祷老天保佑了。"她说,"对了,你有手吗?能祈祷吗?"

"去你妈的,菲卡斯。"斯蒂尔回答。

玛丽眯起眼睛,看着监视器。嗯,他长着至少两只手。

"我应该待在外面吗?"斯蒂尔又问道。

"取决于你的人生哲学。"她说。

"我相信他妈的《杂种人之路》里面说的。"他说。

"要是那样的话,你就留在这儿。万一结果不理想,你想用碎玻璃片什么的捅我一下,也会比较方便,你说是不是?"

"这次你他妈的话还真有道理。"他说。

"转开舱门。"说完,她双手指头交叉开始祈祷。气闸内的压力骤然从六百个大气压上升到一千以上。焊缝处吱嘎作响。她等了几秒钟,注视着显示器。

"好了,懒鬼!"玛丽说,"把它取出来! 动作快点儿!"

"我不是正在做吗? 操你妈的,菲卡斯。"

"等你发现我封在那里面的纸杯蛋糕,你会为你刚才说的话感到后悔的。"她说。

"我可不吃什么狗屎蛋糕。"他说着,拉出托盘,然后合上了气闸。

"这样也好。"她说着,开始将气闸内的水往外抽,"一千个大气压作用在一个纸杯蛋糕上,那情景可不会很好看。"

斯蒂尔破开了第一个炸药箱。他和玛丽被足以让他俩送命的压力差异分隔开来,只能通过动作来隔着气闸沟通。玛丽设计的气闸已经够快的了,但转动再快,一个周期也得花超过四分钟。四箱炸药又得多花十八分钟。

房间里响起轻微的轰隆声。

"那他妈的是什么声音,菲卡斯?"斯蒂尔说道,"酒店要塌了吗?"

"没有吧,"她说,"但愿没有,因为我还在酒店里。我们破坏了房间结构,说不定会让房间内外的压力变成一样的。"房间再次响起轰隆声,"抓紧时间,斯蒂尔。你得加快动作了。刚才那声音他们也会听到的!"

"太晚了,"他说,"我这儿有人来了。"

玛丽赶紧朝监视器看去。斯蒂尔不见了。

三十五

　　博亚卡的舰桥进行了改造，以使两位量人能够在全息工作区工作。贝利撒留穿着磁力靴蹲在中间，周围是一大堆图形、网络流程图和通信流量报表。全息图发出的光照亮了他的双手和腕上的手环。

　　"我觉得情况好像变得更复杂了。"贝利撒留说。

　　舰桥上共有两个飞行员座位，伊坎吉卡坐着一个，闻听此言，她转过身来。卡桑德拉处于白痴天才状态，正在读取另一组全息图表。

　　"怎么了？"伊坎吉卡问道。

　　"有人在特别关注自由城里发生的事情。"贝利撒留说，"你来看看这里，资金和通信的模式。"他调整全息图，显示出一些图表。

　　"没看出有什么模式。"圣马太说，"跟平时没什么分别啊，资金也好，通信也好，都是些混乱的动态流。"

　　"都是假信号，"贝利撒留说，"有人十分擅长伪装他们的行动，搞得看起来就像什么都没发生。"贝利撒留指着一些很小却很清晰的波峰，"如果所有的信息和资金都按正常的市场模式流动,就不应该有方向性的偏好。这里显示出在特定地点流入的资金数量足够小,以至于放在大背景下来看的话,本来是不会被注意到的。通信也是如此。"

A.I.沉默了,这种现象让他摸不着头脑。

伊坎吉卡轻敲着下巴,皱起眉头。"你觉得这是怎么回事?"她问道。

"不幸的是,我觉得,自由城已经引起了聚合安全部门的关注。也许偶人们的嘴没有想象中那么严实,走漏了一些关于远征军的信息。也可能他们太过安静了,结果反而引起了怀疑。"

"关注程度如何?"伊坎吉卡问道。

"哪怕是一丁点儿关注,都不是什么好事。"贝利撒留说,"不过既然他们能用假信号来伪装他们的关注,也许我们也可以抛出一些我们自己的假信号。"

三十六

威廉拼命想摆脱萦绕脑中的各种想法，仿佛在甩开某种腻歪人、牵绊人的东西。他浑身疼痛。一道光通过眼睛钻进了他的大脑。他躺在一张窄床上，那床矮得像副担架。他身上盖着被单和薄毯，腿露在外面。

特勒5，那位偶人医生，正跪在他的腿边，双手平放在他腿上。她额头的伤口上裹着绷带，满脸通红。一道深色瘀青从额头直到脸颊。她与威廉目光交汇。他完全看不懂她的表情。

她舔了一下威廉的腿。他在被单下慌忙坐起。

那一舔不是为了好玩。也不是什么性骚扰。

她在品尝他。

对她而言，威廉就是神灵的化身。

有骨肉之躯的圣灵。

主教从角落里走过来，伸手搭在医生肩膀上，轻言细语了几句，将她拉到后面。威廉盯着主教的眼睛。格拉西6的眼神十分平静，却又有些腻歪。他一边看着威廉，一边将特勒医生推进一把小椅子。

"这不是什么医疗检测。"威廉说。

"这当然是,"格拉西6说,"而且已经进行十三个小时了。你需要睡觉。我们给你打了镇静剂,好让你不要这么紧张。"

"不要再给我打镇静剂!"

主教笑了,"我们已经记录了您的基础健康状况,这样我们的医生就能够妥当地招待您了。"

"你们小心,别传染上特伦霍姆病毒。"

"那项检测很有必要。"主教说,"我们的造物者赋予我们的免疫系统,和他们自己的非常相似。我们应该都不会感染特伦霍姆病毒,不过万一真的感染了,我们就知道不能带你进入皇城或斯塔布斯港了。"

威廉弯了弯自己的手,就是打了医生脑袋的那只。手很疼。

"手里面的骨头很脆弱。"格拉西6说,"下次你想打偶人的话,可以先要条鞭子,或者要只靴子,要条橡胶软管也可以。"

威廉感觉胃里像盘了一条蛇,"那你现在能给我吗?"

"我们不想因为这点事就让你的手感觉疼痛。你的脚也不行。你两只脚足弓上都有些瘀伤。"

"你们到底什么毛病?"威廉沙哑着嗓子说。

"没什么毛病。"偶人说完,回头看了看特勒5,她还在如痴如醉地盯着威廉看,"我们就应该是这样。"

三十七

　　海水真他妈的冷，氨水的味道就像胆汁。斯蒂尔沿着偶人自由城急速上浮，他一直紧挨着酒店后部的中柱，那里没有窗户能向外看。很多各式各样的灯光倾泻在昏暗的海水中：有浪漫的蜡烛灯，也有强悍的探照灯，有令人作呕的装饰灯，还有生物发光的捕鱼诱饵灯——全都是让人晕头转向、毫无用处的灯光。

　　气味也他妈的帮不上忙。水中溶解的氨气在开放水域闻起来更加浓烈，给自由城添上了一种奇怪的化学气味。但他每向上游一百米，分子的缔合过程就会被洋流打乱重组，所以他也不能相信气味。

　　想通过声音来判断距离和方向也是徒劳。他从小生活在八百个大气压力下，可以通过声音在那样的环境下正确定位。可现在，多加的二百个大气压力改变了环境，改变了声音传递的速度，比他大脑的适应速度要他妈快得多。

　　斯蒂尔只能用他的电肌块和磁小体来感觉，指引他穿越海洋的方向。大约在他正上方四百米处，一部螺旋桨剧烈翻腾着，发射出电磁场。一定是他妈的偶人潜艇，可能有人驾驶，也可能无人。这么深的洋底，居然引起了警觉。阿霍纳的计划没有考

245

虑到这个。如果偶人发现了斯蒂尔，他们会像蚁群一样蜂拥而入，冲进酒店。

潜艇声呐发出脉冲。斯蒂尔猛地转身，捂住嗡嗡作响的耳朵。

混蛋！真他妈的疼。

斯蒂尔箭一般地从酒店弹开，迎着下降中的潜艇游去。最差的情况下，声呐中的他看起来会像一条大鱼的影子；最好的情况，他可能都不会反射回多少声呐信号。

潜艇再度发出一记声呐脉冲，这次他提前做好了防护准备。也许潜艇是在监听酒店的声呐反射。潜艇现在离底楼还没那么近，无法看到那里损坏的窗户，但它正直直地朝那边开过去。这是这次计划中的一个差错。就算他能设法摧毁这艘潜艇，那动静可能会又引来其他五艘潜艇。

斯蒂尔飞速上浮，直至到达距离潜艇五十米的地方。这是一艘无人潜艇，应用的是已被淘汰的廉价采矿技术。没有迹象表明有人在对它进行远程控制或编程。主声呐和电磁感测设备都装在飞船前端的球鼻艏里面，用于在冰面和洋面下方进行勘测。他游到球鼻艏的后面，这样一来，这蠢猪就没法害他耳聋了。

这艘潜艇的导航方式跟他的一样，使用磁场和声呐探测的组合方式。他猛力摆动尾鳍，靠近船身，停在潜艇的舵和艉翼之间的位置。船体内的机器嘎吱作响，着实让他的耳朵遭罪。他沿着船体向上移动了一些，伸手握住一片前翼。

接下来他要做的事情会很棘手。

他身上的电肌块不是神气活现的量人拥有的那种经过精心调适的高级器官。量人遗传工程师为他们金贵的心肝宝贝设计的电肌块更加灵敏、更好控制。杂种部落却毫无意外地只能得到蹩脚货。

斯蒂尔从他的电肌块放出一股电流，通过导电碳纳米管，进入他手臂内的磁小体，产生了一个强度为十几微特斯拉的磁场。不够压过欧乐星二十微特斯拉的磁场，但足以制造一些漂亮的伪装来他妈的糊弄远方的潜艇。

爷要把你当狗耍耍。

他松手放开前翼，以相同的速度和方向并行游在潜艇旁边。然后，他伸出手臂，指向与酒店的方向成一夹角，起初只有十度，但是逐渐变宽到了十五度。如果是偶人，借助可以旋转磁小体的亚细胞结构，就可以在身体内部转移磁场。但斯蒂尔做不到这个，他的磁小体与骨骼肌颗粒的排列方式保持紧密一致。他只得通过移动手臂来改变磁场，就像那些能够制造虫洞的飞船船头上的磁力桁一样。

潜艇稍微改变了航向。

这就对了，你这蠢猪。听老子的话，快摇着你的肥屁股滚蛋。

斯蒂尔加大了角度，朝着远离酒店方向又偏离了三度。可这次潜艇不听话了。它的声呐脉冲发射更加频繁，根据磁场和声呐探测器的反馈来回改变着方向。

好吧，你这个蠢蛋，我他妈本来一直心平气和的，但是现在你可把我惹火了。

斯蒂尔游到船头，就在声呐探测器后面的部位。他把双手按在探测器上面，释放了七百伏的电压，几乎是他的电肌块中储存的绝大部分电量。

他一边摇晃着刺痛的双手，一边心中用各种语言连连咒骂。潜艇比他惨得多,从内部传来保险丝冷冷的啪啪作响。它的设备显然都烧坏了,声呐脉冲也停止了。斯蒂尔掉头回到之前把持的前翼那里,继续制造磁场。潜艇看样子想跟随他的指挥走,却一下子调转船头,开始上浮。

他妈的!!

可能是潜艇系统做出的损伤修复反应。斯蒂尔旋转身体,不断增强他制造的磁场,直到完全遮蔽了欧乐星的环境磁场,代之以完全相反的磁场方向。渐渐地,潜艇调转回头,又开始下沉,驶入远离酒店的更深水域。用不了多久,就会到达压毁潜艇的深度。

三十八

"你能不能不要一直盯着我看?"威廉不耐烦地问。

他擦了擦额头。出汗不是因为特伦霍姆病毒。偶人将室内温度保持在二十六七摄氏度的样子,湿度很高。盖茨15羞怯地低垂目光,却仍然轻轻地在空气中嗅来嗅去。只要威廉转过身,盖茨15的眼睛就会再次聚焦在他身上。威廉半夜醒来,会发现盖茨15正俯身看着他,张着嘴巴直喘气。

盖茨15自己的任务,已经完成了一部分,将圣马太的病毒上传到偶人网络。但谁也不知道病毒能传播多远。自由城的有些地方与城市外围有网络连接,有些则没有联网。自由城的风气普遍笼罩着一种衰败却自满的气氛:一切都已分崩离析,却谁都不去修复。

"还得多久?"威廉问。

"不会太久。不过是些简单的实验室测试项目。你担心了?"

威廉靠近了些。"我担心我的女儿。"他低声说。

"我很遗憾。"盖茨15说,然后转头看向别处。

"你没有孩子吗?"威廉说。

盖茨15摇了摇头。"我不配。"他说,"我不能有孩子。"

威廉的肩膀垂了下来,"很抱歉。你没什么别的办法吗?比如去过一种远离神权联邦统治的生活?也许可以找一个处境相同的人成家?"

盖茨15摇了摇头,"我和斯蒂尔、贝利撒留和卡桑德拉一样,我们都是新的人类亚种。生育后代对我们来说很困难。他们还在研究生化和微生物方面的一些问题。我觉得如果没有医疗辅助手段,我们这些人都不可能有生育能力。"

威廉后退了一步,"我倒是知道斯蒂尔有这方面的问题。没想到你和贝尔也一样。"

"成为你家族这一支的最后一个人,这很不幸,但还有比这更加悲惨的命运。"盖茨15说,"你叫他贝尔。你把他当儿子一样看待,对吗?"

威廉哼了一声,环顾四周,然后轻声说:"我以前帮过他,结果他翅膀硬了,就不再需要我了。不过他是个好孩子。他有一说一,而且对偶人多少还是挺照顾的。"

盖茨15不再紧盯着他看。暂时没有了这种被人注视的压力,威廉感到一阵轻松。

"你们俩是怎么认识的?"盖茨15问道。

"那是十一二年前,我正在做一票好生意。"威廉轻声说,不用再谈论偶人和他们的感受,这让他如释重负,"我那几个月非常有钱,达到了职业生涯的顶峰。我很善于看人。在一间咖啡馆里,我发现了这个十七岁的少年,他跟我以前见过的任何人都不一样。他在那个地方显得格格不入。我完全猜不出他的任何情况,但我可以看出他有麻烦。也许我是一时同情心泛滥,也许我以为可以从他身上学点儿什么。反正,我带他入伙了。"

"你是他的老师。"盖茨15笑了,"他是不是天生就适合这一行?"

"天生?"威廉笑了,"相比跟人类打交道,他觉得更高兴的是分析混沌系统和电子能量水平。他唯一的朋友是个精神错乱的A.I.。"

"圣马太。"

"嗯。"

"他计划的这一切,你相信吗?"盖茨15问道。

"在全天下所有的骗子里,他是我最信任的一个。"

"你这夸奖怎么听着像是挖苦?"盖茨15问道。

"恰恰相反。"威廉轻声说,"只要这事儿有一分成的可能,那么他就能做成。他必须做成。我的女儿和其他孩子一样,需要基本的医疗保障。她还有氧气费、水费、电费的账单要付。我的前妻无力支付,那就只能我来。凯特应该得到更好的东西,比我能给她的更好。不过光待在这儿,我可没法做到这一点。我们得到斯图布斯港去。"

盖茨15耸了耸肩。威廉觉得自己像个傻瓜。跟偶人说话时,他总是搞不清状况。表面上,他们可以十分通情达理——至少有时候吧。但他们之前经历过太多可怕的事,没人能真正忘记那种事。威廉在一所济贫院里长大,然后就是监狱,有生以来一直在一个接一个骗局中摸爬滚打。但他起码还是个人类,没有一出生就背负偶人的罪孽和悲剧遗产,还有他们所背负的生化重担。这样想来,他有点理解贝尔对他们的态度了。

有人在敲门。威廉困惑地看了看房门,然后走回小床,并膝坐上去。他挥了挥手,盖茨15跳下地,来到门口,把门拉开。

格拉西6主教走了进来,后面跟着特勒5医生。主教仍是一副镇定的样子。特勒5医生或许也在努力保持镇定,因为她在深呼吸,但威廉一眼就能看出她内心那无法抑制的梦幻般的欣快。威廉一只手搭上医生的前臂,主教彬彬有礼地看着他这样做。

"坐下!"他带着怒气低声说。特勒5在地板上坐了下去,就连旁边的盖茨15也跟着慢慢坐下,盘着腿,和特勒5一样凝视着威廉。

"很高兴见到您,考特瓦瑟先生。"格拉西6说。

"谢谢您,大人。"

格拉西6略带踌躇地迈近了一步。

"您现在已经检疫合格了。"格拉西6说。

"那我们可以去斯塔布斯港了吗?"

特勒5医生眼神迷离,向前爬去。主教看了她一眼,然后继续说话。

"今天的斯塔布斯港,如果您的祖父母和曾祖父母来拜访,他们肯定是认不出来的。"格拉西6说,"元神曾经住过的地方成了神庙、朝圣遗址或影视取景地。其他地方更是面目全非了。"

威廉的注意力不时转到匍匐在他身边的那个侏儒女子身上,仿佛被磁铁吸引一般。

"我活不了多久了,大人。"威廉故意在语气里加上了一丝痛心、气愤的味道,"我来这儿,就是想找个有意义的地方,好死得其所。"

主教仍然很冷静,但特勒5和盖茨15已开始轻喘,因为威廉说话的语气越来越威严。在他身后,特勒5偷偷摸摸地爬到他的床上,站了起来。她站在那儿,张嘴喘息着,俯视着他。她开始揉捏威廉的肩膀,给他按摩。威廉试图挣脱,可她臂力惊人。她的手指揉捏着渗入他肌肉的恐惧。

"最悲惨的就是这个,考特瓦瑟先生,"格拉西6说,"您就要死去了。近十年来,您是第一个被带到我们这儿来的真正元神。一个未受污染的、非人工养育的宗教人物。可是,您却要死去了。"

格拉西6缓步上前,仿佛在靠近一条随时可能逃走的狗。特勒5的双手沿着威廉的肩头和二头肌一路按下来,遇到紧张的结节就一顿揉捏。令威廉不舒服的是,他意识到她的乳房正压在他背上。

"我们花了很多钱,想从财阀政府那儿找个医生,结果发现您患的是不治之症。"

特勒5的双手又回到他的肩头,也不再把身体靠在他身上。接触他身体的只有她的双手,有力却令人舒缓。

威廉清了清嗓子,"我本该告诉你们的。"

医生的拇指揉着威廉脖子上的肌肉小硬块,按得他后背一阵酥麻。她平摊手掌,用双手拍打着威廉脖子两侧。很亲密的手势,充满关爱,他能感到自己在回应。他集中心神,看着格拉西6。

"您的T细胞数量几乎为零,"主教说,"您的B细胞和抗体也在逐渐消失。您的免疫功能严重损伤,而您携带的抗病毒药和抗生素也无法支持太久了。自由城有几家医院正在制造一套人造免疫系统,以弥补您缺失的免疫系统。斯塔布斯港只有一家医院,那里没有类似的设备。"

"我的病,医院治不了。"威廉说,"人类对特伦霍姆病毒无能为力。我只是一个走在自己的朝圣之路上的人,想在一切终结之前寻求宁静。"

主教难以自抑地流露出一丝惊喜之情。贝尔告诉过威廉，元神的果敢可以引发偶人的敬畏，而当代的元神由于囚禁生活已经逐渐丧失了这种特质。

"您太了不起了，考特瓦瑟先生。"格拉西6说。

"对不起，你说什么？"

"我们现在拥有的元神，有一些表现出愤懑之情，"主教说，"但绝大部分的表现都是乞求。不过他们全都很关心偶人。作为他们的保护者和崇拜者，我们是他们关心的焦点，他们的世界以我们为轴心在运行。在大衰落之前，元神有更多要关心的事，与偶人的关系也更多样，其中还包括了冷漠。可那些东西，我们都已经失去了。"

"对不起，"威廉说，"我没想要表达你说的那种东西。"

"您误会我的意思了，考特瓦瑟先生。这是一种全新的体验，就好像失落的过去对我们的造访。元神被圈养起来，我们可以畅通无阻地见到他们，这种宠溺很容易就让我们忘掉了自己的宗教和道德地位。我们只是所有您关注的问题中一个小小的附注而已。这是一个事实，也是我们神学的基础。"

主教踌躇地向前迈了一步，近得伸手就能碰到威廉。盖茨15和医生都屏住了呼吸。特勒5的双手停止了移动。

"我们偶人生活在一个充满奇迹的世界之中，考特瓦瑟先生。在这个世界里，神明就漫步在我们身边，通过他们的行为规则揭示意义，创造我们必须解读的神学。我不知道您为什么被送到我们这儿来，也不知道我们会从您那里得到什么信息，但您的朝圣之旅对您来说意义深重。也许就因为这个，您带来的消息对我们而言也具有无法估量的价值。"

"我不觉得你说的这些跟我有什么关系。"威廉说。

　　"这正是元神的根本矛盾之一。"主教笑了，"元神拒绝自己的神性，同时他们身上的神性又显露无遗。苍天不仁，让他们无法看清某些特定的真理。但这不但没有减少你们的神性，反而更增加了。"

三十九

过去的一个多小时里,贝利撒留一直在仔细研究"博亚卡号"驾驶舱的全息显示器。那上面原本显示的是导航和望远图像,现在都已经变成了金融追踪算法和从偶人自由城黑市得到的情报。卡桑德拉从中找出了不少模式和关联,但由于没有对照数据可供参考,她无法确知这些结果里面有多少是真实的。

"接下来你要怎么做?"卡桑德拉问。

"聚合政府的间谍正在自由城里搜索阴谋和秘密活动。"贝利撒留说,"我打算给他们一个。"

"他们没那么傻,知道区分真假信号。"伊坎吉卡说。

"那我就给他们一个足够真实的信号。"贝利撒留说,"英西财阀政府第一银行的领事馆有一位官员,我卖了很多非法的偶人艺术品给他。我打算从偶人枢机主教团的账户往他的账户上转存一大笔钱。"

"你想栽赃他?"圣马太说。

"我从不栽赃无辜之人。"贝利撒留说,"但我见识过他对偶人艺术品的口味,也知道他为什么要在自由城里谋取一个外交职位。"

"但这骗不过聚合政府。"伊坎吉卡说。

"他们会嗅到一起英西银行操纵的阴谋,"贝利撒留说,"却没有办法核查此事。这会造成偶人主教与银行领事馆之间出现混乱局面,我们的行动就有了掩护。"

"你能访问他们的银行账户?"卡桑德拉问道,口气中带着一丝责难。

贝利撒留耸耸肩,"只要存在禁运,哪怕人们买的是合法的艺术品,他们也很少用光明正大的账户向我付钱。"他说,"而我呢,必须知道我的钱从哪里来、到哪儿去。这是正常的业务。"

"感觉是件见不得人的事儿。"卡桑德拉斩钉截铁地说。

她仍旧无法接受贝尔的……不光彩行径。她离开驾驶舱,进了小厨房。她心里感觉很压抑。数学、模式、可测试模型,没有了这些东西,她变得有些神经质。她在一个座位上坐下,绑好安全带,琢磨着要不要进入白痴天才状态,找些事情来计算一番。贝利撒留飘进来,关上了门。他坐在卡桑德拉对面的座位,也系好了安全带,但是并没和她目光交流。

"我没想到,你会让我觉得自己很可耻。"他说。

她不知道该把手放在哪里,也不知道该看着哪里。她很生气,可对着贝尔,却又不知该如何宣泄怒气。一切都乱套了。"真不知道,你怎么能做到谎话张口就来。"卡桑德拉终于低声说,说话时故意没看他。她摇了摇头,"我也不知道你怎么能跟这样一伙人厮混。"

"你指的是哪些谎话?"贝尔问。

"所有的谎话,甚至当着我你也说谎。你告诉偶人我们的大脑受到了损伤。你干吗要那么说?这又有什么用?难道说我事情没做好,你就告诉别人我是脑子有问题,这样好帮我圆场吗?"

"我的确经常撒谎,卡茜,从弥天大谎到无伤大雅的小谎话。天地广阔,我们身在其中,这就是生活的一部分。也是骗子生涯的一部分。"

"你做任何事情都不会没有目的,贝尔。"她说,"我不知道你为什么要欺骗偶人,但是……"说到这里她停下来,回溯记忆中刚才谈话里的每一个字。她抬头凝视贝尔的眼睛,"你的确有目的。你是在测试我。"

贝尔大笑起来,"你通过了。"

卡桑德拉很想一把掐死他,"什么?"

"我的确是在测试你。"他轻声回答,"现在我知道了,你的这些想法,你没有先告诉其他人,比如圣马太、伊坎吉卡。为什么?"

"因为我不知道你为什么要一直那么说!"她努力压低音量,"我不知道哪些谎话是说着好玩的,哪些又是性命攸关的——如果被揭穿,你会不会送命。"

"你说得没错。"

"你为什么不相信我,贝尔?"

"我从来没有对你说谎。"

"那我可不知道。你撒谎有一半是小谎言,无关紧要。既然如此,那又何必非要撒谎呢?"

"我在测试人,卡茜。这次任务真的很危险,我必须知道大家脑子里都在想什么。另外,正式说一句:我所说的谎言,有一半其实是真相。"

"你还对谁说谎了,贝尔? 还有谁你不信任?"她问道。

"信任是个不可靠的字眼。"他说,"我信任这些人,认定他们不会背叛我吗? 那可不一定。这些人都是我招揽的,我信任自己的选择吗？应该是吧。"

"那威廉呢，他是正确的人选吗？"卡桑德拉问道。她一直觉得，威廉这个人可能算是贝尔的痛点。

贝尔移开目光。然后点点头，没有转头看她。

"你掂量过他？对他有把握？"

贝尔看着她的眼睛。"很久以前我们就不再合作了，"他说，"因为我离开了。"

"这些人里面，我觉得只有他是个真正的好人。"她说，"最和善的就是他。"

"他也会生气，"贝尔说，"比如说你不跟他搭伙了，就因为他在一场骗局中搞砸了他负责的部分。"

"你说的是你俩的事？那你还把他招进这个团队？"

"他可能是我见过的最好的骗术大师。但十年前的我跟现在的我是完全不同的两个人，他也如此。现在的他心不在焉，没信心，心思也不在这场骗局上。他的失误可能会葬送你我的一切。"

"风险这么大，可你还是相信他？"她问道。假扮成元神进入偶人自由城，卡桑德拉至今仍然无法接受这样的计划，哪怕他们编造的故事有一小部分算是真实的。

"十年前，他还没有女儿。十年前，他也不是死期将至。何况，十年前他把自己看得很高。"

"你是让他去送死。"她低声说。

"他是自愿赴死，知道这对他女儿意味着什么。对他而言，她就是一切，所以他才会接这个活儿。"

贝尔脸上的表情很复杂，卡桑德拉觉得很难解读。有决心，有悲悯，还有负疚。

"你在欺骗威廉吗?"她问道。

"只有不得已的地方。"

她双手扬起,然后抱住自己的额头。

"我受够了你这些操纵手段,贝尔!你的生命是如此空虚。阁楼之外的每个人,生命都是如此空虚。"她说,"这里没有什么是真的,贝尔,没有什么有恒久的价值。这里的人为权力和金钱奋斗,却对宇宙的运行置之不理。只要在这里待上哪怕是一小会儿,我都感觉快发疯了。你在这里生活了十二年,怎么还没有疯掉?"

"你说得对,卡茜。我的大脑里从来没有停止对阁楼的渴望。离开那里时,我不知道自己能不能生存下去。外面的世界冷酷而精明,却一片荒芜。既然没法继续研究阁楼那样的复杂系统,那我就转到另一个新的领域。我把对人类行为和骗局的研究当作新的智力挑战,来替代科学和数学曾经带给我的刺激。"

"那样行得通吗?"她怀疑地问道。

"行为问题里面的变量多得惊人。"

"但它们不是真的!它们无足轻重。这种问题一人一个答案,既无法一般概括,也不能图形表达。"

"可是这么多年来,正是这个让我拒绝了神游的诱惑,活了下来。"贝利撒留低声说道,语气近乎恳切。

一股突如其来的怜悯让她的心软下来。贝利撒留竟然会放弃科学,转而去研究人,这已经再清晰不过地表明他是多么畏惧神游。她内疚地想起伊坎吉卡几周前在飞船上说过的话:贝尔差点儿死在神游状态里。卡桑德拉曾以为那是贝尔故意装出来蒙骗伊坎吉卡的。

"我们是被诅咒的种族,卡茜,就像杂种人和偶人一样。"

"我们跟他们才不一样。"

"遗传学家为我们制造了一种新的饥饿,卡茜。杂种人如果脱离了他们居住的海洋压力环境,就会死亡。偶人如果见不到元神,也会死亡。而我们需要的是什么,你也知道,卡茜。"

缺少了脑力刺激,那种沮丧和痛苦令人窒息。

"但那成就了我们,贝尔。我们学习,我们成长。"

"不,卡茜。他们给我们的是另一种不快乐的生活。这不公平。人生之路我们走得已经足够沉重,他们却不管我们是否愿意再背上这样的包袱。"

"我想家了。"她说。

"你的心在哪儿,家就在哪儿。再说了,很快你就有的是东西要看,你的大脑会有的是东西要想。"

她扭头看向别处。有时候,贝尔的眼神就像伊坎吉卡那样犀利。他很有勇气,敢于离开阁楼,和一群陌生人生活在一起,那些人关心的事情与他完全不同。她可做不到这样。一等这个骗局结束,她会马上回家,有多快走多快。可是,到目前为止她还活着。也许她没有自己原先想象的那么脆弱。

"你想过要回家吗,贝尔?"她问道。

"我不知道。"

"阁楼之外难道更好?"卡桑德拉指着小厨房里的老旧塑料和金属问道。

"我离开阁楼,并不是因为外面的世界待着更舒服。我待在这儿并不舒服。这里有太多的刺激,美却少得可怜。我关心的事情,没人关心。你干吗这么问?你想让我回去吗?"他看上去很难为情,神情忐忑,但眼睛里却带着大胆的希冀。

"你离开时,我没有伤心欲绝,贝尔。不过也差不多了。"

"但你现在已经好了?"

"好是好了,伤疤可还在。"她说。

"我离开,自己也很伤心。"他说。

"那你好了吗?"

"好是好了,伤疤也还在。"他说。

"我一直想不明白,你为什么要离开,贝尔。我打心里不明白。"

"你可以先接受这个吗?"他问道。

"那我需要信任。"

贝尔点了点头,心里却觉得有些沮丧。

"我没想让你觉得自己很可耻,贝尔。"

"我明白。"

他笑着说。她心里多少感到了一丝释然。

四十

底楼房间里的压力报警器响了起来,一盏警示灯在闪烁,是内部通话器。她叹了口气,走到墙边,按下通话键。

"有什么事要打扰我?"她用法语8.1问道,努力控制着自己的音量。

"很抱歉,女士。"通话器里的声音回答道,"系统有报警显示。我们想确认您是否安全。"

"我很安全。"玛丽说,"除了我的脾气,这里没什么危险的东西。你们知不知道我付了多少钱来买个清净?"

"我们完全明白,女士,不过大克雷斯顿警察局已经派了一队人下去您那儿,以确保一切正常。"

"你们往我这儿派了警察?"她问道。

"他们下去是要确保您的安全。跟他们一起下去的还有一队维修人员,看看有什么需要做的,好确保您和其他客人的安全。"

"你们听着,偶人。"玛丽说,"我这里有位聚合政府的高官。我们选择这个地方,是为了一个敏感的外交会议。我不方便告诉你们会议对象是哪个国家。如果你们有谁在我这里看到了什么，你们就会让神权联邦政府卷入一起国际纠纷。到时候只怕你们会追悔莫及。"

对面沉默了好几分钟。玛丽不敢大意，她查看了电梯状态，有一部深层电梯正在下降。

贝尔肯定会不高兴的。

她叹了口气。

干吗要在乎贝尔的想法？

她的手指敲击着大腿。

可是，如果她能神不知鬼不觉地解决这个问题，贝尔既然不知道，也就不会不高兴了。他脑子里还有别的事情要想。这事儿可以变成她和斯蒂尔的一个小秘密。这样还有机会跟那个臭鱼脸建立起友谊的纽带，就像两个死党那样。或许，要不然，她独自处理这件事，连斯蒂尔也不需要知道。她其实不想跟他成为那么好的死党。

电梯在快速下降。如果小警察非要不管不顾地下到这儿来，那他们就会变得更小。急匆匆地从一个大气压进到四个大气压，可是会非常痛苦的。到时候他们可能需要急救措施。玛丽打开医药箱的盖子。急救的事儿她不怎么记得了，不过能复杂到哪儿去呢？

四十一

妈的。妈的！妈的！！妈的！！！妈的！！！！

斯蒂尔奋力在压力巨大的大洋中游泳穿行，拖在他身后的是三吨炸药，分成四捆挂在一根绳索上。这些炸药真他妈的沉，这海水也跟他之前游过的一样缺氧。他的大鳃剧烈翻腾，血红蛋白尽管已经膨胀变大，却不起作用，无法让他呼吸顺畅。他可以放慢速度，但那样就会错过最后期限。

而且，那些混蛋就会抓到他。

三艘无人潜艇，善于水下深潜和快速航行，正在两公里外紧随其后。它们不断放出声呐探测信号，如影随形，看那样子可不是要请他吃晚餐。唯一对他有利的是他和那几捆爆炸物对声呐的反射率都非常低。湿黏的目标在声呐探测器上成像十分糟糕。

这些潜艇会把酒店吵得天翻地覆。酒店的窗户玻璃非常厚实，就像紧绷的鼓膜。每次声呐探测波打在上面，都会导致豪华酒店房间里轰隆作响，在狗日的大克雷斯顿酒店里上下震荡个两公里来回。但潜艇只要不断发出声呐探测波，模糊的声呐反射阴影也足够拼凑出一幅图像了。那他妈的还会是一幅十分清晰的图像。

斯蒂尔向上游去,一边脑中胡思乱想,一边狼吞虎咽地大口呼吸。他强自镇定,将注意力集中在欧乐星的磁场上,朝着第一个目标导航而去。炸药放置点不是他选的,那不是他的活儿。他才不会给那位挑三拣四的量子混蛋做这种杂役。那狗头军师知道他想要什么位置。在这一千个大气压的缺氧海洋下面,不管偶人稀里糊涂的小脑瓜里布置了什么样的防线,斯蒂尔都要突破过去,准确无误地把合适的炸药包放到合适的位置,这才是他要做的特殊贡献。

那三艘无人潜艇抬起船头向上方行驶,边走边发射声呐探测波。它们的螺旋桨在他下方轰鸣,越来越近。潜艇比他速度更快,因为他身后拖着这些臭狗屎。斯蒂尔继续急冲,身体弓起幅度更大,加速向上游去。但他的储备体能在一点点消耗。黑暗中一堵冰墙在他前方隐约出现,将声波反射回来。他已经绕过布莱克摩尔湾的一片水域,和那几个偶人小行政区中间只相隔一公里的冰面。

斯蒂尔沿着冰面急速前进,发出短促轻微的声波,监听反射波的变化,寻找适宜放置爆炸物的固定点,同时还密切注意自己的电气感官和欧乐星的磁场,做好放置标记。

那几艘狗日的无人潜水艇正在逼近他。

斯蒂尔停下来,取出一支工业级手持激光仪。他将一支管子插进冰里,熔出一个几厘米深的小洞,周围颗粒状的雪泥闪着黄色。他将激光仪放回口袋,取出一支贝利撒留交给他的位标。这个小玩意儿相当于一种远距接收器,能够将本地信号转发到雷管。它正好能放进他刚刚在冰层熔出的小洞里。

他从口袋里又拿出一个皱巴巴的塑料袋,里面装着一袋子无水晶体。巨大的压力将塑料压得附着在晶体上,犹如袋子被真空密封了一般。他将塑料袋塞入小洞,然后用螺丝刀的尖头刺穿了袋子。水与袋中的超干燥晶体混合,迅速开始化学反应,吸收了足够的热量,新冷冻结成的冰正好重新堵上了小洞。一个位标安置完毕。

与此同时,狗日的偶人潜艇发射着声呐,逼得更近了。

他斜刺蹿起,向上游了几百米,找到了他要找的东西:汹涌奔腾的洋流冲刷侵蚀出的一个圆形大洞——一个对他来说足够大的洞穴。他解开第一捆炸药,推入洞中,又在洞口边缘找了几处,迅速放好几小包无水晶体,再刺穿了那些小小的塑料袋。这些晶体吸热生成的冰无法永久固定住炸药包,但可以在几天之内防止炸药包浮出水面。这对他们的计划来说已经够了。最后,他拿出一个双脚雷管,把它插入冷硬的炸药腻子块。

声呐探测波在接近。还有三包炸药要安放。

他飞速离开,拖着那几捆愚蠢操蛋的实验品炸药,鳃部一翕一张,拼命地游着。搞不好那几艘愚蠢的无人潜艇现在已经定位了这个地方。他必须把它们骗到别处去。斯蒂尔从他的小口袋里拿出一支雷管和一把螺丝刀,握在手里。下一次声呐探测波再扫过来,潜艇就会收到更强的反射回声信号。这两样东西尺寸不大,但比冰更能回声反射,并且信号足够强,能让声呐获取运动轨迹和速度。斯蒂尔改变航线,将那两样东西又放回他的小口袋,身后的声呐探测波也随之改变了方向和强度。

狗日的混蛋们看来生气了。

四十二

卡桑德拉、贝利撒留、伊坎吉卡少校和圣马太乘坐着"博亚卡号",即将到达自由城的轨道交通管制区。

"仅凭那图案,你无从知道偶人是怎么想的。"圣马太说。

"我当然可以。"贝尔说。

卡桑德拉往前凑了凑,看着那台老式的监视器。她看到上面有很多图案。防御工事标上了红色轮廓线,通用的和安全的交通系统被标记为绿色,住所则标成蓝色。住所和交通系统之间点缀着亮黄色的像素簇,表明这些地点在过去的四十八小时内,信号处理的干扰噪声有显著下降。

"圣马太的电脑病毒跟我们用于基因工程的病毒有点类似。"贝尔对伊坎吉卡说,"它会造成多种影响,甚至还能提高被感染系统的效率,就像病毒里的一个报告基因①,这样我们就能知道它渗透到哪里了。"

"它已经渗透到了住所和交通系统,但还没进入防御体系。"少校说。

---

①分子生物学概念,指一类在细胞、组织/器官或个体处于特定情况下会表达,并使得实验材料产生原本不会产生的性状,且易于检测的基因。

"对,而且它对住所和交通系统的感染非常有选择性。"贝尔说,"从目前这张分布图可以知道,病毒已经感染了支持系统。"

"这些选择不是随机的?"卡桑德拉说。

"不是。"贝尔说。

卡桑德拉突然很想重新计算一下概率值,以验证非随机性。伊坎吉卡不在乎这个,而贝尔估计早已经计算过了。

"但感染产生的图案跟系统架构并不十分吻合,原因是,早在感染发生之前,这幅感染图会是什么样子就已经确定了——这些关键性的系统都被保护了起来,做得很有针对性。"贝尔说。

"也就是说,偶人知道有情况发生。"卡桑德拉说。

"肯定如此。"贝尔说。

"那我们的任务就得中止了?"圣马太说,"调转船头吧。"

"恰恰相反。"贝尔说,"偶人知道你的病毒,但还是让病毒感染了他们的系统。"

"为什么?"圣马太问道。

"他们想设置一个陷阱。"贝尔说。

"这可不太妙。"圣马太说。

"偶人以为他们手里握着一副必胜的好牌,"贝尔说,"所以他们押上了大赌注。等我们看看他们要如何部署防御部队,就会知道这个赌注有多大。"

A.I.听起来没有被说服,但也没有争论。

贝尔和伊坎吉卡进入货舱,对货物做最后一次检查。卡桑德拉坐在飞行员座椅上,绑好了安全带。她之前还没怎么只隔着一层玻璃观察群星。卡桑德拉在星空中寻找着模式。圣马太的全息头像缓缓地上下晃着脑袋,也静静地看着群星。过了一会儿,她开口说道:"你了解贝利撒留吗?"

"有时候我觉得了解。"圣马太满是胡须的油画脸转过来,看着她说,"但大多数时候又觉得不了解。"

"我觉得我甚至不知道他到底是谁。"卡桑德拉说。

"没人知道他到底是谁。"

"玛丽知道,威廉也知道。"卡桑德拉说,"我原来以为你一定也知道。"

"你为什么这么想?"

"他告诉我,他离开阁楼之后救了你。你跟过他一阵子。"

"那会儿他还只是个孩子,"A.I.说,"刚十六岁。"

"但你现在肯定信任他。"她说。

"也不一定。"

"那你为什么在这里?"她问道。世间还有会信任贝尔的人吗?

"我相信他会带给我对我而言很重要的东西。但那跟信任是两码事。"

"你认为贝尔会带领我们成功吗?"她问道。

"世界自有其奥秘。只有当这些奥秘发生过了,我们才能开始明白它们到底是什么。"

"你这么说感觉很量子。"她说,"你能跟我说说贝尔的事情吗?"

"我觉得我不应该说这个。"A.I.说。

"什么意思?"

"我要对他的灵魂负责,可我不知道你对他是有利还是不利。"

"什么?"A.I.的话让她以为自己听错了,"他哪里有什么灵魂。"

"你们俩都有灵魂。"油画上的圣徒说道。

"我还以为跟我说话的是一个理性的A.I.。"她酸溜溜地说。

她希望A.I.能够正面反驳她,但他只是看着她,脸上一副思索的表情,那是一千多年以前就画好的。星空里遍布欧乐星周围的轨道飞船和卫星,但群星也在盯着她看,没有眨眼。在那里,一切都是数学的精确和明晰的线条。不像这里。

"我怎么会对他不利?"她问道。

"他不是离开阁楼,"圣马太说,"他是逃离阁楼。为了他的人生。我不觉得回到阁楼会对他有好处。"

"回去当然对他有好处!"她说,"那里医生的唯一愿望就是照顾量人,帮助他们安全地进出神游状态。"

"回去是对他有好处,还是对你有好处?"A.I.问。

"对我们俩都有好处。"

"你说阿霍纳先生没有灵魂,"圣马太说,"但我可以告诉你,他身上有一些本质的东西。我认为那就是灵魂,哪怕你称之为别的东西。那本质的东西,正是从他孩提时代以来一直残缺不全的。他需要治愈。阿霍纳先生有很多事情我不了解,但我知道他正在努力变得完整。"

四十三

斯蒂尔拼命游了一个小时。他的速度本应该比无人潜艇更快，但拖上那些炸药以后，他没法冲刺。他已经把三捆炸药固定在冰上了，每一捆旁边都安置了阿霍纳十分担心的那些小纽扣。他大口吞咽着海水，这里的海水比他生长的"印第之泪"海洋更加缺乏氧分。再他妈这样继续下去，他会晕过去的。

所以他玩了点儿小花招。通过那些潜艇发射的声呐探测波，他已经逐渐知道了跟在他屁股后面的都是些什么货色。听起来应该是一种军工科技产品，中型鱼雷壳里集成了计算机控制。根据这些潜艇的声呐探测波和定位方式，斯蒂尔对它们的感应-搜索算法构建了一份特征描述，他声东击西和伪装的技巧也随之越来越娴熟。

在他之上是浮冰，有些只有他的手指粗细，有些则大如巨厦，撞击在洋面的冰盖上，发出叮叮咚咚的响声，像无数讨人嫌的铃声交响齐鸣，彻底破坏了他用回声定位描绘这个世界的能力，但同时也对他的追击者造成了同样的影响。洋流的冲刷永不停歇，于是这些大大小小的碎冰不知疲倦地翻滚着撞在洋面冰盖上，又被卷入一个个涡流。布莱克摩尔湾水域中的所有碎冰都被这些涡流聚集在了一处。他在海湾的其他部分放置了前三捆炸药,那里的水十分清澈,热量刚好能够消融聚集的冰块。

但这最后一个水域,狗日的偶人把它叫作布莱克摩尔之鼻,现在被巨大的冰块给阻塞了。上个月的勘测报告中还没有这种阻塞情况。一座大得像小山一样的冰山挤进了海湾。冰山与布莱克摩尔湾这一片水域的岸壁之间,缝隙里面都填满了"鼻屎"。不,不是鼻屎。这些冻得硬邦邦的鼻屎都已经结成一块整壳了。炸药和阿霍纳的信号发射器必须放置在比这坨他妈的大鼻屎高出两公里的地方。

狗日的声呐探测波又来了,继续靠近。

快堵上你他妈的臭嘴。我这儿正在思考呢。

布莱克摩尔湾在呼吸,像水呼噜呼噜地通过被黏液堵住或真菌感染的鳃那样,就是那种不正常的呼吸。大部分时间里,你无法察觉到欧乐星的冰壳正在发生弯曲。重力挤压的咯吱声是人类无法听到的次声,所产生的热量更多地作用于欧乐星的岩芯,而非冰壳。但在这里,巨大的一坨鼻屎堵塞了神的鼻孔,让挤过缝隙的水流发出阵阵呻吟。

去死吧你,文丘里[①],还有你的紧身裤。

声呐探测波更响了。越来越近。

冰山主体下面是雪泥层,再往下几百米就是那条深邃空荡的孔洞缝隙。斯蒂尔游了进去。在几个声音巨大的地方,冰盖之下已然不见雪泥。虽然他看不出来,但可以从那嗡嗡轰鸣声中感受到为什么会这样:急速冲过狭窄缝隙的水流把雪泥冲刷

---

①意大利物理学家,发现了以其名字命名的文丘里效应,指在高速流动的流体附近会发生压强减小,从而产生吸附作用。利用这种效应可以制作出文氏管。

一空了。

洋流如此强劲，也许意味着缝隙够宽，能让他穿过去。但洋流有时也会分裂，冲过巨大的立体筛子中的分支隧道。要是那样，他就惨了。

声呐探测波就在下方。

狗日的。

他摆摆尾鳍，缓缓靠近众多隧道中看起来最大的那一个。

声呐探测波继续靠近。

操你妈的。

这可不妙。

去他妈的。

待在这儿也不是个办法。

他加速向前，拖着最后一包炸药，冲进了布莱克摩尔的汹涌洋流。

来搞我吧，我也不会让你好受的，布莱克摩尔。

洋流裹挟着他向上，连带着他的最后一包炸药，进入一个水流迅疾的宽阔隧道。数声巨响在他的脑袋上方炸开，伴随着回荡的轰鸣声和呜咽声。世界一下子变得模模糊糊摇摆不定，他完全无法定位了。他给自己的磁小体加上电，给自己做了一部指南针。洋流继续将他向前推，欧乐星的磁场给他指明了自由城的方向，但还有别的问题。

突然，他撞上了一块露出水面的圆形冰块。他猛地弹开，又撞上对面光滑的隧道内壁。洋流裹挟着他越冲越快。他的肩膀剧痛，但还能游泳。要不是基因工程让他长出了厚厚的脂肪，刚才那块露头冰就让他骨折筋断了。如果它再锋利些，他早就被削成肉片了。

紧接着,一无所有的真空吸住了他,将整个世界吸走,他的速度一下子加快到三倍。

无法呼吸。

压力降了下来。

他妈的!他妈的!!他妈的!!!去你妈的,文丘里。

他仿佛看见了一条隧道,还有一些亮斑。马上要昏过去了。骨头很疼,关节像被刀扎。

不管想死还是不想死,反正这就是杂种人死亡之前的征兆。减压病症状。潜函病症状。

狗日的文丘里,操你一万次。

炫目的疼痛。气泡开始冒出,从他的血液中、肌肉中、神经中。

我要操死你,文丘里。

无法呼吸。他就要窒息在这地狱般的海洋里。他讨厌这狗日的海洋。

他原本想死在群星之间。这里的现实却是黑色的星星散布在他的视野中。

当你出生在坟墓般的洋底,就已经注定过着死人般的生活。你的人生绝无变好的可能。

他猛力弯曲尾鳍,忍着关节中巨大的痛苦。他随着洋流前进。

他大口吞下海水,然而每一口流过鳃的海水都会吸走他更多的氧气。

隧道开始分叉,变成更狭窄的管道。

他冲得更快。晕厥前的片刻。

身上拖着的套具束缚着他,令他痛苦地停了下来。

洋流也在他周围停下了。压力在增加。但还不够,只有大概五百个大气压,仍旧极其难受,仍旧浑身刺痛。他大口吸着稀释了氨的苦涩海水,就像一条喘着气的鱼,他的鳃攫取着稀薄的氧分。

我操,真疼啊。

他解开身上的套具,炸药包有气无力地下沉,闪烁着淡淡的光芒。若隐若现的冰块闪闪发光,漂浮在他周围。面团状的炸药自行填入了狭窄的通道,把洋流阻隔得严严实实。

他肯定非常靠近那座堵住布莱克摩尔鼻孔的冰山山尖。

当然,在这个地方,炸药不可能被冲走。

他关掉了灯光,感受着欧乐星的磁场。他距离要去的位置不太远。如果只有这地方有炸药,可能不会造成太大的破坏,但再加上另外三包炸药,就一定会了。爆炸效果起码可以分散偶人的注意力。

斯蒂尔从他的小袋子里抽出一支雷管,把它的两个插脚刺入冰冷的油泥般的炸药里。去见上帝吧,你他妈的炸药坨子。

但他还不知道这里离阿霍纳要求的安放纽扣的地点有多近。他从栖身之处一跃而出。关节疼得要命,就好像被人插进了薄铁片。

这里的洋流流速较慢,增大了压力,从许多缝隙中散射开来。自由城的磁场一直在增强,直到他进入一片黑暗的空间。这里是布莱克摩尔湾这片水域靠里面的区域。雪泥和水减弱了光线,自由城的光照不这里,但他的磁小体还是能感受到那里的各种电气活动。

剧痛让他动弹不得。是他妈的内伤,一定是。

刚才那一阵子在孔道里的急速穿行,可能让他暴露在了三百个大气压的低压状态中。溶解在他血液里的气体会释放出来，对他造成巨大的伤害，再强壮的身体也承受不了。《杂种人之路》里的经文，像"你完蛋了"这种，有时会让人在大限将至的时候可以很自然地躺下来接受死亡。但如果谁敢怀疑他无法完成眼前这份任务，他可决不会接受。

要让他们不爽。

他弓起身体，向前疾冲，感觉到全身的关节剧痛无比。

逢腿必尿。

他扩展自己的磁场，让其更加灵敏，然后他沿着冰壁游动。那冰壁向上延伸，形成自由城面向海湾的一堵墙。

浑身都在痛。

不过这用不了太久。他已经很接近了。

阿霍纳那个小王子要求这些纽扣的每一颗都要准确无误地放在既定的位置。斯蒂尔不知道这位量人要用什么信号来触发这些雷管。在水下，除了声波和电波，其他各种信号的传播效果都十分糟糕。即便是声波和电波，在水下的传播也会迅速衰减，最终的通信效果甚至跟一根细线两头穿上易拉罐也差不了多少。

在他还没一身伤痛的时候，对这些愚蠢的命令还能忍一忍。有时候，这个世界，还有分配给他的工作，他越是不完全理解，反而越是合理。发号施令的人压根儿不知道自己在做什么，这才是这个世界应有的样子。但阿霍纳那么有把握，这就让人有点不明白了。尤其是，他并没有把所有的实情都告诉大家。

斯蒂尔找到了放置点。他的骨髓痛如刀绞。他用颤抖的手碰了碰冰，用微型激光器在冰层中融出一个香肠大小的洞。那洞穿过薄薄一层静态、饥饿的以硫和氨为生的细菌。温暖的水从他融出的小洞中流出，让他的手指从大洋那无情的寒意中短暂地解脱了一会儿。他用手指摸索着打开身上的小袋子。最后一颗愚蠢的纽扣，永远埋进了冰里。

斯蒂尔不知道为什么阿霍纳要在这里放置这枚纽扣，也不知道炸药能够造成多大的破坏，甚至不明白为什么阿霍纳想炸这几个地方。阿霍纳不信任这个团队里的任何人。假如他们的团队里真的有内奸，斯蒂尔希望阿霍纳能够确保最后倒霉的是狗日的奸细，而不是他们。

斯蒂尔将纽扣投入小洞，又将脱水盐袋塞进去，然后刺穿了外包装。小洞中生成了雪泥，又硬化成冰。现在，趁这些炸药还没有出乎菲卡斯的意料出现什么问题，赶紧他妈的回她那儿去吧。

四十四

电梯"叮"的一声响,大门慢慢打开,露出六个偶人。四个穿着有黄色道道的蓝色制服,戴着三角帽,上面绣着大克雷斯顿酒店的纹章;另外两个偶人身穿红色的维修工作服。这六人身高都不超过八十五厘米,古老白人的浅肤色,和玛丽一样。他们站在灯光明亮的电梯里,眯缝起眼睛,张望着黑暗的底层公寓。

"站住别动。"黑暗中,玛丽用法语8.1命令道。她戴着一副医用口罩,声音很闷。她的一只手里捏着三十五克炸药,另一只手拿着起爆控制器,"我已经让聚合官员和到访的外交官员回避了,但你们还是不能进来。"

其中一名偶人女警犹犹豫豫地朝电梯门口迈了一步,一只手按在警棍上,另一只手拿着一个传感器——可能是个气压计。但玛丽确信,那个警察随身携带的装备绝不止一根警棍。

四对一。

"我们不想打扰您,女士。"偶人说,"我们只是来确认,您的套房没有结构上的问题。"

"麻烦的是,套房里这些贵宾都没有接种抵御本地病原体的疫苗。"玛丽说,"如果今后在他们身上发现了任何欧乐星病毒或细菌的抗体,对于他们和克雷斯顿来说,都会产生十分严重的政治影响。"

"女士,我们请求你的许可。"偶人说,"地震仪读数显示在大克雷斯顿十七公里以下的某处出现了一道裂口。我们这就进来了。"

"如果你们不讲道理,那么大克雷斯顿的老板肯定会接到来自萨格奈空间站站长的问询,也可能是一位外国政府首脑。与此同时,我不能让你们威胁到贵宾的健康。我必须对你们进行消毒处理。"

玛丽按下起爆控制器。新贴在电梯门框上的四个喷嘴将一层浓厚的雾状物喷到了六个偶人身上。偶人们咳嗽起来,擦拭着眼睛和脸。偶人警察伸手去拿腰带上的无线电步话机。

"别碰那个,警官。"玛丽说,"我刚刚喷在你们身上的是一种雾化炸药。这是起爆器。"她说,"只要我按下这个按钮,它就会给整个房间通上静电。然后,浸透你们衣服的炸药就会爆炸。"

偶人们瞪着她,吓坏了。其中两个人开始剥下身上的大克雷斯顿警察制服。

"不要动。"玛丽说着朝前走进灯光下,高举着起爆器,大拇指明晃晃地放在按钮上,"你们不相信我说的话?"她把手中那一小块炸药朝房间和卧室之间的隔墙扔去。房间里一道闪光,同时响起爆炸声,墙上留下了一个直径六十厘米的大洞。

玛丽又走近了些。

"你,"她指着领头的警察说,"拿起你的对讲机,向你的老板汇报:你们已经检查过套间,一切正常,现在要上到另一层套房去了。听明白了吗?"

偶人瞪大眼睛,点了点头。她用颤抖的手抽出腰间的对讲机。玛丽伸出一只手指,示意她停下。"深呼吸,"玛丽说,"说话声音要冷静,不然我的手指可就会不冷静了。"

偶人的眼睛瞪得更大了,其他人都退缩开去,躲避着玛丽。偶人拿起对讲机,按玛丽的要求发出报告信息。说完后,她缓缓放低自己的手。

"很好。"玛丽说,"现在把你们的武器和步话机放到电梯地板上,然后进来。在沙发上找个位置坐下。你们看起来不大精神啊。你们不会受到伤害,但在大使们离开之前,我得把你们留在这里。"

偶人将他们的警棍、手枪、对讲机和工具箱在电梯地板上放好,然后一个接一个,垂头丧气地走进套房。

"你们看样子都站不稳了,快坐下吧。"玛丽说,"你们的抗压能力真的很差,是不是?"

偶人们难为情地点点头,然后垂下脑袋。

"想睡就睡吧。等会儿他们经过这里的时候,你们最好闭上眼睛。"玛丽说。

他们不需要玛丽说太多。两名警察已经倒在了沙发上,另外两个闭上眼睛,睡过去了。只有领头的和另一个警察坚持了一会儿,但没过多久也躺倒在地板上。刚才喷雾里的医用麻醉剂的效力可以持续好一段时间。

没错,贝尔不需要知道这儿的小状况。

四十五

　　德尔卡萨尔驾驶着游艇从欧乐星地表起飞升空。他没有像之前计划的那样设置飞往小行星带的航程，甚至都没有脱掉太空服。他径直朝偶人神权联邦治下的一个州飞去，在那里的货运港口着陆。这里到处都是装载着走私物资的运输飞船。

　　德尔卡萨尔感到一丝微弱的恐惧，头皮发麻，但他还是走出游艇，踏上了地表。在明亮的星光下，他在自动装载机之间走过了四百米，来到一艘货舱敞开的大型货运飞船前。进到飞船货舱后部，他遇到了另一个身着太空服的人。那人熟练而仔细地对他进行了安全扫描，以排查武器和通信设备，然后示意他通过气闸。

　　他的手有些哆嗦，好像几天没吃饭似的。他努力控制自己的行为举止。在气闸另一边，迎接他的是一个肤色苍白的女人，脸上还带着伤疤，看起来挺凶。她没穿制服，但显然是聚合政府情报部门的一员。

　　"请这边走。"她用法语说道。

　　德尔卡萨尔打开太空服的面罩，脱下头盔，跟着那女人走进一间办公室。屋子里有一台全息投影仪和几把椅子。房间给人的感觉很压抑,整个屋子的中心点仿佛集中在桌子旁边坐着的一个巨大身影上面。

这就是稻草人。面对它,德尔卡萨尔努力压下心中的恐惧。它粗壮的身体外面披着一件柔韧的钢衣,没有形的裤子扎在腰部和脚踝上。粗糙的纳米微管线错综复杂,组成了它穿戴的碳纤维手套和鞋子。它的头是一个碳布大麻袋,绘有图案,收口绑在脖子上。钢衣下面发出轻微的嗡嗡声,有什么东西在移动,好像是聚焦中的镜头、麦克风、扬声器或是武器,又好像袋子里有只老鼠,让每一个看到的人都会没来由地生出惧意,担心下面罩着的到底是什么东西。德尔卡萨尔从来不会无缘无故地产生什么情绪,内心也不是特别敏感。但这一次,他打心眼里害怕了。

"你花了很长时间才下定决心来到这里。"稻草人开口了,说的是上个世纪的法语。它的声音刻意做成机器式的,但又让人觉得它完全具备人类那些最危险的弱点。

"他们的计划已经开始了,阿霍纳十分小心。"德尔卡萨尔用法语说,"这是我第一次有机会溜出来。"

"阿霍纳,"稻草人说,"一个量人? 聚合政府的记录里,他是几起小案子的犯罪嫌疑人。这一次,他充当的是什么角色?"

"先说价格,再谈情报。"德尔卡萨尔说。

"我能从事现在这个业务,就因为我会给好的情报一份好的价格,德尔卡萨尔。"稻草人说,"不过,我得先看到情报,才会有钱付给你。"

机器般的面孔难以捉摸,但它可能说的是实话。

"贝利撒留·阿霍纳是一个处于衰落状态的量人,"德尔卡萨尔说,"显然无法充分发挥其天赋,所以他招募了另一个量人来帮助他进行计算。他还招募了前聚合军士玛丽·菲卡斯、与你们有合同在身的波江人文森特·斯蒂尔，还有曼弗雷德·盖茨15——他是一名偶人潜伏探员，此前在阿兰布拉工作。另外还有一个有点儿问题的A.I.。最后是威廉·甘德，一个金盆洗手的骗子。"

稻草人继续发出低低的咔嗒声和嗡嗡声。德尔卡萨尔猜测铁衣下面的运动其实是碳纳米微管层之间的压电收缩。那些细小的声音则是特意设计给观众的，从心理上强调稻草人的非人类属性。虚张声势的把戏。

"目标是什么?"稻草人问。

"阿霍纳受雇于伊坎吉卡少校，一名隶属于第六远征军的撒哈拉以南联盟军官。"

"并不存在这么一支远征军。"稻草人说。

"四十年前，它是存在的。"

"我们倒是听说过这类谣言，都是些不可靠的传闻。应该是个障眼术，以掩饰别的什么东西。"

"第六远征军有四十年历史，位于偶人主轴的另一边。偶人不让他们通过主轴，除非得到远征军开发的某种新式驱动器作为报酬。"

听到聚合政府有个反叛藩属国的消息以后，不知道稻草人是否会有什么情绪反应。稻草人的人造大脑是以退休官员和军士为模板打造的，而聚合政府最最不能容忍的，就是不遵守《庇护条约》的藩属国。

"这个先进的驱动器是怎么回事?"

"他们没有说。但阿霍纳觉得凭借新式武器，再在神权联邦那边做点手脚，远征军可以突破至斯塔布斯港口的主轴口。阿霍纳有充足的资金,所以自由城的联盟领事馆也参与其中了。你要驱散的乌鸦可能不止一只。"

"你在这个计划中的任务是什么?"稻草人问。

"我把那个老骗子威廉改造成具有元神一样的气味,然后偶人盖茨15会将他带进自由城。阿霍纳希望用一个假的元神来分散偶人的注意力。斯蒂尔和菲卡斯会在自由城外围放置炸药,进一步吸引偶人的注意力,还有电脑病毒也会给他们造成麻烦。所有这些事儿都是为了让第六远征军能够到达斯图布斯港的主轴口。"

"他们会成功吗?"

德尔卡萨尔摇了摇头,"阿霍纳对成功很有信心,他们对偶人的反情报措施也许很有效,但是主轴可没那么好控制。"

"所以你的情报也不是很有价值。"稻草人说。

"恰恰相反。"德尔卡萨尔说,"你们的一个藩属国正在背着你行动,偶人也对你隐瞒了一些事情。你的情报网把这两件事都漏掉了。不管那种先进的驱动器隐藏在虫洞另一边的什么地方,它都值得聚合政府花时间去看看。这一切几天之内就会发生,你连仔细考虑的时间都没有。"

"我刚刚把四万法郎转到了你的一个匿名账户上。"稻草人说。德尔卡萨尔开始抗议,但稻草人没有理会,继续说话,"如果这些情报在后续调查中被证明有更高的价值,我会相应地增加数额。"

"暂时就这样吧,稻草人。"

"你还要回去,加入这一队不靠谱的家伙?"

德尔卡萨尔摇了摇头。

"我要去偶人的自由城,履行一份合同。"

四十六

　　最好把《杂种人之路》的第三节"你完蛋了"当成冷盘享用，并佐以第二节"绝不会变得更好"的一小段。

　　斯蒂尔顺着一个大涡流的边缘游动，只要堵住洋流的冰山露出一点儿缝隙，他就向深处游去，以寻找离开布莱克摩尔湾这片水域的出路。水既然能流入这一大片区域，就应该也有个地方能流出去。大多数出口他都检查过了，这些水流都是通过数千个挤得紧紧的冰山之间的小小缝隙硬挤出去的。

　　他已经到了自由城最深处，却还没有找到一条回到大洋的路，除了一条小小的通道。各种湍流的相互作用导致洋流缓慢通过这条狭窄的通道，里面可能有一千个大气压。压力很大，但并不致命。

　　洋流沿着狭长的通道向上，发出缓缓地呻吟。这条通道有百米长的一段足够宽，可以让他进去。但到了中间那一段，通道会收窄到只有十几厘米，然后才会再次变宽。妈的。

　　他被困在了布莱克摩尔狗日的鼻孔里，得等到有些冰山移开才能脱身。

　　这海里尿一般的臭氨水他还可以呼吸一阵子，但要是继续这样，要不了几天他就会中毒。还有，炸药到那时也会引爆。另外，除了几根能量棒，他什么吃的都没有。他也不相信菲卡斯会等他很久，时间一长，搞不好她自身都难保。

只有一条出路可选。

妈的。

他猛力游开，关节再度痛如刀割，在黑色的海水中往回游了四公里，回到了他进来的地方。花的时间比他预期的更长，身体受到的伤害也比他想象的更严重。还好这里没人看到他现在的样子。

他找到了当时进来的路。洋流在这里很汹涌，他不得不像条洄游产卵的鲑鱼一样拼命向上游。他浑身疼痛，喘不过气来，在疲惫不堪的痛苦中浮了上来，看到了那最后一包炸药，像横梗在括约肌中的一坨便秘的屎，正耐心地等着给布莱克摩尔再撕开一个新的屁眼。

斯蒂尔将手指插进变硬的炸药，抠下来一大块。他又将之前拖拽炸药包的绳索和套具拿上，再次弓身游回洋流之中。

他讨厌这狗日的海洋。

浑身都在疼，他张大嘴，鼓起鳃，拼命呼吸着氧气。这片缺氧的海水不允许他游得太快，他已经尽了全力。他的血红蛋白并不少，血液里也充满了红细胞，而且肌肉设计成可以长时间处理和储存乳酸，但如果这片他妈的海洋里几乎就没有氧气，那这些身体机能也就毫无用武之地。

搞不好反而会更糟糕。总是有更糟糕的可能。

血红蛋白对压力不足的环境非常敏感，因为它们发挥功用就是靠从一种形状变成另一种形状：折叠起来就可以摄取狗日的氧气，展开就能释放出狗日的氧气。非常可能的情况是：他刚才进去的路上，文丘里减压效应已经对他的很多血红蛋白造成了永久损伤。如果真的是那样，那这个世界可把他玩儿惨了。到时候海洋中有多少氧气也没用了，贫血就足够让他窒息而亡。

管他妈的。

他游得更拼命了。就算要死，也要先让这狗日的世界尝尝他的尿。关节疼痛得让他眩晕。他勉力呼吸着，用力太猛，眼前的世界出现了一块块的黑斑。

他又游过了四公里，再次找到了那条狭窄的通道，感受到它那股欺骗性的缓流。他把抠下来的那块炸药放在洞旁，又从小袋子里拿出一把小刀，开始切割之前用来捆炸药的绳索。那绳索是一种精细柔韧的金属加固碳素线缆，外面包上声呐吸收泡沫，两者混织而成。他从绳索末端剥下了一米多长的一段泡沫。

他对炸药几乎一窍不通，只知道雷管上的两个金属插脚之间可以产生电流。玛丽还说过，她的宝贝腻子附近千万不能有任何电荷。他知道这一点就他妈足够了，不是吗？

他把炸药捏成一个又长又硬的阳具形状，用裸露的线缆在上面绕了几圈，然后将其塞进下方的缓流，向下、向下再向下，听着它产生的湍流的回声。在大洋深处，声音比图像有用得多。随着通道变窄，炸药与洋流激烈交锋，湍流变得越来越响亮，越来越不耐烦。当他听到这种不耐烦达到最大程度时，他缓缓离开了那个窄洞。

要么搞别人，要么被搞。

他用指尖捏住线缆的金属芯，又从自己的电肌块通过碳纳米微管发出一道电流到指尖。世界炸开了。

轰！震荡波。断裂的咔嚓声。

冰刃从通道顶部涌出，仿佛一门中世纪大炮里面戳出许多长指甲。

相互轻轻碰撞的浮冰又荡了回来,发出叮叮当当的响声,好像许多把小刀在相互格斗。他在耳鸣,手在颤抖。好了。就那么一小块炸药,能有这样的爆炸效果还是很不错的。他现在对玛丽的尊重多了那么一点点。

他探身到洞口。碎冰相互碰撞,回声一路向下,清晰可闻。通道现在宽敞多了,但有些地方却他妈的很锋利。他钻进通道,甚至不需要弯曲身体,缓流就将他向下拖去。条状、块状的碎冰相互碰撞,声音像一场清脆的细雨。他闭上眼睛,钻了过去。

去你妈的,世界。

四十七

"老天啊!"玛丽咒骂道,"斯蒂尔! 你去哪儿了? 在打盹儿吗? 我们这儿马上就会挤满警察啦。"

斯蒂尔已经从被破坏的窗户游进了酒店。

"我带的那些炸药包袱总算全都卸掉了。"斯蒂尔用电子语音说道,"咱们赶紧他妈的离开这里。"

他游进了气闸敞开的门,又把门关上。他缓缓旋转密封阀,将气闸密封好。

"你生病了吗,斯蒂尔?"

"关你什么事,菲卡斯?"

"你要是生病了,我就把你留在这儿。"她说,"不带上你那几吨水和大铁箱子,我能跑得更快些。"

"这里的烂摊子你想办法收拾好。"斯蒂尔回答道,他密封好门,打开了氧气,"带我们离开这儿。"

"说真的,你受伤了吗? 我真的想把你完完全全丢在这里。我得预估一下需要的逃跑时间。"

"你他妈的是没脑子吗? 快带我们走! 放置你那些狗屁炸药的时候,我被减压病整惨了。我需要氧气。还不知道体内受了什么损伤。"

"听上去对我的跑路计划不太有利啊。"她一边说,一边转动气闸上的阀门。

"那你就应该赶快动身,而不是傻坐在这里,挑三拣四,在五星级酒店里吃着可口的咖啡、点心,像陆地上那些聚合公主一样。"

"我没有吃点心。"

"我都快死了。"

"哦,闭嘴吧,你这个巨婴。你比圣马太还爱唠叨。"

"我现在真的很想杀了你,菲卡斯。"

排水循环结束,玛丽旋转阀门,打开了门,"怎么每遇上一个男的,他都想杀了我,才见面就想。老天,来次例外吧。"

"你也发现这个规律了?"

"对。"她说,"我的天,你可真沉。"

她嘟哝着,将斯蒂尔的水箱从气闸里拖出来,"考虑过减肥吗?"

"你就继续拖吧,大嘴巴。"他说,"沙发上那他妈的是什么?"

玛丽瞥了一眼被捆绑着的偶人,他们正瞪大双眼,看着她徒手拖着几吨重的铁柜和水穿过房间。"我给你准备了六个偶人肉粽子。"

"我对零食没什么兴趣。"他说,"话说回来,鬼才知道他们在里面到底填的是什么馅料。"

"进电梯吧。"她说着把他的水箱推进去,擦了擦汗湿的额头,"每次行动都这样,我的发型弄乱了,鞋子也毁了。"

"生活总是艰难的。"斯蒂尔说。

"没错。"她朝沙发上的六个木偶挥了挥手,"多谢款待,伙计们！你们真的好棒棒！"

"接下来要发生的事情，才是真的好'砰砰'呢。"门关上之前，斯蒂尔说道。

四十八

偶人神学院的学生罗莎莉·约翰斯10推开主教的办公室大门。房间里布满象征主教的绿色。墙壁上镶嵌着主题是笼子、鞭子、玩具箱和奶油泡芙的宗教绘画。房间的另一端,正中央摆放着一张大书桌和一把椅子,都是跟元神体型相配的大小。她朝着空空的桌子毕恭毕敬地行了一个屈膝礼。

格拉西6主教坐在靠右手墙边一张偶人尺寸的秘书办公桌前,他对面是一位金色胡须的偶人。罗莎莉怯生生地走上前去,又毕恭毕敬地对着主教的桌子再次屈膝行礼。

"过来加入我们的谈话吧,见习修女。"主教说。

"是,大人。"她紧张地坐了下来。

"我有些问题要问你。盖茨15也有。他是一位苦行者。"

罗莎莉感到自己的眉毛竖了起来。她还从来没有见过苦行者。那些人是教会的精英,能够在没有沐浴神性的情况下生活数月,甚至数年。

"我做错了什么吗,大人?"她轻声问道。

"给我们说说你在神学院的论文。"格拉西6说。

这个问题出乎罗莎莉的意料,她一时有些语塞,"我……我选择的题目是研究偶人和量人的宗教体验，以及身份之间的相似性。"她说，"我是不是不该选这个题目，大人？"

"你当初为什么会选这个古怪的论文题目，见习修女？"格拉西6问道。他伸出一只手摩挲着自己的下巴，长袍的袖口滑落下来，露出手腕上一只无链的手铐。等到她被授予圣职的时候，她也会戴上那么一只——如果她能被授予圣职的话。

"我一直在跟一个量人交流，"她说，"一个住在鲍勃镇的量人。"

"你是怎么碰到他的？"苦行者问道。他的凝视令人不安。罗莎莉试图想象在没有沐浴神性的情况下生活多年是种什么境地，刚想了想，立即觉得那种生活实在太可怕了。

"是他联系的我，先生。他一直在阅读我本科写的研究报告。他时常针对来访的进口商搞些无关紧要的小骗局，有时还雇用我来扮演其中的某个角色。我可以拿到骗局所得的一成作为报酬。他是不是骗了什么不该骗的人？"她问道。

"这么说就太轻描淡写了。"格拉西6说。

"他是一项入侵神权联邦计划的核心人物。"苦行者说。

罗莎莉张大了嘴。她无法想象贝利撒留会威胁到任何人。她从未见过他携带武器。

"我们需要了解有关他的事情，见习修女。"格拉西6主教说，"你跟他说过话。你们讨论的是什么内容？"

"我……我真不敢相信，他会做出这样的事情。"她说，"他很有魅力，温文尔雅，还喜欢谈论神学。"

"我们在布莱克摩尔湾发现了半吨炸药。"苦行者说，"我们已经知道，阿霍纳还指使他的人放置了另外三包炸药。但我们不排除这种可能：他们还放置了更多的炸药。我们正在争分夺秒,要找到其他三包炸药。"

罗莎莉感到两只胳膊绵软无力。

"大克雷斯顿酒店底层还有一个大洞,情况很危险。"格拉维6说,"我们已经清空了酒店最低的四十层,以防万一我们来不及解决这个问题。"

罗莎莉伸手捂住了嘴唇。

"你们还讨论了些什么,见习修女?"苦行者问道。

"我……我不知道。一些小骗局。资金的转移,房地产诈骗,假打的拳赛。不过,他好像对偶人体验'存在'和'不在'的方式很感兴趣,还有偶人如何同时管理两种状态下的两个自我。"

"那你觉得这是怎么回事,见习修女?"主教问道,"一方面,这是一个骗子,计划好要对斯塔布斯港搞些暴力破坏事件;另一方面,这个人又在问你对于存在与不在的感觉。"

"我不知道,大人。诈骗对他而言好像只是一份工作。他的内心似乎……很困扰。他在三个身份之间被来回撕裂:他的生理自我、他在一种天才白痴状态下的自我,以及他作为纯粹智能存在的自我。他也不知道在追寻什么,只知道自己的生活毫无意义。"

"还有什么?"格拉西6问道,"他从你那里得到了什么?"

她无助地举起双手,"我帮他搞过一些骗局。除此之外再没有什么了,大人。偶人的体验对量人毫无帮助。我们已经与神性相连。我们找到了生存的意义,但并非可以分享的那种。"

苦行者摇了摇头。"肯定不止这些。"他对主教说,"阿霍纳对他遇到的每个人都会表现出一张完全不同的脸,约翰斯10只看到了其中一张。阿霍纳极度危险,但我们可以利用他,让他把联盟的舰队直接送到我们手里。"

　　罗莎莉觉得眼前的这个房间以及整个世界都一片眩晕，就好像她刚刚吸了廉价的可卡因。她无法将这样可怕的行动跟她认识的那个贝利撒留联系在一起。可是她也无法忽视一位主教和一位苦行者的话：她对贝利撒留一无所知。

四十九

那天傍晚,盖茨15从一条步道进入了自由城。他充满活力、精神百倍,并且信心满满。"他们要把你直接送到主轴!"他轻声说道,"他们压根儿没打算把你带到皇城去。"

威廉姆抓住盖茨15的胳膊,轻轻晃了一下。"你有没有把病毒植入其他哪个系统?"他问道,"那是你的任务!"

"他们不让我接近皇城,"盖茨15带着歉意地说,"我也许可以在这里把它投放到末端网络里去。"

"这里的网络并不控制自由城周围的防御系统。"威廉说。

盖茨15舔了舔嘴唇,"他们会带上我,对吧? 我们会去主轴港口那里。那儿比现在这个地方离皇城更近。我可以找机会溜出来一会儿,说不定就能把病毒上传到港口的网络了。那的确不是控制防御系统的网络,但也能制造一些混乱。"

威廉抓住盖茨15的衣服,把他拽到身边。"我们的计划能不能成功,全他妈的取决于你能不能打入内部,把圣马太的病毒植入正确的目标系统。你是内鬼。现在你可以享受到一个真正的、健康的偶人生活,可如果远征军无法通过主轴,要不了六个星期,你就要再次被放逐了。所以赶紧想办法吧。"

盖茨15脸上的汗水闪着光。他在这里，就站在威廉面前，眼神里却有一丝梦幻般的迷离。他咽了一下口水。

"我不会失败的。"他声音沙哑地说道，"这是我想做的事。"盖茨15的嘴唇一张一合，反复了好几下，像个卡顿的视频，"我爱你。"

威廉把偶人一把推开。盖茨15跟跄几步摔倒在地板上，脸上却仍是充满敬畏。

门打开了，矮小的主教走进来。两名祭司陪同在他身边，后面还跟着特勒5医生。主教慈祥地微笑着。威廉和盖茨15之间发生了争执，这已经来不及隐藏。

"您没有再次伤害到自己吧?"格拉西6问道。

"没有，是我推的他。"威廉说。

"很好。"格拉西6说，轻轻搓着双手，"您听到好消息了吧?"

威廉戒备地点了点头，"我们什么时候可以走?"

"现在就走。"

"非常好。"威廉说。他不信任格拉西6的微笑。"我洗一洗，然后我们就走，行吗?"

"不用洗。"主教说。

"我们在赶时间吗?"

"不是，但清洗会降低效果。请脱掉您的衣服。"

"是要我换上太空服吗?"

格拉西6轻轻地叹了口气，"元神出门都是不穿衣服的。这样可以让所有的偶人都能知道有一位元神经过他们，然后他们就可以膜拜。"

"我可不会赤身裸体地出去走。"威廉说。

"我不是在商量。"

"我也不是。"

特勒5倒吸一口气。盖茨15迷醉地叹了口气,张大了嘴巴。

"我们这是陷入僵局了吗?"威廉问。

"怎么会呢?"主教亲切地说,"您要按我说的那样做,否则就我们来帮你做。"

"这可不对啊。这是我最后的日子了,难道还要我像其他元神那样被保护监禁? 不是说由我发号施令吗? 你们到底想怎么样?"

矮小的主教手里出现了一支电击枪,"请您脱掉衣服。"

电击枪在他那只优雅的手中握着,纹丝不动。威廉缓缓解开衣服,从头上拽脱下来,然后是长裤和内裤。他站在偶人们面前,神情倨傲,大汗淋漓,一身赘肉。他痛苦地咳嗽了几声。

除了主教,偶人们都充满敬畏地望着威廉。

主教挥手招呼着身后的人,动作似乎有点激动。一个偶人奔出门外,走廊里随即传来哼唧和呻吟。八名偶人身着祭司的绿底银丝接缝的束腰上衣,出现在眼前。他们勉力抬着两根杆子,上面是一个小笼子。

他们晃晃悠悠走进大门,手腕、脚踝和脖子上都套着沉重的无链铁铐,那是代表他们身份的符号。其中一个女偶人指关节的皮肤都蹭破了。他们停下来喘着粗气,一阵手忙脚乱的摇摆中,把笼子放了下来。他们都跪在地上,凝视着威廉的裸体。主教的脸上带着期许。他笑容满面地看着威廉,打开了笼子的侧门。

威廉没有动。

"进去吧。"格拉西6敦促他。

"我为什么要进笼子?"威廉问。

"笼子对偶人有着深刻的宗教意义，"格拉西6说，"它是神圣的，其神圣程度不亚于玩具箱或者奶油泡芙①。"

"我不会进笼子的。"威廉说，他刻意地使用了命令的语气。

一个矮小的偶人祭司哆嗦了一下。

格拉西6挥了挥手中的电击枪。

"去你妈的。"威廉说。

于是，他被一股电流击中，躺倒在地上，痛苦地号叫着，眼前出现一块块黑斑。偶人们将他抬起，柔软的手指按在他火烧火燎的神经上。他们按着威廉的脖子往笼子里推，不小心将他的头磕在了门框上。他们把他拉回来，然后再次往笼子里塞，他的肩膀撞到了金属笼上。威廉大叫一声，伸腿向后朝一个偶人踢去。

"我进不去，你们这些白痴！"威廉说，"这笼子太小了！"

"把头夹在膝盖之间，就能进去！"一片混乱中传来格拉西6的声音，"背弓起来。"

笼子里的底面并不平坦。威廉把双腿拖进笼子，一根根细细的金属栏杆都嵌进了他的胫部。笼子实在太小，他就算跪着，也不得不弯腰，脑袋几乎全塞进了双膝之间。他各个角度都试了试，但肩膀还是放不好。两个偶人急忙"砰"的一声关上了笼子门，压住了威廉的一只手，他大叫了一声。底面的金属栏杆陷进了他的脚和胫部。笼门关上了。

"完美！"格拉西6宣布。

一双双小手挤进笼子的金属栏杆之间，纷纷感受和触摸着。他的腿，他的私处，他的手臂。威廉猛地抓住其中一个小混蛋，想把他拽进笼子的金属栏杆，结果他再一次感受到了电击的

———————————
①和玩具箱一样，都是指性玩具。

痛楚。他剧烈抽搐，竟然失禁尿在了腿上和地板上。

他感觉自己的神经火烧火燎，但这次难受的不只他一个。五六个把手伸进笼子的偶人和他同时尖叫，倒在了地上。威廉疼得流出了眼泪。他睁开眼睛，看见格拉西6正在呵斥那些祭司。那八个祭司全都跪在地上，将手指浸在地上威廉的小便里，同时用脸去接那些还在滴下的，一个个欣喜若狂。主教踢着他们的肋骨，直到他们站起来，恢复镇定。

"你们这些小王八蛋。"威廉说，"放我出去。"

小祭司们猛吸了一口气。

"你们他妈的什么毛病?"他大喊道。

格拉西6走进威廉旁边的小水坑，脚踝上沉重的铁铐当啷作响。

"你听起来就像第一个衰落的元神。"格拉西6柔声说。

"你们就是这么保护我的?"威廉说，"电击我? 打我? 这笼子这么小。我很痛! 快让我出去。"威廉试图晃动笼子。

"简直跟第一个衰落的元神一模一样。"格拉西6叹为观止地说。

五十

　　一阵阵欣喜若狂的尖叫此起彼伏。八个偶人抬着他的笼子,像轿夫抬着轿子,沿着约略高出街道的一条步道走着。前方几十米处,一群群偶人尖叫着,彻底丧失了自控能力。威廉原本还觉得那些祭司太过失态,结果相比眼前这些偶人,那些祭司已经非常镇定了。他们抬着他前行,姿态带着某种笨拙的庄严。威廉竭力伸着脖子朝前看,却只能看见他们头顶上方的一排红外加热器。

　　他的胫部、脚和膝盖被身下的笼子栏杆压得生疼。他背上的肌肉已经麻木了。自从挨了格拉西的电击,到现在头还在痛。威廉在加热器下流淌着汗水。上方的风扇将热空气和他的体味吹进下面歇斯底里的人群中。偶人们闻到他的气味,发疯般尖叫着,直至陷入窒息,头晕目眩,沉浸在极度的狂喜中。仿佛有个人在自由城的街道上拖过了一面毯子,所过之处,原本的尖叫喧嚣一下子都变成了瞠目结舌的冷清沉寂。偶人们迈着笨拙的步伐艰难地向前跋涉着,把威廉一遍又一遍地抬进鬼哭狼嚎的人群。他哭了起来。

五十一

卡桑德拉看着坐立不安的贝尔。他这副样子着实无法提升大家的信心。这之前,他、卡桑德拉、玛丽和伊坎吉卡都被挑出来,他们只能去自由城的外围区域。所有非偶人都是这个待遇。斯蒂尔还能藏在货柜里扮成货物,继续前往港口。其余的人只能找个喧嚣的酒吧落脚,里面挤满了找不到去处的旅客。伊坎吉卡手腕上的一台微型投影机能发出多频白噪声,让他们的谈话进行得隐秘一些。日常新闻报道投射在两面墙壁上,大多是非偶人被大规模驱逐的场景。

卡桑德拉准备开始数点儿什么,别让脑子闲着。玛丽看起来也很无聊。好几分钟里,她一直在朝一个大块头矿工扔坚果,希望能引发一场冲突。矿工换到了另一个卡座,玛丽无奈地叹了口气。"那个,我黑进了斯蒂尔那口大棺材的网络。"玛丽乐呵呵地对贝尔说,"我给他发送了金星版色情片。现在他看起来好像有点儿压力①。"

"这太糟糕了!"贝尔说。

"我知道,我知道,"她说,"英西语的双关话我不擅长。说法

①斯蒂尔只能生存在超高气压环境中。这里是玛丽的双关语。

语要好一些。"

"不。我是说你做了一件糟糕的事!"贝尔说,"斯蒂尔不是圣马太。杂种部落的人跟正常人太不一样了。"

"得了吧,"玛丽说,"马太也跟正常人大不一样。"

"你知道杂种人认为什么最色情吗?"贝尔问。

"我猜一下啊,海牛?"玛丽说。

"是你,是我,是穿着衣服的我们。杂种人没有腿,只有鳍。他们的脸也做不出表情。他们的性器官都深埋在脂肪层里。他们的繁殖行为需要很多辅助措施,痛苦不堪。他们因此彼此厌恶,避免去想性的事。所以你可能搞得他很痛苦。"

"啊哟,好怕怕。"玛丽说着,抱起了胳膊。

卡桑德拉试图读懂贝尔。他对杂种人的同情似乎是发自内心的。斯蒂尔的暴力倾向让她感到不舒服,他能够做出的暴力也让她害怕。但现在,斯蒂尔也好,伊坎吉卡也好,盖茨15也好,一切都变得不那么绝对了。突然间,斯蒂尔似乎没那么坏了。她甚至开始觉得,贝尔对波江人的态度还挺高尚的。也许斯蒂尔并不想被制造成这样,也许他并不喜欢在水下生活。也许,她对斯蒂尔产生了同情。

新闻播报声音更大了,上面显示着欢呼和尖叫的偶人群。"发生了什么事,阿霍纳?"伊坎吉卡低声问道。

"偶人时不时会抬一个元神出来游街。"他说,"那时候就会关闭整个城市。"

"是我们认识的人吗?"伊坎吉卡以一种谨慎的语气问道。

"我没有圣马太那么厉害,"贝尔说,看了看手头有限的数据源,"但我可以访问偶人的交通控制系统。偶人群体从自由城的外墙一直延伸到港口,布满了整个城市。"

航运消息从两台屏幕上消失,出现了一位偶人播音员。他大概有一米高,脸颊通红,神情激动。他站在一张正常人尺寸的桌子后面,平坦的桌面正好在他的腋下。播音员把他的数据平板放在面前,摄像机只好以四十五度向下俯拍他,无意中还拍到了他右边未涂漆的墙壁和裸露的线路。

"……过去所谓野生元神的消息最后都令人十分失望,而且枢机主教团也还没有发表其调查结果,"播音员说,"但全自由城的偶人的反应却极其强烈。稍后我们将连线前方采访团队。在此期间,我们先来听听来自一位现场目击者的录音。"

屏幕上的偶人播音员站在那里,停顿了好几秒,保持着微笑,最后,一幅图像代替了他。一个矮小的偶人女子,身着祭司长袍,坐在椅子上,摇晃着双腿,努力让自己颤抖的双手平静下来。她脸上满是汗水和泪水,还有敬畏。

"我们抬着他,从沃伦斯到第十二大街,一共有八个轿夫,我是其中一个。"她说,"他是真实的。我发誓。如果我认识元神,那就应该是那个样子。那种感觉就像过好孩子节,但要强烈得多。我曾和他一起身处一个封闭的房间,里面只有其他几个人。"她在颤抖,"他在地板上尿了。我摸到了他的尿,"她说着一声叹息,然后擦拭着泪水,"这是我经历过的最美妙的事情。他……他对我们大喊大叫。我们所有人。他抓住另一个祭司,把他拽进笼子里。简直太美妙了。"

采访者放下了摄像机,画面随即翻倒过来,屏幕上年轻祭司的形象侧转了九十度。无人看管的摄像机拍到了采访者,他正亲昵地抚摸和嗅着祭司的手指。卡桑德拉觉得胃里一阵恶心。不管贝尔怎么说,偶人跟量人截然不同。她不敢想象威廉被那些人包围的时候是怎样的情形。

伊坎吉卡的脸上也满是厌恶。她瞥了眼贝尔。"这是坏事吗?"她问道。

贝利撒留摇了摇头。"这是好事。"他低声说。

"这是一种游行。"卡桑德拉说道,她看完了贝尔的数据资料,并跟她头脑中的新闻建立了映射,"他们已经清空了从沃伦斯到港口的一整条路。他们不把他带到皇城吗?"

图像回到站在新闻讲台前的偶人,但声音源却来自别的什么地方,他讲了一分钟,都没有任何声音播出。取而代之的是一大群人的声音,混乱的诵经和愤怒的大喊大叫,这些声音淹没了酒吧。最后,音画同步了。视频上,数以千计的偶人大汗淋漓,在大街上蹦蹦跳跳。

"他们生气了吗? 他们在骂人吗?"卡桑德拉问。大家感觉就像在看一群动物。

贝尔摇摇头,"他们在膜拜。《偶人圣经》里记载的主要内容都是元神对偶人说过的语录。膜拜的一种方式就是引用《偶人圣经》的经文。元神对着偶人经常会说脏话。"

卡桑德拉又觉得有些反胃。

贝尔叹了口气,"如果身边没有元神,这些偶人还能比较'正常'。你想想,经过了好几代的囚禁、虐待和生化奴役之后,还能存活下来的人会是什么样子。所谓'正常',就是那个样子。但只要身边有元神,偶人就会变成完全不一样的怪人,跟你神游时一样怪异。"

卡桑德拉并不觉得贝尔这么说是在故意激怒她。他是真的这么认为的。

随着喧嚣逐渐消减,摄像机的角度也变了。图像上显示偶人祭司们抬着个东西,好像是轿子,但看不清楚细节。摄影师一直在乱钻，试图穿过人群靠过去。

"哦，不。"贝尔说。

卡桑德拉抓住他的手。她也看到了。她的大脑像他的一样，仅凭几幅图像片段就能还原出完整的场景。她的感觉糟透了，同时知道贝尔的感觉一定远甚于他。然后，摄像机镜头停止了跳动，人群的喧哗也消退了，只剩下一种群体的叹息声。游行队伍走了过来，出现在画面中。他们抬着一个偶人尺寸的笼子，一个裸体的人弓着背蜷缩在里面。卡桑德拉的胸口感到一阵恐惧的刺痛，而她之前几乎都不怎么了解威廉。他是贝尔的导师和保护者。她不想让贝尔痛苦。她把手放在贝尔的眼睛旁边，把他的头转过来向着她，这样他眼里就只能看到她。他们眼中都有泪水。

"对不起，贝尔。"她无奈地低声说，"不要看。"但他已经无法假装没看见了，她也不可能。他记得一切，就像她一样。他们被设计成天生就有一副好记性。"不要看。"她低声说。接着，她做出了自己能想到的唯一可以分散他痛苦的事情。她拉过他的脸，嘴吻了上去。

五十二

　　威廉咳得很厉害,还带着血丝。格拉斯6关切地走过来,但威廉摇摇头,挥动拳头让主教退回去。威廉擦了擦嘴,坐在偶人为他安排的矮床上。

　　他们已经到达自由城港口。在只许偶人出入的安全区,一面宽阔的窗户面朝大港湾之外的真空。坚硬的冰面反射着微光,衬托出客船和集装箱的剪影,那些集装箱都是从新近到达斯坦布斯港的货船上卸下来的。主轴就嵌在这个宏伟的地下港口的地板上,它的位置和深度都不明显,肉眼也不易分辨。

　　威廉又穿上了衣服,裤子和衬衫的系带都在双腿和双臂的外侧,大概是为了方便偶人扯开它们,不管他是否配合。他强压下燃烧的怒火,渐渐恢复了自控。他眼下做的这件事是为了凯特。她永远都不会知道威廉为了她的未来所做的一切,但她可以拥有一个未来,不会再像他一样。

　　"你走远了。"威廉对主教说。

　　"什么?"格拉西6问道。对威廉的声音,他似乎感到有些不安。他们想要一个神。他可以给他们一个神。

　　"我刚才本想给你一拳。但你走远了。"

主教看上去放心了。他微笑着朝一个年轻的祭司打了个响指。那人蹦蹦跳跳地跑到墙边，打开一块面板，连忙又跑回威廉身边，直接滑跪在地上，磕了个头。他举起一根缠起来的鞭子，像是献祭。

"这他妈是什么？"

"我走远了，是因为我不想让你伤了你的手。"格拉西6慈祥地说，"我的骨头和你的一样强壮。如果你想伤害我，你应该有件工具。"

"你他妈的——"威廉从祭司的手里一把抄起鞭子，举了起来，"滚出去！"他用从《偶人圣经》中看到的话大喊道。那是神明使用的语言。让他们激动得尿湿裤子吧。"你们所有人，除了格拉西6！"

几个人连忙朝门口跑去。其他人等着主教点头。威廉作势要踢一个偶人的屁股。最后一名偶人跑出门外，"哐当"一声关上了门。格拉西6纹丝不动地站在威廉面前，他有一米高，头上戴着一顶银绿相间的高高的主教冠。

"你不害怕？"威廉问。

"你想要我害怕吗？"

"如果我想用鞭子把你抽得粉身碎骨，就现在，你也会允许我吗？"威廉说。

"你知道什么叫穆尼4的两难困境吗？"格拉西6问道。

威廉在空中试着抽了一下鞭子。主教没有反应。

"元神是由财阀政府内属下、遭到社会排斥的所有人构成的。能让他们团结起来只的只有一件事：不受任何干扰地生活，"格拉西6说，"他们的法律非常适合个人主义者。他们的争端依靠决斗解决。他们……很享受家族世代复仇这种方式。"

"不奇怪。"威廉说。

"少女时代的穆尼4目睹了元神世仇家族间的杀戮。"格拉西6说,"她目睹了元神的死亡,并终生承受着这个负担。许多像她这样的偶人都陷入了一个两难困境:一方面无比渴望服从元神,另一方面又无比渴望要保护他们。我们今天称之为穆尼4困境。"

"所以后来发生了偶人叛乱。"威廉厌恶地说道。

"那件事我们不那么称呼。"格拉西6说,他露出悲伤的表情,"我们称之为大衰落,原因你也猜得到。纯真年代已经崩坏,我们偶人必须从童年走向成年,去承担加诸我们身上的负担。"

"你们把自己的神囚禁起来了。"

格拉西6悲伤地摇了摇头,"对于元神,服从也好,保护也好,都会给我们造成巨大的痛苦,毁灭我们的世界。我们每天都在忍受痛苦。我们渴望着双膝跪地、满足元神每一次心血来潮的想法。我们渴望着那种狂喜。但我们做不到,因为我们的神性有深深的缺陷。"

格拉西的话让威廉平静下来,举着鞭子的手也放下了。他犹豫着把鞭子又缠了起来。

"如果你想将一个偶人鞭挞至死,我可以在港口给你找出一百个志愿者。"格拉西6说,"但是,有资格进入枢机主教团的偶人少之又少。我们身负重大责任,要确保元神的未来。主教是难以替代的。如果你想鞭打我,只要你不杀我,我会愉快地顺从。"

威廉犹豫着提起缠好的鞭子,一肚子沮丧。人群尖叫的回响仍然在他的脑海里回荡。他大吼一声,举起鞭子击打格拉西6,一下又一下,打掉了主教冠,又猛击主教的头部和肩膀,力道足以击倒他。他气喘吁吁，面对着安详的主教。

"我恨你，"威廉说，"来到这里就是个错误。"

格拉西6的鼻子和嘴唇在流血，但他仍然慈祥地微笑着。"如果你在这里长大，你就会明白一切。"

"我得在笼子里长大吗？"威廉又开始无法控制地咳嗽起来。他后退了几步，挥舞着手中的鞭子，提防格拉西6。他坐下来缓了缓，咳嗽减退，只有胸部还在痛。

"部分时候，是的。"格拉西6说，他试图起身，想换上另一顶主教冠，"笼子是元神和偶人关系的核心部分。我们得相互学习。"

"这是你们的复仇吗？"

格拉西6坐起来，一脸困惑，"复什么仇？"

"你们曾被放进笼子里，曾被鞭打。你们要复仇。"

"你什么都不明白。"格拉西6说着，走上前来，"我们不喜欢被鞭打。我们爱的是我们的神在关注我们。在那些时刻，我们才被认可，才是真实的。无论是与我们交谈，还是打我们、爱抚我们，或是命令我们，全都是恩典。如果不允许我们接近他们，那简直就是地狱。我们崇拜他们，按照他们教导的方式，也按照我们作为神的监护人这一新角色的方式。"

威廉觉得胸骨后面很疼，揉了揉，"他们不值得你们的爱和崇拜。元神没有道德。"

"他们有你所不知道的道德。"主教说，"在欧乐星这里，他们创造了新的道德代理人：我们偶人。元神代表着混乱和力量，就像泰坦神灵对希腊众神来说一样，是一种需要驯服的野蛮。"

驯服。

笼子就在房间的远端。他们并没有清理它。毫无疑问，他们对笼子里一抹一滴的汗水都无比沉迷。他揉着腿和膝盖上的瘀伤,琢磨着被再次放进笼子里的可能性。威廉和盖茨15必须演好这出戏。他们的角色是内鬼和衰落的元神。他还得再坚持一段时间。他的余生。

威廉又咳起来,短暂而剧烈。看得出来格拉西6有些心神不宁。

"关于我祖辈逃离的文化,我有很多东西需要学习。"威廉说,"你能不能让我接通图书馆,这样我不仅可以看看《偶人圣经》,还可以看看我祖辈时代的老记录?"

格拉西6走到墙上挂着的一台阅读器旁。屏幕点亮。他键入了一些字。

"你可以从这里访问图书馆。"主教说,"陪护我们通过主轴的医疗团队将在几个小时后整装待发。然后我们就要登船上路了。出发之前,先睡一觉吧。"

"再也不要笼子。"威廉说。

"或许吧。我们都有各自的角色要扮演。"格拉西6笑道。

主教说完,带上门离去了。威廉拖了把椅子坐到墙边。他需要冷静下来。他已经开始理解元神控制偶人的魔力。他们创造了一个使自己成为偶人之神的制度。但元神统治没有搞明白一点:神只能是纯粹的客体,是抽象概念。

在伊甸园时代,威廉的命令将被当作一位遥远而神秘的神所发出的诫命而被遵守。但现在,他的愿望只会引发偶人的好奇。偶人现在将他们的神囚禁在笼中,他们的整个道德体系,以及配套的《偶人圣经》、神学和教会,都是用来保证元神的安全,同时却不去遵守他们的命令。元神统治者是如此过分自信,如此短视,可他们却没有为此付出代价。他们的子孙后代正在为他们的罪过付出代价。这真是令人作呕。

　　屏幕上显示着一个个目录，里面满是历史资料：大衰落之前的文本、录音和通信。其他目录里存放着神学讨论、论文、辩争、冥想文本和《偶人圣经》，那是一部杂乱无章充满矛盾的大部头。目录中还有电影、短片和旧电视风格的作品，数量之多，他一生都看不完。掌上阅读器旁边是他一直在找的东西：一个连入系统的物理插口。

　　它不是那种先进的制式。这种东西可以作为应急入口点，让偶人可以在互不兼容的硬件平台上都能使用他们那些粗糙的手动切换技术。

　　威廉将拇指抵在食指第二指关节下的指肚上。他的指尖生出了细细的黑色细丝。盖茨15并不知道，威廉是这个计划中的双保险措施，他携带了能够上传圣马太计算机病毒的纳米纤维。他轻轻将指尖触碰插口，开始上传病毒。

五十三

刚才看到的视频图像撕咬着贝利撒留内心。他们在出发候机厅里租了一个私人卡座。时间过去了好几个小时。货运和客运的航运时间表比平时繁忙,也更加混乱。候机厅的玻璃门外挤满了贸易商、科学家、临时工,甚至偶尔还有紧张的偶人。墙上的大屏幕播放着新闻,正在一遍又一遍地重播威廉被满自由城游街的镜头片段。

他们的卡座可以俯瞰偶人主轴口,冰封的金属包围着巨大幽深的洞口。满载集装箱的货船排队等待穿过主轴。但有些货物被卸下来,又重新装载,似乎偶人船运公司也搞不准哪些货可以运,哪些不能运。

贝利撒留的货物也在等待。他们已经检查了四个集装箱、一艘租用的拖轮,这些都将与他们一起通过主轴。斯蒂尔待在他的巨大水箱里,也在运送之列。客舱里可装不下他。

"这种情况正常吗?"卡桑德拉问。她颈部的光脉冲闪动得更快,脸颊也变热了。她害羞地看着他,有一点迷茫。他还不确定自己对两人刚才的那个吻有什么反应。一直以来他都想要跟她回到从前,但并不是像这样,现在还不是。

"偶人总是有点乱七八糟的。"他说。

"要是圣马太在这儿就好了，"卡桑德拉低声说，"他可以告诉我们都是什么船排在我们前面。"

"我们没法安排得事事如意。"贝利撒留承认道。

"我们前面这些船，你觉得有多少是战舰？"卡桑德拉问。

"有一些。"伊坎吉卡说。

"出什么事了？"卡桑德拉问，"是威廉吗？"

贝利撒留摇了摇头。"这会儿按说应该收到德尔卡萨尔发来的信号了。"他说，"他不是不守计划的那种人。"

"会不会是偶人把信号屏蔽了？"伊坎吉卡问道。

"我设置了一些用于测试的自动消息，让它们一直向我发送。测试消息我都能接收到。"

"被抓住了？"卡桑德拉问。

"我不知道。我有点担心。"他说。

"怎么个担心？"玛丽问。

"威廉的那部分，按计划进展得很顺利。"贝利撒留说，"其他一切也都在按计划进行。所以即使德尔卡萨尔被抓住了，偶人和别的人也不会把他跟我们的计划联系到一起。"

"也许他被吓坏了，这会儿躲起来了。"

屏幕上的新闻画面切换，出现了一个偶人播音员，是个金色直发的矮小女人。休息室里一片嘈杂，他们听不见播音员在说什么，但屏幕上的视图转成了一副望远镜里的星图，画面完全失焦，但一直在调整，直到焦距对准到远处一团灰色的物体。

"我操。"玛丽轻声咒骂道。

"那是什么？"卡桑德拉问。

"一艘无畏舰，"伊坎吉卡轻声说，"洛朗等级的。"她眯起眼睛观察模糊的图像,而贝利撒留的大脑已经将它的运动轨迹与背景里的群星做了匹配。

"欧乐星同步轨道,"贝利撒留说,"自由城上空大约一万三千公里。"

"它的出现与我们有关吗?"卡桑德拉低声说。

"如果是对自由城市发动袭击,那需要更多的飞船,而且在靠得这么近之前,他们应该会先进行一到两天的地毯式轰炸。"伊坎吉卡说,"但在那个轨道位置,聚合政府可以检查所有进出自由城的飞船,随时阻止他们觉得有问题的任何进出活动。"

满头大汗的新闻播音员说话很快,可他们听不见,然后画面切换到一段素材影片:偶人的防御工事和运动中的装甲部队。

"偶人要停止将部队派到斯塔布斯港,把他们集中部署到自由城去?"玛丽问,"可是一艘无畏舰就可以阻止任何飞船从主轴出来。我们是不是应该中止计划?"

伊坎吉卡继续眯着眼睛在看屏幕。

"如果我们现在中止,"贝利撒留说,"就会损失已经投下的所有赌注,包括威廉。也许还包括我们所有人。我不知道以后还有没有这样的机会了。"

"那可是一艘无畏舰啊,贝尔。"玛丽说,"不知道你有没有听说过聚合舰队的旗舰是多么厉害。你再把它乘上十倍,那就是一艘无畏舰的威力。"

"阿霍纳做不了这个决定。"伊坎吉卡说,"你们押上了大赌注,可我们押得更多。做出最后决定的应该是鲁多将军。"

众人愁眉苦脸地观看新闻。更好的望远镜对上了焦距,画面上显示出一块巨大的楔形物,仿佛把好几十艘战舰焊接在一起形成。画面停在那个水平,没有继续提高清晰度,不过也不需要更清晰了。一个小时后，轮到传送他们了。客舱里没有窗户，但卡桑德拉和贝利撒留还是选择坐在靠墙的位置。他们小心翼翼地移动到座位上，彼此没有身体接触，但也坐在伸手可达的距离。

卡桑德拉摸了贝利撒留的脸，还吻了他的嘴唇，从那一刻起，一切都起了变化。多年以来，两人之间已经有了一道深深的鸿沟。卡桑德拉觉得他的动机很有问题，而贝利撒留则对她变成了什么样的人心中存疑。这都让那道鸿沟变得越来越深。但在那漫长的一刻，他们在鸿沟的中央再度聚首。他进入了卡桑德拉的世界，要给她看一个虫洞；而卡桑德拉也进入了他的世界，去看那虫洞。两人之间搭起了一道脆弱的桥梁。

他们绑好了安全带，卡桑德拉放松下来，把手放在座位扶手上。贝利撒留没有发问，径直把手指放在她温暖手腕的脉搏上，进入了白痴天才模式。卡桑德拉已经比他更快一步进入了状态。她的心跳变得很有节律，体温保持着恒定，各项参数宜于用图形表达。他在脑海中绘制出她的图形，得出一个方程，然后又绘制出自己的图形，进行比较。

早在量人项目的第六代，专家们就观察到了白痴天才和神游状态下量人之间周期性生物过程的同步效应，由此作了一些初步的实验，并有所发现。一直到现在，量人儿童都会通过练习，彼此配合心跳、呼吸和体温，以寻找彼此之间的共鸣。

大多数情况下，神游通过发热诱导的干扰素来诱发自身的负反馈。维持神游状态的是量子连贯性，它十分脆弱，几度的温度差异就可能将其破坏。找一个量人搭档，与其构建共鸣，可以在一段时间内减轻发热，从而获得更长的神游时间。他的呼吸节奏逐渐融入卡桑德拉的节奏，反之亦然。通过指尖的碰触，他能感觉到她手腕上脉搏的跳动,温暖而亲密。

白痴天才模式下的贝利撒留知道,他不是贝利撒留,并不是。他从电肌块发出微小的直流电流,抑制了部分前额叶的活动,那是在模仿一种十分特定的脑损伤,导致语言和社交感知都变得十分困难。整个人格消失了。他的脑袋仿佛彻底敞开,让整个湿滑的大脑都暴露在情感的冲击之下。

白痴天才是一种情感弱化的状态,但有时情感过于强烈,就算被减弱了,也还是强烈刺激着大脑。白痴天才所导致的情感无能更是让这种情形雪上加霜。对于贝利撒留来说,现在进入白痴天才,这个时机选得太糟糕了。威廉赤身裸体塞在笼子里游街的形象像噩梦一般如影随形。卡桑德拉的吻则是又一个搅乱一切的梦,唤醒了许多过去和现实的可能。对幸福的渴望比毫无渴望更加令人备受折磨。在白痴天才模式下,他的内心隐藏起来,无法进行内省或整理。感情成了一场酸楚和狂喜交织的暴风雨。

他想要安静,待在一个隐藏的洞穴里,窥视外面粗鄙的世界。他想和卡桑德拉聊聊。他想抱抱她。他想让她安全,也希望她能反过来让自己安全地活在这个世上,就好像他们俩是一对隐藏在黑夜里的小动物。当他们还是少年人、心智受到伤害时,卡桑德拉总是需要拥抱他。也许她再次感觉到了这种需要。

不。她根本什么都没感觉到。卡桑德拉已经消失了,消失在神游状态前期缓慢的呼吸和平静的脉搏中。在他旁边的,是一部量子感知计算阵列;是一个个处理算法的嵌套结。她没有主观存在,因而不会导致波函数坍缩。她还能在量子美丽的同时性中看到叠加的可能性和概率。而他却只是个生物,一个可以感觉到寂寞和无助的生物。

座位在颤抖,运输船移动到了主轴的入口。

卡桑德拉在抽搐。出了问题,无法停留在神游状态了?还是碰到困难,无法理解运输船之外的量子世界?卡桑德拉本人渴望能一睹虫洞。栖居在那个身体之中的量子智能也有同样的想法。

但偶人的运输船,包括其中所有笨重的金属装置和电气化系统,是一道阻挡电气和量子干扰的铜墙铁壁,像法拉第笼一样无法穿透。为了真正看到虫洞,他和卡桑德拉必须穿上笨重的宇航服,亲自出去。如果待在运输船中,那就像身处闹市中心,透过一部肮脏的望远镜去看星星。以卡桑德拉和贝利撒留所能感知的噪声灵敏度,运输船的噪音大到令大多数观察都毫无结果。但她还是试了试。

运输船朝着主轴方向缓缓加速。

贝利撒留在他的大脑中数着秒。身为一个计时器,真的很令人平静。

客舱和里面的乘客全都处在失重的静止之中。人们说话的声音降低到耳语的程度。卡桑德拉的脉搏在增加,体温也上升了两度。贝利撒留作为她的定心同步参考,这些效应有所减弱。他自己的脉搏也在增加,体温也同步上升了半度。

味觉是生命进化出的第一种感觉:细菌通过分子到分子的接触,以二进制方式判断某物是食物还是毒物。以味觉为脚手架,又发展出了嗅觉:将远处的化学信息带给生物。对振动的感觉发展成了触觉和听觉,又传递给脆弱的微生物更多信息:超出自己细胞膜之外的世界,以及对方向和距离的基本了解。电磁感觉,包括从红外线到紫外线到各类电和磁的感觉,使得微生物能够靠感官定位食物,并能以最快速度察觉远处的运动和颜色,从而避免被捕食。

等到产生了智力，就有了第一种通过时间而不是空间来看世界的感官。智力是生命预见危险和机会的工具，认知这才能够上溯过去、下达未来。然而智力又是在狩猎采集者的情感和本能这类老旧的东西之上构建起来的。智人的出现只有不超过二十多万年，人类的生存仍然需要感情这个捷径，需要部落这种结构。白痴天才却使他在精神上不再属于人类社会，而神游则令他泯灭了个体——最基本的部落单位。

他放弃了所有这些最自然的属性，却完全没有看到比别人更美好的未来。他的心里只有一种大祸临头的感觉。他毁了威廉，他毁了所有人，甚至包括联盟的所有公民。因为超凡拔群的智力和量人计划的想法让他变得过于自信，认为人类可以学会预见未来。他独自在脑中制订了这个计划，玩弄着所有玩家。现在，他感受到了对自己产生怀疑的苦涩。

为什么聚合政府的无畏舰会出现在这里？德尔卡萨尔是不是已经被聚合政府抓住了？还是说，他通过盖茨15故意将假情报透露给偶人的计划太过自作聪明了？也许偶人已经与聚合政府做了交易。也许贝利撒留已经犯了许多错误，只是他们还没有暴露？

他的手指继续搭在卡桑德拉的手腕上，另一只手的手指也伸过去握住她的手指。他俯下身，靠近那具空虚的身体，就像在公寓外面等着主人回家一样。她那一记亲吻他记得一清二楚，令他心中充满了空洞的酸痛。

卡桑德拉的手腕比他的手腕温度高出1.8度。卡桑德拉的心跳变得不那么平稳，然后短暂出现了紊乱。她已经无法维持神游状态了。驾驭她身体的量子智能已无法压制卡桑德拉的主观。她又变回了一个人。

卡桑德拉在呼吸，沉重的喘息，从太深的睡眠中醒来时发出的声音。贝利撒留坐直身体，松开手指，把手从她的手中抽出来，另一只手也尴尬地从她的手腕上移开。

卡桑德拉的呼吸不再有规律。她正在从白痴天才模式中出来。贝利撒留收摄心神，恢复到他的基准自我。世界的神秘变得可以量化：一个几何图形描绘的废弃世界，却塞满了过多的情感、人物、需求和欲望。他长吁一口气，缓解紧张。

"运输船之外，我无法得出任何有用的信息。"她低声说，"那里的东西太多了。如果他们让我们做的话，可测量的东西真是太多了。"

"很快就可以了。"他说。

"我们已经非常接近了，很快就能看到关于时空结构的真实信息。"她继续说着，仿佛没有听见贝利撒留的话，"我只能感觉到这么多的知识。这很痛苦，贝尔。"

贝利撒留的喉咙一紧。"我也想知道答案，想得让我自己都害怕。"他说，"我害怕，是因为维系着我、让我成为我的东西是如此之少。"

五十四

偶人自由城是一个维护不佳、美学上也毫无吸引力的巢穴，由冰层中照明不均匀的一个个空洞组成。斯塔布斯港的情况更糟。毫无想象力的线条、过度工程化的空间和昏黄的灯光构成了港口的大部分。这里原本是一个由吝啬的元神实业家建造的、从事资源采掘的小镇，后来又被一个个希望打破禁运的走私公司扩建。港口内的一切都让威廉觉得很不友好。

在零重力下，他们进入一名当地主教的肮脏办公室，用安全带将自己绑在墙上。特勒5在对威廉做检查，威廉看看她，又看看绑在墙上的笼轿，旁边还有一把盘起来的鞭子。他这会儿已经不发烧了，但浑身依旧疼痛。格拉西6主教和盖茨15急切地看着威廉。

"我们应该送他去医院吗?"盖茨15问道。

"是的。"特勒5说。

"我的症状这会儿已经得到控制了。"

主教看了看他，嘴唇紧闭。医生无意识地抚摸着威廉的手臂。威廉摇了摇头。

"我们必须送你去医院!"盖茨15说。

"这会儿能不能不要让我见到李斯特10?"威廉说。他需要给盖茨15争取时间,好上传病毒。

"不行!"盖茨15说。这个白痴。

"你来这里,是因为他要你过来。"主教说,"听他的话。"

盖茨15没有动。

"你出去一会儿。"威廉说。

盖茨15看起来就要哭了。

"他说让你出去!"特勒5尖叫道,"要听他的话。"

她又痴迷地微笑着转回头看着威廉,定定地注视着他的手臂,又把她自己的手掌贴在上面。

"妈的!"威廉说,"把她也赶出去!"

三个偶人争执了一番,最后威廉终于单独与主教待在一起,旁边还有两名身着密封服的主教部队士兵。

"你说要去参观你的家人曾经居住的地方,我们该谈谈这事儿了。"格拉西6说。

"谢谢你。"威廉说。

"你说你不想要笼子。"

"没错。"

"我不是普通偶人,"格拉西6说,"特勒5也不是。普通偶人没有我们这种高度的自控能力。"

威廉想说什么,又忍住了。

"在大衰落年代,只有屈指可数的宗教模式,可以让普通偶人与神互动。"主教说,"最后,这些模式只剩下了笼子和鞭子。"

"我不会鞭打任何人。"威廉说。

"那就得用笼子了,考特瓦瑟先生。"

"不要笼子。"

"笼子不是为了你,是为了偶人大众。"

格拉西6解开固定索,在墙上推了一把,飘向另一堵墙,然后拿起鞭子。那鞭子有两米长,僵硬地盘曲着。格拉西6用脚勾住笼子的栏杆,缓缓挥舞了几下鞭子,寻找着感觉。威廉觉得格拉西6作为一个偶人而非元神,应该并没有使用鞭子的经验。可就在这时,主教用力猛地一挥,鞭子末梢伸向房间中央,抽打在空中,发出响亮的噼啪声。

"钝击或侧击,就可以导致痛苦的红肿。"格拉西6说,"但在我的经验中,这还不够。鞭子末梢的速度超过了音速,要让那部分亲吻在目标上,才能真正有效。"

"太野蛮了。"

格拉西6飘回威廉身边,把鞭柄递给他。威廉没有接。

"也许你需要正视你的恐惧。"格拉西6说,"让我们假设,如果是十几个偶人进到这个房间里来陪你呢? 你更喜欢哪种情况?"

威廉强忍着恶心。

"元神这种生物总是很害怕。"主教说,"他们惧怕彼此,他们惧怕文明的评判,他们还惧怕由他们自己创造的偶人。只有理解了这一关键事实,我们才能恰当地崇拜他们。"

"你们……会恐吓他们?"威廉问。

"我们根据他们的本性来崇拜他们。你害怕了吗?"

威廉的嘴巴发干。鞭子的手柄仍然伸在他面前。"是的。"

格拉西6拉着固定栏杆靠过来,他带着柑橘味的气息钻进了威廉的鼻孔,"我们偶人也害怕。我们害怕没有神。"

格拉西6亲昵地握住威廉的手。威廉愣住了。格拉西6温柔的触碰让他的皮肤一阵酥麻。主教扳着威廉的手指,将它们一根根按在鞭柄上。威廉伸手想推开主教，可是偶人的手劲出奇地大。

"我的恐惧、你的恐惧都是反思。"他说，"这些反思有其道德含义。你必须决定要如何应对你对我们的恐惧，就像我们也必须决定要如何应对失去你的恐惧。你靠鞭子，我们则靠笼子。"

格拉西6跃到一米之外，把住了一根栏杆。威廉的手指紧紧攥住鞭柄。主教盯着威廉看了好一会儿，然后跳到门口。

"你想去参拜你的神圣先祖居住过的地方，又不想待在笼子里。笼子之外的唯一选择现在就握在你手里。我会开着门。门外有十个偶人，他们都还不知道你在这里。"

"不要！"

"要么是这个，要么就回自由城。"格拉西6说，"你已经告诉我你想要什么了。我只是告诉你如何才能得到你想要的。"

"不要！"

门开了，格拉西6让在一边。

一张生得十分完美却只有正常大小一半尺寸的脸从门外露出来，肤色是正宗的欧洲白。很年轻。那是一个女性偶人，十分可爱，脸周围是一头乌发。然后，一个长着棕色胡须的偶人男子出现在她的身旁，偷偷摸摸地嗅着。他的嘴张着，好像十分吃惊，然后狠狠吸了一口气。那个女性偶人也做出了相同的举动。紧接着，他们溜了进来。其他人跟在后面，都是比例完美却仿佛微缩了的人，纷纷像鱼儿出了水一样张开口鼻，嗅吸着空气。

"别过来！"威廉说道，声音自己听起来都有些发抖。

他握紧把他绑在墙上的固定索，手指直哆嗦。

又有三个偶人大张着嘴巴，蹑手蹑脚地进来了。

"快赶走他们!"威廉说。

"笼子还是鞭子,考特瓦瑟先生。"格拉西6说。

"别过来!"威廉朝他们大喊。他们的反应与特勒5相同——没有反应或是被吸引得更加好奇。他们都处在宗教敬畏之中。

第一个偶人,有棕色胡须的那位,越来越靠近威廉,手指全都张开着。

"滚开!"威廉说着,伸手去推他。偶人的双手紧紧握住他的前臂,像蛇一样飞快地伸长了脖子,试图咬他。威廉挥出握着鞭子的手,一拳打在他头上。偶人在空中向后翻滚,大口喘息着,撞上了另一个偶人。另外三个偶人栖在威廉四周的墙上,伸脚钩住固定栏杆。每一只眼睛都如痴如醉地盯着他。

威廉慌了,手里的鞭子挥了出去。鞭子落在一个偶人的腿上,没有及时展开,这一击不够有效。威廉把鞭子完全甩开,这一次抽在了下一个偶人的肚子上。她猛吸一口气,倒栽葱翻滚出去。

第一个偶人再度逼近。威廉瞄准他的胸部,但是鞭梢却向上打偏在他脖子和脸颊的位置,"啪"的一声,抽中了他的眼睛。可怜的偶人一声号叫。威廉吓呆了。偶人不停地尖叫着,双手捂着脸,血染红了指缝。

"让他们停下!"威廉尖叫。

格拉西6在房间另一侧的栏杆上平静地微笑着。

"停下!"威廉对偶人叫道,"我不打你们了! 我进笼子! 停下。"

一个偶人落在威廉脚下方的墙上,把脚伸进固定栏杆。她深吸着空气,吸入他的味道。她抱住他的腿,仿佛那是世界上唯一真实的事物。她透过威廉的裤子,用细小的牙齿咬他的腿。威廉尖叫着,伸脚踢她。

他一遍又一遍地举起鞭子鞭打他们,鞭子噼里啪啦地落在他们的胳膊上、手上、胸上和脸上。他胡乱地吼叫着,有时没能打中那些执着的偶人,鞭子便落在自己的双腿上。他没完没了地嘶吼和鞭打,直到嗓子变哑,胳膊筋疲力尽。偶人们畏缩在主教身旁,在痛苦的狂喜中呻吟。隔在他和那些偶人之间的是房里飘浮的一层小血滴组成的血雾。

威廉的手臂在颤抖。他无法抑制想要呕吐的感觉。

"我说,让他们停下。"威廉说。他哭了。

五十五

　　租来的拖船已经熄火,连同数十艘较小的船只、运输集装箱和散装建筑材料一起绑在偶人货船上。拖船的核裂变发动机已经冷却,设置为长期休眠。可裂变燃料的覆盖层上新加了一圈厚厚的铅,形成一个铅球,圣马太就藏在里面一个不超过一拳大的空间里。

　　他正在编排电子乐器的演奏曲,以配合10世纪的格里高利颂歌。让人们信奉宗教的原因很多,一位神职人员如果能展示文化、艺术、音乐和哲学上的美丽与丰富,也可以跟在公共广场上劝人皈依一样,成为灵魂救赎的不二法门。他编排了不同的颂歌,音调和节奏风格多种多样:从英西农场风到印尼浪漫派,从金星技术舞曲流到伊斯兰共同体摇滚。

　　与固定在偶人货船外面的那些东西不同,谁也别想关掉圣马太,除非捣毁他的意识。作为安全措施,偶人用电离辐射对每一件货物都做了灭菌处理,并且在将货物运送通过主轴之前,用聚焦电磁脉冲让其中的所有电子元件失效。他们用这种粗暴的方式来确保没人能够记录他们虫洞的内部工作,更不能破坏虫洞。但强大的辐射屏蔽和船体设计起到了法拉第笼一样的作用,阻挡了大部分的电磁信号,保护着乘客与圣马太的安全。

圣马太对他们租用的拖船做了手脚,加入了一些特性。他的安全小铅室外放着一部滴答作响的时钟。笨拙、机械、手工上弦,因此对偶人用于货物的地毯式辐射完全免疫。

偶人货船进入主轴时,时钟正好走完最后一秒。一支机械臂合上了电路,通过电缆将圣马太连接到待命的外部传感器和他那些由电池供电的自动机。那些功能并不强大的传感器以各种方式窥探着拖船外部的世界:可见光、红外线和X射线。偶人主轴的内部缺少可见光,但自动机检测到了微弱、波纹奇怪的X射线图案,以及温度相当于绝对零度以上百分之几度的红外信号。圣马太利用这些观察结果来衡量运输船的速度。

他继续哼着自编的电子颂歌,开始在自动机上运行诊断程序。这艘老破船的角落、边缘和空洞处,每个不同的部位都挂着一个自动机。最大的自动机有八厘米长,有蜘蛛一样的腿,最小的只有不到两厘米。圣马太已经演化出不同的设计,希望船体上这十几个自动机里面有两到三个能逃脱偶人的检测,生存下来。

运输船只每小时移动六十二公里。圣马太给自动机下达了启动命令。这些微小的机器,一个接一个攀缘在船体上,借助惊人的跳跃能力,进入虫洞内部的正常时空通道。细小的气流喷出,帮助它们减速,直至相对主轴内部完全静止。喷气束冻结成为雪雾,飘在它们下方。通过有限的传感器,圣马太注视着它们逐渐消失在远处,最后小到看不到。

圣马太又回到编曲的任务上来,一边哼着曲子一边工作,寻找着格里高利颂歌的模式和22世纪墨西哥泡泡糖流行音乐节奏之间的共鸣。

五十六

　　偶人全都离开了,只留下威廉一个人。刚刚跟偶人的经历深深震撼了他,震撼之深远远超过了他能接受的范围。偶人是完全陌生的生物。元神则是一群白痴,绝对的白痴。元神们当时的如意算盘可能看起来很美好:创造一群只要能接近自己便会极度狂喜的物种,让他们为自己效劳。一群呼之即来挥之即去,而且心甘情愿的终身劳役。受到适当教导的话,偶人也许会很顺从,除了快乐地提供服务之外什么都不知道。但时至今日,已经没有一个偶人生下来就是为了服从了。他们怀着信仰,努力奋斗,寻找着能够满足自己宗教需求的途径。元神的如意算盘完全落空。在此之前,威廉从来没有被去人格化、商品化。这事儿想想都吓得人大气都不敢出。他必须赶紧完成他的任务,然后用他所知的唯一办法逃离偶人。

　　等到房间里的灯光熄灭之后,威廉偷偷摸摸飘到门口去看了看。走廊尽头,一名士兵被固定索系在墙上。威廉犹豫不决,肚子一阵痉挛。偶人已经相信了他的伪装身份。他已经进入了自由城和斯塔布斯港。盖茨15已经在欧乐星上传了他的病毒,作为备份,威廉也做了同样的事情。也许盖茨15已经将他的病毒上传到斯塔布斯港这里的网络了。但如果他还没有，那整个计划就有危险了。

那样的话，威廉就不得不去找个什么终端，上传自己的病毒副本。但如果他被抓住，整个计划同样会前功尽弃。也许盖茨15已经完成了他分内的任务。但现在的盖茨15已经不是他们初次遇到的那个盖茨15了。他真的要把凯特的未来押在这个偶人流放者身上吗？

真正重要的是，他手里这份保单值多少。威廉肯定是要死掉的。但他的时代已经过去，丧命也没什么大不了的。他深吸一口气，尽量忍住咳嗽，仔细听着门缝咯吱的声音，十分缓慢地打开了门。走廊里的昏暗光线投射进来。他向门外窥视，看着长长的走廊，全副武装的偶人士兵挂在那里，没有动静。他睡着了吗？他的头盔里有没有响起什么警报？也许他是在自己的头戴显示上看电视？

威廉溜出房间，在门口待了一下，沿着走廊一下一下地跳过去，但与那个偶人保持着距离。他在走廊尽头落在了地板上，准备跳向下一个走廊的时候回头看了一眼。士兵还是没动。威廉一推墙壁，离开了这里。

下一个走廊更宽些，两边有一些黑暗的门洞，尺寸符合人类的身材。一扇门上的窗户里透出一道微弱的蓝光。房间里有一部医疗舱，一盏灭菌紫外线灯照射着舱内的通风柜。天花板的上角有一台带电脑终端的小型工作站，反射着蓝光。一个陷阱，或是另一个测试。也许门后等着的是一百名口水直流的偶人。他回头看了看，还是没有追兵。他触碰了一下门旁的平板电脑，门滑开了——肯定是个陷阱。

但他们不知道他带了病毒。

威廉绝不会再进笼子,他也绝不能再让偶人碰他。他的人生之路已经临近终点,最后一段路没必要走得这么艰难。他舔了舔一颗牙齿,里面藏着一粒自杀药丸,只需要咬一口,一分钟之内他就能得到解脱,进入一片安宁的世界,那里不会有什么偶人。威廉飘进实验室,关上了门。

他跳上工作台。偶人的固定索尺寸不适合他,不过他可以伸进一只手臂缠在上面,这样就不会飘走。他触了一下电脑屏幕,黄色的屏幕亮起。提示输入指纹验证,他没有理会。工作站左侧是一排不同的硬件端口。

他将食指第二指关节的指肚压在平板上,几根肉眼几乎看不见的细丝出现在指尖。他将颤抖的手抵在屏幕边缘,尽力让手稳定下来,然后将那些细丝搭上了工作站侧面的端口。他不知道对圣马太的病毒来说哪个端口最容易破解,所以他全都试了一遍。

汗水从他脸上滑落,在零重力下不会滴落。他想咳嗽。门外的走廊里有声音。威廉从固定索中转过身来,跳到对面的墙上。从门上的窗户应该看不到他,但只要有人打开门,就会看到他。

他旁边的墙上还有一扇门。他按下那扇门的控制平板。门向上升起打开,声音很大。一阵温暖的空气从门后飘了进来。他飘进去,转身关上门。这一下发出的声音更大,把他吓了一跳。

热炽灯发出诡异的红色灯光,投下难以辨认的阴影。墙壁上冷凝的水滴闪着光泽。突然传来一声大喊,吓得他呆若木鸡。那是一声梦魇里的痛苦喊叫。他眯起眼睛看着昏暗的房间,却什么也没看见。他闯进了偶人的巢穴吗?他握住墙上的栏杆,哈着热气,抵抗咳嗽的冲动。

要是能回他的房间就好了。

他还不想死。他想到咬破牙齿里的毒药胶囊,想到一了百了。威廉·甘德没了,美味的食物没了。没有了笑声,没有了阅读。赌博和喝酒,全都没了。他还不想死。

他咳嗽起来,从胸腔深处迸发出剧烈咳嗽。灯光亮起,照亮了一排固定在远端墙上的小床。每张床上都绑着一个大汗淋漓的偶人,喘着粗气,激动万分,眼睛肿胀,眼眶发红。他们没有醒来,也没有注意到他。

每张床前都有一个笼子,那尺寸对于人来说实在太小。每个笼子里都困着一个人形,痛苦地扭曲着身体,笼子的栏杆深深陷入肉体。他们在出汗,出得很多,在昏暗的光线下泛着光,滴淌下来。他们身上有些地方肿了起来,带着鲜红色的新伤痕。

他的胃翻腾起来。他妈的!

门在他身后打开。

无处可藏。

他跳到那排笼子上,紧紧贴在一个笼子的侧面,躲在昏暗之中。

一名身着密封服的偶人士兵飘了进来,身法熟练,提着一根橡皮警棍。又进来了两名士兵,三个人沿栏杆排列。然后,格拉西6主教慢慢地进来了。他穿着全套主教服,头戴主教冠,外披白金相间的长袍,手腕和脚踝上都套着无链镣铐。

灯光完全亮了起来,笼中的生物呻吟着。

"这么说,"格拉西6说,"你还真的尝试了。"

"什么?"威廉说。

格拉西6笑了。"你试图访问网络。"他说。

他妈的！他妈的！！他妈的！！！

"你在说什么?"威廉问。

"盖茨15已经把一切都告诉我们了,甘德先生。盖茨15是我们的人,不是你们的。"

威廉咳得差点儿背过气去。他就要吐出来了。

"那样的话,他就是把自己的机会扔掉了。"威廉只能用这个宽解自己了,"你们要永远放逐他,还是杀死他?"

"根本不存在被放逐的偶人这回事。"格拉西6说,"如果一个偶人天生不具备对元神的敏感,我们是不会允许他活下来的。盖茨15是一个苦行者,一个没有神也能一直活下去的人。绝少有偶人能够承担那样的痛苦。对于苦行者,那是一种精神上的忍耐。我们派出像盖茨15这样的偶人作为神圣间谍,他们的任务就是要寻找隐藏的元神,好让我们把他带回家。"

威廉觉得万念俱灰。

"我们知道你的角色,也知道那个阿霍纳的计划,那个堕落的量人。我们知道雇佣你的是联盟舰队。等到他们强突港口时,我们就会把你的余党一网打尽。联盟军官对于聚合政府来说还是很值些钱的。"

威廉呻吟了一声。贝利撒留、卡桑德拉、玛丽还有其他人,这下都完蛋了。

凯特也拿不到报酬了。

"联盟的下场会比你们更糟糕。"格拉西6说,"他们将无法与我们达成和平并且有利可图的协议。我们已经加强了斯塔布斯港周围的防御工事,还部署了额外的海军中队作为增援部队。我们曾经以比这更少的部队挺过了两次大攻击。十几艘军舰我们还是能够应付的。"

"那就少废话,快杀了我吧。"威廉说。

"我当然不会杀了你。过去几天我一直试图弄清楚你是什么。你很接近元神,非常接近。如果元神现在被创造出来,他们摸起来、闻起来可能都会像你一样。乍看之下,你令人厌恶:一个假神。你是第一个,但也许不会是最后一个。

"枢机主教会议中的许多人都相信你是撒旦的化身:反元神。许多宗教都有反神:神的对立面。我们以前没想过我们也会有这么一个反神,但我们毕竟刚上路不久。"

"我不是什么东西的反面,不过我可以是个反偶人。我是个间谍。快处决我吧。"

"枢机主教会议中有很多人支持这个处理方法。"格拉西6说,"但我和我的主教同僚们想的不同。我不相信你是撒旦化身,就像你也不相信。"

一丝慰藉似乎冲淡了恐惧。

"我认为你是第二次神创开始的信号。"格拉西6说,"你指出了一条路,通向第二个伊甸园时代。"

"你脑子坏掉了……这只是生物工程而已。没别的意义。"

平静的主教摇了摇头,微笑着。

"偶人身上发生的一切都具有宇宙意义。我们生活在一个神的世界。破解宇宙留给我们的线索是我们的责任。我们都知道,今天的偶人生活在大衰落时代,而且衰落还在加速。我们面临令人绝望的痛苦和匮乏。如果能有别的神创事件发生,这种局面就可以有很大的改观。在一个存在威廉·甘德这种可能性的世界里,偶人也有许多可能性。"

"我没什么可能性,"威廉说,"我什么都不是。"威廉舔了舔藏有毒药的那颗牙齿。他得把牙冠顶开,才能咬到毒药。

"宇宙需要偶人,甘德先生。我们有我们的天命。就连你也没想到吧,一支先进的舰队送上门来,还有第二次元神创世,这两件事竟然同时发生。你可能就是一切。你可能预示着偶人的救赎。"

"我是假冒的! 我也不会帮你做任何事情。"

"我不需要你的帮助,甘德先生。我领导的偶人教会分部就是要摧毁元神。身体上摧毁,精神上也摧毁。用一切手段。"

牙齿终于在威廉姆斯的嘴里脱落了。他龇牙咧嘴,用臼齿咬碎了那颗牙。他咽下了口水,等待着异味和痛苦。

再有一分钟,就可以摆脱这些疯子了。

没有什么味道,也没有液体。

他的胃一阵紧缩。

"牙齿中的毒素已经被特勒5医生拿掉了,甘德先生。你得跟我们一起待上一阵子了。"

"待不了多久的。"威廉说,他吐出牙齿碎片,又痛苦地咳嗽起来,"特伦霍尔姆病毒可以确保这事儿。"

"你又这么说了,难道你不知道天命对每一个偶人都下达了指示? 你在这里看到了什么,甘德先生?"

威廉透过笼子栏杆,看着里面颓丧的人形,他们痛苦地紧紧挤在笼子里,被压迫得几乎无法呼吸。他又看了看床上的那些偶人。偶人和元神的身体上都有一道道感染和肿胀造成的红色印记。

"欧乐星一直以来都是矿工的世界。"格拉西6说,"这些人中有难民,也有社会和宗教的弃儿,生活在极度贫困中,孤立无援。他们为了生存所从事的工作十分艰苦又很危险,而报酬却通常十分微薄。

"所以他们创造了偶人来做那些工作,让我们来为他们快乐地辛苦劳作。但他们同时也设计了偶人的免疫系统,与他们自己的免疫系统兼容。最幸运的偶人可能被要求捐献器官给受伤或衰老的元神。能够体变①,成为神的身体和血液,没有比这更大的精神狂喜了。"

威廉恶心得要吐。

"元神现在已经没有遇见事故的危险了,"格拉西6说,"但我们继续取用我们充满信仰的血肉,将它移植到元神体内。我们的实验神学家已经探索到了祭典的新领域。特勒5医生这样的外科医生从元神身上取出血肉甚至器官,然后与偶人捐献者进行血肉交换。我们的确生活在大衰落的时代,但我们已经发现了接触神性的新方式。"

威廉的手在颤抖,"你们全都有病。"

"你采用了错误的标准,甘德先生。关于这个,三个星期前,当你进入神的世界的那一刻起,你就已不再是人类,不是吗?"

"你们都是些怪物。"

"你问问他们吧。"格拉西6说,朝绑在床上激动得发抖的偶人们挥了挥手。

威廉转过身,闭上了眼睛。格拉西6的声音在继续,柔和却充满激情。

"这个房间里的偶人都是精神最深刻、最神圣的人。"他说。

"你们只不过是在做外科手术!"威廉说道,他伸出一根手指指着主教。他的声音有些尖厉,因为他已经接近恐慌状态了,"这里没有什么神圣的东西! 只不过是外科手术!"

---

①宗教用语,指麪饼和葡萄酒经祝圣后变成基督的体血,只留下饼和酒的外形。

他不能恐慌。要让他们把注意力放在我身上。我是这个骗局的幌子，起牵制作用。不对，没有什么骗局了。一切都结束了。眼泪涌出，模糊了他的视野。

"生物化学引领你进入到一个精神世界。"格拉西6主教说，"命运之手是显而易见的。特伦霍尔姆病毒已经敲除了你的T细胞，所以你与一些我们通过敲除RAG基因创造的偶人谱系具有相同的免疫特征。任何基因敲除的偶人都可以向你捐献血肉和器官，反之亦然。有了特伦霍尔姆病毒，我们可以通过体变，让你在几十年里一直活下去。"

威廉一时间觉得天旋地转。他干呕起来，但他的胃里没有什么东西可以吐向眼前这个疯狂的偶人。威廉剧烈地咳嗽，胸中一阵刺痛。他吐出了血和痰。他们的想法实在太过违反道德伦理，他以前从来没想到世上竟有这般邪恶的存在。

偶人士兵靠过来。戴着金属手套的手指伸过来抓他，他惊恐地抗拒着。他咳嗽得停不下来。他们把他的双手反剪到身后。他咳嗽着，将地板和墙上都喷溅上血迹，胸中似乎燃烧着一团火。他的头一抽一跳地疼，大汗淋漓。

"我已经说服了一半的枢机主教团，告诉他们你就是弥赛亚，元神第二次降临的预兆。尽管一切并没有按照你的计划发展，但你来到这里，还是做出了牺牲。你因牺牲而神圣。也许你可以驱散偶人的原罪。"

五十七

"偶人的防御工事只瘫痪了一半。"圣马太沮丧地说。

卡桑德拉在贝尔旁边,挂在租用的拖船附近的一个停靠栏杆上。待在他身旁越来越令她感到害羞。她看穿了他的层层包裹,有些她无法信任,有些她不能理解,有些则十分坦诚。她亲吻了他,是想抚慰他的痛苦,但也包含了一些别的因素。他们眼下在做的疯狂事情也是那个吻的一部分原因,就仿佛过去的伤痛不再重要,而生活的规则和道路正变得越来越模糊。她加入了这个骗局,贝尔说已经把一切都告诉了她。如果这是真的,那么知道整个骗局的只有他们俩。这让她心神不定。

伊坎吉卡在贝尔的另一边,两个人脸上都毫无表情。玛丽在一个较低的竖架上,正把斯蒂尔的水箱推进拖船。从运输船中领回属于他们的拖船以后,他们就把圣马太放了出来。盖茨15已经从城中心偷跑出来加入了他们。

A.I.正在投射斯塔布斯港的简图。黄色发光的轮廓线条显示着偶人主轴的入口。它位于图的中央,周围是一片片三维的支柱、竖架、平台、栖息地和武器。许多成组排列的炮台闪烁着慵懒的红色。图上大部分区域都显示为绿色的荧光块。还有三

339

十几艘偶人海军的舰只，也显示成绿色。

"哪里出问题了？"贝尔问。

"我也不知道，"圣马太说，"病毒本来应该侵入更大的范围。"

"偶人一定起了疑心。"贝尔说，"他们调了一半以上的舰队来这里，还在自由城上空部署了一艘无畏舰。"

卡桑德拉观察着他，想看看有没有什么破绽可以判断他的情绪是否是伪装出来的。贝尔用一层层的伪装包裹着自己。也可能这个人真的无法判断，像个幽灵，只是一堆叠加态的可能性。

"我们现在怎么办？"卡桑德拉问。这是她的台词，她只有这句台词。

伊坎吉卡的脸上毫无表情。

"少校，"贝尔说，"虽然我们原本希望能有更好的条件，但我看应该不会再有比现在更好的机会了。我们应该抢在更多的偶人部队到来之前，马上开始行动。"

伊坎吉卡不情愿地点了点头。圣马太关掉了投影展示。盖茨15看起来闷闷不乐。

"盖茨15，"贝尔说，"我们也得给自己再加些筹码。把病毒导入其他的辅助系统也许能起点儿作用。"

"那么做对我来说非常危险，阿霍纳。"盖茨15说，"我被他们盯着呢。他们既然已经跟威廉谈上了，就不会再给我行什么方便了。"

"试一试，"贝尔说，"现在是关键时刻。"

"那么，咱们在主轴的另一侧再见。"偶人说，努力挤出一个勇敢的微笑。他手臂交替在绳索上攀缘，朝斯塔布斯港主建筑群返回。卡桑德拉注视着他好一阵子，直到贝尔碰了碰她的衣袖。他们登上了拖船。在驾驶舱里，贝尔把一枚他那种特殊纽扣递给伊坎吉卡。

"能劳烦你来做吗，少校？"

"怎么做？"她问道。

"用你的手指捏它一下。"他说，"在'木塔帕号'上，它的纠缠态孪生纽扣就会发射光子，告诉鲁多少将：开始行动。"

伊坎吉卡长长的手指弯曲，在纽扣周围一捏。她展开手掌，纽扣的颜色变了。

拖船猛地一震。"准备出发。"贝尔的手腕上传来圣马太的声音。

大家用固定索系牢。拖船借助冷冻喷气流离开竖架。还要十五分钟的时间，拖船才能离滑道足够远，然后点燃主发动机。

"港口当局发布了一条全局警报。"圣马太说。

几个月来的紧张工作这会儿一下子让卡桑德拉的胃痛苦不已，她感觉脸上很热，手却冰冷。

"你的人赶到这里的速度真快啊。"贝尔对伊坎吉卡说。

"为了这一刻，我们已经准备了好几代。"她说。

"我在防卫网络里找到了一些视频。"圣马太说。

显示图像变了，现在出现的是港口的空间交通管制区域，在防御周界的同心圆球内。同心圆球的外层有红色在闪烁，几个未知信号正在小行星欣克利上空汇聚。贝尔调整控制键，以获得更好的防御工事望远图像。

欣克利上闪起一团团的亮光。此起彼伏的核爆炸勾勒出这颗形似土豆的小行星的轮廓。斯塔布斯港装备的老式粒子炮和激光炮正对着欣克利上空的目标射击。玛丽从货舱中冲出，绑好安全带。

"我们准会被炸个粉身碎骨,不是被这一边就是被那一边。"圣马太抱怨道。

"前往欣克利。"贝尔说,"把我们的身份识别传给联盟。"

"我们会陪着他们被一网打尽的。"圣马太说,"我们到不了主轴口。有人出卖了我们。"

"那是当然。"贝尔说着,从箱子里取出一件神游服,递给卡桑德拉,"我找盖茨15当我们的内鬼,但他从第一天起就出卖了我们。"

"但他是个被流放的偶人啊!"圣马太说。

"他的身体根本没什么问题。"贝尔说,"德尔卡萨尔也没有对他做什么,只是插入了纳米微管,好将病毒注入偶人的系统。他对威廉的反应完全出自他自己的意愿。"

"威廉知道盖茨15是间谍吗?"玛丽问。

"现在可能知道了吧。"贝尔说,"我没有提前告诉他,不能冒这个风险。但愿他已经吃下了自杀毒药。"

"但病毒没起作用!"圣马太说。

"估计他们让威廉接入的是斯塔布斯港的另一套隔离系统,"贝尔说,"然后偶人关闭了他们真正的系统,好让病毒看上去发挥了作用。"

"为什么?"圣马太问道。

"偶人想让我们以为我们的计划成功了。"贝尔说。

"太可怕了!"圣马太说,"他们设了一个圈套!"

"不。"卡桑德拉缓缓地说。每个人都看着她。她现在理解贝尔在骗局中深切感受到的那种刺激了。贝尔为偶人构建了一个场境,他们对这个场境深信不疑,却由此让它真的成了现实。"他们设了一个圈套,"她说,"这太完美了。"

五十八

推力很稳定,玛丽已经可以解开安全带,通过舱门进入货舱。舱内大部分是黑漆漆的真空。里面隔出一块空间,做了加压,以放置斯蒂尔的水箱。玛丽靠过去,在窗子上敲了敲。斯蒂尔的电子语音响起。

"又他妈要干什么?"

"很抱歉,我黑进了你的系统。"她说,"我原本以为这应该很有趣。"

"滚蛋。"

"这是那种你平常问候大伙儿的'滚蛋',还是特别给我的——因为你特别讨厌我?"

"我他妈的真搞不明白当年你是怎么在聚合海军混下去的。"

"说老实话,我当时的表现并不是很好。"

"你不是做到军士了吗?"

"之后就变成了下士,"她说,"然后又是列兵。等他们把我关进监狱时,我觉得我的职业发展进入了瓶颈期。"

"我他妈的完全理解你上司。"

"当时我的表现报告就要被评定为最差了,"她说,"但我的上尉说可以考虑修改报告,把我的表现评定提高一些。"

"你给他来了一次特别出色的打飞机?"

"没。我狠击了他的卵蛋。"玛丽说。

"用你的增强肌肉?"

"不,用我的脚。一脚又一脚。然后我把他的宿舍拆了。"

"牛逼。"斯蒂尔说。

"用的是炸药。"

"这一回,你惹火的是我们那位量子娘娘腔吗?"

"他有足够的耐心,"她说,"毕竟他是个心思很重的人。"

"你还是回去烦他吧。"

"我是来跟你讲和的,带着礼物。"她说,"小道消息:盖茨15是双重间谍。我就知道不能相信那个小混蛋。"

"我们的计划这下泡汤了吗?"斯蒂尔问道。

"看起来不像。好像贝尔一发现这事儿,就改变了他的计划。"

"我要是得不到报酬,会很生气的。"

"你知道什么让我心累吗?"她问道。

"我他妈的干吗要关心你心累不累?"

"谢谢你这么问。帮助贝尔处理他的感情问题,还有马特和他的上帝情结,这些都让我心累,我不想再继续了。"

"要是他们听说你不想再帮忙了,他们拉屎都会拉得阳光灿烂。"

"我决定帮你。"玛丽说。

"可以啊,先帮我洗洗屁股吧。"

"我想搞清楚你。"她说,"你对别人很苛刻,但是你不喜欢别人对你苛刻。"

"你现在又变成一个杂种娘娘腔了吗?"

"就算是吧。我觉得《杂种人之路》整篇经文就像一张自我保护的大网,在别人还没对你苛刻之前,你就用它来对自己苛刻了。"

"你能不能换个地方去讲你这套屁话?"

"我很惊讶,贝尔竟然没有看到这一点。整部《杂种人之路》就是一种骗局。别人看到的是强势大喊:别惹我们。而在下一个层面,你们又让世人猜测,这其实是对你们内心深处极度不安全感的补偿。但是!"她说,"这个但是非常重要。"

"我的蛋也很重要。"斯蒂尔说。

"但是这只是个伪装,"玛丽继续说,"是魔术师的伎俩,靠它来分散观众的注意力。你们其实压根儿没打算掩饰你们的不安全感。这层伪装之下才是真实的你们。但因为没有人能看透你们,所以也就没有人能猜到你们下一步要做什么。在和别人谈判雇佣兵合同的时候,这一点对你们相当有利呀。"

"如果你这一堆狗屎推理是正确的,那你觉得我会怎么说呢?"斯蒂尔问道。

"你会说一次实话,也就是我刚才说的都是对的,这样才好迷惑我。"

"你刚才说的都是对的。"他说。

玛丽笑了,但只是一个短暂、紧张的笑。

"你在无畏舰上待过吗?"她问道。

"杂种人从航空母舰上起飞,"他说,"杂种人去他妈的无畏舰有屁用。我们只会在他们的甲板上撒尿。你干吗这么问? 又害怕了吗?"

"我从来不害怕任何东西。"她说,"我在聚合军舰上待过,它们强大无比。但无畏舰上的炮完全是另一个级别。"

"他们可不是开玩笑的。"

"你现在害怕了吗?"

"我怕个屁。"

"屁话,"玛丽说,"就算是联盟船员,这会儿也会心里打怵。你不可能不害怕无畏舰。我们甚至还没来得及向外开上一炮,就会被闷在联盟军舰里烤焦。"

"嗯,我知道你觉得自己挺牛逼,因为你不用在你游泳的地方拉屎,不过你说的都写在《杂种人之路》前三节里了。"他说,"在那坟墓般的洋底,你一出生就已经注定过着死人般的生活。你的人生'绝不会变得更好',所以'你完蛋了'。"

"这听起来可真让人安心。"

"你和我以及菲卡斯,我们没有人宠爱。我们永远都是在这种骗局祸事中被雇用的打手。跟阿霍纳、卡桑德拉或德尔卡萨尔相比,我们脑袋里塞的都是大便。也不像伊坎吉卡,我们没有军衔。我们只是小卒。我们的工作是闷头干脏活,老板们指到谁,我们就去敲碎谁的脑壳。"

"你想一辈子就当个小卒吗?"

"也许你可以梦想变得不同,菲卡斯,变成公主、人类甚至是狗屎。但我是杂种人。所有这些你梦想变成的东西,最多就是可以帮我换换墙纸主题。我反正一无所有,没什么可失去的。所以甭管哪只手挡了我的路,我都会咬他一口。"

五十九

圣马太折腾了四个小时，经历了不知道多少次强力推进和突然制动，拖船终于到达了欣克利。偶人的炮火很猛烈，但有些漫无目标。港口的大炮一直在避免直接击中欣克力。欣克利不仅是一个军事基地，同时也是一个工业基地。如果它损毁太严重，不仅会让港口受到损失，甚至会损害整个偶人神权联邦的利益。联盟异常迅速地削弱了辛克利远端的防御，现在又利用小行星当掩护。对这种局面，偶人似乎不知道该如何应对。

金属弹和粒子束组成的强大火力让联盟无法继续靠近，但偶人同样无法赶走入侵者。在拖船里，贝利撒留和伊坎吉卡倾听着此起彼伏的无线电指示、提问、命令和抗命。与此同时，一艘艘民用飞船拼命试图逃离交火。

他们围绕辛克利飞行，视野中的第六远征军令人屏息。十二艘联盟的战舰上灯火通明，大炮上的战术发射管全都拿掉了，令人毛骨悚然的切伦科夫辐射从横贯舰队中央的那根巨大的管子里发射出来。

贝利撒留不相信命运，但此刻却似乎嗅到了它的味道。这十二艘战舰在四十年前出发，在太空垃圾中游荡，在冰冷的浩瀚苍穹之中躲藏。结果发现了一座宝藏。现在他们要回家了,打算扫平一切挡在他们路上的事物。尽管他知道宇宙并没有什么意义,但他们的行动却让眼前这一刻充满了令他动容的意义。

"哪一艘是'法绍达①号'?"贝利撒留问道。

伊坎吉卡指着远征军舰队中心的一艘战舰。

"'戈布德维②号'呢?"贝利撒留又问道。

伊坎吉卡又指了指另一艘很不起眼的战舰。它们沿着欣克利的等高线排开,面朝欣克利。古老的煤黑色风化壤遍布星球表面,平静无瑕,现在却点缀着巨大的弹坑,里面是掺杂着浅灰色的耀眼白冰,那是已被联盟的武器专家们摧毁的偶人防御据点。拖船从"奥姆卡马③号"下面通过。战舰下部有激光灼伤的痕迹,某一门偶人的大炮可能撞上大运了。如果它再幸运些,第六远征军就只剩下十一艘战舰了。

等他们到达"戈布德维号"下方时,玛丽已经穿戴整齐。贝利撒留拿出一对他那种银色纽扣,给了玛丽一个。

"你通过之后就告诉我们。"他说。

"但愿我们不会炸个粉身碎骨。"她说,"联盟的战舰要怎么过无畏舰这一关?"

"你一从这儿出去,无畏舰就不成问题了。"贝利撒留说,"出了交火区,你对无畏舰来说就无足轻重,根本引不起它的注意。而且,如果怀疑联盟拥有新式驱动器,他们的目标应该是活捉,而不是摧毁。"

"我们这是在发疯,在玩火,贝尔。"玛丽说。

①非洲地名,在今苏丹。

②在今南苏丹。

③乌干达地区头衔,意为"万王之王"。

"所以我才找你啊。"

她冲他比了个中指,然后穿着磁力靴走进气闸,把自己关在了里面。按照事先练习好的动作,她转动阀门打开门锁,进入了太空。

"你们继续前进吧!"对讲机里传来玛丽的声音,"我不需要保姆也能到'戈布德维号',再说大家都要赶时间。"

贝利撒留朝"法绍达号"进发。他将拖船停靠在"法绍达号"旁边,伊坎吉卡进了货舱。

"你现在能不能告诉我,"圣马太看到伊坎吉卡进了货舱,低声问道,"我们这是在做什么?"

"联盟的船员要把斯蒂尔搬到'法绍达号'上面去。我们完成得越快越好。"

"为什么?"

拖船后部的咔嗒声响起,伊坎吉卡朝他们大喊:"我们好了。"

贝利撒留再次开动拖船。"林波波号"是舰队的三艘主力舰之一,由三艘巡洋舰组成的中队拱卫。它的指挥中心后面是一排封闭的泊库。伊坎吉卡发出指令,其中一个库门滑开。泊库在他们面前洞开,边缘像座巨大坟墓的嘴唇。伊坎吉卡的眼睛里燃起兴奋的光。她就要乘船回家作战了。

"咱们这就送你到印第安座ε星系去,少校。"贝利撒留说完,泊库的门在他们后面关上。

他们穿过临时通道,进入了"林波波号"。两名面色冷峻的宪兵飘浮在走廊上,他们护卫的是战舰指挥官滕中校。伊坎吉卡向他致敬。中校回了一个军礼,交给她一副皮带和枪套,里面是一把手枪。

"欢迎来到'林波波号',阿霍纳先生。"滕说。

贝利撒留介绍了卡桑德拉。

"我们得开始了。"贝利撒留说。

"伊坎吉卡少校会带你们去舰桥。"滕说,他指了指通向舰首的廊道。

少校向前方跃去,身法一看就是在零重力环境下出生并受过良好训练。卡桑德拉跟在后面,也没有举止失措,她的腿和身体平衡完美,不是通过训练,而是全凭头脑思考如何才是几何学上最容易的方式。贝利撒留紧随其后,双手交替着前行,速度没有她们快,但也没有失去平衡和控制。

舰桥在战舰背部的上层建筑深处。加速室像口阴郁的金属棺材,里面很拥挤,四处都是闪烁的状态灯。两名轻装甲的宪兵站在旁边。全息战术显示器在舰桥中央闪烁。

贝利撒留的大脑一瞥之间就已经理解了上面的各种几何体。十二万公里之外悬着"偶人主轴",被斯塔布斯港的防御工事严密掩护着,还有虽被削弱却依然危险的偶人舰队在增援。联盟的战术显示屏要比他们入侵的偶人显示屏更好。

四十二艘偶人舰船列队在空中,保卫着斯塔布斯港。这还不到偶人舰队的四分之一。无畏舰的到来吓到了偶人,也部分打乱了贝利撒留原来的计划,他本以为大部分偶人舰队都会集结到斯塔布斯港附近。

卡桑德拉踩着磁力靴走到舰桥中央,站在一台全息显示器面前,上面显示着飞船的位置和局部磁场。最重要的是,上面还有"林波波号"的磁力线圈系统的状态信息。

"我准备好操控线圈系统了。"她说道。她的语气十分简略,听起来似乎已经进入了白痴天才模式。

准将和伊坎吉卡交换了一下眼神,然后将军挥手发出信号。卡桑德拉面前的全息图变绿了。她开始测试系统,手指上下翻飞,动作十分精确。她进入了神游状态。

"无论你的计划是什么,你总不会故意加强斯塔布斯港的防御力量,把它当成个好主意吧。"圣马太说。

"计划正是这样。"贝利撒留说,"他们已经从偶人自由城调过来一部分备用部队,以增援斯塔布斯港。"

"自由城距离这里三百二十光年,还有一艘无畏舰觊觎在侧。"圣马太说,"我们是要帮助聚合政府夺取偶人主轴吗?"

"我们之前的重点是误导偶人和聚合政府,"贝利撒留说,"让他们误解我们的意图,调动他们落入我们的骗局。"

"你也许可以成为一个不错的战略家,阿霍纳。"伊坎吉卡少校说。

这是她迄今为止给予他的最高评价了,虽然说得有些不情不愿。她说得没错,同时她也没说对。

"这不过是场经典的老式赌局,少校。你要对付的是玩家,而不是手中的牌。偶人和聚合政府各自有其恐惧与贪婪。对他们两方来说,第六远征军的出现都是数十年来最诱人的事情。偶人一心想变得更加强大,从而可以永远拥有元神。聚合政府则决意维护其支配地位,对它的间谍带回来的情报多半都选择不相信。它开始行动,想提前发现骗局并扑灭对手,还要让潜在的叛乱者几代人都无法翻身。偶人则相信他们的主轴是无法突破的。两方都坚信,自己手里握着的是一副不可能输掉的好牌。"

六十

　　名为卡桑德拉的主观存在在"林波波号"的舰桥上逐渐熄灭,取而代之的是量子智能开始凝聚。感知扩展到船体以外。纠缠的粒子和波的相互作用在环境磁场中引发涟漪,作用在卡桑德拉身体细胞内的数百万个磁小体上。可能性一波波涌来,在"林波波号"周围区域形成了一幅分层的量子态图形。0.31秒之内,斯塔布斯港的虫洞入口就开始对量子智能能够感知的这些可能性产生影响了。偶人飞船的高速运动也被量子智能完全感知,因为它们释放的少量能量流入了脉冲星的磁场。偶人防御工事的电气排放同样导致了微弱的磁力变化,于是它们的轮廓图也一一显示出来。

　　十二艘船飘浮在量子智能周围,它们藏在小行星后面,避开了能量和粒子武器的直接攻击。但攻击仍然不断导致电气短路、无线电警报和热等离子体喷发。量子智能构筑了数学过滤器,以消减信号中的这些影响。量子智能需要这种环境屏蔽,以准确捕捉缠结粒子之间的概率轨迹。

　　名为贝利撒留的主观存在持有两枚纽扣,分别与名为斯蒂尔和菲卡斯的主观存在持有的纽扣相关联。纠缠态仿佛一根无形的细线,无论距离如何,都能将人员和船只连接起来。

量子智能本身还有十枚包含纠缠粒子的纽扣。在一片量子噪声中,通过一些最微弱的信号,其中四枚纽扣穿越太空,飞越三百二十光年,到达欧乐星冰壳之下的海洋。通过这些纤细的量子连接,量子智能就可以在空间和时间上标记矮行星欧乐。其余六枚纽扣则通过概率之线与圣马太 A.I.在偶人主轴中留下的微型自动机相连。

就像一组射电望远镜阵列能模拟一部大型望远镜一样,这些纠缠概率的微小细线能够模拟出三百二十光年之外的图像。量子智能感知着斯塔布斯港周边地区、自由城周边地区,以及通过超空间连接这两处的隧道,将它们当作一个由量子纠缠编织而成的巨大时空区域。这里面的一切观察、知识、观点全都是超越寻常的。

而在量子智能打量这个世界的同时,它也开始命令"林波波号"的系统打开虫洞,就在偶人主轴的咽喉处。

六十一

　　玛丽在第一艘暴胀子快艇里坐卧不安,安全带勒得人很不舒服。快艇停在泊库里,周围暗了下来。他们就要进入一个人工虫洞了。她觉得脑后一阵毛骨悚然,胃部一阵抽搐,好像坐在过山车里往上爬升,等着到达顶点。

　　她喜欢掌控一切的感觉。可现在她驾驶的是其他人的飞船,不仅要潜伏接近偶人主轴,还得悄悄溜过自由城的防御工事,飞向某个致命的聚合武器装备。她倒不是害怕。她一生都在干危险的事情,但这一次比她以前干过的任何事都更加疯狂。

　　深呼吸。

　　你出生在一个水下坟墓里,生活不会变好,你完蛋了。斯蒂尔的哲学无法令人感到安慰,但如果被人叫作胆小鬼,那她还不如死了算了。她的显示屏与二级舰桥连通。她和舰长看到的一样:大伙儿都猫在一个人工虫洞里,还得坐卧不安地熬很长一段时间。

　　聚合海军的武器装备可不是开玩笑。她在最精英的聚合海军陆战队里执行过两次巡航任务,那是在巡洋舰上。她甚至还在几艘主力舰上待过。那些战舰都很大很可怕,但跟无畏舰比起来,它们就像训练船。

泊库里亮了起来,又开始加速了。她的显示屏也亮起来,显示着飞船的结构图。飞船的周围有奇特的抽象线条,交织形成一根管子。他们已经从脆弱的人工虫洞出来,进入了偶人主轴。

加速将玛丽压在座椅上。八十米每秒。对于轨道上的飞船而言略慢,但对位于其他地方的飞船来说,这已经足够快了。

显示屏上可以看到武器发射管打开,大炮也旋转到位。大部分稍微指向前方,其余的则垂直于战舰本身。

玛丽长出一口气,呼出的热气把她的面罩弄得一片模糊。困难的部分到了……她在途中已经见识过偶人的防御设施。如果联盟的武器专家们打算以这样的角度射击,那他们就是要采用不经瞄准近距离平射的打法——这样有很大可能会误炸到"戈布德维号",不过击中敌人目标的机会也很大。

玛丽把驾驶员座椅的扶手抓得更紧了,暗自希望是她在驾驶这艘飞船,或者起码在操纵一门大炮。她喜欢扣动扳机。显示屏上,虫洞咽喉的顶部出现了一个开口,透过开口模模糊糊能看到一些物体。推力将她压在座位上。每秒一百二十米。

然后飞船里一片轰鸣。全息显示屏上可以看到"戈布德维号"的舰首从偶人主轴开口出现,进入正常空间,朝着虫洞上方的巨大泊库飞过去。舰首的排炮对着泊库的天花板开火,将厚厚的钢门炸成了等离子体,随即战舰开了过去。战舰顶部和腹部的排炮一齐开火,粒子炮火吞噬了偶人的炮台,装备和人员灰飞烟灭。

主轴口上方两公里就是欧乐星表面,这中间有三道防护门阻隔着。"戈布德维号"的前排炮编织起了一张激光和粒子炮火的大网,将第二道防护门也熔开,战舰冲了过去。

最后一道钢铁防护门是最厚的,能够抵抗住空中的核打击。流星般的粒子束和瀑布一样的火箭弹从"戈布德维号"舰首射出,倾泻在第三道防护门上。铁门开始扭曲。火力继续保持轰击,最后,巡洋舰坚硬的船首直接撞上了铁门。最后一扇门爆裂开来,战舰也震颤不已。钢铁凸起,好似锋利的刀刃,在"戈布德维号"两侧雕刻出巨大的沟痕,又将上层建筑的顶层甲板从船体上撕了下来。玛丽的全息显示屏闪了一下,熄灭了。

舰桥没了。

舰桥里的船员也一笔勾销了。真是一伙亡命徒。

妈的!她被困在了一个活靶子里。

这时又亮起几面新的显示屏,颜色也发生了变化,上面显示的是不同的视图。"戈布德维号"的轮廓图上到处都是热红色的警报图标,满屏都是代表加速度和自由落体的异常波形。还有某种动力,在推动着他们前进。飞船没有死。这可真是个好消息!不过很快她就意识到并非如此。指挥官和下属的武器专家们还能控制飞船,可他们正在冲向这个星系里最危险的武器:驻守在主轴上方轨道上的聚合无畏舰。

"他妈的。"她咒骂道。

飞船上响起一阵嗡鸣,警报声此起彼伏。暴胀子快艇的传感器也启动了。全息表盘上出现了若干她没见过的读数,正在开始测量暴胀场的强度。他们没有改变航线。这也不是假动作。

他们疯了吗?

他们真的以为自己能去迎击一艘无畏舰?

它可是个巨无霸,你们这些白痴!

她打开了对讲机。

"呼叫'戈布德维号'指挥官,我是快艇一号。"她说,"请求下船许可。我看出你在考虑另一位舞伴,我不想妨碍你们的激情碰面。"

"快艇一号,离开这个频道。"对面迅速作答,"打开泊库门。出去。"

连接到备用舰桥的战术显示屏突然熄灭,她只能在快艇上凭肉眼向外看去。泊库门打开了,磁力着陆架上的夹钳释放开来。她借助冷冻气体喷射飞出舱外。她的暴胀子驱动器表盘不知怎么逐渐变成了黄色。她刚检查好泊库,驾驶舱里响起一阵嗒嗒声。飞船结构图上亮起警示灯:碰撞传感器有情况。

太空垃圾,或是金属弹。

从下面向飞船袭来。

什么情况?

偶人用激光和粒子武器瞄准"戈布德维号",但却朝她发射了金属弹。

什么情况?

这些金属弹可能会打中她! 狗日的偶人!

她调转快艇方向,开动暴胀子驱动器,飞快地驾驶快艇向前冲,想摆脱那些老式火控系统的追踪。她打开一部战术显示屏,放大了快艇身后的视图,那艘愚蠢的"戈布德维号"还在加速。

"无畏舰帕里佐①号"正用明文发送消息,就是那种"立即停下,就地投降,不然我们就干死你们"的信息。这还不是全部。在更高的轨道上还有一艘聚合常规主力舰:"瓦勒布里扬②号"。它的激光瞄准器已经锁定了受损的联盟战舰。

---

①魁北克前省长。

②魁北克地名。

暴胀子警报器熄灭。

没有伴随光,也没有辐射,只有背景星光弯曲和蓝移。

就在这时,"帕里佐号"的中心突然扭曲,出现了一个洞。

"天哪!"玛丽喊道。

"帕里佐号"冒出一阵气雾,被白色的火焰照亮。庞大的无畏舰在颤抖,好像不知道自己这是怎么了。船体模块一片片脱落,四下飞散。紧接着,飞船内部的某种放射性物质引爆了,"帕里佐号"被吞没在耀眼的光芒和地狱般的大火之中。

"我操!"

"戈布德维号"改变了路线,朝瓦勒布里扬加速飞去。

瓦勒布里扬号一边撤退,一边发射粒子炮抵挡。

"老天啊!"玛丽叹道,震惊得再也说不出话来。

她连忙拿出贝利撒留给她的纽扣,又打开一个面板,拨动了开关。

六十二

贝利撒留手中握着纽扣,其中与玛丽手中配对的那一枚颜色发生了变化:从银色变成了金色。

"玛丽已经过去了。"贝利撒留说,"祝贺你,少校。'戈布德维号'现在位于三百二十光年之外,起码它已经从主轴全身而出。现在可以先把一半的报酬打给我了。"

"你就只能知道这么点儿信息?"伊坎吉卡问道。

"这是纠缠态粒子。它们能在任意距离进行通信,但只有一个数位的信息量。"

伊坎吉卡的手指快速划动,键入一串复杂的密码。片刻之后,显示屏上显示,下一艘战舰正在开往"林波波号"打开的人工虫洞。

卡桑德拉身体中的量子智能在与他们通话,时断时续,"贝利撒留,快离开。有干扰。"

伊坎吉卡皱起眉头。"怎么回事,阿霍纳?"她问道。

贝利撒留的心里充满了自豪。卡桑德拉正身处深度神游状态下,此刻主导她身体的是客观而非她的主观,但即便如此,她还是能让这客观服从她的命令,制造出假象。卡桑德拉太棒了。他自己可没法借助量子智能做到这一点。

"我在这里,会干扰卡桑德拉的神游。"他撒谎道,"我没有受过训练,没法给她做神游定心者。"

"你需要离开多远?"

"五十多米吧,那个距离就不会有干扰了。"他说,"我可以在拖船里等着。"

"这艘飞船可是在交战区里,阿霍纳。"伊坎吉卡说,"这段时间我们得盯着你,把你看管起来。等最后一艘飞船通过,你们俩就都可以走了。"

"你们就是这么对待合作伙伴的吗,少校?"他说。

"我们就是这么作战的,阿霍纳。你待在船员舱里会更安全一些。"

贝利撒留做了个表示恶心的鬼脸。伊坎吉卡朝两名宪兵示意,让他们护送贝利撒留出去。贝利撒留跟着一名宪兵通过"林波波号"的通道,走出操作区,进了船员宿舍。他从电肌块发出电流,传递到他手臂细胞内的数百万个磁小体,创造了一个弱磁场,以感受他周边的情况。

一前一后两个宪兵夹着他,他们带着佩枪,身穿碳纤维装甲,手背上都有全息通信胶贴。墙壁内部布线中的电流会让他的磁场发生轻微的扭曲,船体的钢铁隔墙结构和门禁周围的电气设施也有同样的效果。角落里栖息着蜘蛛一般的微型摄像头,但并未覆盖所有区域。

他们在一间军官宿舍门口停下,距离经过的上一个摄像头16.31米。门滑开了,里面没有摄像头——这个房间的主人是高阶军官,所以可以不受监视。

贝利撒留突然转身,之前在零重力下表现的笨拙一下子不见了。他触碰了两个宪兵的手臂,空气噼啪作响。

六百伏电,四微秒内释放。

被他触摸到的部位,衣服都冒起了青烟。他的指尖红得吓人。他将那一对失去意识的宪兵拖进了狭窄的船员宿舍。

"你在干什么,阿霍纳先生?"圣马太的声音在贝利萨留的耳部植入体里说。

"我在——"他闷哼一声,往外抽宪兵装甲上的腰带,"干活。"

"什么活儿?"圣马太说,"你的活儿是把第六远征军送到印第安座ε星。"

贝利撒留拿起一片宪兵手背上贴着的胶贴,拍到自己手背上。圣马太就在那只手的手环里。

"圣马太,我手上的全息胶贴连接到了'林波波号'的一个界面。现在你要黑进去,确保安全系统没有看到我刚刚做的事。"

圣马太沉默了一段时间——真是谢天谢地。贝利撒留借这段时间将两名宪兵捆在一起,把他们塞进一只睡袋,用装甲上抽下来的皮带扎紧睡袋。圣马太正在与界面交互。他发出激光,照射在全息胶贴的表面上,投射出分形维数的抽象发光图形。贝利撒留穿上宪兵制服。

"除了少数例外,这里面的软件安全措施是相对标准的联盟设计,大约三十年前的东西了。"圣马太说,"不过他们也做了一些有意思的改进。"

"我知道,"贝利撒留小声说,"我几个月前就黑进去过。"

"我已经伪造了一套传感器图像,显示你在这个房间里,宪兵在门外守着。"圣马太说,"现在我们做什么?"

"现在开始真正的骗局。"贝尔回答说,他戴上了宪兵的头盔。贝利撒留的肤色还算深,但要冒充一名远征军成员还是显得太白了。"我要进入走廊了,不要让传感器看到我。"

"什么真正的骗局?"圣马太说,"为什么没有人告诉我真正的计划?"

"联盟不是凭空发明暴胀子驱动器的,"贝利撒留说,"他们找到了一部时间旅行机器。我们要从联盟偷走那部机器。"

"时间旅行是不可能的。"圣马太说。

"联盟向过去发回了信息。就靠这个,他们才发明了先进驱动器。时间之门还是放在量人手里更安全。这才是卡桑德拉和我接这个活儿的真正原因。"

"你又在骗我们。"圣马太说,"我们其他人可没有同意冒这样的风险。"

"我们已经入局了,圣马太。"

"为什么?"圣马太问道。

贝利撒留觉得自己的下巴绷紧了。

"偶人一出生就明确地知道自己是什么人。"贝利撒留说,"至于波江人,就凭那样的长相,他们还会不知道自己是谁吗?而普通人类更是世世代代无数次回答过'我是谁'这个问题。

"但量人的历史实在太短暂了。我们什么也不接触,什么也不做。我们只管质疑,无关意义。为了寻求意义,我离开了阁楼,却只在不确定性的生态圈中找到了自己的生态位:赌博和骗局。除此之外,我一无所获。量人天生就不适合在生活中寻求意义。

"直到我发现时间之门竟然存在,我才觉得我们也可以拥有意义。那就是因果关系。它们联结在一个循环之中,赤裸裸地等待被研究。那是我们拥有的最直接的手段,可以回答若干问题:人类在量人体内到底植入了什么？我们是历史正篇的无用附录，还是探究我们为何在此的过程中必要的一步？你能理解我为什么需要它了吗？"

圣马太沉默了八秒钟,时间之长,几乎快赶上当初他决定是否要离开自己那座萨格奈站的小教堂了。对贝利撒留和他而言,这八秒钟长得几乎等于永恒。

"我可以理解你对意义的需要。"圣马太说,"传感器已经被我关掉了。你随时可以出去,但动作要快。"

贝利撒留拉开门,沿着走廊向船尾疾行,身法十分迅捷。他在伊坎吉卡身边时一直在努力掩饰这一点。他们穿过楼梯和走廊,进入船尾,来到泊库。

"我们距离来时乘坐的拖船很近了,"贝利撒留说,"你能从这里跟它通信吗？"

"没问题。"圣马太说。

"打开泊库的门,不要让任何舰桥上的人察觉。"贝利撒留说,"然后让拖船在'林波波号'的R区等着。千万别让人发现它。"

"那得做一些手脚,好确保外部传感器不会注意到我们。整个船上现在高度戒备,偶人也还在开火。"

"你能做到的。"

圣马太开始忙乎,贝利撒留带着他继续朝舰尾靠近。

"我觉得你已经被发现了。"圣马太说。

"被传感器？"

"不是,是船员,他们追过来了。"

"该死,"贝利撒留说,"如果他们呼叫增援,你能不能把他们的通话转到你这儿来？"

"让我试试。"

贝利撒留加大了他身体的磁场强度，想增加对周围电磁场的敏感度。磁场中令人不适的细粒度干扰涌入他的身体。磁场拂过他的身体，如同在水中游泳，或是在阁楼的地下滑行。联盟的时间之门就在他前方，大约经过那半排泊库就能到。

"阿霍纳先生，"圣马太说，"你正在进入重点安全系统区域。"

"他们用的是四十年前的安全算法。你是文明中最先进的智能之一，搞定它。"

"没那么容易，阿霍纳先生。"圣马太说。

"你要是搞不定，咱们就都完蛋了。"贝利撒留说。

"如果时间之门周围的安全措施实在太严密，我们也可以放弃。反正你也有逃脱计划。"

"我们可以完成任务的，圣马太。"

更多宪兵或许正在逼近。人可不像电脑那么好骗。

"我黑掉了泊库周围的安全程序，"圣马太说，"但连十分钟也撑不了。"

贝利撒留在零重力的空中飞速掠过，轻巧地这儿攀一级梯子、那儿推一把墙壁。泊库的气闸位于两条走廊的交叉口，他刚刚来时走过的是直的那条，另外一条弯曲的走廊围绕在暴胀子驱动器的那根巨大管子周围。在他面前，左右两侧的走廊只延伸了十几米之后就消失在视线以下。一扇厚实的玻璃窗后面就是气闸的内部，对面正对着另一扇带窗的门。

气闸旁边的一个柜子里放着六套太空服。他取出第一套，那是套多用途太空服，打满了补丁，胸前有手绘的数字"337"。他穿上这套太空服，又把圣马太放回到手腕上。

"他们还有多远?"贝利撒留问道。

"八十米,他们小心翼翼,但来得并不慢。"圣马太说,"你有大约四十秒时间。"

"通过安全系统发送一个信号,把他们引到另一条横向走廊上去。"贝利撒留说。

"可能做不到。"

"拖船就在泊库门外,对吧?"贝利撒留问道,"我需要大约四分钟时间打开门,然后把时间之门装进拖船的货舱。"

"那你快去打开气闸门吧。"圣马太说。过了一会儿,A.I.说:"如果他们不上当,我们就会被困在这里。我们根本来不及打开泊库的门。他们会冲进来开枪击毙你,然后就会轮到我。我的生命就此结束,被一群根本不懂技术,甚至无法理解他们正在摧毁什么的人给拆掉。"

气闸打开了,贝利撒留飞速冲了进去。

"你就当自己是个殉道者好了。"他回答。

他将面罩贴在气闸第二扇门厚厚的窗玻璃上,开启他眼睛里的红外线和紫外线传感器。他的磁小体感受到了强烈的电磁干扰。

"圣马太就要殉道了,却无人替他书写新的福音。"A.I.闷闷不乐地说,"倒不是说真有什么可写的。毕竟我还没有施行过任何神迹。"

嘶嘶声中,气闸打开了,贝利撒留飘进了泊库的真空中。他关上了身后的闸门。在他那双超敏感度的眼睛看来,泊库里的各处微小细节一览无余。墙上满是奇怪的绿色和蓝色点点,就像是高清像素一般。在空荡荡的泊库中央,包裹在吸震塑料和橡胶支架之间的,是一对泛着微光的古老虫洞。

敬畏之情冲刷着贝利撒留。

根据文明中顶尖的学者推测，先驱者们早在亘古之前就已经造出了这些稳定的虫洞，那时候宇宙中的第一个星系还只是一团不成形的物质。尽管他们早已消失，他们制造的虫洞网络却经历宇宙的悠远岁月留存了下来。但眼前这对虫洞与其他的全然不同。它们十分别扭地挨在一起，显然不是原本就配成一对的。它们相互干涉，就像两个宏观的量子物体。在这种干涉下，它们让自己附近的因果关系产生了卷曲。这一对相互干涉、跨越时间的虫洞就像一副新式显微镜，可以揭示宇宙间隐藏的一切。他对圣马太讲的都是真的。量人需要剥去宇宙模糊不清的外层，这种需要对他来说就跟生存本身一样重要。他为此精心设计了一个骗局，好让自己获得满足这种需要的机会。作为障眼法，他给了联盟他们想要的东西，利用了他们的激情和骗过别人的愿望，这样他才有机会亲眼好好看看宇宙现实的本质。

无比的敬畏。

"阿霍纳先生！"圣马太说，"宪兵们朝这边过来了，就快要到气闸了。我已经把飞船的这个区域连入了一个闭环的通信线路。他们的通信都会转到我这里来，然后我假装成舰桥回答他们。可就算这样，他们还是要过来枪毙我们。"

"你能把他们引开吗？"

"我试过了。他们已经注意到有异常了。"

贝利撒留移动到墙边的阴暗处。

"如果他们进来，你能拦住他们吗？"圣马太问道。

"我只能用出其不意来攻其不备。"

"那我们就都死定了，卡桑德拉也一样。"圣马太说，"我们会把联盟舰队送过偶人主轴，可我们却没法得到任何回报了。"

"卡桑德拉可以继续执行完剩余的计划,然后乘坐拖船逃出去。"

"这并不是什么安慰!你还是害死了我们。"

"还有一条路。"贝利撒留说,但他内心蔓延开的冰冷恐惧让他没有说完话。

他再次增加了自己身体的磁场强度。周围的走廊和泊库里各种磁场细节又向他涌过来。他在寻找一个非常具体的磁信号,一个可以告诉他自己的想法能否实现的信号。就在这时,他感觉到外面的走廊里一个快速移动的微弱磁信号,具有与生物磁场类似的细节特征。那是一个量人。

他紧张地深吸一口气,开始进入白痴天才模式。几何与数学的感知延展开来。时间之门的微光变成了一个四维超椭球体。描述其曲线的方程一下子变得非常清楚,而其微弱的切伦科夫辐射的波长也告诉他奇点的边缘是如何与正常空间相互作用的。

美丽而致命。

"阿霍纳先生!他们就要进来了!"

泊库的灯闪烁着耀眼的亮黄色。透过气闸的舷窗能看到好几张人脸。宪兵们正看着贝利撒留。

"快躲起来!"圣马太说,"别站在那儿不动啊!"

他在动。他在把宪兵的注意力吸引在他身上。他在准备进入时间之门。

"继续把他们的通信都转到你这儿,不然的话,这一切就都搞砸了。"贝利撒留说。

"我正在努力!我在回答他们。但他们终究会明白过来的。"

　　"再想想办法。"贝利撒留说，他把装着圣马太的手环放在地板上，"你必须再把他们拖住大约三分钟。"

　　"为什么是三分钟？"圣马太问道，"你要三分钟干吗？为什么没有人告诉我这是怎么回事？"

　　贝利撒留的呼吸在颤抖，他甩了甩手。它们很快就要热起来了。神游将会看到这一切。他攥紧手指，抬头看着眼前充满诱惑的时间之门。他已经做出了一场赌博，玩牌、对付别的玩家、掷骰子……全都做了。现在是时候了，他必须进入神游。

　　"阿霍纳先生！"圣马太的声音传来，"他们正在穿上宇航服！他们要开始打开气闸了！"

　　贝利撒留的白痴天才意志毫无畏惧。气闸最快也得花一百三十秒才能打开，到那时他已经不在了。贝利撒留向自己的左颞叶发出电荷，关闭了他大脑的一些部位。

六十三

贝利撒留的主观意识逐渐消退,量子智能自我组装起来,以填补这个空白。它立即采取行动优先进行自我保护,触发了宇航服的冷冻气体推进器,滑入虫洞。

时空扩展开来,时间变慢、变宽了。量子智能停了下来,不再向前运动。最先向它传递异常数值的是它的内部陀螺仪。几秒钟后,它得出结论:它正飘浮在超空间的十一维区域。量子智能只有四维:长度、宽度、高度和时间。新开放出来的七个维度大部分是空间上的,但也有些是时间上的。

只要是虫洞,无论是飞船人工临时制造的,还是先驱者们建造的一直存在的通天轴,都是穿过十一维宇宙的四维空间隧道。它们通过短得多的桥梁连接到宇宙的遥远区域,并且可以忽略时空的附加维度。但这里没有隧道。量子智能飘浮在一个原始的十一维体积中。视觉、磁感,甚至是触觉……一切感官输入都模糊不清。

当存在多个时间维度时,量子智能就没有现成的解码电磁信号的算法了。它花了好几分钟时间构建数学过滤器,来解释传递给其感官的各种信息。能量、动量、波长、衍射和波传播,到了十一维空间,这一切都发生了变化。

慢慢地,量子智能为这个万花筒般的空间描绘好了地图,并尽量记录下一切。现在已经校准到十一维时空的内部陀螺仪检测到一个缓慢的漂移。量子智能正沿着一条低能量的路径漂移。根据它正在绘制的地图,这条路径最终将穿越这整个更高维空间,一路到达成对虫洞的另一个出入口。花上十一年的时间,量子智能就可以出现在十一年前。

这并不是通过成对虫洞内部的唯一路径,只是能量最低的路径。因为每个虫洞内部相关联的都是十一维时空,所以通过虫洞的可能路径的数量级实际上有10^{22}那么多。为了赶在宇航服的生命支持系统耗尽之前从虫洞出来,量子智能还需要一条更短、能量更高的路径。

它激活了宇航服的冷冻气体喷射器,更加深入联结虫洞中,通过磁场和紧急信标灯的短暂闪烁来寻找走出额外维度的路径。通过对从信标返回的信号计时,量子智能继续为虫洞内部绘制地图。内部维度中,有几个的尺寸只有光毫秒那么小,另一些维度的尺寸则又扩展到光秒那么大。其余的都是时间维度,而不是空间维度。量子智能计算出一个轨迹,然后激活其冷冻气体喷射器。它旋转过五个坐标轴,然后从最低能量路径向前推进。

身处如此巨大的超时空,迷失方向的概率是很高的。宇航服中的量子智能也许会离开目前的四维空间,进入到另一个四维空间,丧失其方位,甚至可能无法原路返回。经过4.7超千米秒之后,量子智能暂停下来,旋转过五个坐标轴,又沿着一条新的路径向前推进。

通过磁小体、眼睛和宇航服上有限的传感器,观察数据汹涌而至。量子智能将这些数据全都存储下来。眼部植入体中的数据缓冲区迅速被填满，每隔几秒它就会将信息转存到其生物记忆体之中。不过，磁小体获取的数据量实在太大，达到了每秒上千万个独立数据点。这变成了一个十分棘手的问题。按照这个速度，它将在几分钟内耗尽所有可用内存。它停了下来。

量子智能是一套相互作用的算法，每个算法都有不同的重要度。重要度最高的是两个级别相等的优先事项：理解现实和保护自己。

量子智能的神经记忆即将被十分重要的数据完全占满，而它仅仅穿过了联结虫洞的一部分。要完全穿过这个超时空，导航所需的数据量将占据量子智能总容量的很大一部分。

继续前进的话，它就不得不抹掉一些独一无二的观察数据。如果保留这些观察数据，它就会迷路。这些优先事项的重要度为同等水平，它又无法给它们重新分配新的重要度数值，也没有任何外部智能可以协助它打破僵局。

贝利撒留的主观搜索自己的记忆，但也找不到什么有帮助的方案。贝利撒留主观的记忆中，对计划的每次讨论都带有欺骗性和矛盾性，甚至偶尔还会自我欺骗。贝利撒留的主观在多个程度的欺骗下运作，利用重叠交叉的现实和叙事，相互作用和干扰，使得知识与叠加态的量子波相似，不像事实，更像概率。

量子智能不能将这一决定权转让给贝利撒留的主观。贝利撒留的主观性与量子智能是一个非此即彼的二进制，量子智能只能在没有主观的情况下存在并获取量子感知。主观会立即造成波函数坍缩，其中也包括复杂的导航数据。这是一个逻辑困局：量子智能无法靠自身解决这个问题，但也不能把问题转给贝利萨留的主观。贝利撒留的主观无法与客观智能共存。

最后这句陈述是一个假设，牢牢存储在量子智能的参数空间中。

主观和客观在什么情况下可以共存？贝利撒留的主观对叠加态量子系统做出观察会导致系统坍缩。如果贝利撒留的主观接收不到作为量子信息主要来源的电磁输入，又会怎么样呢？这种对记忆、处理和感官的分区，将减少量子智能的处理资源，但也会引入第二个可以打破僵局的量子智能。

量子智能将其神经结构重新分区。量子智能激活新的结构，重构了贝利撒留的主观。

六十四

如果别人不给斯蒂尔安排什么事做，他就会找个人来欺凌。待着不动让他的肌肉很难受，缺乏刮擦和清洁让他那身源自鲸鱼的厚厚皮肤痒得难受。在布莱克摩尔湾深处那次急速而危险的潜水之旅可真是操蛋。打那之后，他水箱里的水就一直不新鲜。他的呼吸和排泄给循环系统造成了很大压力。只有找个人欺负一下才能治好这一切。

联盟的工程师无法将他的水箱装入第二艘暴胀子快艇的驾驶舱内，所以他们将它固定在后部货舱的地板上，并且连接好各种遥测和有线控制手段。

他的水箱里有一套驾驶操控设备，安置在气闸旁边的地板下，随时可以拉出来。显示器提供的是电和声的信号，而不是视觉读数。他水箱里的扬声器将外面的世界以声呐回声的形式投射进来，这样就可以转换成他能识别的形状。诸如飞船系统的状态指标这种非几何抽象信息则以电信号的形式传递给他，也就是水中的微电流，他可以用电肌块来解读。

他一直在依照这艘小快艇的各项性能指标进行模拟演练。他已经记下了发动机的预热和冷却速率、加速度曲线、剪力公差、俯仰角、偏航度以及滚转速率和平衡。

他一直努力避免对这艘暴胀子快艇指手画脚。但在飞船系统里待了二十分钟后，他"看"到了足够多的信息。这艘快艇没有武器，但这艘小船真他妈带劲，对速度的追求近乎偏执。它有装载货物的地方，但其他所有空间都留给了驱动器。暴胀子快艇在概念上是凶狠的、强劲的，实施上则是天才的，只在某几个地方做出了一些蹩脚的工程选择。在设计中的某些方面，第六远征军摈弃了传统的智慧，但在另一些方面，他们却十分守旧，把这艘快艇搞得像一台原型机。一根丑陋的驱动管，配上货舱，再加上驾驶舱，就这么拼凑在一起，仿佛连设计师也不知道自己在做的到底是什么。这让他想到了杂种人。

九艘联盟飞船跟随着"戈布德维号"飞出了欧乐星的冰壳。斯蒂尔和他的暴胀子快艇在"法绍达号"上，就是第十艘，也是最后一艘。"林波波号"和"奥姆卡马号"留在偶人主轴的远端。为什么这样，斯蒂尔不知道，也不想知道。

等"法绍达号"钻出来的时候，自由城的防御工事估计会变成一个狗日的马蜂窝，而欧乐星附近的外国军事力量就会像闻到了血腥味的鲨鱼一样。大动荡将震动整个印第安座ε星系，甚至可能会波及更远。这可不是什么偷偷摸摸、神不知鬼不觉的事儿。

斯蒂尔会被从货舱里扔进激战的战场中间，活下来的可能性跟死掉的可能性正好相等。水箱中储存的水吸收了通过偶人主轴时的冲击和加速，但他仍能感觉到一记不太寻常的撞击，震得他在安全带里直晃。一些"法绍达号"的外部遥测数据传进了快艇内，但这些数据十分混乱，含意不明。

"法绍达号"正在钻出偶人自由城。冰层被冲开了一条通道，深达 1.5 公里，边缘破碎不齐，呈锥形，就像弹片的出口伤。
这条通往主轴的通道中已没有任何偶人防御部队的迹象。前面
已经有九艘军舰从这里冲出去了。

可是自由城上空仍然有爆炸和干扰箔。一道道激光灼烧着
被其击中的那些碎片。小型战斗机——老而弥坚的英西马克21
"匕首"——和更大的聚合战斗机"钻头"，仍在不要命地飞来飞
去。

虽然这两类战斗机都够老掉牙的，它们打得可真拼命。"法
绍达号"的传感器没有他熟悉的那套用于识别武器的简短标识，
但看起来马克21战斗机发射的是"短剑"导弹。钻头战斗机的
火力线是不可见的，要随着放射性粒子的衰变，用 X 光才能看
到。

在一片灼烧的碎片区域之外，远远停着一艘聚合重型战舰，
也许是"瓦勒布里扬号"，正将炮火朝乱七八糟飞离欧乐星的联
盟舰队方向倾泻。精确的激光和磁轨炮照亮了联盟的飞船。新
型超高速"猎人"导弹和更重型的"破脸"导弹——又被称为"卫
星毁灭者"——也开始朝最后几艘从偶人主轴出来的战舰射来。

好吧，这可真要命。

狗日的"法绍达号"舰桥上没有给他任何指示。他们可能正
忙得屁滚尿流地开火还击。他们也没有打开泊库的门，放他出
去。

整个计划里，这是最危险的时刻之一。在一片火网中跳出
"法绍达号"当然够危险，但如果联盟不让他离开，如果他们觉得
自己不喜欢阿霍纳的要价，那才是真正的危险。阿霍纳事先跟
他们说好了，只要"戈布德维号"从主轴出来，联盟就要把首付给
他们。现在这个活儿已经完成了，就像任何接活儿的承包人一

样,阿霍纳一定希望他那些狗日的客户能按时付款,或者让类似斯蒂尔这种角色来收余款。

斯蒂尔打开对讲机。嗨,狗杂种们!他用电子声音说,他妈的快把门打开!在你们被烫熟之前,我想先跑路。

片刻之后,翻译器传回了一些错误信号。他们说的这他妈是什么语言?

讲法语啊,帮帮忙!他说。对一个呼吸空气的反叛聚合藩属国这么讲话,也许不是很得体,可是他真他妈的是赶时间。

泊库被炮火直接击中了好几次,几秒钟后系统翻译回来对方的话:所有泊库系统下线。炮火来袭。做好防冲击姿态,保持静默!

我操!

"法绍达号"突然开始加速,速度之快,即使是密封在水中的斯蒂尔也能感觉到。要让一个杂种人感觉到加速,那得是巨大的重力。"法绍达号"上的船员要承受这样的重力,每个人都必须待在加速舱里。

他的显示屏开始给他传来清晰的信息。三十五个重力加速度,还在攀升。

遥测显示"法绍达号"和其他联盟战舰渐渐摆脱了追击的导弹,就连聚合粒子武器和激光火力也开始失去目标了。他们的目标追踪计算机无法对这样的加速度进行校准。即使是飞得最快的"霹雳"型聚合战斗机(它的飞行速度如此之快,以致只有杂种人飞行员才能驾驶),在战斗状态下的峰值也只能达到二十二个重力加速度。轻型导弹则可以保持在三十个重力加速度,同时仍有希望命中做出规避动作的目标。

妈的。

他很想试试快艇,但他的屁股被绑在了"法绍达号"上。舰桥可以松开泊库地板上的夹钳,释放快艇。但就算那样,他还是没法出来。以现在的加速度,释放夹钳之后,快艇会一头撞向船尾方向的泊库。

加速度还在增加,连他都感到不舒服了。外部遥测发出刺耳的警报。他们正在飞速逃离敌人的炮火。发现再没有联盟战舰从偶人主轴里出来以后,聚合战列舰追了上来。但联盟飞船实在太快了。

真他妈快得惊人!

他感觉就像在印地之泪的深海里疾行,像在游泳比赛中一样燃烧肾上腺素。要不是因为在加速状态下,他会松开安全带,在自己的水箱里翻个小小的筋斗。他想欢呼。总算跟这些狗日的拉开距离了!

去死吧,你们这些呼吸空气的傲慢的疤脸聚合人!他在水箱里用电子声音大喊着,飞吧,你们这些狗日的不可理解、不怕死的混蛋叛军!

然后他呆住了。他的显示屏上有一个保持长亮的声呐波形,那是他们飞船的轨迹。现在,这轨迹是一条清晰的直线,从自由城指向太阳系中最强大的军事设施:弗蕾亚①主轴。

他们这是在干什么?

想逃命的话就得离聚合海军越远越好才对,你们这些猪脑!他大声叫喊,打开了与舰桥的对讲机。你们这群呼吸空气的蠢货,这他妈的是要去哪儿?你们的飞船更快!他妈的赶紧跑路啊!

水中的一声低响表明,舰桥关闭了暴胀子快艇的对讲机。

---

①北欧神话中的女神,是爱神、战神与魔法之神。

狗日的！

斯蒂尔不是胆小鬼。他执行过一些能够想象到的最危险的任务，一次又一次地冲着死神比中指。问题是在这里控制局面的不是他。他曾在弗蕾亚军营服役，那里的防御工事只有他妈的一个任务：不让任何混蛋接近弗蕾亚主轴。它们的目的就是为了抵挡印第安座ε星系里另一支巨屌海军——英西人——的攻击。聚合政府在通天轴附近配备的武器跟他们在无畏舰上配备的是同样的类型，只不过数量更多，块头也更大。杂种人亲切地将这些防御工事称为重型抛粪机。斯蒂尔就要迎面撞见那些沉重的大粪坨了。

"法绍达号"以三十二个重力加速度加速飞行了二十分钟。舰桥遥测仪的前沿探测到了多频谱静电爆裂信号，这是核武器和重粒子束对轰产生的。联盟的士兵和军官都很勇敢，也很愚蠢，舍生忘死。

唯一的问题是他们把他也带上了。

这时，他突然明白了联盟舰队到底要干什么。

联盟的家园巴克维兹和吉塔拉①位于弗蕾亚主轴的另一端。

如果没有一定的保险措施，宗主国不可能将先进的飞船和武器交给撒哈拉以南联盟。毫无疑问，聚合政府在巴克维兹的轨道上一定部署了一两个武器平台，装备了至少一枚"破脸"导弹。

只需要一枚"卫星毁灭者"，就能重创巴克维兹。而搞定吉塔拉——他们的轨道栖息地——甚至用不上一枚"破脸"。联盟目前在巴克维兹附近服役的战舰根本无力阻止这种报复性打击。驻扎在每艘战舰上的聚合政委有很多任务，比如告密什么

①都是历史上非洲的王朝名称。

的,但只有一件任务是真正重要的:如果藩属国胆敢造次,就拨动开关,教训他们一下。政委弹指之间,联盟就会灰飞烟灭:包括租借的战舰、他们的轨道栖息地和行星。

他们飞行得如此之快,遥测仪每秒都在收到新的爆裂信号。两艘联盟军舰,"恩登号"和"皮博尔号",都隶属于护卫主力舰的中队,这会儿在显示屏上已显示为一堆碎片。

将死之人向你致敬[1],你们这些勇敢的蠢货。

十二艘战舰,两艘没跟上来,两艘被击毁。还剩八艘能用。

六艘军舰转了一百八十度,开始制动。另外两艘,"尼亚里克号"和"戈布德维号",直接朝弗蕾亚主轴冲了过去。虽然这两艘战舰离主轴还远,数个"霹雳"战斗机中队已经先朝它们发射了导弹,随后跟在导弹后面扑了过来。离得这么远,遥测显示屏无法显示粒子束,但它们肯定也发射了。如果他还不赶紧抱头鼠窜,就要跟他拿到的那几个铜板被焊成一坨了。

"法绍达号"调转船身,船尾正对弗蕾亚主轴,然后以二十五个重力加速度开始倒车。他得赶快从这狗日的地方出去。但就算他能想办法打破固定快艇的夹钳,在二十五个重力加速度下,快艇也还是会飞速朝船头方向撞上泊库。

除非他能够先在泊库内将快艇点火启动,再打破固定夹钳。

但那实在太他妈的疯狂了。

他必须非常精确地操作一艘自己从来没飞过也没研究过的快艇,刚刚好能匹配上"法绍达号"的加速度,前后只有大约六十米的误差允许范围。

太他妈的疯狂了。

---

[1]原文为拉丁语,相传为古罗马角斗士在开场前向观众席上的皇帝说的致敬语。

但就像《杂种人之路》里面讲的:舔你的蛋,只要你能找得着它们。

他把手放到遥控器上,停了一会儿。他激活了暴胀子快艇的发动机,他的声呐显示屏上显示出一个尖锐、细长的场,就在快艇中轴线上的碳加固金属陶瓷管的中间。零点五个重力加速度。读数很奇怪,跟手册上写的不一样。

他加大了推力。暴胀子场在显示屏上显示得更强、更大、更具回声反射性。快艇在抖动。十个重力加速度。固定夹钳在变松。读数更加奇怪。

继续加大推力。十五个重力加速度,剧烈震动。显示器这会儿按说应该显示二十个重力加速度了,可他只看到在十五个左右徘徊。但这时"法绍达号"的加速开始放缓。平均只有十五个重力加速度,时而飙升到十九个,时而又掉落成十四个。

妈的。

他的通暴胀子域跟"法绍达号"上的在相互干扰,这会让他们都快不起来。兵站发射的粒子束离得还远,但如果飞船继续以这样的速度飞行,那些没有击中"尼亚里克号"和"戈布德维号"的导弹都有可能重新选定目标,并在四分钟内击中他们的飞船。

对讲系统同时用电信号和声呐信号呼叫他。舰桥呼叫快艇一号,关掉引擎!你在干扰主系统。

斯蒂尔正打算回答,却有了更好的主意。一如既往,《杂种人之路》里早有答案。逢手必咬。按照操作手册里说的能达到二十五个重力加速度的方法,斯蒂尔继续增强他快艇上的暴胀子场。

震动加剧,快艇抖得他肝颤。"法绍达号"的加速度下降到五个重力加速度,斯蒂尔仔细听着,知道它飞到了另外五艘已经开始制动的战舰前头。

快艇一号! 关掉你的引擎! 你会让我们落入敌人的炮火中。

那你们最好找个人来这儿把我弄出去。

没有时间!

再过一秒钟,时间就无所谓了。斯蒂尔回答。

他得到的回应是,泊库的地板上冒出一挺小型旋转式重机枪,枪管转过来对准了暴胀子快艇。

操。

金属子弹打在快艇上,有些弹开落在泊库里,有些则击碎驾驶舱玻璃,在里面爆开。系统显示模糊起来。他现在能还活着的唯一原因,就是因为水箱对于驾驶舱来说太大了,所以他被放到了快艇的货舱里。

我要拉上你们跟我一起完蛋,你们这群狗日的混蛋!

斯蒂尔将驱动器开到最大功率。操作手册上说,在峰值情况下,快艇可以在五十个重力加速度下工作,但那个速度只在无人驾驶的情况下进行过测试。他的暴胀子场没有损坏,从显示屏上看,它仍然硬邦邦地挺立在管道里。不过它与"法绍达号"上的暴胀子场产生了某种共振,它们被锁定在一起。

突然之间,飞船的系统沉寂下来。快艇的系统依然在工作,但暴胀子驱动器也进入了自动关机状态。九十秒后,它才再次上线。

不再有子弹射过来,但快艇的驾驶舱现在处于真空状态。水箱倒还没有泄漏。他从舰桥那边再没收到任何信息。快艇的传感器只能让他大致知道这艘战舰的速度、加速度和飞行轨迹。

他们的速度几乎和"尼亚里克号"和"戈布德维号"一样快，但已不再减速。"法绍达号"的暴胀子场已经下线，正在重启。弗蕾亚兵站浮现在前方。

快艇抖动了几下，然后飘浮起来。这是一些反弹过来的子弹提供的动力，没想到它们反而帮了他一个忙。总算有一次撞了他妈的大运，虽然有点晚了。

"法绍达号"的驱动器还有三十秒就要上线了。他用冷冻气体喷射器修正了姿态。泊库门损毁得比他想象的更严重。"法绍达号"之前从偶人主轴出来的时候，不知道被什么击中了，库门被打出了很多凹痕，然后又被重型火力击穿，或打出更大更深的凹痕。"法绍达号"的指挥官多快能让泊库里的机枪再次开火？如果那件武器再打一轮，斯蒂尔可就活不了啦。声呐声音越来越大，与舰桥系统的连接也恢复了一些。

十秒。

泊库的门打开了一条缝，群星从外面透过门缝窥视进来。

进入泊库那道厚重的气闸门缓缓开启，外面是一片黑暗。两名联盟士兵穿着装甲宇航服出现在门口，携带的像是肩扛式防空武器。他们双腿挂在墙上的固定栏杆上，肩上扛着武器。

他妈的！

这些都是好兵，不会跟你废话。他们只是瞄准，然后开火。

斯蒂尔启动两倍的重力加速度，保持了一秒钟。这一秒足够让快艇在泊库内前冲二十米，转个圈，再在四倍重力下刹车。两枚火箭弹撞进泊库门炸开，弹片在泊库里无声地乱飞。

这一记奇招可不会奏效两次。

斯蒂尔操作冷冻气体喷射器，朝泊库门缝飘过去。

士兵们再次开火。另两枚火箭弹无声地拖着尾烟，一枚命中了目标，另一枚打中了前方大约三十米处。

接下来他要做的，将是他这辈子最最精确的飞行动作。

他倾斜艇身，让快艇直接指向泊库门，只露出最少的面积给联盟火箭兵。两次爆炸在快艇两侧炸开。

泊库门无法承受爆炸的冲力，被轰入了太空。

就在那一瞬间，他把暴胀子驱动器加大到十个重力加速度，冲入了群星的海洋。

报警声震耳欲聋。

混蛋们，见鬼去吧！

推力将他抛向弗蕾亚兵站。磁轨炮发射的金属弹丸像一片乌云般以每秒二十公里的速度逼近。在乌云边缘还编队伴飞着许多"霹雳"战斗机，飞行员都是杂种人。其中大部分人没准儿他都认识。论游泳、打斗、开飞机，他曾经击败过这些人中的大部分。但现在他没有武器，对方却有一百多个人。

斯蒂尔听到"法绍达号"的暴胀子驱动器上线了。但就在这时，一道粒子束扫到了战舰，暴胀子驱动器那根大管子的外侧出现了一条长长的螺旋形伤痕。

斯蒂尔猛地将自己的驱动器开到最大，迅速飞离这片干扰箔区域的边缘。待在这里，他可来不及逃离金属弹和杂种飞行员。

"尼亚里克号"距离弗蕾亚兵站三十公里，直接位于斯蒂尔的轨道上，"戈布德维号"在他前方二十公里。斯蒂尔来过很多次弗蕾亚兵站，知道粒子束、干扰箔和导弹火力会集中打击大型飞船。这两艘船都会张开屏障，极力抵挡炮火。这期间，他就有可能找到一条路冲过去，而不被聚合防御火力打成碎片。他将快艇稍微偏离"尼亚里克号"暴胀子大管子的中轴线。越过战舰,他可以看到一个遥远的小点,那就是弗蕾亚主轴,文明中最有价值的不动产之一。

要不是他以前去过那里,知道位置,他肯定看不见它。

导弹、破脸和猎手战斗机正朝着"尼亚里克号"逼近,周围是一波致命的干扰箔,前面还有飞射的粒子束。突然间,暴胀子驱动管里发出一道光,能够完美地转换成斯蒂尔可以听到的声呐和电子啁啾,又蓦地发生了弯曲,就好像从望远镜里看到绕过大型天体的星光发生了引力透镜效应。那透镜光仿佛照亮了一组由导弹、暗黑的干扰箔和粒子束组成的同心环,弗蕾亚兵站的南翼被放大了,斯蒂尔觉得就像在用望远镜看着那里一样。

然后,透镜光继续向前,超越到"尼亚里克号"前面,所过之处,光线都发生了扭曲。粒子束也在其中散开,向外折射。导弹和干扰箔伸展又收缩,撕裂成了碎片。

哎——哟——我操!

六十公里之外,透镜光卷过弗蕾亚兵站南翼。

堡垒猛然扭曲,化作一个由炽热的碎片组成的大洞。

不远处,"戈布德维号"也发射了一道类似的透镜光,但由于他的位置,斯蒂尔完全听不到它的路线。干扰箔和导弹被它打成了放射性碎片,斯蒂尔追踪碎片的轨迹,发现它从上向下,打透了弗蕾亚兵站的北翼。

武器、战斗机和军营组成的巨大金属结构爆炸开来。

真他妈的爽!

联盟刚刚在聚合政府口中拉了泡屎,又逼着他们吞了下去。

两艘进击的战舰和斯蒂尔周围,干扰箔和炽热的碎片如雨般飞过。两翼的炮台转动着想还击,但它们的火力根本无法抗衡眼前的强大进攻。不过它们倒确实有足够的火力在斯蒂尔身上打几个洞。

斯蒂尔驾驶快艇跟在"尼亚里克号"后面，躲在它的阴影中，一起进入了主轴周围的空间。联盟要如何巩固战果？以前还从未有人能够夺取哪怕是半个主轴。这是战争史上的新篇章。

斯蒂尔等着看"尼亚里克号"选择什么样的减速曲线，然后他好跟着匹配。

两翼炮台上的排炮越来越近，令人不安。这个位置可不是一个减速的好地方。

但"尼亚里克号"并没有减速。

"尼亚里克号"和"戈布德维号"沿直线飞向主轴。

我操。

六十五

神游服调整了参数，以冷却卡桑德拉的肉身。量子智能不断导航、调整人工虫洞的形状，为此消耗了大部分处理能力。临时插入偶人主轴咽喉部位的人工虫洞已经变得越来越不稳定，计算误差也越来越难以纠正。

但是，菲卡斯在人工虫洞内的通行过程牵引着一根概率之线，从"林波波号"开始，穿过人工虫洞，引入偶人主轴的内部，又钻出来，进入欧乐星周围的平坦时空。这根纠缠之线与其量子环境产生共振，像一支麦克风一样，监听着虫洞的拓扑弯曲。以前还从来没有人能够获得这样的观察数据。

但这样的收获即将导致内存缓冲区和量子智能的处理能力双双过载。比如它已经观察到，蠕虫洞的内部拓扑结构并不平坦，而是高度纹理化、具有更高维度的几何形状，里面还可以有分支的隧道。在刚刚过去的一个小时里，整套虫洞理论都被证伪了。然而，整个联结虫洞的结构随时可能坍缩。每隔几秒钟，这种危机就会爆发一次。

弯曲的偶人主轴跨越了卷曲的时空维度。目前只能观察到这些，因为人工虫洞需要改变其形状以保持联结。这些有规律的形状变化释放了累积的引力张力和潮汐压力,使通天轴自亘古以来一直保持稳定。然而,这些变化发生的时间间隔只有每四到八秒钟。

所以量子智能必须每三到五秒就要调整人工虫洞,以使它能够继续保持与偶人主轴相连。它要为人工虫洞计算出一个新的、稳定的形状。这需要一点一秒的计算时间。卡桑德拉肉身的手指不断移动,舰桥以激光读取她的动作,然后对线圈曲率、磁极化和磁敏感度进行相应的调整。"林波波号"需要1.2秒来做出反应。人工虫洞则要花上0.9秒来变化形状。

在这个循环中,各个虫洞的联结点保持着稳定。

一到四秒后,开始下一个弯曲循环。

卡桑德拉的肉身无法继续维持量子智能了。她的主观已经被抑制了七十四分钟,而且最后一艘战舰也已经通过了主轴。斯蒂尔携带的缠结态粒子线也已经从偶人主轴的主隧道出来了,他安全了。

"关闭人工虫洞。"量子智能说。

量子智能开始退相干。

六十六

怪异的失重之感。贝利撒留猛地一震,耳中全是自己沉重的呼吸声。他宇航服的面罩之外,看到的东西都有些扭曲,到处散发着切伦科夫辐射幽灵般的蓝光,还有一些光是紫色的。他试图看清那是什么,眼睛却觉得刺疼。

他有点恐慌地挥动了一下手臂,没有感觉到电磁场。而且他在发烧。他神游了多久?宇航服上的时钟显示的是三十分钟,但感觉不止这么点时间。他不记得刚才的神游了。通常他都可以的。发生了什么事?难道他还在白痴天才模式下?

名为贝利撒留的主观,脑海里传出一个声音。那是他的声音,听起来却像个机器人在说话。那声音令人害怕。

"什么事?"贝利撒留犹豫地问道。

分区成功了,那声音说道,名为贝利撒留的主观和客观量子智能可以并行处理,只交换传统信息。

"什么?"贝利撒留在头盔里说,"这不可能。我们不能共存。"

量子智能已经陷入僵局,那是他的声音,听起来却像个死人一般。

"怎么回事?"贝利撒留问道,"我这是在哪儿? 为什么我感觉不到我的磁小体?"

已构建算法分区,他的声音说,以分隔传统主观处理与量子客观处理。磁感应信息主要用于输入量子信息,这些输入已经与贝利撒留的主观分开,以避免叠加量子态的坍缩。

贝利撒留在头盔面板的反光照耀下动弹手指试了试,结果让他震惊不已。没有磁场信息。他几乎变成了一个普通人——只是"几乎",因为就算在非神游状态下,他的大脑也经过硬件改造,比一般人更擅长寻获和理解数学模式。但没有了磁小体,在认识论的汪洋大海中,他就像随意漂流的小船,失去了校准视觉信息的基准线。

他不敢相信这一切。因为他知道,经过了多少遗传学和表观遗传学的操作,才有了他。那是一个极度复杂和严密的过程。他是经历了许多代迭代的高级产物。但他接受的训练和生物工程改造并没有预示这种可能性。这是一次计划之外的进化飞跃——现有的生物工具发展出了新的功能。

"为什么要把我的大脑分区?"贝利撒留问道。

发生了一级逻辑僵局。

一级? 一级只有两个优先事项:自我保护和寻求知识,其中第二个是量人之所以存在的唯一理由。

他的量子大脑之所以做出改变,是因为面临某种威胁。

"有什么危险?"贝利撒留问道。

穿过联结虫洞这一过程,贝利撒留的肉身已经完成了大约百分之四十六。存储器的处理空间逐渐不足。

"我的大脑怎么可能装不下?"

导航计算本质上是量子化的,必须占据二十二维的时空。

来自虫洞内部的感官数据占据了可用内存的剩余部分。

"也许可以暂时覆盖掉科学数据，以后再找时间重新观察和搜集这些数据。"贝利撒留说。

以后什么时间？所有可用的信息都表明，名为贝利撒留的主观必须逃离，离开这个时间之门。这就是一级僵局。

"我们正要偷走时间之门。"贝利撒留说。

那是不可能的。名为贝利撒留的主观没有武装，距离安全地带有三百二十光年，被困在时间之门的时间空隙之中，其所搭乘的战舰满载武装人员，而这些人员会不惜一切代价，占有联结虫洞。

"这一切都在计划之中。"贝利撒留说，"覆盖非导航数据，我们以后再找时间重新观察。"

贝利撒留等着量子大脑理解他的命令。这种发生在他大脑内部的变化让他叹为观止，震惊不已。

对量子智能而言，贝利撒留的意识其实毫无价值。它之所以引入他来参与这个决定，只不过需要他投下这一票，才能打破僵局。量子智能就和打扑克的电脑或 A.I.一样，都有一些局限性，而现在，贝利撒留已经发现了它们。

他闭上眼睛。他具有基因增强的数学能力，眼睛却受不了那些交错光线的刺激。他需要安静。针对外界的感官慢慢迟钝、弱化，变得平缓下来，就像阁楼那些安静、轻柔起伏的山丘一样。

量子智能对他的大脑建立分区，这可能是一份礼物，也可能是一种深层脑损伤。他一直无法控制自己的客观量子智能，但通过否定自己的本能和生物本性，他还能够把它压制在静止状态。现在它却共存于他的意识中，他要怎么才能把它关掉？

还是说,等到这场危机结束,他会被它关掉?

他感觉不到身上的电肌块。量子智力控制了贝利撒留意识的开关。

"我的氧气快要耗尽了,"贝利撒留说,"根据我之前设定的时空坐标,出路在哪里?"

他的脑海里一片沉寂,足有好几秒钟。

正在删除非导航观察数据和量子干扰信息,他的死亡之声说。他的胳膊和腿感到一阵令人不安的放松。他感到虚弱,就像刚刚有人叫停了他的死刑执行。

量子智能声音低沉地报出一系列旋转角度,跨越五个垂直轴,然后是一个推力曲线。五个垂直轴,贝利撒留好奇地想。时间之门就是量人的一座大教堂。远征军发现了一种具有无法估量的认识论价值的远古设备,然后将其用在了军事科学上。对他来说这样做近乎耻辱,不过他也从来没有尝试过作为一个藩属国民的生活。为了自由,他们放弃了知识。也许与他的选择正好相反。

接下来他在奇深的太空中穿行,足有好几个平方秒和平方分钟。每当视网膜上的读数发生改变时,推力角度和速度都会发生改变。但他完全不知道围绕着他的到底是什么。

"没有信息,我就没法活下去。"贝利撒留最后说道,"如何在不造成叠加态坍缩的情况下给我提供信息,量子客观对此有何提议?"

贝利撒留的主观可以询问量子智能,它回答道,信息可以经典或量子的形式提供。任何以经典形式提供的信息都会造成概率波坍缩。

一个查询系统。仅此而已。

　　五个世纪以来，科学家一直在询问量子世界。量人计划的目的就是在这两个世界之间搭起一座桥梁。但大脑的分区却将贝利撒留变成了一个操作着自己设备的普通科学家，而非人与设备合一的量人。这使他几乎变成了普通人类——甚至连普通人类都不如，因为他不能完全拥有自己的身体。

　　脑海中那个超然的声音发出了导航指示。在他的面罩外，围绕新轴的旋转使蓝色和紫色转红。他沿着新的类时间维度向回移动。浩瀚的虫洞内部暗了下来。接着，贝利撒留收到了新的指示。

　　量子智能沿着七个垂直轴做出一组新的旋转，然后助推加速。世界亮了起来，满眼柔和模糊的红蓝色。最后，幻觉世界逐渐消失，贝利撒留出现在一片零重力的黑暗之中。这里是"林波波号"的泊库。

六十七

　　像个新生儿一般,卡桑德拉睁开眼睛看着这个世界。她在颤抖,睫毛尖上的汗珠在幽暗中泛着光。全息图上显示的是一个正在闭合的虫洞,黄色的微光照亮了她的手。军官和船员们爆出一阵欢呼,就连伊坎吉卡也露出了笑容。他们很高兴,非常高兴。

　　卡桑德拉已经过了高兴的阶段,她现在感到敬畏。她满脑子都是测量值,独一无二的实验数据。她刚刚化身一部望远镜,进入到超空间本身。她直接看到了赤裸裸的宇宙,没有经过人类的过滤。她短暂地超越了人性。那种主观尽失、个体消亡的体验,留下的是一部充满发现能力的大脑。那种体验宏伟壮观……势不可挡。

　　如果没有离开阁楼,这些她都看不到。待在那里,她会一直躺在一个神游舱里,接受退热静脉注射,由两名医生陪护,周全地照顾着,十分安全,却没有任何新数据。而现在,她在这里,像贝尔一样,也许处于被射杀的危险边缘,但她看到了如此之多。作为代价,生命和健康的危险都是那么微不足道。

　　她将手掌放在前额按了按。一阵头晕,说明她快要昏倒了。血压过低,口渴难耐,发烧得直哆嗦,汗水让神游服的内衬都贴在了皮肤上。

"我在发神游烧。"她沙哑着嗓子说。

触觉、听觉、视觉和嗅觉仍在将太多的信息传递给她,她的脑子都要炸开了。

准将踩着磁力靴走过来。

"祝贺你。"他说。

卡桑德拉抱着头。"神游之后,我不能接受刺激。"她用英西语说,"带我到黑暗和安静的地方去。"

"我会把你送回你的同胞那里。"他说。

她摇摇头,悄声道:"单独一个人,不能有刺激,要是有来自其他量人的电磁干扰,还不如待在这里。"

她头脑一片眩晕,周围是各种讲话的声音,讲的是法语和某种他们自己的语言。然后,一名上尉手动关掉了她靴子上的磁力。他把她轻轻抱起,飘浮着离开了舰桥。她蜷缩着,捂住耳朵,紧紧闭上眼睛,等待自己的天然神经抑制剂恢复到正常阈值。她的皮肤嘎吱作响,那声音在大脑中回荡,令人十分痛苦。

她不能借助药物挺过这一关。通常情况下,神游之后她会服用一些镇静剂,但那会影响她的警觉性。她持续保持着从电肌块发送到磁小体的基底电流。她的大脑定位着周围移动的飞船,脑中毫不费力就形成了三维蓝图,并将自己定位在蓝图中。上尉将她送到医务舱,把她装进墙上的一个睡袋里,关上灯,然后关上门离开了。

好男人,她心想。他在阁楼可以成为一名很好的照顾者。不幸的是,他同时也是一个好军官。她能够感觉到他安排了一个宪兵守在门外。她的轻磁场能感觉到金属装备,包括电击枪和碳钢警棍。

她真想吃点儿镇定药然后睡上几天，熬过这发烧。但她的大脑就是停不下来，一直在想着她刚才获得的那些信息。简直太美妙了。这些发现足够她研究一辈子，研究好几辈子。她所做的一切付出都是值得的，而且他们还能拿到一件更丰厚的回报。时间之门的意义之重大，令她刚刚做出的发现也相形见绌。

她拉开了睡袋。她精疲力竭，电肌块消耗巨大，身上还在发着高烧，却仍然将低电流从她的电肌块发送到左额叶。她挣扎着进入了白痴天才模式。世界绽放在眼前，处处都是令人安心的数学和几何模式。优雅的逻辑注入世界之中，好像借由毛细管作用让意义渗入世界。

她剥下了一张神游服上的胶贴，把它贴在手背上。那是圣马太仿照伊坎吉卡少校手上的那张，按照贝尔要求的规格提前做好的。不过，因为他是圣马太，所以他当然会做一番技术改进。随着卡桑德拉的手指移动，胶贴开始破解门锁密码，同时将门外的宪兵调去了别处。

六十八

泊库里一片漆黑。在感受不到周围环境磁力的情况下寻路，贝利撒留觉得非常不习惯。缺少了极性和电荷令他感到很不安。不过，消失的还不仅仅是磁极性。他觉得自己有些最本质的特性现在也不稳定了。

他没有死，他从神游中活了过来。自从他十来岁那时候起，由基因工程设计好的死亡判决就像一朵乌云，一直笼罩在他头上。而现在，这片乌云多少已经开始散开了。意义更加重大的是同时发生的其他事件。他体会到了如此深刻、如此宏大的新知识。这样的体验，他从前没有，今后也不可能再有。他触摸到了自然状态的超空间。他穿过了原生状态的时空几何。基因工程的改造让他拥有了全新的感官，代价是近乎致命的缺陷。量人这种此前从未有过的物种，在现实中一直找不到自己的生态位。但现在，他找到了。没有任何普通人类经历过甚至是听到过他所看到的，这就像偶人或圣马太的感觉，是一种宗教化的体验。面对如此伟大的馈赠，他还有什么理由为自己的基因改造愤愤不平呢。

他一定要告诉卡桑德拉。

但他首先必须生存下来。

"这样不行。"贝利撒留轻声说，"没有了磁感应，我无法运作。我还需要能够随意进出白痴天才模式。没有完全的控制权，这些我都做不到。撤销神经分区，把控制权交还给我。"

久久的停顿。量子智能既能处理算法和事实，又能对未来进行预估，两者可以同时进行。但贝利撒留明白，对量子智能来说，这个情况是全新的，而且对它自己充满危险，所以它延迟了对此作出答复。

毫无疑问，量子智能在比较这个骗局分别由它自己和贝利撒留完成的成功概率。要论对于时间之门的渴望，它跟贝利撒留不相上下。它需要时间之门，就像贝利撒留需要生命一样。

它也很可能会计算贝利撒留再次进入神游的概率。但量子智能有一样做不到：它无法找到一个算法，能够描述作为一个主观存在的人的贝利撒留，也没有能够用来预测他的模型。就算真的有这些东西，那它们也不可能是稳定的存在，而是转瞬即逝，从而使他成为一个不可估量的概率生灵，就像量子事件一样。无意识的超级智能无法对主观意识的行为进行建模。但是，随着沉默时间的延长，他意识到量子智能也不会放弃控制权。

"那这么办：保持分区，但交换控制权。"贝利撒留对它说，"做决定的人是我，客观智能将限制在分区内运行。"

一直吗？

"是的。"

14.8秒过去了。

然后，磁极性和电信号再次充盈贝利撒留的世界。他一阵眩晕。他重新开始呼吸，他刚才一直在屏息。

贝利撒留再一次成了自己大脑的主人——除非量子智能有能力欺骗他。当然,他的大脑从未完全属于他。设计他的人对他进行了基因工程改造,让他与某种非人的存在分享他的大脑内部。现在的他仍然需要与量子智能分享他的大脑,但自从十几岁以来,这是第一次,他再也不会因为一次偶然的神游失手就变成一个被关掉开关的人。他的胜利,是进化过程中的一次飞跃。

离地不远的高处,是一个发着红光的椭圆形,被联盟建造的吸震架固定着。那就是通向过去的虫洞口,它就像只眼睛,一眨不眨地盯着他。即便没在白痴天才模式,他的大脑也仍然追踪着黑洞里面大理石般的花纹图案,分析其几何含义,寻找可以抽象描述黑洞运动的各种驱动力的方程式。本能消失了很危险,现在它回来了,但也同样危险。

他启动了冷冻气体喷射器,从地板上弹起,飘向气闸。

刚才他把圣马太放在了地板上,现在那里空无别物。说明他回来过,早在他进入这个泊库之前。厚厚的玻璃外面,气闸和走廊里都是空的。他转动气闸门上的转轮,双手以数学般的精度移动。

进了走廊,他关上身后的气闸门。他身上这件宇航服是从旁边的小房间里取来的,他朝里看了看。那里还有一件宇航服,胸口写着个数字:“337”,跟他身上这件一模一样。

贝利撒留的动作带着长期生活于微重力环境的人所特有的敏捷,他沿着侧面的走廊一路跳过去,路线跟贯穿战舰的那根暴胀子管一致。他加强了身边的磁场,好让自己能捕捉到“林波波号”发出的最轻微的电磁信号。他沿着走廊转了个弯,直到看不见气闸和交叉路口,然后抓住一个把手,让自己停下。

　　表面上看他只是在耐心等待,其实身体正一刻不停地感受着飞船那悸动的、新陈代谢般的电磁信号变化。五分钟过去了,十分钟,然后是十五分钟。他终于感受到了一个微小的新磁信号,那是过去的他。气闸门上的转轮转动,微弱的响声向他飘来。那个过去的他和圣马太一起进入了气闸。然后是说话声、警报声。那两名宪兵来了。他继续等待着。宪兵们看见他进了气闸,又花了些时间穿上宇航服。他开始计数,精确得像一台原子钟。三分钟。

　　贝利撒留的大脑记得所有把手的位置,每根把手之间的距离,以及要达到不同的前进速度,他的手臂应该以什么角度伸出。对他的大脑而言,这些几何计算有一种纯粹而本能的愉悦。他拉着把手悄悄前进,逐渐加速。

　　两个宪兵飘浮在气闸外,正匆忙地密封好身上的宇航服。谁都没朝他这边看。贝利撒留锐化了自己的磁场,就像蝙蝠在狩猎过程的高潮时刻会增加自己尖叫的频率。一名宪兵转过身来,猛地瞪大了眼睛,伸手去摸枪套。

　　贝利撒留冲了过去,双手同时触及他们,释放出六百五十伏的电击。

　　宇航服的手指上冒出了烟雾和微小的火焰,他大喊一声,双手急急晃动灭火。他抓住把手,身体一转,又回到了气闸内。遭到电击的宪兵在零重力下飘浮着,被他触碰的地方烧出了黑圈,一个在肩上,一个在胸前。泊库内灯光明亮,但里面没有任何那个过去的他存在的迹象,只有那只手环还牢牢吸附在地板上。

　　贝利撒留脱掉身上破损的宇航服,手指感到一阵刺痛。宇航服指尖部位的碳纤维已经变黑、融化。他从宪兵手上剥下通信胶贴,又解下他们的手枪,一起扔进柜子里。然后他将两人背靠背手腕捆在一起,将绳索绕在天花板上的一个把手上拴好。

他取了一件没有损坏的宇航服,一边转动气闸门上的把手,一边穿上宇航服。气闸门刚开始减压,他已经封闭好了宇航服。然后,他进了泊库,捡起里面装着圣马太的手环。

"快醒醒。"他说。

"阿霍纳先生?"圣马太问道,"你这是从哪儿来的?"

"一言难尽。"贝利撒留说,"泊库周围的通信系统,你还保持着控制吗?"

"才过去了二百秒,我怎么会中断控制呢?"

"我把那两个宪兵的通信胶贴撕掉了。"贝利撒留说,"帮我稳住飞船的自动系统,要让它以为仍然与那两个人保持着联络。"

"搞定!"

"等会儿我们打开舱门逃命的时候,内、外传感器还能继续被你伪造的数据绊住吗?"

"是的,"圣马太说,"但如果船只做出任何机动动作,后勤支援程序很快就会注意到负载不均衡。"

"那就让我们祈祷他们不要乱动吧。"贝利撒留说,"好了,打开虫洞支架,打开泊库的门,接管几架货运无人机。"

泊库里的灯光变成黄色,他头顶上方的泊库门缓缓打开。与此同时,六架冷喷无人机从墙上脱离,朝虫洞俯冲过去。在泊库门上方,那艘偶人拖船飘浮着,货舱门大开,上面的示距灯平静地闪烁着。

六十九

　　斯蒂尔一冲进主轴，群星一下子全都熄灭了，各种警报声也彻底消失。之前他看到"尼亚里克号"和"戈布德维号"都关闭了暴胀子发动机，于是跟着做了同样的操作。周围吞噬一切的寂静让他屁股发痒，好像有什么坏事即将发生的感觉。两艘战舰在前方翱翔，船身上的示距灯闪烁着。它们没有减速。

　　没有人会他妈以这么高的速度通过主轴。

　　万一那一头有什么东西挡着出口，怎么办？

　　太晚了。

　　他们已经一头冲出主轴，飞入了满天星光，一路经过聚合政府的防御工事、一艘聚合轨道护卫舰、几架巡逻战斗机和防御警戒哨岗。

　　粒子束在他们身后紧跟着发射出来。

　　斯蒂尔开始启动他的暴胀子发动机。"尼亚里克号"和"戈布德维号"一定也在做同样的动作。

　　他们这是他妈在干吗？后庭大开，就像等着要别人去操。只需要粒子束，甚至像样点儿的激光炮，就足以把他们打得稀里哗啦。

聚合防御工事像一群受惊的黄蜂一样警醒起来。

斯蒂尔狂敲着控制台,试图让这愚蠢的推进系统赶紧上线。

突然之间,主轴里又冲出来另外两艘联盟战舰,船尾在前,船头面对着主轴:是"朱巴号"和"巴特布奇号"。

已经警戒起来的聚合防御工事开火了。

斯蒂尔的暴胀子探测器尖叫起来。它探测到了"朱巴号"和"巴特布奇号"的发动机的热量。他们居然就这么穿过了主轴,没有关闭发动机,事先完全不知道这样做是否会毁掉战舰,甚至是否会毁掉主轴本身。他们真他妈的疯了!

没等聚合防御工事发射的导弹和粒子束到达,"朱巴号"和"巴特布奇号"的暴胀子透镜光武器开火了。聚合防御工事的各个设施在太空中骤然扭曲,或涨或缩,化为一片支离破碎的金属冰雹,就像被爆炸的核燃料点燃了一样。防御工事的残骸碎片如一片风暴,即将笼罩聚合护卫舰,可还没到达那里,护卫舰的右舷就已被透镜光瓦解成碎片。

我操。

"朱巴号"和"巴特布奇号"仍以攻击速度倒车航行,并继续朝主轴周围呆若木鸡的聚合设施发射导弹。

斯蒂尔的聚合驱动器发动了。他不应该在这里。他的任务是把这艘狗日的快艇带回印第安座ε星系,跟其他队员汇合。他不能往回飞。万一撞见更多赶往这里的战舰怎么办?

那个叫作巴克维兹的联盟栖息星球出现在视界之中,像一弯小小的新月,同时也能看见它的卫星吉塔拉。"尼亚里克号"和"戈布德维号"继续前进,全速飞向巴克维兹。斯蒂尔紧随其后。

妈的。妈的。妈的。

我该怎么办?

集中精力思考。要活下去。拿到报酬。

联盟飞船，聚合政府的残余部队，两方都没有人注意他。位于巴克维兹高轨道上的炮台发射了一大群导弹。所有导弹都射向这两艘战舰，而不是联盟的行星和其卫星。

其实要不了几枚导弹就能严重损毁巴克维兹或吉塔拉。所以这些导弹才被称为"卫星毁灭者"。聚合政府一定是不认识这些飞船，他们还不知道这是一场叛乱。或许这他妈的也不奇怪。要不然，联盟哪儿他妈来的时间和空间，足够发明一套他妈的推进器加武器系统，还能远远领先于文明的所有其他部分？

但这样的情况还能持续多久？

即便是最小型的核武器，也能把巴克维兹或吉塔拉炸个稀巴烂。

粒子束划过"尼亚里克号"，点燃了船体，把大块的钢铁和碳塑料轰入太空。斯蒂尔调转船身，快艇朝恒星方向急速拉升。刚刚飞出，战舰上层建筑的碎片就横扫过他刚才所在的那片空间。

他的显示屏上，刚才"尼亚里克号"上暴胀子驱动器的巨大声响现在变成了轻微的回声。

我的老天！

舰桥上层建筑仍然还在，许多泊库和武器发射管也还在，但"尼亚里克号"的右舷侧翼从船头到船尾全被撕裂，一些地方深达暴胀子驱动器的内壁。在他的显示屏上，"尼亚里克号"上暴胀子驱动器的声音再次开始变大。

真他妈是一艘死硬的船。他们要让它继续飞。

然后，他看到了四枚"破脸"导弹。

"尼亚里克号"朝它们发射了中小型粒子炮，但那些混蛋的设计确保了它们不被击中——"捕食者"算法A.I.躲避系统可以指挥导弹转向。四枚导弹躲开了粒子炮火,继续向前。

如果斯蒂尔现在驾驶的是"霹雳"战斗机,运气好的话,他可能已经能打下一枚甚至两枚导弹了。现在驾驶着这快艇,他本来也能做点儿什么,但那些呼吸空气的混蛋特意用这些毫无武装的船作为他们的报酬。

这太不公平了。斯蒂尔不喜欢这帮人,一个都不喜欢。不喜欢聚合政府,不喜欢联盟。那帮空气呼吸者和马屁精只要找到机会,就会朝杂种人吐口水。但是,他遇到的所有呼吸空气的混蛋间,这些联盟的狗日的,是他见过的最像杂种人的人。他们的叛乱非常愚蠢。即便今天胜利了,也只能招致日后聚合政府的全力报复。他们注定要失败,就像杂种部落一样。

在这种情况下,远征军的行为就好像他们的船员全都读过《杂种人之路》一样。如果他们不尊重你,那就让他们害怕你。好汉不吃眼前亏,然后找机会狠狠干他们。要用行动来回敬那些人。

他妈的。

他妈的!

他在想主意。想一些不符合《杂种人之路》的坏主意。拿到报酬,然后逃离战场。逢腿必尿。去他妈的空气呼吸者。世上不存在免费帮忙的好事。要么操别人,要么被别人操。

去他妈的。

斯蒂尔将暴胀子发动机猛地提升到四十个重力加速度,速度变化之剧烈,他在水箱里都能明显感觉到。他沿着导弹和"尼亚里克号"之间的线路疾冲而出,跑到了巡洋舰前面很远。那四枚导弹的编队没有反应,他飞越过导弹,又调转船身,以五十个重力加速度刹车,让发动机保持高速运转,追击在导弹后面。

导弹是十个重力加速度。要适配那样的速度和加速度,需要一些棘手的飞行动作,特别是开着这么一艘样子丑陋、超速运行的货船。他们居然还管这东西叫快艇。每枚导弹之间大约相隔四公里,这些空间是留给它们做出规避机动动作,躲开"尼亚里克号"上发射过来的粒子炮弹。斯蒂尔翻滚快艇,紧跟上一枚导弹。这种机动动作是他能想到最凶险的了。

蠢,蠢,蠢!我本可以接一份更轻松的活儿,拿的法郎还多得多。

不过他曾做过毫无报酬可言的深潜。只为了证明他长着蛋蛋,一对牛逼闪闪的大蛋蛋。来舔我的蛋蛋吧,他一边想,一边把快艇的船鼻靠近导弹的尾部,近到足以引发温度报警。碳钢增强陶瓷与明亮炽热的金属之间只隔着几米的距离。

他猛推加速器,在四分之一秒内急冲到二十个重力加速度。快艇的船头捣烂了推进器的外壳和喷嘴,导弹螺旋翻滚着斜飞了出去。

我说了,舔我的蛋蛋吧,狗日的!

他继续冲向下一枚离得最近的导弹。那枚导弹开始做规避动作,按毫无规律的轨道摇摆起伏。但它毕竟受限于要追击的目标,只能跟着"尼亚里克号"。他紧跟着那枚导弹,这是一场他的反应速度跟计算机算法之间的较量。越来越近了。然后,他将快艇的船鼻戳进了导弹推进器薄薄的金属外壳中。

一股热气和放射性燃料喷洒进快艇的驾驶舱。警报声大作——不是快艇内的警报,是外部的。导弹即将引爆。斯蒂尔将加速度猛地提升到五十个重力加速度,直接朝恒星方向冲过去。

妈的。妈的！妈的!!

两秒。一百五十米。

三秒。三公里。他要躲开的可不仅仅是那一枚刚刚被他破坏的导弹,如果那一枚爆炸了,肯定会连带引爆其他几枚导弹。

四秒。五公里。

轰——

破脸导弹在他周围燃烧,"卫星毁灭者"发出的刺眼强光射进驾驶舱,甚至照进了他那大水箱的舷窗。外部遥测器周围充盈着静电荷,几乎导致电气短路。

五秒。七公里。

爆炸十分剧烈。另一枚"破脸"也爆炸了。

六秒。十公里。强光是有害的,比这更可怕的是扩散开来的热和放射性粒子冲击波。

七秒。他快他妈要被自己的重量压碎了。十四公里。遥测器恢复正常。最后一枚破脸在爆炸中失去了方向,它偏离了十度,飞过了"尼亚里克号"。伤痕累累的战舰穿过扩展开来的爆炸区,从斯蒂尔身边驶过。他从显示屏上看到,战舰的暴胀子驱动器仍在工作。

"戈布德维号"也被揍得不轻。虽然它还在飞,但舰桥上层建筑已经没了。它的泊库和武器发射管已经只剩下烧毁的残骸。然而,它还在前进,暴胀子驱动器在十五个重力加速度下工作,让驻扎在巴克维兹行星上空聚合炮台上的指挥官想不到调转炮口,瞄准别处。

这些疯狂、勇敢、危险的混蛋,有胆子直面一枚近在眼前的破脸导弹。

近在眼前。

他们不需要证明什么。

他们是要保护自己的家园。

牛逼！

冒着金属热粒子和导弹的枪林弹雨，"戈布德维号"用他们那天知道是什么的武器开火了。飞船所过之处，空间卷曲变形，一切都被吞噬又吐出，扭曲、破碎。炮台化作了满天的碎片。

斯蒂尔调转船头，设置了一条返回通天轴的高加速度航线。

快艇达到中等加速度时，距离主轴还有大约四分钟。它微不足道，遍体鳞伤，没有人注意它。聚合军队的抵抗让联盟不得不为了胜利付出高昂的代价。"朱巴号"和"巴特布奇号"仍在痛击任何还在蠢蠢欲动的聚合军事设施，包括剩下的少量"霹雳"战斗机，还有斯蒂尔的同胞。看到杂种飞行员们被炸成碎片之前仍能给战舰造成创伤，斯蒂尔竟然觉得有些自豪。

聚合政府不会为这些杂种人流下一滴眼泪。他们只会再雇佣更多。

斯蒂尔关掉暴胀子驱动器，冲入了主轴。

七十

　　卡桑德拉时快时慢地深呼吸,她飘浮在病床上,颤抖着。她的皮肤发烫,感觉像在向外辐射热量一样。她起身走出医务舱,带上了门。她可以以清晰的几何方式看到自己行进的路线,穿行在她那白痴天才模式的大脑构建出的飞船结构图之中。她仍然浑身酸痛,所以每个动作都要考虑到线动量和角动量。

　　六点六米,左转九十度,向下十点一度。十五米,沿着飞船包含着暴胀子驱动器的曲线。计数、测量、绘图、计算,不要生病,不要慢下来,不要害怕被抓住,不要害怕无法分享自己收集的数据。

　　飞船在悸动。冷冻气体喷射器,或许还有暴胀子驱动器,在推动飞船,将时间之门从偶人防御工事运走。如果自己不抓紧行动,就要和"林波波号"一起长途航行了。

　　她来到机务舱的气闸门口。没有警报响起,没有人在追踪,但走廊里亮起橙色的灯光。那是飞船上的一种信号,提示船员各就各位,飞船即将加速。冷冻气体机动喷射器将"林波波号"推离了欣克利,她轻轻地撞到了地板上。

　　她用头罩包住脑袋,封好了神游服。神游服不是用于长期真空环境的,但她只需要几分钟。

她在气闸门锁上键入了万能密码。一盏绿灯亮起,嘶嘶声中,门打开了。机动喷射器快慢不定地加速中,她摇摇晃晃走了进去,关上了门。她敲打着启动按钮。

启动!快点!

空气从气闸排出的速度太慢!飞船的加速度已经稳定下来,"林波波号"随时都会激活暴胀子驱动器。卡桑德拉打开紧急释放开关,外侧舱门的中部打开了一个小盖板,急速排出了最后的空气。她旋动转轮,把门打开。

深邃而美丽的太空之下,有一颗逐渐远去的小行星,黯淡无光,周围有一圈碎片环绕。拖船在那儿,就在"林波波号"下方几十米的地方。"林波波号"开始加速了,卡桑德拉一跃而出。

她开始空中翻滚,但她还在白痴天才模式下。她测量了相对群星的旋转速度和角动量,求解了几个微分方程,明白了如何依靠伸展胳膊和腿来保持身体旋转却不前进。她闭上眼睛,只在每一圈旋转的一段睁开,这样可以看到拖船在频闪灯光中逐渐接近。

拖船减速,然后停了下来,等待卡桑德拉凭借自己的动量靠过去。

卡桑德拉的大脑计算好时间,在即将碰上的时候伸手按在拖船上。身体停止了旋转。她沿着扶手移动到气闸,转开门,飘了进去。外层气闸门刚一关闭,她就撞上了内层气闸门——拖船在加速飞离欣克利和"林波波号"。她四肢瘫软,有气无力。她颓然坐倒,在头盔里气喘吁吁。她没有死,她没有死。她还带着数据。

空气嘶嘶地进入气闸,门震动轰鸣着打开了。贝尔就在那里,她一下子如释重负。他跟她说的都是真话,全都是。他欺骗了每个人,却没有骗她。她觉得很骄傲,甚至很激动。她想开心大笑,但她的身体实在太疼了。

贝尔拥抱了她,检查她有没有受伤,然后再次拥抱她。他打开她头盔上的锁扣,轻轻将头盔取下。他跪在她身边,一只手摸着她的头发,动作十分轻柔,低刺激。他知道刚刚神游之后是什么状态。他调暗了灯光,然后慢慢地把一包凉水放在她嘴唇上。她喝了。

她筋疲力尽,但她和贝尔在一起,而且得到了新收获,很大很大的收获。他们两人失去的岁月回来了,他们又年轻了。一起学习。

"我现在一团糟。"她沙哑着嗓子低声说道。

"我也是。"

"我看到了,贝尔。"她低声说,"我隔着三百二十个光年,一下子全都看到了,还有偶人主轴的内部,我看到了里面的一切。"

"它是什么样子?"他问道。

"它就是一切,"她说,"我们想要的一切。"

"我也看到了。"他说。

"你也进入神游了吗?"她问道,觉得自己声音里没有丝毫的自豪。只有担心。万一他死了怎么办? 现在她已经重新找回了他,所以一想到失去他的可能,就觉得十分害怕。

"是的。我穿过时间之门,穿过原始的超空间,回到了过去。"

她难以置信地瞪着他。

"还有更大的事儿,"他低声说,"比时间旅行还要大,看你信不信了。"

他往她嘴巴里塞进几颗小药片,那是镇静剂和抗刺激剂。他伸出手指碰了碰她的嘴唇。她浑身疼痛,在身边没有定心者同伴和医生的情况下,被量子客观在脑中驻留了如此漫长的时间,经受了过度的刺激……尽管有这一切,她还是坐起身来,伸手摸了摸他的脸颊。他也在出汗,不像他平时那么冷静。

"数据,"她低声说,"你保留了多少?"

"很多。"他笑了。

她的嘴很干。"我也有数据。"她低声说着,拉近他的头,把发烧的嘴唇压在了他的嘴唇上。他们吻了很久。

"我们会被杀死吗?"她低声说。

"圣马太正在驾驶拖船。他篡改了'林波波号'这一片区域的传感器。他们很快就会发现我们的所作所为,也许要不了一个小时。不过到那时,我们已经消失了。"

"像魔术师变的戏法?"

他笑了,"差不多吧。"

他从口袋里拿出一对纽扣,看起来跟她之前见过的其他按钮一样。他把纽扣夹在手指之间。他那副样子好像就要哭了。

"是谁?"她问道,"斯蒂尔?玛丽?"

贝尔摇摇头,"威廉还活着。"

"但还在偶人手里,"她说,"在盖茨15手里。"

他点了点头。

"我们能把他救出来吗?"

贝尔摇摇头,"我们早就知道,一旦他进去,就再也不会有机会出来了。但如果他现在还活着,那他就还没有服毒自杀,要么就是毒药没起作用。"

"对不起,贝尔。"她说,不顾浑身每一根骨头都在疼,还是拥抱了他。

"我在威廉体内植入了一个医疗装置,如果我们任务完成之后他还活着,我就可以远程杀了他。那样,他就可以解脱了。而且他也知道,只有我们完全成功了,我才会那么做。这样他可以确定凯特能够拿到他那份报酬,也死得安心。"

巨大的悲伤让她觉得骨头像灌了铅一般沉重。然后,一阵寒意从心底升起,掺杂着希望和怀疑,还有一丝恐惧。

"你要杀死你的朋友?"她问道。

"不这样做,就得把他留在偶人手中。"

"你下得了手吗?"

"我不知道。"他声音有些颤抖。

她觉得眼前一阵眩晕。未假思索,她把戴着手套的一只手放在他的手上,两个人一起握住了纽扣。

"我们要怎么做?"她低声说。

她的耳朵贴在他的脖子上,能听到他咽口水的声音。

"我们就这么按一下。"他黯然神伤地说。他的眼睛湿了,她的也是。

"说声再见吧,贝尔。"

"再见,威廉。"他颤抖地说,"我会确保凯特过得好好的。谢谢你做的一切。"

他们一起按下了纽扣,她的手指笨拙地缠在他的手指上,直到纽扣变了颜色。

贝尔长长地吐出一口气,松开了手。纽扣缓缓地落到地板上。她继续拥抱着他,很长时间,两人都盯着前舱,那里有群星在舷窗外眨着眼。

"你拿到那东西了吗?"她悄声问。

他慢慢地点点头，"你身体没事？能看吗？"

"我必须看到它。"

他帮她站起身。尽管体重只有原来的十分之一，他们也都需要帮助。他把她带到船舱后面，经过一个存放杂物和机架的小房间，来到一扇门前。透过门上的窗户，能看见后面就是仓库。在昏暗的灯光下，圣马太的蜘蛛自动机在地板和墙壁上轻快地跑来跑去，正忙着将线缆和衬垫连接、填充到一个闪烁着微光的椭圆形里。

一对虫洞。

她咽了下口水，心中升腾的感觉无法用任何语言描述，她的脸颊湿了。她转过身，贝尔脸上也流下了眼泪。她惊讶地帮他擦掉眼泪，又回过头看那时间之门。

"所有关于宇宙的答案都在那里面，贝尔。"她说。

他点了点头。她用戴着手套的手指紧紧攥住了他的手指。

七十一

零重力下,威廉被绑在一个手术台上,由一队主教士兵看守着。这些人都戴着密封头盔,看不到脸上的表情。虽然很热,但他仍在发抖。特伦霍姆病毒引发了周期性的剧烈咳嗽,撕心裂肺,痛苦不堪,几乎要让他窒息了。

他诅咒他的前妻,他诅咒盖茨15和格拉西6,他诅咒特伦霍姆病毒,他诅咒贝利撒留,他诅咒他自己。十二年前,他应该径直从那个未成年的孩子身边走开的。不管那个孩子是谁,他都不是威廉的问题,再说贝利撒留自己也能过得挺好。威廉让自己卷入了一场他并不了解的游戏。又开始咳嗽。肺部的刺痛无休无止,不断悸动,像一颗痛苦的小心脏,每一次收缩都排掉了一点空气。就这样,他的肺缓缓地让他窒息。

门上的把手转动,格拉西6戴着主教冠的头伸了进来。接着进来的是特勒5,手里端着一个盖着的托盘,里面放着外科手术器材。后面跟着一个面色蜡黄的偶人,皮肤苍白,头发被汗水浸湿,一缕缕贴在头皮上。她实在太过虚弱,甚至无力对威廉的气味做出反应。特勒5将她推到威廉旁边的手术台上。威廉刚才只顾得上害怕特勒5进来,没注意到她后面还跟着人。现在,巨大的恐惧在他身体里扩张。意识到面临的是更加可怕的情形,他几乎要晕过去了。

德尔卡萨尔和盖茨15走了进来。

"你好,甘德先生。"德尔卡萨尔说。

威廉什么也没说。

"我希望,他们好好地照顾你了?"遗传学家说。

眩晕更加严重,"你……不是什么囚犯?"

"我这是顺势而为,甘德。"德尔卡萨尔说,"阿霍纳的计划行不通。已经过了最后期限好久,可斯塔布斯港好像挺过了联盟的袭击。他们在几小时前击毁了一部分防御工事,但联盟的战舰撤退了。阿霍纳失败了。"

德尔卡萨尔的话像砸在手指上的锤子,让威廉倍受打击。服毒自尽,失败了。贝利撒留的骗局,也失败了。

"不过我找到了一位愿意付更高价格的雇主。"德尔卡萨尔说,"事实证明,我在你身上做的事,对于偶人来说价值非凡。"

"你要制造更多的元神?"

"他们知道,我也知道,如果找不到别的神祇,他们根本活不下去。"德尔卡萨尔说,"如果我不帮助偶人,那就是袖手旁观地放任一场种族灭绝。"

"干脆让他们灭绝好了!你觉得这个选项怎么样?"威廉问道,他摇晃着被捆住的身体,"你愿意让人类变成那个模样吗?愿意让我落到这个下场吗?跟他们谈谈!放我出去!"威廉开始咳嗽,但不算太厉害,他还是能听到格拉西6急促的呼吸声。

"这就像生活在《恳求之书》的时代。"主教平静地说。

"接下来,你准备把谁变成元神,德尔卡萨尔?"他问道,"谁将因为你而被折磨至死?"

"跟我无关。"德尔卡萨尔说,"也许把偶人的敌人变成元神？现实世界都是血淋淋的,甘德。"

"你为什么还要来这里?"威廉问道。

"他们希望我能在一旁观摩他们的外科手术。我告诉他们没有必要,但我觉得他们是希望得到我的称赞。"

"他们要对我施行手术吗?"

"是体变,"格拉西6说,"让你能更长久地和我们在一起。"

威廉头向后仰,呻吟着,突然间胸部有什么东西一动。他愣了一下才意识到,那一动的部位在身体右侧,那里有圣马太的机器人手术植入的医疗装置——贝尔的保险措施。一种梦幻般的麻木感在他的胸中蔓延,驱散了痛苦。咳嗽停止,一去不复返了。

他能感觉到自己脸上露出了微笑,他已经很久没微笑过了。

"他成功了,"他说,"贝尔成功了。"

"贝利撒留唯一的成功就是害了你。"德尔卡萨尔说。

威廉摇了摇头,感到一阵解脱之后的眩晕。

"他骗过了你和偶人。"威廉说,"飞船全都通过了。享受你的地狱生活吧,德尔卡萨尔。你可以接我的班。"

格拉西6出现在他的视野中,绿白相间的主教冠遮挡了大部分的天花板。他脸上的表情惊恐万状。"这是怎么回事?"他问道。

特勒5在他的另一侧。"他快休克了。"她说。

"是特伦霍姆病毒吗?"

威廉大笑起来,他已经很久没有开怀笑过了,这感觉真好。

七十二

圣马太呼喊着恋恋不舍望着时间之门的贝利撒留和卡桑德拉。卡桑德拉正在退烧,但贝利撒留自己仍在发烧。如果他大脑中的量子智能永远待在那里,也许发烧也会一直持续下去。也许他只是换了一种新的方式死亡。又或许他已经撼动了困扰量人的那个诅咒。得过上一段时间,才能看清他身上到底发生了什么改变。

圣马太驾驶货船接近斯塔布斯港,他们的拖船排进长长的一道弧线队伍,融入了港口附近那漫天乱成一片的数百艘民船、货船、拖船和装备渡轮之中。港口的火炮时不时就紧张起来,随机开火,射出干扰箔和粒子弹,哪怕并没有任何敌人从欣克利背后冒出来。"林波波号"和"奥姆卡马号"位于远远超出港口火力范围的地方,已经开始撤退。无线电频道带来了偶人胜利的消息,但似乎都语焉不详。

民船交通堵塞愈演愈烈,圣马太将货船飞入一支等待通过偶人主轴的工业货船队伍。他们逐渐飞近其中一艘货船,直到两船相触,船体连接在一起。

"你还是要冒险把时间之门带到主轴另一端?"卡桑德拉说。

　　"联盟很快就会知道我们偷走了时间之门,并且人间蒸发了。"贝利撒留说,"他们一定会在主轴的这一端花上一段时间搜寻时间之门。"

　　"偶人对通过主轴的所有东西都要检查的。"

　　贝利撒留摇了摇头,"偶人压根儿不知道时间之门,他们想要的是联盟战舰。现在他们肯定急着让这些货船赶紧过去。"

　　"为什么?"圣马太问道。

　　"联盟要想让所有十艘飞船全都通过,唯一的办法就是摧毁自由城的防御工事,让偶人不得不花上数月去重建。由于禁运,重建需要的所有材料都在主轴的这一端。我们后面的这批货船,恰巧都满载着钢铁。"

　　卡桑德拉笑着吻了他一下,"你还真是个魔术师呀。"

七十三

六天之后，一小组队员在塔欢多①会合。那是一颗体积较大的碳质小行星，上面的采矿设施已经废弃了好几十年。这不是他们约定的第一个集合地点。看到队伍中少了德尔卡萨尔，贝利撒留于是知道这意味着那个遗传学家接触过的所有秘密现在都已经暴露了。

玛丽是第一个到的。她从自由城上空遍布爆炸碎片的轨道区找到了一条逃生的路径。就算偶人负责监测异常情况的计算机捕捉到了那个微弱的低温信号正在高速移动离开战斗区，也只会把它误认成一架被击毁的战斗机。她把快艇深藏在一座矿井里。

一天之后，斯蒂尔也到了。破碎的舷窗、舱内残留的放射性，以及快艇一侧深深的粒子炮灼伤痕迹，看上去着实触目惊心。但这艘死硬的小飞船上，每一个系统都还能正常工作。

到了第六天，贝利撒留、卡桑德拉和圣马太将旧货船博亚卡号停靠在了矿井内。他们的货船上装着那艘偶人拖船。三个人都没有把时间之门的事告诉玛丽和斯蒂尔。

---

①厄瓜多尔河流名。

联盟攻克弗蕾亚主轴的消息充斥着所有的新闻媒体,聚合政府宣战的消息也是如此。专家们喋喋不休地讨论着聚合政府通过自己剩余的主轴,将大批军事辎重送去印第安座ε星系的行动。真正的对抗还没有开始。撒哈拉以南联盟太小了,按说不可能组织起什么像样的进攻。聚合政府到现在都不清楚自己到底是被什么攻击了。

联盟在军事史上书写了新的篇章。历史上还从未有一个国家能从另一个国家那里夺取主轴。在新的战术和武器之下,固若金汤的防御系统暴露出了弱点。军事观察员们蜂拥着赶往印第安座ε星。

外交方面,现在每个国家对这件事的态度都摇摆不定,企图先看看自己的利益在哪里。偶人试图保持中立。虽然联盟刚刚杀死了几百名偶人,还把自由城的主轴掀了个底朝天,但偶人还是允许最后两艘联盟战舰通过,进入了印第安座ε星。舆论对此一片哗然。

专家们陷入了争吵,对聚合政府是否也会对偶人宣战各执一词。专家们在媒体上提出了一个关键问题:偶人在这次事件中本来应该可以怎么做? 有包括各国外交官员在内的成千上万的目击证人都可以证明,联盟舰队从未进入位于斯塔布斯港的主轴口,就从位于自由城的主轴口中出现了。聚合政府已经损失了无畏舰"帕里佐号"和弗蕾亚主轴,现在再对偶人宣战又有什么用呢? 如果聚合政府真的对偶人神权联邦宣战,那将被视为对偶人主轴赤裸裸的抢劫。这一举动肯定会让英西银行也卷入冲突。

就在联盟闯入印第安座ε星之后的几个小时内,秘密招标已经开始。所有人都想要一台联盟用的那种推进系统的工作样机。随着弗蕾亚轴的战况逐步全面披露,招标过程变得更加激烈。

五天之后,英西财阀政府第一银行的一系列公司账户所有权发生了转手:首先转给谨慎的经纪人,然后转给了骗局计划的小组成员。与此同时,那艘自动驾驶、毫不起眼的"博亚卡号"载着矿石和受损但仍能工作的暴胀子快艇,踏上了印第安座ε星系的货运航线,去与其新的主人会合。

整个小组的努力最后得到的报酬是每人一千二百万法郎,是他们预期的四倍,足够花上好几辈子。贝利撒留委托一家英西律师事务所为威廉的女儿设立了一个信托基金账户,还附带了运作指示,告诉他们如何将凯特和她的母亲从系统中移除,给两人换上新的身份。

"这杯敬威廉。"贝利撒留说。他在微重力环境下轻轻地举起一杯红酒。卡桑德拉在他身旁,一只胳膊搂着他,另一只手也举起了酒杯。贝利撒留的胳膊搭在她的肩上。

"你他妈的打算怎么花你这笔钱,量人?"斯蒂尔的扬声器里传来他的问话,"随心所欲买点儿什么?"

"我还没想好,"贝利撒留说,"钱不就是干这个用的吗?可以做任何你想做的事情?"

"你还到手了一部快艇。"斯蒂尔说,"你要拿它干什么用?"

"特色旅行。"

"它可是个招人注意的活靶子。"斯蒂尔说。

"也许吧,"贝利撒留说,"取决于我要去哪里。"

"可惜的是,它设计的能力你是没法飞出来的。"斯蒂尔说。

"什么意思?"

"它能达到的加速度,你承受不了。"斯蒂尔说,"这真他妈是一部美丽的机器。"

"你会怀念开着它飞行的感觉吗?"玛丽问。

"我还真他妈的会。"斯蒂尔说,"不过我还可以去给联盟飞。"

"什么?"贝利撒留说。玛丽的红酒从鼻子里呛了出来。

"聚合政府仍然拥有规模最庞大的海军。"斯蒂尔说,"但他们已经不再拥有最牛逼的飞船了。如果我想飞上文明中最他妈先进的战斗机,我就得去给联盟飞。"

"你们可是聚合政府的藩属呀。"玛丽说。

"屁话,"斯蒂尔说,"杂种部落从未签署过庇护条约。我们只是聚合政府的雇佣军,我们的雇佣合同条文都很正规。"

"你没法加入联盟,傻瓜!"玛丽说,"你又不是非洲人。"

"我他妈也不是金星人啊,那我还不是从十几岁起就一直在飞霹雳战机。轮到你发什么爱国言论者。"

"我才不是,"玛丽说,"你要去就去呗,关我屁事。反正最后赢的是聚合政府。"

"也许吧。"斯蒂尔说,"但我敢跟你打赌,联盟拥有一些非常牛逼的战斗机,而且那些狗日的卵蛋足有柚子那么大。"

"你要用你的钱做点儿什么傻事吗,玛丽?"圣马太问道。

"我要给自己买一份稳稳当当的年金,"她平静地说,然后大笑起来,自己都受不了这个玩笑,"我还没想那么远。我原以为我们都会被打死呢。我不知道。我可以买下某个地方的卫星,或者也可以在金星上买下一整个小镇。啊……我在开什么玩笑? 也许我会把钱都花在炸药和彩票上。"

直到凌晨,大家都还没有离开的意思,所以过了一会儿,贝利撒留牵着卡桑德拉的手走了出去,来到他的房间。这里没有他在托勒密星那个房间的星空景观天棚,也没有他在自由城住的套房安全舒适,但他在房间的天花板上挂了一些小彩灯。他握住她的手。她在朦胧的灯光下微笑着。

他一路走来,到了这里。他当年怀着愤怒、恐惧和苦涩离开了阁楼。他找到了一个新的世界,就此远离自己过去的世界,但到了最后,他的两个世界却开始相互作用,就像叠加的可能性一样。然后不知何故,在这种两个世界的干涉作用之中,他的愤怒和痛苦都消失了,他的恐惧也不见了,他也能够拥抱自己以前的好奇心。量子逻辑的本质就是,有时候,本来相互排斥的状态却可以共存。他是对的,卡桑德拉也是对的。事实,以及最终的观察,都在他们两人之间发生的复杂干涉之中。

"你觉得跟我一起会快乐吗,卡茜?"

"也许会吧。"她狡黠地说。她握紧他的手,他发现自己也正紧紧地握着她的手。"贝尔,你能相信我们所做的事吗?"

他们就像过生日的孩子,至今无法相信自己的快乐是真的。从斯塔布斯港到自由城这一路上,她在神游状态下对周围整个场的认知,足以支持几个月,也许是几年的分析和理论工作。直到现在,两个人都还没敢太过靠近时间之门。他们希望一起去探索那东西。他们也没有去深究贝利撒留大脑的新结构,也没去管他与自己脑中的量子客观暂时达成的和平共处。

"你回到我身边了。"她说。

"而你陪我一起走进了广阔的世界。"

她幸福地点了点头,距离他的脸七点二厘米。她的手指跟他的交叉相握,微凉。

"现在我们是亡命天涯的罪犯了。你觉得我们每天都能做些什么呢,贝尔?"

　　"我们可以弄清楚时间之门。"

　　"你确实跟别的男人不一样。"她揶揄着靠了过来,三点七厘米,"你就从来没有想过可以带一束花来?"

　　"我还以为咱俩都更喜欢这个呢。"他说。

　　他也靠了过去,直到她的嘴唇离他的只有四毫米。

　　"那我们就一起做些理论研究吧。"她低声说。

　　他点了点头。接下来,再也没有可以计算的距离了。